回望履痕

陈育宁 著

學苑出版社

图书在版编目（CIP）数据

回望履痕 / 陈育宁著 . —北京：学苑出版社，2022.7

ISBN 978-7-5077-6436-9

Ⅰ . ①回… Ⅱ . ①陈… Ⅲ . ①散文集—中国—当代

Ⅳ . ① I267

中国版本图书馆 CIP 数据核字（2022）第 114567 号

回望履痕

责任编辑：战葆红

书籍设计：郭海鹏

出版发行：学苑出版社

社　　址：北京市丰台区南方庄 2 号院 1 号楼

邮政编码：100079

网　　址：www.book001.com

电子信箱：xueyuanpress@163.com

联系电话：010-67601101（销售部）67603091（总编室）

印 刷 厂：内蒙古掌印文化科技有限公司

开本尺寸：710 × 1000　1/16

印　　张：22

字　　数：306 千字

版　　次：2022 年 7 月第 1 版

印　　次：2022 年 7 月第 1 次印刷

定　　价：86.00 元

目 录

1 序一 师友之心路 奇海林
5 序二 不一样的履痕 郭文斌

草原有约

3 鄂尔多斯在我心中
6 初到巴音陶亥
15 鄂尔多斯婚礼
23 《鄂尔多斯婚礼》诞生的回忆
28 鄂托克往事
35 永远的牵挂——我与鄂尔多斯研究
48 我们的“鄂尔多斯婚礼”
55 我与“安达”奇·朝鲁
62 末代王爷的新生
68 一位土生土长的蒙古族文化学者
71 大汗安在
77 忆沙漠

贺兰情怀

93 回忆录的“自序”和“结语”

101 北京大学生活的点滴回忆
112 两次校庆的祝福
119 我的小书斋
124 历史与历史剧的对话
130 五十初度
135 走出创伤——写在妻子伤病期间的几则日记
146 银川漫语
155 银川，我拿什么奉献给你
165 绿色之路——固原行
175 “1236”的那个庭院
179 宁朔县在哪里
183 从“恰同学少年”说起
187 教师节有感
191 老校友的体验

旅途采撷

203 额济纳访古
211 延边散记
217 走近香格里拉
225 读武威名片
233 河州踏春

241 万泉河的传说

文化友人

251 透过镜头的哲思——读《走读印度》
258 难忘“三人谈”——忆贤亮先生
264 学术人生 奋斗不息
268 老友邱树森
272 三遇志成
277 一位优秀的记者
282 凌山的西部情
285 老贺与岩画
289 书外有感

域外见闻

295 传统与现代结合的魅力——访比随记
301 访日见闻
308 玛格纳的家族博物馆
312 在美国西部
321 我看到了她的古朴
327 从蒙古国的古迹上走过

335 后 记

序一 师友之心路

奇海林

有幸拜读了陈育宁先生《回望履痕》书稿，感受甚多。尤为庆幸的是陈老师要求晚生写个序，这既是莫大荣幸，更是一件特别难为之事。好在有奇·朝鲁盟长、杨勇同学再三鼓励，师友之间的心灵沟通总算书写在字里行间。妥当否？让读者品头论足好了。

陈先生、汤老师与鄂尔多斯的深情厚谊，可谓“永远的牵挂”。青春年华与鄂尔多斯风暴交相辉映，满腹经纶在农村牧区妙笔生出多彩华章，平凡的磨炼与老乡的相处中升华出浪漫迷人的“鄂尔多斯婚礼”，研究院沉睡书籍堆里找寻出草原演变的历史脉络，立足研究服务鄂尔多斯者困惑之时他们果敢助推“鄂尔多斯学”。《鄂尔多斯大辞典》《鄂尔多斯学概论》等倾注了先生和老师的智慧和美好时光。二十年来，先生和老师无数次往返于宁夏和鄂尔多斯，不论是学科框架构建的研讨会，还是历史文化典故梳理的座谈会；不论是田野深处的民族民俗调研，还是矿山气井现场的科学发展考察；不论是沙漠腹地绿富同兴的交谈，还是黄河“几”字弯生态优先、绿色高质量发展的专访，时时处处都留有先生、老师与热爱鄂尔多斯者的足迹，字里行间都印记着先生、老师与建设鄂尔多斯人的思想交融。

鄂尔多斯老少几代人都亲切地称呼您们“陈老师”“汤老师”，不少人以认识陈先生、汤老师为荣，还有人以曾经和陈先生、汤老师一起座谈交流而自豪。

陈先生、汤老师为鄂尔多斯学倾注了二十载精力，可谓“老骥伏枥，志在千里”。2002年，即将退休的原伊克昭盟行政公署巡视员奇·朝鲁是陈先生在鄂尔多斯的好安达（蒙古语兄弟之意），他的一封信引起陈先生极大兴趣，“鄂尔多斯学”实现了从无到有，在奇·朝鲁会长、陈育宁专家委员会主任等一大批热爱鄂尔多斯的老前辈精心培育下，鄂尔多斯学从小到大、从名不见经传到受人瞩目，走出了一条“知识体系＋应用服务”的品牌地方学之路，形成了“因时代而立、因作为而兴、因交流而跃、因个性而美、因文化而强”的地方学鄂尔多斯特点。如今，鄂尔多斯学已经成为全国地方学百花园中的一朵绚丽之花。“创品牌地方学、建和谐研究会”的目标如期实现，“立足学术、服务建设、创新机制、着眼发展”的会旨长期坚持，“举社会之力、办大众之事”的理念初心不忘、砥砺前行，“向心、奉献、低调、务实、节俭、高效”的会风一以贯之、始终如一。2021年，鄂尔多斯学研究会被内蒙古自治区社科联确定为“内蒙古自治区社会科学创新平台——沿黄生态保护与高质量发展智库联盟”牵头单位。鄂尔多斯学研究会的新一代同仁在奇·朝鲁会长、陈育宁专委会主任开创的基业上守正创新、开拓前进。

陈先生、汤老师同鄂尔多斯各族人民群众守望相助，可谓“休戚与共、荣辱与共”。20世纪60年代，陈先生因历史机缘来到苍茫大地鄂尔多斯，知识＋信仰的力量鼓舞着他将沪上才女汤老师引凤到了可爱的鄂托克大草原。从此，二位与鄂尔多斯结下不解之缘，《回望履痕》中所提到的鄂尔多斯人奇·朝鲁、穆向阳、闫仁、张富成、王海、郝诚之、热喜、曹纳木、宝锁、田聪明、范锡林、王占魁、杨国华、田继林、黄凤岐、云占魁、夏日、奇忠义、张桂林、王文亮、刘永祥、王子明、何润田、仁庆道尔吉、巴图吉日格勒、吴剑雄、王廷敏、陈贤良、王玉璋、王林玉、吴宝山、宋文俊、贺建永、张勇军、磨世英、葛亮、吴宁川、章沪、孙国光、青才、杨勇、奇海林、单立新、甄自明、王春霞、萨日娜、巴雅尔图、玛克斯尔扎布、云苏米雅、王喜明、侯钰蛇、杨·道尔吉以及当年的领导布赫、千奋勇等等，他们既有生于斯长于斯、一生奋斗在鄂尔多斯各行各业的“拓荒牛”，也有从五湖四海来到鄂尔多斯叱咤风云的“千里马”，更有从鄂尔多斯走向四面八方的“顶梁柱”。陈先生、汤老师几十年来为什么与这些人有着如此交往呢？为什么书中老出现这些人名呢？梁晓声先生的几句话触动了我的心灵：“根植于内心的修养；无需提醒的自觉；以约束为前提的自由；为别人着想的善良。”文化交融已然成为“由不住”的生命之光。

由于学术与经历所限，再加琐事繁多，对陈先生、汤老师虽有无限敬意，作业只能这样交稿了。陈先生、汤老师为吾辈人生楷模，永远鼓舞着我们不辱使命、不负韶华。

2021 年 12 月 30 日于康巴什

奇海林，教授，内蒙古鄂尔多斯市委党校原副校长，
鄂尔多斯学研究会会长、专家委员会主任委员

序二　不一样的履痕

郭文斌

陈育宁先生本身就是一部书，至今年逾七旬老当益壮。

70 多年的风雨历程，刚好见证了新中国从诞生到强大。新中国筚路蓝缕时，陈育宁先生寒窗苦读。新中国建设初显成就时，他以宁夏高考文科状元之荣进入北京大学历史系学习。“文化大革命”时，他被“打落凡间”，分配到内蒙古伊克昭盟鄂托克旗巴音陶亥公社。改革开放后，他进入内蒙古社科院工作，随后又调到宁夏社科院。20 世纪 90 年代，国家需要高层次人才入仕，陈育宁先生又赴任银川市委书记，离开党政部门后又担任宁夏大学党委书记兼校长，直至 2008 年离开工作岗位。如今，陈育宁先生退而不休，还在宁夏大学担任博士生导师，继续为国家培养高端史学人才。陈育宁先生阅历深厚，年少敏学高中榜首，至于眼见耳闻郭沫若、翦伯赞、吴晗等史学名家的报告和风采，更令人陡生仰慕之感。历史从来没有一帆风顺，都是波浪式向前推进——新中国的历史如此，陈育宁先生的个人经历也是如此。总体上看，新中国的历史足够辉煌灿烂，陈育宁先生的人生也收获满满。

陈育宁先生没有忘记初心，履痕之处，总是在发掘历史。

被分配到巴音陶亥那样的穷困之地，陈育宁先生随遇而安，精诚所至，开始发掘整理当地民族文化风俗习惯。先是实地调查写成了《鄂尔多斯婚礼漫话》，抢救性地记录了鄂尔多斯蒙古族的婚礼习俗，成为后人研究的宝贵资料。随后，他的研究视野又拓展到整个鄂尔多斯地区的民族历史，先后出版了《祭祀成吉思汗的地方——鄂尔多斯河套历史概述》《鄂尔多斯史论集》等著作和多篇论文。近20年来，陈育宁先生还曾担任鄂尔多斯学研究会专家委员会主任委员，鄂尔多斯研究成为他的保留节目。回到宁夏工作后，他主持编写了《宁夏通史》，是宁夏现代意义上第一部史书。以后，无论是在党政领导岗位上，还是在大学研究机构，陈育宁先生都孜孜不倦地研究和发掘当地历史。他主政银川期间，成功召开了又一次贺兰山岩画国际研讨会，成就了贺兰山岩画光辉的一页；积极促进西夏陵3号陵的全面清理维修，使西夏陵的深层次面目得以进一步揭示。围绕着中国民族史学理论体系建设和民族地区发展问题，在他坚持不懈的努力下，《中华民族凝聚力的历史探索》《中华民族凝聚力形成的历史要素》《路在何方——迈向21世纪的西北民族地区》《宁夏百科全书》等重量级著作相继问世。甚至在旅游度假时，他也会"不务正业"地搞起历史研究。海南有条万泉河，北京也有条万泉河，偶然重名还是别有蹊跷？一般人就算碰巧知道此事，也以为"巧合罢了"。陈育宁先生不相信巧合。他剥开历史的重幔叠帐后发现，两条万泉河或许与元文宗图帖睦尔被贬海南岛"存在极大关系"。这既是历史人的责任，也是历史人的福分——他们往往知晓一般人不知晓的故事，能在深阔的历史背景中寻幽访胜，于极平常中见真本事。

陈育宁先生"成就历史"和"发掘历史"的背后，其实是他孜孜不倦的奋斗历史。中华民族善于写史。流传后世的史书，一则要"在齐太史简，在晋董狐笔"。二则要笔耕不辍，要与人性的疏懒做殊死搏斗。没有一番寒彻骨，哪来春秋好文章。陈育宁先生工作不可谓不忙，游历不可谓不广，事务不可谓不多，但他没有被劳形之案牍纠缠，没有被乱耳之丝竹迷惑，而是且行且思且文，去了炳灵寺石窟有感有文，去了乐山大佛有感有文，去了日本、比利时有感有文，路过熟悉的中卫、西海固等地也有感有文……点点滴滴的积累，成就了丰富人生。我们难以想象，为了记录这些点点滴滴，陈育宁先生付出了多少艰辛，诸如沿途的思索、事后的考据、书斋里的为文构道和字斟句酌……反正，没有“板凳一坐十年冷”的毅力是不行的。

在历史学领域，陈育宁先生给了学子们无数的专业教导；呈现在大家面前的这本《回望履痕》，则是陈育宁先生给年轻人的人生教导。掩卷沉思，我总觉得陈育宁先生是想通过这些密如针脚的文字告诫我们，人生最易白头，时时莫忘勤奋。

是为序。

2021 年初春

郭文斌，著名作家，宁夏文联主席、作协主席

草原有约

鄂尔多斯在我心中

我离开鄂尔多斯已经13年了，但我几乎隔一两年总要踏上这块土地，去感受一番似是故土的乡情；我收藏着许多鄂尔多斯蒙古族民歌和漫瀚调的磁带，隔一段时间总要在那让人心荡不已的歌声中陶醉一番；我依然保留着当年喝奶茶，吃炒米、手扒肉的习惯，连我的妻子，同我一道在鄂尔多斯生活过的一位地道的上海人，至今也没有放弃这个习惯；而我的那些鄂尔多斯的笃厚可亲的朋友们，只要有机会，还要找上我的家门，毫不客气地打开酒柜，像当年一样边唱边饮地在一起“红火红火”……我无论走到哪里，我的生活，

与爱人汤晓芳在鄂托克前旗（2017年）

已经与鄂尔多斯不能分离。

我常想，为什么鄂尔多斯这样使我深深留恋？她的魅力何在？

其实，对于我来说，答案是清楚的。

我崇拜鄂尔多斯悠久而多彩的历史。我是学历史专业的，当我较深入地接触了鄂尔多斯的历史后，不禁感叹，这块看上去荒凉而又多沙的土地，却蕴藏着那么丰富的历史内涵。众多民族在这里生息繁衍又共同开发，是她的宝贵传统，她就是我国古代北方民族创造历史的一个缩影。于是，我再也不能离开她的诱惑，终于与探究鄂尔多斯历史之谜结下了不解之缘。我离开鄂尔多斯后，把多年收集的资料、实地的考察和切身的体验，化为理性的思考，写出了一篇篇研究鄂尔多斯历史文化的论文，出版了《鄂尔多斯——河套历史概述》《北方民族史论丛》等著作。当我把这些成果奉献给鄂尔多斯的朋友们时，他们那种交织着感激和鼓励的热烈情感，深深地感动了我，并永远留在了我的心中。一位新华社的老记者曾写过一篇专访，称我对鄂尔多斯历史的研究过程是“从高原来，到高原去”，这篇专访就是用的这个题目。这些年来，我仍然尽可能地收集和了解鄂尔多斯的变化情况。1991 年我参加了中日两国联合在北京举行的“东方文化与现代化”国际学术讨论会，我提交的论文是“鄂尔多斯蒙古传统文化与地区社会发展”，文章引起了会议组织者的注意，作为重点论文予以发表。对鄂尔多斯历史文化的探讨，已经成了我所追求事业的一部分。

我对鄂尔多斯的留恋，出于对她历史文化的浓厚兴趣仅仅是一个方面，更牵挂我的是那里纯朴的人情，人与人之间实实在在的信任和爱心。我在鄂尔多斯整整待了 10 年，长期的基层工作使我交了许多质朴厚道的朋友，多少年来我们互通音讯，交往不断，无论是在我困难或顺利的时候，他们都一如既往地对我真诚相待；不管世风如何变化，他们都不掺一丝虚假。这样的交情，怎能不让我万分珍惜！我还体味到，鄂尔多斯不仅有纯朴真诚的人情，还有那种最能表达这种感情的形式。当撼动人心的鄂尔多斯敬酒歌唱起的时候，当朋友把斟满美酒的银碗和哈达高高举起的时候，你会觉得，杂念和虚伪会得到净化，豪迈和真情会充满心中。许多到过鄂尔多斯的外地人，都有这样的体验。我想起了我的老朋友穆向阳同志，他是和我同时毕业分配到鄂尔多斯工作的。他和他的妻子都是安徽人，已经与鄂尔多斯共命运 20 多年。前不久我去东胜探望他，他已经喜气洋洋地抱上外孙了。我发现他不仅身体依然结实，而且精神大为焕发，以往的幽默加上如今的开朗，浑身透着一股感染人的力量，给我说起伊克昭盟的变化时，如数家珍，充满了感情。老穆还是一位诗人，我从他送我的诗集《牧野》中，完全能够理解老朋友的这种感情。他的诗集的第一组就是“草原恋歌”，是鄂尔多斯的风土人情和更加神奇美好的明天把他紧紧地恋住了。这大约就是鄂尔多斯的魅力。离开她的人，留恋她；没有离开她的人，也留恋着她。

鄂尔多斯，永远在我心中。

1993 年 2 月

（原载陈育宁著《西夏王陵前的遐想》，宁夏人民出版社，1996 年出版）

初到巴音陶亥

1968年夏，终于听够了整日鼓噪的大喇叭对我们这些“资产阶级独立王国大大小小公民们”的训斥，被“扫地出门”，离别了生活6年的美丽而当时却是无情的校园，去到各地“接受再教育”。其中相当多的大学生是到部队农场“劳动锻炼”。我被分配到内蒙古，又被打发到西部边疆的乌梁素海部队农场劳动，整整干了一年半。1970年初，一道命令就将这批“锻炼”的大学生分配了。于是，我被稀里糊涂地分配到当时内蒙古最贫困的地区——伊克昭盟，从盟里又被分配到最偏远的西部鄂托克旗，从旗里再一次被分配到更西部的一个刚刚移民开发的公社——巴音陶亥。

巴音陶亥，蒙古语是富饶的河湾。这个名称只不过是一种期望和追求，其实这里一点都不富饶。巴音陶亥地处黄河东岸鄂尔多斯台地的边缘，从黄河二级提水的配套工程还在进行，大片的土地依然是荒漠，风沙和干旱是这里的气候特点，但从五个公社移来的一万多农业人口已经在这里组成了一个新的公社，伴随着他们的只能是贫困，“吃粮靠返销，花钱靠救济”。我就被分配到这个公社所在地新建的一所学校——鄂托克旗二中当教师。

为了能赶上1970年春天新学期开学，鄂托克旗教育部门急忙为这所学校配备领导和教员，开学前没几天，20多名教职员工就到齐了，其中三分之一是从鄂托克旗各学校调来的老教师，三分之二则是新分配来的大学生。大家彼此相识之后，才惊讶地发现，区

在乌梁素海劳动时
（1968 年）

区一所公社的新办中学，只有三个高中班，竟然一下子配备起了相当可观的教师阵容，大部分是本科毕业生，包括北京大学、中国人民大学的毕业生，文科、理科都有，虽然不开设外语课，但外语老师也有了。以后这批教师陆续作为骨干使用调出后，这所学校再没有达到这样的教师队伍水平。

校长闫仁是当地的基层干部出身，与人为善，相信人、会使用人，团结了这批知识分子，在当时的条件下创造了一个不错的小环境。协助他工作的是未被正式任命的原鄂托克旗一中副校长张富成老师，我们称他为“鄂托克旗教育老前辈”。他从事中等学校教育20多年，富有经验，语文教学素养颇高。他有腰椎病，时常伺偻着矮小的身躯。虽然胆小，却能主持公道；自己受到歧视，却很喜爱云集在这所学校的大学生们。我们在这所设备极其简陋、生活十分困难的乡村学校里，暂时地忘却了历史在我们这一代人身上造成的误会，我们没有隔阂，没有派性，相互关心和照顾，度过了一段平静而又令人难忘的时光。

我是住校的光棍汉，闫仁和张富成的家都在100多公里外的旗镇，也是单身住在办公室，于是我们时常秉烛夜谈（当时还没有电灯），打发寂寂的长夜。谈得最多的是“文化大革命”的是是非非，大有“同是天涯沦落人，相逢何必曾相识”之感。后来就越来越多地谈到了我个人的问题。他们早已知道，我和汤晓芳大学毕业后，虽天各一方，一个在内蒙古，一个在上海，却都忠贞不渝，在离开部队农场前，我去上海极其简单地完了婚。闫仁和张富成二人非常关心此事，油灯下为我策划如何解决牛郎织女唱“天仙配”的问题。

这年夏天暑假，晓芳在浙江军区乔司农场的劳动结束，闫仁和张富成二人特意给我一个赴沪购买教学仪器的公差，去与晓芳见面。晓芳的原分配方案是到某大报社，但临近分配时又变了卦，据说奉上峰旨意，要让工农兵占领上层建筑，于是一些工农兵通讯员取代了大学毕业生跨进报社大门，晓芳被另行发配去当教师。我去上海时，正值晓芳从农场归来等待分配，最后被分配到上海卢湾区一所中学去当教师。

暑假一晃就过去了，我又回到了荒凉的巴音陶亥。上海与巴音陶亥，反差如此之大，加之新婚又别，各自的工作不如意，原来对名牌大学毕业后的种种憧憬皆成泡影，我们的心情十分沮丧。闫仁和张富成二人与我夜话，为我出主意说，你调进上海几乎是不可能的，不知要等多少年。反正是当教师，不如把小汤调来，生活在一起，可以互相照顾。他们还开玩笑地为我算了一笔账：国家规定职工探亲假每年只有12天，分居两地，10年才有120天团聚的日子，30年也不过是360天，等于人家在一起生活一年，其差别是30∶1，如此悬殊，人生能有几个30年？但我明白要晓芳从大上海调到内蒙古荒漠的草原意味着什么，她将要付出多么大的代价。后来，我挡不住闫仁和张富成二人多次善意的诱导和催促，终于写信去征求晓芳的意见，意想不到，她完全同意，而且态度坚决；更想不到的是，她在上海的父母兄妹也都支持她的这一抉择。双方组织一联系，手续办得极快，两个月后晓芳便辞去了上海中学的工作，惜别了自己的父母兄妹，毅然离开从小生长的繁华的大上海，投奔到内蒙古西部黄河边上一个叫巴音陶亥的不出名的小小地方。这一举动，使得我周围的人们和知道这一消息的同学们大为吃惊。学校的老师们说，真不简单呀，一个上海姑娘，离开自己的亲人，放弃优裕的生活条件，

汤晓芳在巴音陶亥鄂托克旗二中工作时（1970年）

能投奔你来到这个沙窝窝，在你俩的天平上，你的这头压下来了。

晓芳的到来，成了这所乡村学校的一件大喜事，闫仁和张富成二人为此做了分工安排。刚刚完工的教员宿舍分给了我一套（1.5间），又专门派王海老师和我过黄河，到20多里外的石嘴山火车站去接站。学校的一辆毛驴排子车是平日里为师生从黄河里拉水的主要工具，也派给我们去接站。我们二人赶着一辆毛驴车渡过黄河，经石嘴山大街招摇过市，路人见两个戴眼镜的知识分子模样的人笨拙地赶一辆毛驴车，皆行注目礼，不知是好笑还是好奇。在去往火车站的途中，王海买了两毛钱麦草，打算卸车后喂驴。他很严肃地问我，卸车后是应该先给毛驴吃草，还是先饮水？我张口结舌，答不上来。他以农牧学院毕业生的资格告诉我，刚卸车的毛驴不能饮冷水，否则会得“肠梗阻”，我只好点头相信。

晚上接到晓芳后，在车站旅馆住了一宿，第二天取上行李便过黄河回巴音陶亥。中午回到了我的第一个家，想不到已经有许多学生、教师家属和周围的老乡等在那里，他们大约是第一次见到上海人，指指点点，弄得晓芳很不好意思。晓芳很客气地请站在门外的老乡们进屋坐，门外的人们却笑嘻嘻地跑开了，过一会儿又聚拢过来。

全校的老师都来帮忙准备晚饭，大家都来表示要好好“红火红火”，有人早已帮助从供销社的商店打来散装的白酒。吃饭时，相识的、不相识的，公社的干部、学生的家长，竟然来了很多人，持续了几个小时不断。我也格外感动，高兴地陪客人喝白酒。这是我第一次喝白酒，不知深浅，只知谁来了也陪着喝两盅，从下午到晚上，结果喝了个烂醉，半夜呕吐，惹得晓芳又哭又骂，她万没想到，来到内蒙古的第一天，会是这样一番情景。

我在巴音陶亥这所中学待到年底，就调到鄂托克旗革委会工作了。

1980年3月

（原载陈育宁著《西夏王陵前的遐想》，宁夏人民出版社，1996年出版）

附

从农场劳动到巴音陶亥，那是一段短暂而又铭刻在心的日子，在以后我和汤晓芳各自的回忆中，还记下了如下的细节：

一、我们的“婚礼”

1970年春节快到了，我和汤晓芳相约，分别从内蒙古乌梁素海农场和她所在的浙江乔司农场到上海探亲。到上海后，按照我二人的商定和双方老人同意，在我刚过25周岁生日时，我们决定在上海登记结婚。1970年1月21日，在汤晓芳一位表姐的陪同下，我们来到上海打浦桥街道革命委员会正式登记结婚，像现在身份证一样大小的两张结婚证上印着毛主席画像和毛主席语录。

我们的“婚礼”是现在的年轻人难以想象的。汤晓芳记得一些细节，在她的回忆录中作了这样的描述：

这是一场在那个特殊年代才会有的婚礼。妈妈买了10斤水果糖，给前后弄堂的邻居分一分。我们的新房就在父母亲住的老旧房子小阁楼上北面的半间房内。大哥的女儿阿三家琦帮忙打扫了房间。我们结婚用的被子，两条线绨被面是陈育宁毕业时卖废书报的钱在北京买的，粗布被里是陈育宁父母从宁夏寄来的，棉花胎是母亲从打浦桥杂货店买来的。我和陈育宁都是穿着在农场劳动时的旧棉军装，没有置一件新衣。父母亲把哥哥姐姐叫来，由母亲掌勺，在家里吃了一顿团圆饭，算是结婚了。虽然是没有任何仪式、聘礼和嫁妆的极其简单的婚礼，连一张结婚照都没有，但在当时我们觉得很高兴、很充实、很幸福，一辈子都不觉得遗憾，这是现在的年轻人体验不到的。我们在家住了五天，第六天我和陈育宁带着小妹回到乔司农场。连队在竹编的简陋营房里，专门为我们这对新婚夫妇腾出一间小屋，小妹住在我住的集体宿舍里。陈育宁和小妹在乔司农场住了一个星期后返回上海，我仍在农场劳动。新女婿从上海去内蒙古时，我母亲给他买了一件天蓝色衬衫，号码是38号。

二、巴音陶亥的生活

在巴音陶亥鄂托克旗二中当老师的这段日子，生活的确很苦，我只有在给汤晓芳的信中诉说一番。有一些细节我已记不大清楚了，汤晓芳却在她的回忆录中留下了记载：

> 此时，陈育宁在内蒙古鄂托克旗巴音陶亥公社一所中学当老师，书信往来中我得知，那是内蒙古最西边靠近黄河的荒漠之地，是为当地农村移民子弟建的一所中学。那边风沙干旱，环境恶劣，生活十分艰苦，没有电，从黄河拉水吃。经常的主食是玉米面（做成钢丝面），下乡还要吃灯香草窝窝。教师食堂可以吃到细粮，炒菜用羊油，一年四季看不到蔬菜，只有老

这是1970年学校为我分配的一间半家属房，2008年我返校时此房还在，拍下这张照片。

乡腌制的酸菜。学生灶主要是烩土豆酸菜。那里的社员是从干旱缺水的鄂托克旗东部迁移过来的，希望通过国家实施从黄河提水工程来解决开发水浇地的问题。当时缺粮少种，国家给予农民的返销粮每人是200多斤原粮，去皮后只有100多斤，农民吃不饱，只好用草籽充饥。那里地势高，黄河扬水工程还远灌溉不到他们新开垦的土地里。那所中学只有三个高中班，都是停学很长时间极端贫困户的孩子，年龄比我们小不了几岁。陈育宁单身住在学校，晚上在油灯下备课。我每每看到他寄来的书信，鼻子里酸酸的，眼睛涩涩的，我常想，他是为了我去那里吃苦的。

那一年，为了稳定教师，学校盖了两排砖包坯的家属房，没有屋脊，屋顶覆的草泥，没有瓦盖。屋内顶棚是裸露的苇席。这两排孤零零的平房周围，就是一片荒原。天晴的夜晚，可以看见黄河西岸石嘴山的点点灯光。学生帮助我们从荒漠草地里捡来一种叫“猫头刺”的干柴草作为燃料，堆放在门前。这是一种耐旱的野生灌木，干枯死的可以当柴烧。烧柴的炉灶连着火炕，新建的房子土炕还不十分干，一烧火就倒烟，满屋子是呛人的浓烟，自己再重新砌烟道，通过隔墙伸至房顶。天冷了靠生铁炉子和烧炕取暖。学校搞基建的木匠给我们做了一块案板，可以切菜也可以擀面。校工老何赶着一辆全校唯一的毛驴车，每天从几里地外的黄河拉水分给每家每户用，大家都很节约用水。星期天我骑自行车跑几十里地过河到石嘴山买酱油及添置一些生活用品。我的父母有时从宁夏给我们用包裹寄几斤大米。就这样开始了我们的家庭生活。

巴音陶亥地区更可怕的是那里恶劣的气候，当地老乡调侃说，一年四季一场风，从大年初一刮到年三十。总之经常刮风，而且夹带着大量沙砾沙尘。隔几天就有一场大风，也就是现在说的沙尘暴。刮起来昏天黑地，白天室内都要点灯（那时还没有通电），女同志外出要用纱巾把头全部包起来。晚上睡觉的时候，大风拍打着后墙啪啪地响，风沙不停地从窗缝门缝钻进来，呛得人直咳嗽，难以入睡。刮一夜大风，早晨起来炕上可以扫出一簸箕沙，而房门前早已堆满了沙子，一开门就全流到屋里。上班前，先要用小推车把门前的小沙丘拉走。

学生都是当地贫苦人家的孩子，有的学生冬天穿一件白茬羊皮袄，天热了就把毛翻过朝外再穿。有的已等了几年才上了高中。这是一群淳朴可怜又可爱的孩子们，他们基础差，但很努力，不怕吃苦，不怕贫穷。他们上了两年高中，到1971年底毕业，没有机会继续上大学读书，只有几个学生是以后才等上了工农兵推荐上大学。这是一批特别重情义的学生，虽然我只给他们上了一年课，但他们特别珍惜这一年的师生之情，不少学生几十年来一直与我保持着联系，尽管他们之中有的已成了老板，发了财，也不忘来看望我。

2016年

鄂尔多斯婚礼

风和日丽，秋高气爽。当金色的秋天来到草原上的时候，我们兴致勃勃地来到鄂托克旗查布公社参加一次完全按照当地蒙古族传统习俗举行的婚礼仪式。当天晚上，我们来到哈达图大队的一个畜群点。在一片宽展的草场中心，坐落着几排整洁的土房，旁边有一座洁白的经过装扮的蒙古包格外显眼。新郎和新娘的家都在这个畜群点上。新郎家在最前排，新娘家在最后排。既然是参加婚礼，我们最想见到的当然是新郎和新娘了。我们先来到了新郎家。

新郎家的新房已布置就绪，墙壁刚刚粉刷过，地下放着一对带箱架的红油漆木箱和一台缝纫机，炕上铺着簇新的毛毯，一条条红红绿绿的新被褥整整齐齐地摞在炕里，枕头上覆盖着一对印有大红双喜字的枕巾。朴素而整洁。新郎和他的母亲把招待客人的奶食品一盘盘地摆在炕桌上。新郎叫索密亚，是大队的拖拉机手。他是一个英俊、剽悍的蒙古族青年，宽宽的脸膛黑里透红，微微翘起的嘴角和闪闪发亮的眼睛，流露着他内心不可抑制的幸福。火红色的头巾，天蓝色的蒙古袍，金黄色的腰带，配上那双乌亮威武的马靴，那色彩、那身段、那气质，不禁使我们惊叹。我们想，那些电影导演们恐怕也很难找到这样理想的“蒙古勇士”形象。

我们来到新娘家的时候，新娘的母亲和伴娘正高高兴兴地装扮新人。新娘佩戴着珠光闪闪的头戴，身着绿丝绒的镶边坎肩，娇美中透着几分英气，绯红的面庞越发显得腼腆、妩媚。她的名字叫索

在查布公社哈达图大队举行的鄂尔多斯传统婚礼（1979年）

龙嘎，是个生产队长。牧民们早已向我们介绍说，这是全大队一位品貌出众的姑娘，又是生产能手。此时，她尽管羞涩地低着头，我们却能看出，她内心正涌动着幸福的浪花。

婚礼的序幕随着夜色的降临拉开了，这是因为鄂尔多斯婚礼中保留着游牧时代的抢亲色彩，而抢亲常常是在夜间进行的。新郎家的萨德格（接亲的人）一行四人，其中包括新郎和一位能言善辩的杭竞（祝颂人），骑着骏马，提着图鲁莫（用整张牛犊皮做的食品袋）来到了新娘家。新娘家的客人们已经围坐在炕上，喝着酒，拉着琴，唱起了优美动听的喜庆婚礼的鄂尔多斯民歌。萨德格之中，两位承办接亲事务的人进入新娘家，而祝颂人和新郎却被伴娘和陪亲的姑娘们用突然拉开的一条红绸挡在门外。这时，那位上了年纪、富有经验的祝颂人故作惊奇，用高亢的声调问道：

啊呀哟，这是怎么回事？
此门是长年累月不通，
还是因为我们来临而紧封？

口齿伶俐的伴娘立于门前，把手一摆，马上答道：

此门并非长年累月不通，
今日正是因为你们来临而紧封。
瞧你弓箭在身，像是猎人，
看你衣着华丽，又好似嘉宾。
你要去的地方是何方？
你要见的亲人是何人？

祝颂人说：

阿爸定好的金银般的亲事，
额吉约好的玉石般的良缘。
我们牵着金鞍宝马，
驮着整匹的京城绸缎，
带着整箱的江南名茶，
还有珍珠玛瑙和翡翠碧簪，
从那遥远的地方，
来到亲人的身边。
是整箱整匹的收下，
还是铺开七条大毡，
将这些礼物件件清点？

伴娘说：

> 整箱整匹地收下了！

接着，祝颂人和新郎将图鲁莫交给伴娘，方得到允许进入屋内。新娘的父母和亲友们热情地接待萨德格。新郎向岳父、岳母和亲友们一一行礼问好。然后，大家一边喝着酒，一边开始了一场趣味横生的对答。女方以伴娘为代表，男方以祝颂人为代表，互相以诗歌的形式进行对答。对答的内容十分丰富，有许多是即席编词，对答如流，意境美妙。其声调更是抑扬顿挫，优美得像唱歌一样。每到对答精彩处，客人们报之以阵阵掌声，婚礼出现了极其热烈的气氛。我们置身其中，真是感到琳琅满目，应接不暇。

伴娘问道：

> 骑着马儿穿过草原，
> 来到这里有何贵干？
> 要娶我们美丽的姑娘，
> 用什么来表达你们的心愿？

祝颂人答道：

> 年年等啊月月盼，
> 盼望着今日这吉祥的一天。
> 良辰佳节来临的时候，
> 向主人表达美好的心愿。
> 世人珍视的三件宝，
> 是我们最贵重的礼物来敬献。

伴娘问：

什么象征着洁白无瑕？
什么标志着幸福荣华？
这样的礼物是什么？
你可把它带到姑娘的家？

祝颂人答道：

清晨是纯洁白净的鲜奶，
正午酿得更加甘甜，
晚上变成醇香的酥油，
这珍贵的礼物全带来。

伴娘问：

千里草原上远近驰名，
奔腾飞跃神速如雄鹰，
为接娶美丽的姑娘，
你可曾带它来临？

祝颂人答道：

成吉思汗圣主的马群里，
挑选出的白玉色骒马驹，
驰骋在蓝天白云间的千里马，
现已牵引到这里。

伴娘问：

烈火中炼就用精钢铸成，
它会使武士变得无比英勇。
为斩除豺狼仇敌，
是否将它带在身？

祝颂人答：

铁木真成吉思汗，
征战用过的宝剑，
英勇威武的新郎，
已把它挂在身边。

一阵对答之后，大家又在四胡、三弦的伴奏下，唱起了喜庆婚礼的民歌。时而对答，时而对唱，热烈的声浪冲出屋外，回荡在草原夜空。在人们酒酣兴浓的时候，祝颂人领着新郎来到了旁边新娘所在的蒙古包里。在这里，我们又看到另一番情景。新娘在伴娘和陪亲姑娘的陪同下，坐在小桌旁，观看着新郎是如何用双手把一个煮熟的羊脖骨从中间掰断。这自然是试验新郎力气和智慧的一个程序。只见新郎双手攥住羊脖，找准骨缝用力一掰，整段的羊脖从中间断裂开来。新娘向新郎投来了满意的又是深情的目光。

深夜，女方家的客房里歌乐延续，美酒飘香，而在新娘的屋里却出现了另一番景象。那些与新娘要好的陪亲姑娘们，随着新娘启程时间的来临，一个个痛哭流涕，难分难舍。她们把各自的绸腰带解下来，一条一条地连结在一起，一头从新娘的袖口里穿进去，经过后背从另一个袖口穿出来，然后再用同样的方法把陪亲姑娘们一个一个地连结在一起，她们抱成一团，要执意挽留新娘。经过伴娘们的一再劝解，甚至强行将姑娘们抱在一起的手指掰开，把连结在一起的腰带解下来，才使新娘脱了身。这时，一位老妇一边给新娘穿着新装，一边唱道：

乌黑闪亮的发辫啊，
好似蛟龙卧在肩。
秋波粼粼的双眼啊，
像是明澈见底的清泉。
我们可爱的姑娘啊，
你的命运在遥远的天边。

东方发白，晨曦为草原披上了一层朦胧的轻纱，欢乐了一夜的人们聚集在门前，要为新娘送行了。萨德格们精神抖擞，新郎背好了弓箭，脸上流露着胜利而归的喜悦。新娘来到父母面前，跪在地上，拉住母亲的衣襟，泪如雨下，送行的人们恋恋不舍地唱起了送女歌：

腾跃在金色沙漠上的，
是故乡的白额骏马。
用绫罗绸缎装扮起来的，
是要去远方的美丽姑娘。
奔驰在银色冰凌上的，
是家乡的斑斓宝马。
用珍珠玛瑙装饰起来的，
是要去远方的聪明姑娘。

歌声中，萨德格向女方的客人们敬酒告别，然后和新娘及送亲的人们一同上马启程。送亲的路程本来是从这个畜群点的后排到前排，相隔一箭之地。但他们却策马向宽阔的草滩驰去，因为那里还有一段紧张的赛马插曲。跑在最前面的是系着火红色头巾的新郎，女方送亲的人们紧紧地追赶着他。索密亚真不愧是一位英勇的好骑手，他策马奔驰，遥遥领先，火红的头巾像领头的火把一样。送亲的人们想赶上新郎，抢走他的头巾，好取笑他一番，但是失败了。最后，这群浩浩荡荡颇为壮观的马队，簇拥着款款缓行的新娘来到新郎家的门前。新郎的父母亲人高高兴兴地在门前迎候。门前点燃着两堆火，蒙着红纱的新娘下马后，在伴娘的照应下走到两堆火前，拉住新郎从火堆的另一边递过来的马鞭梢，从两堆火中间走过来，表示经过火的洗礼，成为纯真的一对。

这时，明媚的阳光洒满了草原，茂盛的牧草映着碧绿的光亮。在新郎家的门前，新郎新娘的父母亲人和所有参加婚礼的客人们，围坐在毛毡上，他们面前的一张张小桌上，摆满了整只羊煮的羊背子和各种丰盛的奶制品。新郎和新娘来到了人们中间，伴娘为新娘揭去了红纱，这一对新人开始依次向老人和亲友们行礼敬酒。大家都必须喝下他们敬上的这两杯酒，祝愿他们幸福美满，白头偕老。在敬酒时，众人兴奋地唱起了敬酒歌，有的弹弦，有的拉琴，年轻人们拿起酒杯、茶碗、筷子合拍敲打，翩翩起舞，欢快悠扬的歌声荡漾在草原上：

金杯中斟满了香甜的美酒，
赛拉白冬赛。
高高举起敬献给尊贵的亲友，
赛拉白冬赛。
……

这是多么热烈隆重的场面啊！我们也和所有的客人一样，喝下了新郎新娘敬的美酒，激动地唱了起来。我们为这一对幸福的新人歌唱，也为这鄂尔多斯婚礼歌唱——它以独特的民族传统，浓郁的生活气息，优美的歌舞形式和热烈隆重的场面，表达了勤劳、勇敢、智慧的蒙古族人民对美好生活的热切向往和他们热情、豪爽、善良的性格，它是一曲生活的颂歌啊！只有在粉碎了“四人帮”后的今天，党的民族政策又回到了草原上的时候，“鄂尔多斯婚礼”才能够重放异彩。

1980 年 1 月

（原载《鄂尔多斯文艺》1980 年 5 月第 1 期）

《鄂尔多斯婚礼》诞生的回忆

《鄂尔多斯婚礼》，如今作为蒙古族民族歌舞和民俗风情最具代表性的经典节目，已风靡草原，传到全国。那动听悠扬的歌曲，优美豪放的舞姿，华丽独特的服饰，特别是那贯穿其中的鄂尔多斯蒙古族民间婚礼仪式，情节曲折，情思深幽，再现着草原上久远而优美的传统，表现了蒙古族人民对生活的炽热情感和豪爽、善良的性格，她打动了无数观众，经久不衰。

这个优秀的歌舞节目是在什么背景下、何时产生的，是许多人曾经问到的一个问题。我的一位老朋友、内蒙古著名的文化学者郝诚之先生近年来一直关心和追踪这个问题，2007 年，终于“追查”到我，并一定要我把所经历和所知道的情况写下来，他的“不依不饶”甚至写在 2008 年元旦给我的新年贺卡中：“不知何故，您电话中告我的关于鄂尔多斯婚礼的史料一直没收到，再慢也不应跨了年，特告。我还在期盼中。”我无法推辞，翻箱底，找材料，终于将所能忆及的一些情况写了下来。

20 世纪 70 年代，我在内蒙古伊克昭盟（今鄂尔多斯市）鄂托克旗工作了整整 10 年。1975 年恢复党政机构后我担任鄂托克旗委宣传部副部长。由于工作关系和我个人所学专业的驱使，我较多地接触了当地的民族历史与文化，开始注意收集和累积一些资料，对断断续续听到的关于鄂尔多斯婚礼的一些片断也产生了浓厚的兴趣。这些资料为我以后从事鄂尔多斯历史文化研究打下一定基础。

这期间，有两位当地的蒙古族同志给了我很多帮助。

一位是当时的鄂托克旗乌兰牧骑指导员热喜同志。热喜同志在当时就是一位文化名人。“文化大革命”前，他曾率领鄂托克旗乌兰牧骑到北京汇报演出，受到周总理的亲切接见，并到全国巡回演出，热喜还在人民大会堂作报告介绍鄂托克旗乌兰牧骑的先进事迹。“文化大革命”中乌兰牧骑和热喜同志都受到冲击而被迫停止活动，20世纪70年代初，内蒙古军管后，支持热喜同志将乌兰牧骑重新组织起来下到牧区演出宣传。当时，我和热喜同志工作联系较多。我知道，热喜同志是鄂托克旗乌兰牧骑的灵魂。热喜还特别熟悉当地蒙古族的民风民俗。80年代初，我离开鄂托克旗后，他还邀请我回去，专门参观过他参与主办的蒙古族民俗器物展览。他是一位真正的蒙古族民间文化人。

左图 与热喜同志（左一）在一起（1979年）
右图 与曹纳木同志（中）在一起（2017年）

另一位是当地的蒙古族曹纳木同志，他当时担任鄂托克旗翻译局局长，曹纳木同志虽然学历不高，但他长期从事蒙汉文文件报告的翻译工作，更难得的是，他坚持多年进行对比利时蒙古学学者阿莫斯太（汉名田清波）法文著作的对译工作，取得了不小的成绩，他将田清波对鄂尔多斯调查研究著作中用法文字母的发音拼写成当地蒙古语的地名、词汇等对译还原为蒙古语，业已出版。曹纳木对当地蒙古族文化、民俗也十分熟悉，经常被邀请作为当地蒙古族各类祭祀活动的主祭人。前几年当他从鄂托克前旗人大常委会副主任的职务上退下来后，自己出资办起了一个“曹纳木书阁”，即一个小型图书馆，收集了不少蒙古学的蒙汉文图书资料，供群众借阅。2005 年 8 月，我和爱人汤晓芳专程去鄂托克前旗访问了他的书阁。

1978 年底，党的十一届三中全会后，我们即使是在基层工作，也明显感到，人们开始从“左”的思想禁锢下慢慢地觉醒。当提到被“文化大革命”破除了的当地蒙古族传统的婚礼仪式时，许多人充满了留恋和惋惜。对于我来说，鄂尔多斯婚礼既神秘，又有诱惑，总想知道个究竟，想做一次深入的调查。大约是在 1979 年上半年，我把这个想法告诉了热喜和曹纳木，我想他二人一定对传统的婚礼知道得很多，而且乐意向我介绍。果然，我们一拍即合。我便在热喜简陋的办公室里，在曹纳木家的炕头上，向他们询问着、记录着。他们二人不愧是蒙古族民俗专家，对鄂尔多斯蒙古族传统婚礼的情节、仪式、服饰、人物关系、祝辞歌曲等了如指掌，记得清清楚楚，这使我喜出望外。但在采访中遇到的一个难题是，热喜和曹纳木虽然能将传统的鄂尔多斯婚礼中的祝赞辞和双方的对答词用蒙古语流畅地说出来，但在忠于原意的基础上用汉语来表达却很困难，我想将其改编为汉语诗歌的形式，又难以把握原意。就在此时，在伊克昭盟盟委宣传部工作的宝锁同志到鄂托克旗下乡，他毕业于内蒙古师范学院，蒙汉文兼通，我即请宝锁同志参与这项工作。我俩在当时鄂托克旗招待所简陋的平房里，将由我执笔写成的调查材料一段一段地研究，特别是对其中的祝赞辞和对答词先搞清原意，然后改写成汉语诗歌的形式，力求体现原味。有时招待所停电，我俩就点起蜡烛加班。稿子写成后，又与热喜、曹纳木共同统稿，终于写成了一篇较完整地介绍鄂尔多斯婚礼全过程的稿子，起名《漫话鄂尔多斯婚礼》，署名是我们四人：热喜、曹纳木、宝锁、宇宁。“宇宁”是我当时用的一个笔名。用打字机打成后油印了若干份。幸好这份最早的油印稿在我的书箱里还保留了一份。

我在这篇调查材料的开头写了一段话，表明了当时对传统的鄂尔多斯婚礼的看法：

婚礼，是人们庆贺一对新人新生活开始时所举行的隆重仪

> 式。流传在鄂尔多斯草原上的蒙古族婚礼，有着悠久的历史，它以独特的民族传统，浓郁的生活气息，优美的歌舞形式和热烈隆重的场面，表达了勤劳、勇敢、智慧的蒙古族人民对美好生活的热切向往和他们粗犷、豪爽、善良的性格。因此，鄂尔多斯婚礼受到了人们的传颂，驰名于世。它的许多健康优美的情节，至今还保留着、沿用着。让我们从一些熟悉鄂尔多斯风土人情的同志们的介绍中，来领略一番在鄂尔多斯西部地区当年举行婚礼的情形吧。

这份印数不多的《漫话鄂尔多斯婚礼》打印稿分送出去后，引起不少同志的兴趣，有人建议，请电视台拍成专题片，让更多的人们看到鄂尔多斯婚礼的真实情景。经过与内蒙古电视台等媒体联系，得到了积极响应。在热喜等同志的策划下，为了达到真实的效果，在查布公社哈达图大队找到了一对即将结婚的蒙古族青年，经过协商，按照我们设计的程序，在乌兰牧骑队员的参与下，为他们举办了一次传统的鄂尔多斯婚礼，自然是由热喜为总导演。这种形式更增加了各个媒体前来报道的兴趣。除了由内蒙古电视台主拍一部纪实性专题片外，新华社内蒙古分社、鄂尔多斯报社等均派人前来报道。

大约在 1979 年 8 月，草原上最美好的季节，在查布公社哈达图大队的一个畜群点上，从傍晚开始，在几个相连的蒙古包里，进行了婚礼一个个情节的现场演练和正式拍摄。没有想到，周围的许多牧民也闻讯赶来观看。无论是所选定的一对新婚夫妇和他们的亲属，还是参与拍摄的乌兰牧骑队员和记者、工作人员，大家的情绪格外兴奋，似乎早就在盼望着这富有浓郁民族生活气息的婚礼仪式恢复起来。我作为主办单位的工作人员也在现场忙前忙后。因为有的情节需要反复几次才能拍成功，仅在蒙古包里的拍摄就进行了整整一夜。天亮后，又在草地上拍摄了迎亲、赛马等情节。当拍摄结束时，谁也没有注意到，热喜已在临时垒起的锅灶上为大家准备好了早点——肉粥，开始招呼大家喝粥了。

当时在新华社内蒙古分社工作，后来曾先后任内蒙古党委副书记、国家广电总局局长、新华社社长的田聪明同志也参加了这次令人难忘的采访。

内蒙古电视台摄制完这部专题片后，不久就给鄂托克旗旗委宣传部寄来一部专题片的录音磁带，我们在办公室里怀着激动的心情用老式录音机听完了专题片的录音。可惜的是，受当时条件所限，我一直未看到过这部专题片。

办成这件事后，我的心情久久不能平静，似乎还想做些什么。后来我将原调查稿《漫话鄂尔多斯婚礼》改写成散文《鄂尔多斯婚礼漫话》，用一个蒙古族的名字阿勒腾德勒格投稿发表在内蒙古群众艺术刊物《鸿雁》复刊的第1期上（1980年1月出版）。过后不久，创刊的《鄂尔多斯文艺》也约此稿，我又以拍摄专题片的一对蒙古族青年的婚礼为素材，以《鄂尔多斯婚礼》为题写了一篇散文通讯，发表在《鄂尔多斯文艺》第1期上（1980年5月出版）。在当时文艺刊物极少的情况下，内蒙古和伊克昭盟刚刚复刊及创刊的两个文艺刊物都刊登了我所写的介绍鄂尔多斯婚礼的稿件，也说明了当时对恢复民族传统文化的关注。

此后，我陆续见到一些报刊介绍鄂尔多斯婚礼的文章，大多是采用了我所发表的两个稿件所提供的素材，有的还整段引用祝赞辞等。

不久，热喜领导下的鄂托克旗乌兰牧骑首先将鄂尔多斯婚礼编成歌舞节目搬上了舞台，成了大受欢迎的压轴节目。此后，伊克昭盟和内蒙古自治区的一些文艺团体也陆续演出了以鄂尔多斯婚礼为题材的蒙古族歌舞节目。

如今，每当听到那熟悉的鄂尔多斯蒙古族民歌《送亲歌》时，就不由得想起了30年前的这段往事，想起了热喜、曹纳木、宝锁，还有乌兰牧骑那些可爱的年轻人。

2008年2月于塞上古城

（原载《鄂尔多斯日报》2008年2月27日）

鄂托克往事

鄂托克旗政协拟编辑出版《鄂托克往事》，征集老同志的文稿。我在去年夏天也收到了旗政协的来函，心中一直琢磨着要写点什么，但迟迟未动笔。20 世纪 70 年代，我在鄂托克旗工作了整整十年，在那个特殊的历史年代，度过了我 25–35 岁青春年华的一段重要经历。对我来讲，鄂托克旗是我参加工作的第一站，我在那里作为落实知识分子政策的对象，较早入了党，被组织提拔使用，又在那里开始了我专业研究的事业；我在那里体验了基层，经历了变革，增长了实际的知识，积累了有益的经验和方法；我在那里结识的许多真诚朴实的朋友，情谊经年不断……真是有太多难忘的往事和体会，一时不知从何写起。

2015 年新年一过，鄂托克旗政协范锡林副主席来电，告知已征集了部分文稿，编成了《鄂托克往事》初稿，除了再次邀稿外，又给了我一项任务：为这本书稿写一篇序，并发来了书稿的电子稿。我阅读书稿，40 年前的许多人和事浮现出来、清晰起来，伴随着回忆是内心一阵阵的激动。文稿的许多作者是我熟知的老同志、老前辈，他们用朴实的语言讲述了亲身的经历，展现了鄂托克旗发展历程上的风风雨雨和一代代干部群众、共产党人前赴后继的创业事迹。鄂托克旗走到今天，是前辈们的奉献铺垫了前进的道路。今天回忆这些往事，不仅是为了书写历史，更重要的是，用这笔精神财富，去开创新的历史。

在鄂托克旗旗委工作时（1977年）

20 世纪 70 年代，从“文化大革命”后期到粉碎“四人帮”，再到十一届三中全会召开，经历了重大历史转折的人们，从桎梏和压抑下走出来，尽管环境和条件依然充满艰难，但渴望变革、追求发展的愿望却十分强烈，他们中的许多人虽然带着受“文化大革命”迫害和冲击的伤痛，却放下个人恩怨，没有计较职务待遇，而是抖擞精神，重整旗鼓，坚持奋斗，去改变贫困落后的面貌。在《往事》文稿中，我所熟悉的老领导王占魁、杨国华、杨明山、田继林等人事迹的回忆，生动揭示了那个时期党员领导干部的精神面貌。

鄂托克旗委老书记黄凤岐的回忆尤令人感动。我 1970 年到鄂托克旗工作时，黄书记早已调离，但干部群众对他是众口称赞，充满感情，对于他身先士卒领导全旗人民和1965年大旱作不屈抗争的事迹如数家珍、念念不忘，称他为当之无愧的“焦裕禄式的好干部”。以后我有过几次机会见到过黄书记，但都是匆匆而过。1984年我在内蒙古社科院工作时，作为知识分子的代表，当选为自治区党委候补委员。黄凤岐时任自治区党委组织部副部长，在党代会期间曾与我谈起当选候补委员一事，而此前我一无所知。那次相谈，他的谦和、真诚，与人为善的态度，以及对一个年轻知识分子党员干部的鼓励和期望，令我感动和难忘，我脑海中总好像有一个焦裕禄的影子，匆匆奔走在鄂托克旗干旱的草原上。我想，这就是我们心中敬佩的领导形象，也就是时下年轻人所说的“粉丝”所崇拜的“偶像”。在刘永祥同志回忆黄凤岐书记在鄂托克旗工作的文章中，虽然是几十年前的往事，却娓娓道来，那些细节记忆犹新，可见黄书记在干部心目中印象之深。我和刘永祥同志同在旗委大院工作，他在组织部，我在宣传部，又是住家邻居。他长期担任组织部的领导，对下面的干部关心、体贴、公道，善解人意，尽力帮助解决困难。

与王子明同志（左二）在二道川公社（1977年）

刘永祥同志的家境比较困难，但他一直服侍供养着自己的两位老人。他既是干部的贴心人，又是孝子，这是当时刘永祥同志留给我很深的印象，我以为组织部门的干部就应该是这样。

读了王子明同志的回忆文章，我觉得特别亲切。20 世纪 70 年代，王子明同志是从基层选拔的优秀青年干部，务实、干练、谦虚，在多个岗位工作，干一行钻一行，都能干出成绩。1976 年下半年至 1977 年上半年，我作为二道川公社路线教育工作团团长，带领几十名干部和青年借干在二道川工作了七八个月。王子明同志当时任公社党委书记，我们密切配合，各项工作推进顺利，由此我们也结下了深厚的情谊，以后的几十年里，我有机会回到鄂托克旗，总要和王子明同志见面叙旧。至今我印象很深的是，在二道川，王子明书记的工作重点一直是抓住生产发展、条件改善和基础设施建设不放，不唱高调，不受干扰，而是从实际出发，务实苦干，一心要改变二道川的贫困面貌。在当时做到这一点是很不容易的。云占魁同志也是当时我非常敬重的实干家领导，正如《往事》文稿中他的回忆所说，他常年下基层，抓生产，抓抗旱，跑项目，筹资金，在最困难的时期为鄂托克旗做出了特殊的贡献。

我在鄂托克旗宣传部工作期间，工作接触较多的还有乌兰牧骑指导员热喜同志，《往事》文稿中有他子女对他的回忆。几年前我写了一篇和热喜同志一起调查鄂尔多斯婚礼及拍摄专题片的回忆文章，我建议也能收入这本《往事》中，以表示我对热喜同志的纪念。2011 年初，我与夏日、奇·朝鲁同志在北京开会时曾商议，建议鄂托克旗建立热喜及乌兰牧骑纪念馆（室），并由我执笔写成报告，后由奇·朝鲁同志交给旗领导。

除了我读以上几位老同志文稿有所感慨外，使我又联想和回忆起当时在鄂托克旗工作的许多同志，他们之中有领导干部，有从事文化、教育、医疗、农业科技的专业人员，有走上工作岗位的南京知青，有充满朝气的“借干”等，我清楚地记得他们的名字，有的至今联系不断。何润田同志担任组织部长时，还没有那么多小汽车可乘，他常常是一早喂好马，开始了他一天骑马下乡的工作。不少蒙古族干部，在旗里工作，家在牧区，只有节假日才能回家。我的入党介绍人张桂林、王文亮，既是我的领导，又像兄长一样关心帮助我这个年轻干部。张桂林亲自问偏方找药为我爱人治病。王文亮得知我们去上海探亲有困难时，把自己节省的钱借给我们作路费。曹纳木、仁庆道尔吉、巴图吉日格勒坚持多年对地域文化及民族传统文化进行调查研究，他们的成果令我刮目相看，由衷钦佩。吴剑雄夫妇对草原植被的长年调研，至今所取得的一系列重要成果，是奠基性的，也使我更加相信，专业研究在基层一线是可以有所作为的。始终坚守在鄂托克旗医疗战线上的王廷敏、陈贤良，他们医术精良，医德高尚，他们给鄂托克旗的贡献是生命、是希望，给他们多少奖励也不为过。张富成、王玉璋、王林玉老师为鄂托克旗教育事业的发展及人才培养，是理所应当记入史册的。贺建永、张勇军、磨世英这些当年的“借干”，后来都成了鄂托克旗建设的骨干。葛亮、吴宁川、章沪、孙国光等南京知青，正是在鄂托克旗奠定了他们人生和事业的基础。这仅仅是我对所熟悉的同志的点滴回忆。其实，那时候许多人的许多事迹，都值得征集记录，都是值得《鄂托克往事》选编的内容，这是鄂托克旗一笔丰富的无价财富、无形资源，是应当留住的记忆和继承的传统。尽管当时生活贫困，条件艰苦，但这一群体，聚集在边远偏僻的草原牧区，在社会的最基层，坚持奋斗，守望家园，不离不弃，又充满乐观，彼此关心，包容宽厚，民族和睦。那时候，很少听到干部贪腐的事情，生活虽苦犹乐，精神是充实的。似乎很少感受到上下级森严的等级和贫富间悬殊的差距。这种现象与当今的一些社会风气相比，反差之大，令人深思。

有一件事情我记忆深刻。1976 年 7 月 28 日，极为罕见的一夜暴雨使后大梁的山洪直泄而下，冲向乌兰镇，顺着马路和低洼处由北而南席卷而过，天亮时乌兰镇已是满目疮痍。我的住家正在水道上，首当其冲。当时我正在巴音陶亥公社带领工作队搞路线教育，我爱人汤晓芳回上海生孩子，家中无人，逃过一难。待第二天雨停后通知我回旗料理时，看到的住家已被洪水和淤泥污物冲击得一片狼藉。机关的同志告诉我，他们曾冒雨破门抢救财产，但本来就简

全家在鄂托克旗
住房前(1977年)

陋稀少的家当已所剩无几，被土炕的泥水卷裹的一条被子，一个小伙子竟抱不起来，有一小袋炒米，已被洪水泡得撑破了布袋。全家找不到一件未被洪水冲刷的东西。后来发现，只有墙上挂着的我和我爱人的一张照片未被浸泡，照片上的两个人面对洪水的“洗礼”仍在微笑着。

面对这样的灾害和损失，大家的心情都很沉重。我做了简单的清理、晾晒后，又很快回到巴音陶亥公社。事后多少年，回想起这次遭遇，有一个问题始终在脑中盘旋：为什么当时遭受了这么大的损失没有怨言、没有情绪低落影响工作？为什么没有向组织申诉困难、要求补助？为什么没有提出请假在家收拾？奇怪的是当时就没有想到这些问题，因为没有计较这些问题的环境，没有那种风气，大家都是如此，没有过多地强调自己的困难和利益，考虑更多的是自己的工作和责任，是全旗的救灾。这就是那个时候干部群众的精

2018 年再访鄂托克旗，进入熟悉的沙漠

神状态。

我在 20 多年前写的一篇散文《鄂尔多斯在我心中》有这样两句话："我对鄂尔多斯的留恋，出于对她历史文化的浓厚兴趣仅仅是一个方面，更牵挂我的是那里纯朴的人情，人与人之间实实在在的信任与爱心。"正如我的老朋友奇·朝鲁同志所说，育宁同志对鄂尔多斯充满了深深的感情。也正因为如此，从 2002 年开始至今，在奇·朝鲁同志的带领下，我又参与了鄂尔多斯学的创建工作。

我想，征集编辑《鄂托克往事》，就是为了不忘好的传统，艰苦奋斗的传统、公而忘私的传统、为民服务的传统；就是为了不忘乡愁，不忘对鄂托克大地的眷恋，对各族老百姓的亲情，对民族文化的记忆。由此看来，《鄂托克往事》功莫大焉，写好、编好、续好，责任重大。

（原载鄂托克旗政协编《鄂托克往事（序）》，宁夏人民出版社，2014 年出版）

永远的牵挂
——我与鄂尔多斯研究

一

2004 年春天，一个晴朗却还透着寒意的日子，我陪同日本学者前往鄂尔多斯市参观成吉思汗陵和正在建设的成吉思汗陵旅游区，专程从东胜赶来的鄂尔多斯学研究会会长奇·朝鲁同志把刚刚出版的《我与鄂尔多斯》（卷一）递到了我的手中，并且又一次嘱咐我，一定要我把在鄂尔多斯的经历和感受写出来，这也是一些老同志的要求。我又一次随口答应着，却不知何时才能付诸行动。

这一晚，我住在旅游区新建的宾馆里，信手翻看这本书，渐渐地我被它吸引了。《我与鄂尔多斯》（卷一）主要收集的是中华人民共和国成立后伊克昭盟（后改为鄂尔多斯市）的历任领导的亲历叙述。我挑选我所熟悉的老领导写的回忆文章一篇一篇地读着，不知不觉竟然一直读到深夜而毫无睡意。那些亲身的经历，那些真情的流露，直搅得我思绪翻腾，不能自抑。

我在想，为什么鄂尔多斯有着如此强烈的吸引力，她使得自己土生土长的儿女，也使得外来的游子，在这里忍受着艰辛，却长久无怨地付出，苦苦地恋着这片土地，倾注了深深的情意？这是一座金山吗？不是，贫穷曾是这片土地最大的特征；这是一处优美的田园吗？不是，荒凉和沙漠曾是这片土地最大的威胁。

那究竟是为什么？我掩卷而思。《我与鄂尔多斯》（卷一）那些活生生的事迹和感受，似乎在诠释着一个基本事实：自古以来，众多的民族和南来北往的人们，为了寻求自己生存的地方，祖祖辈辈密切交往和合作，开发了鄂尔多斯地区，在共同的艰苦奋斗中逐渐形成了纯朴而真诚、重感情而轻利益的民族关系和人际关系，说到底是一个“情”字，构成了巨大的凝聚人心的力量，这种无形的力量把人们紧紧地连在一起，鼓励着人们去为之奉献、为之牺牲，这种精神传至一代又一代，形成一种强大的传统。

几十年来，我进入鄂尔多斯，又离开了她，却永远留恋着她，成了一生不能割舍的牵挂，不正是经历这样的人生体验吗？

十多年前，我写过一篇散文“鄂尔多斯在我心中”，其中有这样一段话：

> 我几乎隔一两年总要踏上这块土地，去感受一番似是故土的乡情；我收藏着许多鄂尔多斯蒙古族民歌和漫瀚调的磁带，隔一段时间总要在那让人心荡不已的歌声中陶醉一番；我依然保留着当年喝奶茶，吃炒米、手扒肉的习惯，连我的妻子、同我一道在鄂尔多斯生活过的一个地道的上海人，至今也没有放弃这个习惯；而我的那些鄂尔多斯的笃厚可亲的朋友们，只要有机会，还要找上我的家门，毫不客气地打开酒柜，像当年一样边唱边饮地在一起“红火红火”……我无论走到哪里，我的生活，已经与鄂尔多斯不能分离。我还体味到，鄂尔多斯不仅有纯朴真诚的人情，还有那种最能表达这种感情的形式。当撼动人心的鄂尔多斯敬酒歌唱起的时候，当朋友把斟满美酒的银碗和哈达高高举起的时候，你会觉得，杂念和虚伪会得到净化，豪迈和真情会充满心中。

想到这里，我心中涌起了一股冲动。“我与鄂尔多斯”也是我以往人生中极为重要的内容。有那么多刻骨铭心的经历，有那么多栩栩如生的往事，有那么多难得的朋友，从青年时代到双鬓染霜而情真不移……我完全应该答应奇·朝鲁同志的要求，把它写下来，

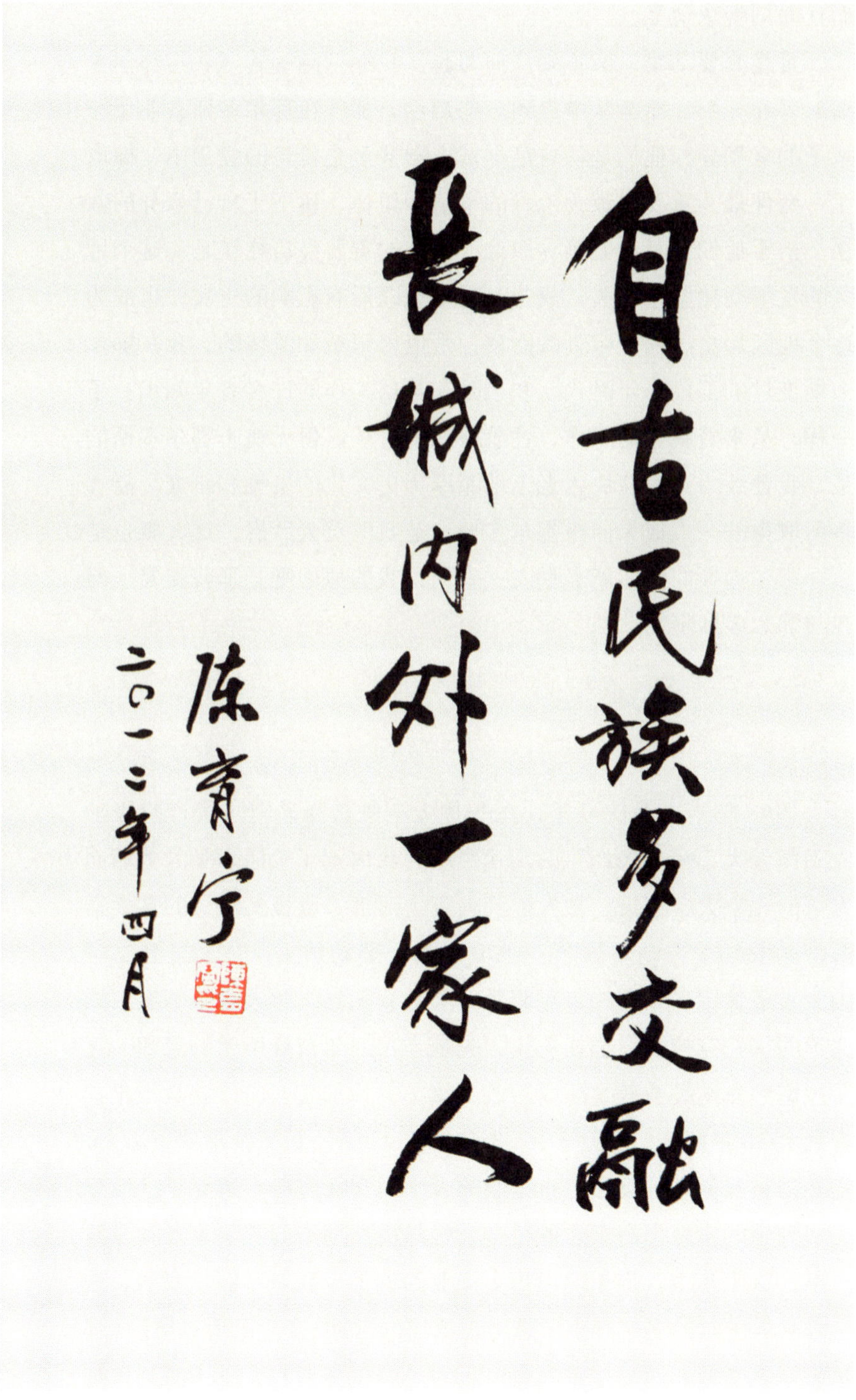

题写"自古民族多交融　长城内外一家人"（2012年）

而且即刻就想动笔。

可是真要动笔，又不知从何写起。我继续翻阅着《我与鄂尔多斯》（卷一），渐渐从中得到一些启示。那些在鄂尔多斯奋斗了一辈子的老领导，他们是从自己丰富多彩甚至是传奇的经历中，撷取了一两件最为重要也最为珍贵的事情和记忆，留下了自己亲身的叙述。由于他们当时身处领导岗位，他们的重要经历往往是和这个地区的发展变化紧密相关，成为当时乃至以后有影响的史实，也成为这个地区历史进程中宝贵的财富，是值得记载和流传的。我在鄂尔多斯度过的那段青年时代，和当时在基层工作的许多青年知识分子一样，从事着具体的工作，过着平凡的日子。但无愧于鄂尔多斯的是，我曾致力于对这块古老土地深厚历史文化的发掘和研究。能够将所取得的一点成果回报鄂尔多斯，是我的莫大欣慰，这大概也是至今鄂尔多斯的许多新老朋友一直惦记我的原因吧。那我就写一写我与鄂尔多斯研究。

二

1968 年不平静的夏季，在一片大喇叭鼓噪着对“资产阶级独立王国大大小小公民们”的训斥声中，我离别了生活六年的美丽而无情的北京大学校园，被发配到内蒙古西部边疆极其艰苦的乌梁素海部队农场“劳动锻炼”。1970 年初，劳动结束，被派遣到当时内蒙古最贫困和艰苦的伊克昭盟，又被分配到当时大学生不愿去的遥远的鄂托克旗。在鄂托克旗，先是当了一年公社中学的老师，之后被调到旗革委会政宣组（后改为旗委宣传部），一待就是十年，直到 1980 年调离。这十年中，先是失落、迷茫，后来渐渐安下心来，竟然动员我新婚的妻子，也是我的大学同学汤晓芳，放弃了已经分配回到她的家乡上海工作的机会，毅然决然地来到鄂尔多斯和我共患难。这十年中，出于学习历史专业的偏爱，我对“鄂尔多斯”这个好听又上口的名字产生了越来越浓厚的兴趣。少年时看过电影《鄂尔多斯风暴》和《鄂尔多斯舞》，对“鄂尔多斯”留下了深刻又神秘的印象，如今置身其地，一定要弄个明白。我到档案馆、文化馆查阅资料，向当地的蒙古族同志询问了解。但所得甚少，当时的环境仍然使文化处于禁锢之中，这越发勾起了我的欲望。

记得1979年，当时我任鄂托克旗委宣传部副部长，在已经开始松动的政治气候下，和伊克昭盟委宣传部、内蒙古电视台等新闻媒体及鄂托克旗乌兰牧骑密切配合，以我和热喜、曹纳木、宝锁共同写成的“鄂尔多斯婚礼”访问调查材料为脚本，在查布公社哈达图大队实地拍摄了一部专题片《鄂尔多斯婚礼》。这是“文化大革命”之后冲破禁锢第一次将代表鄂尔多斯蒙古民族文化的“鄂尔多斯婚礼”拍成了电视片，她的内容及拍摄行动本身都产生了很大影响。此后，以鄂尔多斯婚礼为题材的各种文艺形式接踵出现，我也从中体验到，鄂尔多斯的历史文化竟有如此大的魅力。但我遇到的最大困难是找不到资料，找不到可以请教的专家，我只有等待机会。

1980年初，依然寒冷的季节却不断传来春的信息。恢复高考，恢复研究生招生，召开全国科学大会，科研机构在恢复重建。“老九不能走”成了知识分子之间相互表示庆幸的语言。没有想到，这些消息突然有一天和远在偏僻牧区的我们夫妇二人联在了一起。刚刚建立的内蒙古社会科学院人事处处长万贵华同志，依据他们了解到的情况，亲自到伊克昭盟来商调我们夫妇二人到内蒙古社会科学院从事专业工作。万贵华同志是曾任伊克昭盟盟委书记、内蒙古自治区党委常委、组织部部长李振华同志的夫人，她有这一层特殊的关系，伊克昭盟和鄂托克旗的领导便不再好拒绝，于是，我和汤晓芳于当年调入内蒙古社会科学院开始了新的生活。

当我离开鄂尔多斯的时候，心中并没有太多的兴奋，反而不时地陷入一种离别的惆怅，还有一种放不下的牵挂。那就是对鄂尔多斯历史文化的探究。不过，新的环境很快使我有了一种如鱼得水的感觉，我抓紧一切机会，收集鄂尔多斯的各种资料，向老专家请教，不停地整理、研究、撰写。特别使我感到兴奋的是，积累的史料越来越多，陆续见到了一些难得的资料。鄂尔多斯地区的历史发展线索和整体面貌越来越清楚。我要特别感谢内蒙古社会科学院“老三所”（内蒙古社科院的前身、成立于20世纪50年代的蒙古历史、蒙古文学、蒙古语言研究所）图书馆，我在书库里翻来覆去地寻找，甚至把堆在墙角尘封多年的故纸堆也翻了个遍。比如20世纪初连篇累牍发表在《地学杂志》上关于成吉思汗葬地问题的所有争辩文章，1939年国民党蒙藏委员会关于迁移成陵的所有电文档案抄件，北洋政府关于伊克昭盟垦务的调查报告（手抄本），1948年的伊克昭盟概况（手抄本），1959—1960年对伊克昭盟各旗进行社会历史调查的原始记录材料及各种油印的历史资料等等，这些难以寻找的资料，都是在这里发现的。当时书库的管理员是早年毕业于复旦大学历史系的王龙耿先生，他给予了我很多指点。还有与内蒙古社科院一路之隔的内蒙古大学，丰富的馆藏和资料往往使我因有新的发现而激动不已。曾长期致力于鄂尔多斯蒙古历史、语言、文学研究的比利时神甫阿莫斯太（汉名田清波）在20世纪30年代北京辅仁大学学报上发表的研究成果，如《鄂尔多斯志》等，我就是在内蒙古大学图书馆找到并请该校外语系精通法语的米济生先生翻译的。除此之外，我还剪贴、复印和抄录有关鄂尔多斯历史文化资料不少于百万字。

那时，我真是完全沉浸在鄂尔多斯的历史天地中，长期的渴望和思考得以满足、得以释放。在20世纪80年代的头几年，我连续不断地在国内报刊上发表了一系列介绍和研究鄂尔多斯地区历史的文章，这些文章引起了学术界和新闻媒体的关注。新华社内蒙古分社资深记者石云子同志于1986年写的一篇题为“从高原来到高原去——访年轻的蒙古史学者陈育宁”的专稿中这样写道：

> 在塞外高原风风雨雨的十二年里，这位怀有抱负的青年虽感叹所学非所用，但不甘蹉跎岁月。他与当地蒙古族、汉族基层干部、农牧民同甘共苦，交往密切，注意从高原生活激流中撷取知识，汲取营养。由于所学历史专业惯性的驱使吧，他和当地人事接触之中，特别注重了解鄂尔多斯的历史、文化和现实情况。从群众的谈论中，从史书的记载中，他逐步加深了对这个古老高原的认识：具有悠久历史文化的鄂尔多斯，是中国

人类文明发源地之一。我国北方历史舞台上出现过的一些著名游牧民族，几乎无一不在这块高原留下了足迹。游牧民族驰骋的草原同中原内地紧密联结，交往频繁，共同创造了璀璨夺目的鄂尔多斯文化。

关于我们当时的生活情景，石云子同志又写道：

笔者结识陈育宁时，正当他全家从鄂尔多斯迁入青城呼和浩特市。当时他三十五岁，风华正茂，人们叫他“小陈”。小陈和他曾是同班同学的妻子小汤都被安排在内蒙古社会科学院，专业对口，归队了。小两口勤奋治学，刻苦钻研，在祖国科学文化的春天里，施展才华，开花结果。利用假日，我多次走访社科院宿舍楼，常见这一对学术伴侣，一人一张书桌，静悄悄地埋首案前，或翻阅史书，或挥笔疾书。

那是一段难忘而充实的日子。

三

鄂尔多斯地区从旧石器时代开始，就是最早人类活动的地方。此后北方出现的各个民族都把这里当作自己的活动舞台，留下了他们创造文明的足迹。秦始皇统一六国，建立起统一多民族国家，鄂尔多斯地区就是这个统一国家最早的组成部分，以后的历朝历代，这里的人类历史活动从未中断。许多重要人物、重要事件都与鄂尔多斯地区有关。但许多零散的资料并未串联起来，还没有一部完整的著作把这个地区的历史线索连贯起来。于是，我所着手的第一个大的题目就是想把这个地区从古到今的历史脉络勾勒出来。20世纪80年代初，我在《鄂尔多斯报》上连载《鄂尔多斯史话》，较系统地描述这一地区的历史进程。

《鄂尔多斯史话》的连载发表，引起了一位老人的注意，他就是当时任伊克昭盟政协副主席、盟地方志编纂委员会副主任的奇忠义先生。奇忠义先生是成吉思汗第三十四代孙，1949年春继任鄂尔多斯左翼中旗扎萨克多罗郡王，同年9月率部起义，参加到革命队伍行列。全国人大常务委员会原副委员长布赫对他“由封建王公真正转变为一名人民公仆”，并且“以严谨的治学态度和忘我的工作精神，主持了挖掘整理鄂尔多斯民族历史文化遗产的工作”，给予了高度评价。奇忠义先生亲自到呼和浩特市与我联系，建议充实《史话》。1982年底，他将修改充实的《鄂尔多斯史话》约10万字刊印在《鄂尔多斯史志研究文稿》第一册上。1986年，在他的提议和支持下，由伊克昭盟政协文史资料委员会将我撰写的若干篇关于鄂尔多斯历史的研究论文汇编起来，以《鄂尔多斯史论集》为名内部印行。在当时鄂尔多斯历史研究起步之初、成果不多的情况下，为了引起大家对我写的论文的重视，他亲自到呼和浩特市，约我去见原伊克昭盟盟委书记、时任内蒙古自治区党委副书记千奋勇同志，恳请老领导为我的这本论文集作序，千书记欣然同意。奇忠义先生的热心和执着，令我十分感动。

接着，我又抓住几个对鄂尔多斯地区历史有重要影响的专题，收集资料，排比考证，深入思考，完成了若干篇论文，如：

《成吉思汗的葬地和陵园》（1983年），对历史上蒙古帝王葬地和祭祀分离的习俗以及各种古籍对成吉思汗葬地的记载作了详细考证，此后又根据收集到的国民党蒙藏委员会的电文资料，对抗日战争时期迁移成陵作了叙述。《从鄂尔多斯地区的历史看民族关系》（1985年），这篇发表在《光明日报》上的文章，所表达的主要观点一是民族关系的实质是经济关系，二是民族关系的主流是相互往来，相互依存。这个观点成为我以后主编完成关于中华民族凝聚力专著的基础。

比较重要和有较大影响的一篇文章是《鄂尔多斯地区沙漠化的形成和发展述论》（1986年）。这是发表在当时国内权威学术刊物《中国社会科学》上的一篇长篇论文。这篇论文从收集资料、构思到撰写用了一年时间，在北京专家和编辑的帮助指导下又修改了一年，终于从一篇资料排列的历史叙述文章提高为一篇总结历史经验教训、论述人与自然关系的有说服力的论文。这篇论文发表后，又被全文译成英文，在该刊的对外英文版上发表。在构思这篇文章的很长时间里，我脑中浮现的是“文化大革命”中号召所谓“牧民不吃亏心粮”而迫使牧区以“建设饲草料基地”为名去开垦草原、以打下的少量粮食敲锣打鼓送公粮的情景，是我曾经从鄂托克旗玛拉迪徒步艰苦穿越大片明沙抵达尔格图的情景，是我拄着树枝翻过今鄂托克前旗境内二道川那两道高高的沙梁的情景，是我从鄂托克旗乌兰镇乘长途汽车至东胜途中看到库布其沙漠与毛乌素沙地在杭锦旗独贵加汉已经相连接的情景，是我在鄂托克旗抗旱办公室不断写旱情和沙化报告的无奈情景，是宁夏农民在与内蒙古交界草场砍伐甘草而与内蒙古牧民发生冲突导致流血的情景……这一切都成了我必须搞清楚沙漠成因及其防治问题的动力。1985年春，当我基本完稿，奇忠义先生正好邀请我到伊克昭盟讲课，我便首先在伊克昭盟的干部中讲了一番鄂尔多斯荒漠化的形成与发展问题。前面提到的新华社记者石云子同志在他的报道中也提到了这次演讲。他写道：

他就鄂尔多斯地区沙漠化形成与发展所作的学术报告，引起了高原人们的轰动。在座无虚席的党校礼堂里，从地区领导到各旗县干部，数百人洗耳恭听。土地沙漠化是阻碍边疆繁荣昌盛的大敌。长期以来，鄂尔多斯人眼看大自然生态失去平衡，草场沙化，耕地沙化，十分苦恼。很想弄清沙漠化的原因，寻求治理的方法……他以众多的史籍记载为依据，论述了鄂尔多斯逐步沙漠化的历史过程，分析沙漠化的内在、外在原因，总结出应该吸取的经验教训。报告提出的情况和问题，使许多人为之沉思，议论纷纷。一些土生土长的蒙古族、汉族干部说，我们都是伊克昭盟人，过去对本地历史若明若暗，不了解自然生态演变，干了不少违背客观规律的事，听了报告才明白发展生产建设要重视环境保护。只有把近几年种树种草治理沙漠的事业更加自觉地坚持下去，使生态环境由恶性循环向良性循环转变，

> 鄂尔多斯地区才能逐步实现经济富裕、科学发达、文化昌明。

后来，我参加内蒙古社会科学院集体编写的《蒙古族通史》，承担了近代部分，于是又完成了一组关于近代鄂尔多斯地区“独贵龙”运动、反洋教、“新政”及“移民实边”等专题的论文。和我爱人汤晓芳合作，依据文献和调查材料，完成了一组关于鄂尔多斯蒙古族民俗及祭祀文化的论文。

20 世纪 70 年代我在鄂尔多斯基层工作了十年，80 年代又在科研机构从事了十年的研究工作，在此基础上，到了 80 年代末、90 年代初，我对鄂尔多斯地区的历史面貌已经有了较全面的认识和思考，这个时候，在我出版的学术著作中，鄂尔多斯历史文化的研究成了主要的组成部分。

1989 年由人民出版社著名编辑家戴文葆先生推荐，中国华侨出版公司（后改为东方出版社）出版了我的专著《祭祀成吉思汗的地方——鄂尔多斯河套历史概述》。戴文葆先生在写给香港《大公报》（1991 年 9 月 2 日）的评介文章中说：

> 晓芳本可回到户口金贵的沪地，她却冒着扑面的风沙，来到荒凉的鄂尔多斯与育宁共命运，青春红颜，一住十年。鄂尔多斯的山山水水养育了贤伉俪。他们跨越了“红海洋”，承受了严峻的“再教育”，在策马奔波工作之余，他们翻阅文献，踏勘地理，调查风土人情，思索万古愁题，积累了丰富的第一手资料。在他们携手走进科研机关大门以后，这些切身的直感，理性的思考，终于化为若干篇学术论文。字字看来是汗水，十年辛苦不寻常。

那时候，出版著作已经开始收取费用了。出版社虽然只提出收取 2000 元的出版补贴，但当时对我来讲也是一件很困难的事。这件事被我的蒙古族朋友、时任鄂托克前旗旗长的青才同志得知，他专程赶到银川，给我送来了 2000 元。每当我翻阅这本书的时候，青才同志说的那句“你为我们出书，我们不帮谁帮”的话总是萦绕在耳际。

1991年宁夏人民出版社出版了我和汤晓芳的论文集《北方民族史论丛》，启功先生题写了书名。这本论文集中收录了我二人的一组研究鄂尔多斯历史的论文。研究蒙元史的著名专家邱树森教授在为该书所作的“序”中说：

> 育宁、晓芳伉俪60年代毕业于北京大学历史系，他们风华正茂，准备走上工作岗位之际，“史无前例”的“文化大革命”发动了。他们在辽阔的鄂尔多斯整整待了10年。岁月艰难，却未蹉跎。勤劳、勇敢的蒙古族牧民，鄂尔多斯的山山水水，引起了他们对蒙古族历史的浓厚兴趣。工作之余，他们调查风情，考察地理，研究文献，积累了大量第一手资料，《论丛》中的一组有关鄂尔多斯的论文，那么自如地说古道今，如果没有对鄂尔多斯的深厚感情和生活体验是无论如何写不出来的。

我和晓芳是1987年调至宁夏工作的。在宁夏的研究工作又开辟了新的领域，但依然没有放弃对鄂尔多斯的研究。1993年在我和汤晓芳出版的又一本论文集《塞上问史录》中，还是收进了一组新的有关鄂尔多斯的论文。文史评论家高嵩先生为该书写的“序”中特意提到了这一点：

> 大概不少的学者跟演员一样，有自己的保留节目。陈、汤两位先生的保留节目是什么呢？是鄂尔多斯蒙古史。我知道，在鄂尔多斯这块土地上，他们贡献了美好的青春年华。他们曾经为了专题考察形影相随到处奔波，如同飘闪在无边漠野上的两粒火花……人们自然不难意识到，他们对这个地区蒙古史的研究之所以既能够扪骨及髓又能够轻采毛发，是因为他们曾经向这块土地支付过巨量的精力和炽热的情感。

四

改革开放在中国大地上所创造的奇迹，大约连绝大多数中国人也难以料到。当进入20世纪90年代后，“鄂尔多斯”已经成为著名品牌而享誉海内外。在十多年前还是内蒙古最贫穷落后的鄂尔多斯地区，竟然发生了奇迹般的变化，令人刮目相看。第一个通过补偿贸易建立起来的大型羊绒生产企业，发挥资源优势组建企业集团，坑口发电，铁路贯穿，治沙造林，旅游观光……伴随着这些被称为“鄂尔多斯经济现象”的出现，同时使鄂尔多斯传统文化的活力得到了激发。我从媒体的报道和老朋友们接触中关注着这一切。1991年我接到参加在北京召开的“东方文化与现代化”国际学术讨论会的邀请，我立即想到，我参加交流的论文理所应当地要选择鄂尔多斯。鄂尔多斯深厚的文化积淀反映了东方文化多民族的特点，鄂尔多斯深刻的变化又代表了中国现代化发展的趋势。我提交的论文题目是《鄂尔多斯蒙古传统文化与地区社会发展》。这篇论文引起与会者的关注，论文被发表在《中日关系史研究》上。

对于鄂尔多斯蒙古的研究，在20世纪初就引起了国外学者的注意。比利时神甫阿莫斯太（田清波）曾在鄂尔多斯居住了20年，调查鄂尔多斯蒙古的历史、语言、地理、民俗，以后又用了20年潜心研究，撰写了大量著作，成为国际知名的蒙古学学者。对田清波与鄂尔多斯的关系，自然也就成为人们感兴趣的课题。1993年我应比利时鲁汶大学欧中文化研究中心的邀请，赴比利时参加了“田清波与鄂尔多斯国际学术讨论会”，在会上发表了“田清波及其鄂尔多斯历史研究”的演讲。

此后的很长时间里，我虽然从不同的信息渠道了解鄂尔多斯，与那里的老朋友仍然有着来往，但毕竟因为工作在不同地区，研究的领域不同，很难对鄂尔多斯研究给予更多的投入。我想，从此鄂尔多斯只有在我的著作和记忆中保留了。

但谁能料到，与鄂尔多斯的不解之缘竟又梅开二度，2002年春天，老朋友奇·朝鲁同志的一封来信又把我对鄂尔多斯的情感大大地调动起来。奇·朝鲁同志征询我对“鄂尔多斯学”及成立鄂尔多斯学研究会的意见，我即刻回信说，建立鄂尔多斯学这个意见，“闻之十分兴奋，似乎将心中久久蕴藏的一个模糊想法一下挑明了”。我立即整理出自己的想法，利用双休日跑到鄂尔多斯市与奇·朝鲁等同志交换意见。这一下一发不可收拾。按照和奇·朝鲁同志商定的意见，我回到银川后昼夜兼程，清理出我研究鄂尔多斯的论文，挑选整理，汇集成一册近30万字的《鄂尔多斯史论集》，邀请布赫副委员长题写书名(没想到布赫同志得知这一请求后，当晚写就)。又邀请最了解我与鄂尔多斯情结的老朋友奇·朝鲁和穆向阳同志分别作序。奇·朝鲁同志在“序”中说：“这些多年积累并具有开拓意义的研究成果，为我们提供了认识鄂尔多斯、热爱鄂尔多斯、建设鄂尔多斯的重要历史文化依据。”而老穆则用他诗人的语言写道：“古老神奇的鄂尔多斯，给了他真情，给了他至爱，给了他无穷的诱惑和希冀。而他，凭着赤子的真诚和学者的良知，将其所闻、所见、所考、所思，用心血熔铸成珠玉华章，奉献给了草原人民和广大读者。”宁夏人民出版社给予了热情支持，终于在当年9月鄂尔多斯学研究会成立大会之前正式出版，提交给了参加大会的各界朋友。

这两年来，我数次前往鄂尔多斯市，作为鄂尔多斯学研究会专家委员会主任委员参加了隆重的研究会成立大会，作为嘉宾参加了香港凤凰卫视《纵横中国·鄂尔多斯》专题片的拍摄，在《鄂尔多斯报》及研究会的刊物上，又发表了一些关于鄂尔多斯的文章。为了了解鄂尔多斯地区的西夏遗存，2003年春寒及风沙甚烈的一个双休日，我又和抱病的妻子考察了鄂托克旗的阿尔寨石窟、百眼井遗址。

看来，这样的记录还要继续下去。

鄂尔多斯，成了我永远的牵挂！

（原载奇·朝鲁主编《我与鄂尔多斯》卷二，内蒙古人民出版社，2004年出版）

我们的“鄂尔多斯婚礼”

2020年7月7日，一个珍贵而难忘的日子，在我们老两口结婚50周年之时，也是在我们大学毕业参加工作第一次来到鄂托克旗50周年之时，鄂托克草原上的蒙古族朋友们为我们举办了金婚纪念活动，实际上是为我们补办了一场从未办过的婚礼，这真是我们未曾料到的惊喜！

新冠疫情发生半年来，我们与鄂尔多斯的老朋友们虽常惦记、互通微信，但毕竟因疫情所限而平添了许多思念，期盼着平安相见的一天。奇·朝鲁老哥和杨勇老友为此筹划了好长时间。到了7月，疫情形势好转，终于有了机会。杨勇为鄂托克旗设计了一个非遗项目和非遗传承人口述调查的课题，鄂尔多斯学研究会与鄂托克旗努图克文化研究会决定共同在鄂托克旗举行座谈会以启动该课题，时间定在7月7日。我接到通知后，像以往参加研讨会一样，查阅资料，认真做了发言准备。7月6日，老会长奇·朝鲁、新会长奇海林以及杨勇、王春霞、萨日娜等鄂尔多斯学研究会的同志和我二人约好，同时从东胜和银川出发，章治宁陪同我二人，乘小胡的车，当日下午先后到达乌兰镇。我与奇·朝鲁相识相交30多年，应他之邀，参与鄂尔多斯学研究会的创建活动十五年，有着“安达”（兄弟）般的深厚情谊，与鄂尔多斯学研究会的朋友们也建立了满满的友情，还有不少时常惦记的鄂托克旗的老同志、老朋友们，在疫情之后相聚于乌兰镇，格外亲热。

到达乌兰镇，鄂托克旗人大常委会主任单立新和杨勇先安排我二人去一家缝纫店每人挑选了一身蒙古袍，还有帽子和皮靴，一试穿，格外精神，自我感觉有了草原气质。杨勇说，你们回到鄂托克旗草原，穿上袍子更有意义。小单是主要策划者，他临时接到通知外出开会，给我打电话说，来到鄂托克旗，一切听他安排。此前我将我们的金婚纪念册送给小单，也将纪念册照片的微信发给奇·朝鲁和杨勇，他们都知道今年元月是我二人结婚 50 周年。我想他们可能在明天会后聚餐时要提及此事，让我们穿上蒙古袍是为了表示祝贺吧。

7 月 7 日上午，鄂托克旗非遗项目及传承人口述调查座谈会在旗人大会议室举行。鄂托克旗现有各类非遗项目 69 项，非遗传承人 62 人，这是一笔宝贵的文化遗产、文化资源，搞好口述调查，对于保留、弘扬传统文化很有意义。会议由奇海林会长主持，杨勇、鄂托克旗人大常委会副主任、努图克文化研究会会长巴雅尔图，鄂托克旗的专家仁庆道尔吉、玛克斯尔扎布、汤晓芳和我发了言，都表示支持这个项目，提了建议。会议圆满。

回到鄂托克草原
（2020 年 7 月）

中午聚餐地点在乌兰镇北20多公里处的锡林塔拉，这是属于新召苏木的一处牧家乐旅游点，已发展多年，颇具规模，几十座大小不一的蒙古包在宽阔平展的草原上组成了一个景区。我们聚餐的地点定在一个大包里。

我二人穿上崭新的蒙古袍，头戴礼帽，足蹬皮靴，在蒙古包前与朋友们留影。当我走进这座豪华的大包，眼前一亮，正面挂着为我二人金婚纪念制作的大幅照片，两旁是对联："金婚五十载""草原浪漫曲"。电视屏幕上正在播放着我们金婚纪念册的照片，似乎有一些"婚礼"的气氛。除了鄂尔多斯学研究会的朋友外，鄂托克旗的老朋友吴宝山、王玉璋宋文俊夫妇、云苏米雅及巴雅尔图等努图克文化研究会的朋友们都已到来，我们亲热相见，互道问候。我已感到，这是鄂尔多斯学研究会和鄂托克旗的老朋友们专为我们举办的一次聚会。

在鄂托克草原纪念结婚50周年（2020年7月）

像过生日一样，为我们送上了大蛋糕，蛋糕上是大大的蒙汉两种文字的“金婚”二字。

身着蒙古袍的巴雅尔图代表单立新主持，发表了热情又幽默的开场致辞，表达了鄂尔多斯的朋友们对我们金婚的祝福，再一次称赞我们20世纪70年代在鄂托克旗十年艰苦奋斗的经历。

接着让我讲话，我真没想到会安排这样一个情意浓浓、喜气满满的隆重聚会来祝福我们，我真是“激动的心颤抖的手，千言万语涌心头”。我说，50年前的1970年1月我二人结婚，没有婚礼、没有新衣、没有新房，我只身一人，穿着在内蒙古军垦农场劳动的旧军棉衣，从天寒地冻的内蒙古乌梁素海前往上海，与当时还在钱塘江边部队农场劳动的汤晓芳会合，在上海登了记，与家人一起吃了一顿饭，我又只身一人北上西行，返回荒凉的乌梁素海，随之匆匆离开劳动了一年半的部队农场，去到更加荒凉贫困的伊克昭盟报到。这一年的秋天，我赶着毛驴车，在石嘴山火车站接上毅然从上海调到内蒙古鄂托克旗的汤晓芳，来到黄河东岸穷苦的巴音陶亥和我共命运，开始了十年鄂托克的艰辛之旅。50年夫妻相扶跋涉，却从未奢望能有一次婚礼。真想不到，50年后的今天，我二人再一次重返鄂托克草原，今日之草原，阳光灿烂，绿草茵茵，“安达”们为我们举办了这次草原婚庆，我们的内心充满了温暖、充满了幸福、充满了感恩之情。1978年到1979年，我曾最早调查访问采写了被封闭的鄂尔多斯传统婚礼，如今我自己又享受了鄂尔多斯式婚礼带给我的快乐，岂能不感慨万千！汤晓芳更是激动地回忆了10年鄂托克教会了她生活、工作，懂得珍惜，难忘友情。我对汤晓芳说，你今天的讲话如此流畅动人，是因为真情真言，发自内心。

奇·朝鲁老哥的讲话让我又一次激动不已。他回顾了我们相识相交30多年来的友情，共同创办鄂尔多斯学走过的15年历程，对我的人品、学识和我们的友谊给了很高的评价，这都是发自内心的感受，在场的朋友们给予德高望重的老旗长、老书记热烈的掌声。

接受哈达，接过酒杯，我二人一一接受了朋友们的祝贺。遗憾的是，我因牙疾刚做了手术，未敢饮酒。我二人也像一对新人一样，

奇·朝鲁等朋友们为我们赠送礼物

给大家依次敬酒。

接下来又是我未想到的，朋友们为我们赠送纪念品：奇·朝鲁老哥赠给我的是红玛瑙鼻烟壶，奇海林、杨勇代表鄂尔多斯学研究会赠给我们的是草原上传统的一只奶桶，巴雅尔图代表单立新和努图克文化研究会赠给我们的是一对银碗，银碗里满满盛的是雪白的奶酪和鲜红的红枣。还有更为珍贵的是鄂尔多斯的朋友们为我二人准备的婚礼服，一身簇新的蒙古袍装束。

宴会在老友王玉璋作词的《鄂托克旗歌》中开始，听了多少年的鄂尔多斯蒙古民歌，今天听起来格外走心动听。

在欢乐的鄂尔多斯民歌声中，羊背子端上来了！这是草原最高的规格和礼节。这是一只大约80斤重的大羊，羊头在上，四肢摆开，肥大的羊尾似乎还在颤动，诱人的味道溢满蒙古包，而更诱人的是在嘹亮的祝颂赞美声中，那位蒙古族兄弟熟练有序地卸骨割肉的表

宴会上牧民进行了传统的“摆羊背子”仪式

演，那不仅是技艺，那是传统的再现。巴雅尔图介绍，那位操作卸羊背子的牧民是非物质文化遗产传承人，曾为300多人参加的培训班讲解演示。果然身手不凡，令人刮目相看。

我想起了1979年在热喜的策划下，按照我们访问调查的程序，在当年的查布公社哈达图大队为一对蒙古族年轻人举行的传统鄂尔多斯婚礼，内蒙古电视台还拍摄了纪录片，我曾写过一篇回忆文章记录此事。40多年过去了，那情那景，似在昨日！因为今日，我自己又演绎了一场袖珍版的鄂尔多斯婚礼。

我们离开了锡林塔拉，旗歌、酒歌还久久地萦绕在耳边。

我当晚把微信上收到的照片转发给了家人，让他们分享这份难得的快乐。我的老弟老妹们很高兴，也很有感慨。大妹育芳的微信说：“几十年的辛勤耕耘，几十年的艰辛付出，从踌躇满志的壮志青年到现在斑斑白发的老者，一路奋斗一路辉煌。人常言：鸟过留声，人过留名。哥嫂用自己的实际作为赢得了曾经共同奋斗的同志们的尊敬和关爱，真可谓是义在情中，情在心中，情深意厚，深情满满，怎不让人热泪盈眶！”二弟育仁的微信说：“人在情在，人不在情还在，人走茶不凉，这种人与人之间的友谊、情感长期共存，几十年来和上至领导同仁，下至百姓平民相处如初，得到了回报，的确是退休老人的一大快事！”小妹育兰的微信说：“鄂托克旗的朋友很重情义，也说明你们对内蒙古的贡献和为人，这种友谊很让人感动。内蒙古的朋友给哥嫂过了个金婚纪念，这样的友情真是难得，尤其是在人情很薄的现在更是少见、不易，这说明内蒙古人够朋友，重情分，也说明哥嫂的人品好，我是有感触和体会的。”小弟育州是去过草地的，他提醒我刚看过牙病，“哥的牙能吃动吗？估计一兴奋牙也不痛了，牙力也来了！”上海的小妹菊芳看了那些照片，微信上说，你们得到了“最高级的蒙古族待遇”。我很感谢我的弟妹们，我要把他们的话记下来。

回到银川，我又给奇·朝鲁和鄂尔多斯学研究会的朋友及小单、巴雅尔图发去了真诚感谢的微信。奇·朝鲁兄回复：“真情无疆，地久天长，心心相印，誓不相忘！”“真人难遇，真心难得，真理难求，真情难忘。愿我们共同追求珍惜这四真。”杨勇回复：“难忘鄂托克，再聚康巴什！”他又在策划下一次活动了。春霞和萨日娜都表达了对各位长辈的祝愿。还在外地的小单回复：“只要你们开心快乐高兴就好！”巴雅尔图的回复：“你们对这片草原的牵挂和执着是我们学习的榜样！”

草原上的朋友们为我们这对老夫妻补办了迟到50年的婚礼，而且是在永远牵挂的鄂托克草原上，这样的人生喜事一辈子能有几回？

2020年7月14日于银川

附记：

7月26日，将此文发给好友老同学朱友华，友华即赋诗发来。友华是才子，古文诗词俱佳，我俩70周岁时曾赠诗以贺。兹将这次发来的贺诗附录如下：

结缡五十年，金婚喜空前。宾朋共称庆，着意筹庆典。
旧地再游时，已非昔时天。往事堪回首，万苦犹觉甜。
伉俪情至笃，敬贺意绵绵。

友华　7月27日

我与“安达”奇·朝鲁

奇·朝鲁同志是土生土长的鄂尔多斯蒙古人，年龄略长于我，大学毕业后回到鄂尔多斯工作，在基层做过教师，后来从事领导工作，先后担任过旗长、旗委书记、副盟长，我们有些相同的经历。2001 年伊克昭盟改为鄂尔多斯市时，他已退居二线任巡视员。他作为曾经分管过经济工作的地方领导，退下来后被很多企业视为可贵资源，争相高薪聘请他为企业顾问，但他一一谢绝。他身体好，情况熟，又是当地很有威信的蒙古族领导干部，究竟会有什么样的选择，熟悉他的同志也在观望着。其实，奇·朝鲁同志早有考虑，他做出了一个人们未曾意料到的选择。

2002 年春节过后不久，我收到了奇·朝鲁同志于 3 月 12 日写的一封信，他在信中写道：

我现在即将退休。近期我们鄂尔多斯的一些老同志议论着要创立一个“鄂尔多斯学研究会”，将社会上对鄂尔多斯有研究、有造诣的人士组织联络起来，对鄂尔多斯进行全方位、广角度、宽领域、多学科、高水平的研究活动，将其创立为一门学说。这个想法一经提出，得到了自治区、市级领导的重视、支持。现正在广泛联络方方面面的人士，探讨为什么要创立鄂尔多斯学，鄂尔多斯学应包括哪些内容等问题。今写此信，意在请你指点。你对鄂尔多斯研究有很高的水平，你对鄂尔多斯有深厚的感情，我们有意聘请你为高级顾问。

请你不吝赐教，谈谈你的看法。

这封来信，一下子激起了我心中的波澜。我在内蒙古工作近20年，是从鄂尔多斯起步的；我的学术研究活动，是从鄂尔多斯开始的；我的青春，我的事业，我的朋友，我的感情，都和鄂尔多斯紧紧相连。奇·朝鲁同志是我的老朋友，当年我们一见如故，相知相交20多年，如同“安达”（蒙古语兄弟之意）一般。他现在从伊克昭盟副盟长领导岗位上退下来，没有像有的曾经很有权力的领导干部退下来后去经商搞企业挣大钱，而是选择了被人认为清贫的文化工作，这是一种奉献。我想，这是缘于我们有着相似的经历，有着共同的对事业的执着，有着那个时代我们对人生的共同追求。10天之后，3月22日，我将自己的思考写成了《关于建立鄂尔多斯学的初步建议》发给了奇·朝鲁同志。信中表达了我当时的心情：“闻之十分兴奋，似乎将心中久久蕴藏的模糊想法一下子挑明了。”我又利用双休日时间，和汤晓芳赶往鄂尔多斯与奇·朝鲁见面。从此，共同创建鄂尔多斯学的事业，又把我俩紧紧地结合在一起。

奇·朝鲁看了我写的建议后表示，有了专家支持，他就更有信心了。于是积极争取地方领导支持，着手成立鄂尔多斯学研究会的各项筹备工作。他给了我三项任务：一是担任鄂尔多斯学研究会专家委员会主任，二是将我过去研究鄂尔多斯历史文化的成果集结出版，三是参加当年9月鄂尔多斯学研究会的成立大会，并作关于鄂尔多斯学的学术报告。我被他的精神和执着所感动，立即整理过去发表过的有关研究鄂尔多斯历史文化的论文，选择汇编成《鄂尔多斯史论集》，邀请布赫副委员长题写书名，同时邀奇·朝鲁同志和穆向阳同志作序。在宁夏人民出版社的支持下，这本论文集在当年9月研究会成立之前出版，如奇·朝鲁同志在“序”中所说：“为鄂尔多斯学研究会的成立献上了弥足珍贵的重礼。”我在参加当年9月在鄂尔多斯市举行的隆重的鄂尔多斯学研究会成立大会上感慨地说，奇·朝鲁同志担任鄂尔多斯学研究会会长当之无愧，他虽然退居二线，却做的是一线的工作，可以预料，一定会取得“前线”的效果。这个话后来被鄂尔多斯的很多同志认同并传开。

在作为会长的奇·朝鲁同志的不懈努力下，如今“鄂尔多斯学”已成为大家公认的一门有丰富内涵和特色的地方学，鄂尔多斯学研究会的大量有效的活动和取得的成果，越来越受到当地党委、政府及社会各界的重视。人们在关注“鄂尔多斯经济现象”的同时，又看到了生气勃勃的“鄂尔多斯文化现象”。奇·朝鲁同志新的建树、新的贡献，使他成为鄂尔多斯人尊敬的“文化明星”。在奇·朝鲁同志的影响和不间断的联系中，我又把一度搁置起来的鄂尔多斯历史文化的研究重新捡起来，撰写专题论文，搞课题设计及论证，完成奇·朝鲁会长交给的一项又一项“作业”，发表了一些新的成果。奇·朝鲁同志也再三表示，我为他打的这份工，要与他相伴到底。

奇·朝鲁同志在为《鄂尔多斯史论集》写的“序”中说：“20世纪80年代初我到鄂托克旗任旗长，乡亲们对育宁的学识、才华、为人赞口不绝，令我倾慕。其时他已调内蒙古社科院工作。以后我们相识相交，情谊弥笃。”我是1980年初从鄂托克旗旗委调至内蒙古社科院工作的，对于我和我爱人汤晓芳生活工作了十年之久的鄂托克旗却留着深深的怀念。在那里留下了我们的失落和艰辛，也留下了我们的充实和真情，只要有机会总要回去看看。1987年5月，我和汤晓芳应邀到鄂托克旗去参加当地举办的鄂尔多斯蒙古族民俗展览。就在这一次去鄂托克旗，我们认识了时任旗委书记的奇·朝鲁同志，虽然是第一次见面，但好像彼此很早就熟知似的，大有一见如故之感。草原上的习惯，只有酒才能表达人们的情感，记得在我离开的前一天晚上，奇·朝鲁同志约了很多我熟悉的鄂托克旗的同志，一家一家地看望，一家一家地喝酒。就这样串了一夜门，喝了一夜酒。奇怪的是，天亮时我们依然觉得很清醒，还在一起照相留念，然后依依不舍地告别。和奇·朝鲁同志第一次见面的这番情景，真是令人难忘。以后，我们虽在两地工作，来往不多，但彼此都关心着对方的信息。1995年5月我刚任银川市市委书记不久，当时任伊克昭盟副盟长的奇·朝鲁同志专程来到银川，在向我表示

奇·朝鲁同志代表鄂尔多斯市政府为我颁发文化顾问聘书（2009年4月）

祝贺的同时，又沟通了两地合作与交流的想法。

人的一生会遇到一些想不到的“轮回”或“循环”。我没想到的是，当我调至宁夏，研究的方向渐渐转移后，却又和鄂尔多斯联系起来，竟“梅开二度”；当我和奇·朝鲁同志即将先后从岗位上退下来，各自要安排晚年生活时，奇·朝鲁同志又领导创建了鄂尔多斯学及鄂尔多斯学研究会，共同的事业又把我们紧紧地联系在一起，奔忙起来。我为有这样一位有强烈事业心的蒙古族朋友而荣幸。

2014年下半年，奇·朝鲁、杨勇及一贯支持鄂尔多斯学研究会活动的内蒙古东联集团老总侯钰蛇同志，曾积极策划为我即将到来的70周岁生日搞一次祝贺活动，他们的深情令我感动，当我谢绝了这一动议后，奇·朝鲁同志提议说，我们更感谢的是你对鄂尔多斯历史研究所取得的成果和对创建鄂尔多斯学的贡献，于是就形成了召开一次“陈育宁学术思想座谈会”的想法。在奇·朝鲁同志的亲自策划下，以鄂尔多斯学研究会的名义，于2014年12月16日在东胜召开了“陈育宁学术思想座谈会”。

座谈会后，根据奇·朝鲁会长的提议，整理与会者的发言作为《鄂尔多斯学研究》的一期专刊刊发。奇·朝鲁会长专门为这期专刊写了一篇充满情意的前言《说在前面的话》，他在这篇前言中说：

在我这70多年中，所经见的人和事不可谓不多，但与陈育宁相遇相识相交这么多年是一种缘分，是幸运的。我们两个人，他是汉族，我是蒙古族，他比我官大年龄小，我比他官小年龄大，他是北京大学学文科的，我是内蒙古师范大学学理科的，说差别差距很多很大，但这不仅丝毫没有影响我们之间的交往、合作、共事和情谊，而且形成一种互补优势的动力。尤其是在创办鄂尔多斯学研究会、创立鄂尔多斯学这十多年中，我们大家对育宁的信赖、钦佩、敬重之情与日俱增，这正是他的学识水平、亲和心态、价值指引、人格魅力使然。与我有同感者很多，从这次座谈中就可以看出一二，听到倾慕者的心声。人生苦短，难得知己。珍惜美好的时光，珍惜宝贵的情谊，珍惜可爱的事业，让我们携手同心走好人生的每一步，过好安康快乐的每一天吧。

在我70周岁到来时，我编印了反映自己人生经历的画册《走进70后》，特邀奇·朝鲁同志为我题词，奇·朝鲁同志极其认真地用蒙古文和汉文两种文字为我题写了如下词句：

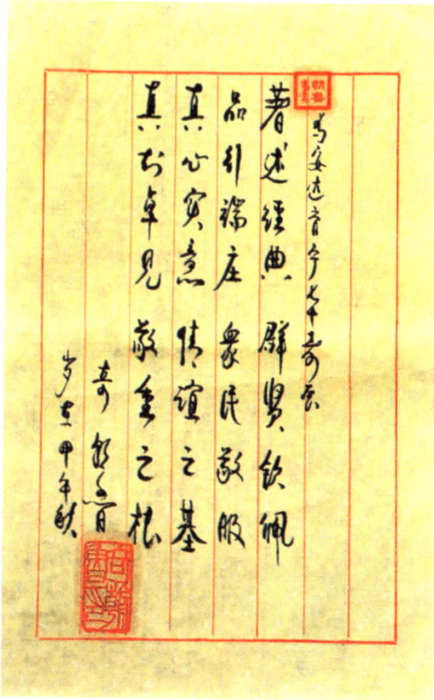

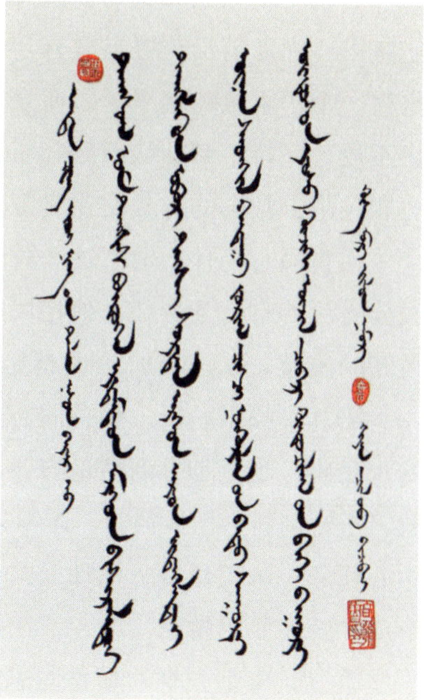

奇·朝鲁同志为我70周岁的题词（2014年）

为安达（兄弟）育宁七十寿辰

著述经典　群贤钦佩　品行端庄　众民敬服

真心实意　情谊之基　真知卓见　敬重之根

奇·朝鲁　岁在甲午秋

2015年12月23日，冒着严寒，我和晓芳又一次长途奔波，来到鄂尔多斯，参加一次不同寻常的研究会理事会。这次理事会，引起大家关注的是奇·朝鲁辞去会长职务这项议题。根据上级关于规范学会组织的要求，以及由于年龄的原因，奇·朝鲁同志主动提出辞去会长职务。我和许多朋友一样，希望能挽留奇·朝鲁同志，希望他继续带领大家把鄂尔多斯学及研究会的事业进行下去。在这次理事会上，我做了一个发言，特别讲到了在创建鄂尔多斯学和鄂尔多斯学研究会工作中奇·朝鲁同志的作用，我讲了三点：

第一，首创。“鄂尔多斯学”这个概念和命题是奇·朝鲁同志首先提出来的。

这是一个大胆又具创新意义的命题。奇·朝鲁同志以敏锐的文化意识，立足前沿，提出具有学术理论前卫意义的命题。正是有了这样一个学术范畴和平台，在众多专家的共同努力下，十多年来抓住不放，坚持不懈，从而整合了鄂尔多斯丰富而有特色的民族、历史和经济、社会的各类文化资源，创建了一门民族地区的地方学。奇·朝鲁同志为什么会有这一首创？我以为最重要的是他所具有的民族文化的自信及责任，他把民族文化的继承和发展当成自己不可推卸的使命，义无反顾，心甘情愿地担当起来，用了心血，动了真情。

第二，探索。奇·朝鲁同志牵头组建的鄂尔多斯学研究会走过的十三年，也是创办新型地方学民间学术团体的十三年，是勇于探索、不断创新、积累经验、逐步完善的十三年。现在，从办会宗旨、中心任务、队伍建设、活动模式、组织机构、会风建设等各方面都形成了较完整的做法。

第三，奉献。奇·朝鲁同志在退休之后，选择了民间学术团体

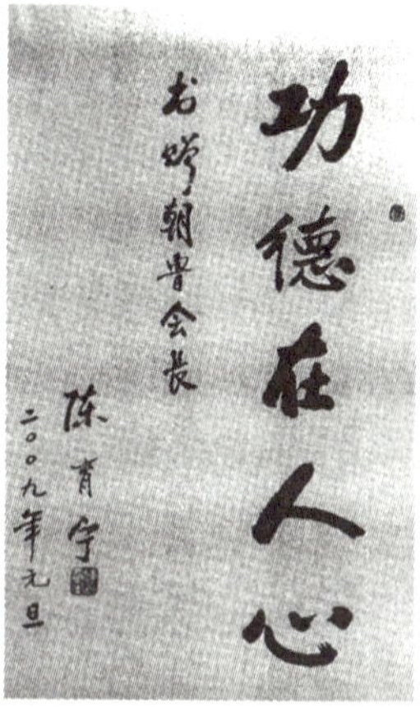

左图 夏日（中）与奇·朝鲁（右一）先生在成陵旅游区考察（2011年5月）
右图 为奇·朝鲁题写“功德在人心”（2009年）

的文化工作，是极为难能可贵的。这就是一种奉献，一种付出，也是一种高尚的精神追求。在这十多年里，奇·朝鲁同志自身也在不断学习钻研，他所发表的文章，提出的指导意见，有见解，有深度，有自己的文风特点，他就是一位名副其实的鄂尔多斯学专家，他用自己的实际行动和成果，为鄂尔多斯学的建树做出了贡献。

2009年元旦，我为奇·朝鲁题写一幅字：“功德在人心。”

你好，安达奇·朝鲁！

（原载《黄河文学》2010年第2期，本书收入时有增删）

末代王爷的新生

1991 年，奇忠义先生的自传体著作《末代王爷》由新华出版社出版，他立即给我寄来一册，并附信说，我为纪念参加革命 40 周年而写的自传，由新华出版社于 1991 年正式出版，现将此书奉献给您，请您过目指教。

布赫副委员长为该书作序，对他“出身封建贵胄世家站到了人民的阵营，走了革命道路”，“由封建王公真正转变为一名人民公仆”，以及他“以严谨的治学态度和忘我的工作精神，主持了挖掘整理鄂尔多斯民族历史文化遗产的工作”，给予了高度评价。我当时阅读这本书，感慨颇多。一个亲身经历了巨大历史转变、并且重新做出自己人生重大选择的人，真诚坦陈自己“由一个统治人民的王公贵族变成了为人民服务的公仆”的心理轨迹和沧桑历程，是需要多么大的勇气，而把这一切作为自己的财富留给社会，又需要有多么坚定的信念！

奇忠义先生赠给我他与老伴的照片（1997 年）

一晃十余年过去了，奇老先生以 70 多岁高龄又对自己的自传体著作进行修订和补充。我想，这十多年是我们国家和民族发生巨大变化的一个时期，谁都难以料到，社会的安定，经济的繁荣，民族的和睦，文化科技的发展，人民生活的富裕，竟然这么快就来到眼前，这怎么能不深深地触动这位饱经风雨的老人呢！他在再版中所增加的主要内容是改革开放后的新生活、新追求、新业绩，这显然是他一生中最值得引以为荣的一个时期。再版又增添了许多珍贵的照片，从而使这一自传体著作更丰满完善，更突出了它的特点和价值。

奇老先生嘱我为再版写一点文字，我十分感动，不由得想起我们过去的交往。党的十一届三中全会后，他获得了政治上的新生，担任了内蒙古人大常委会常委、伊克昭盟政协副主席。他没有因曾经受到巨大的冲击而气馁，没有因个人出身曾经带来的政治压力而消沉，他发挥自己熟悉鄂尔多斯历史并有特殊身世经历的优势，以及分管政协文史资料工作的便利条件，积极倡导，多方奔波，联络组织，发起开展了鄂尔多斯历史资料的挖掘整理及地方史志研究工作。他曾担任伊克昭盟地方志编纂委员会副主任、编纂委员会总编室总编辑，负责开展编修《伊克昭盟志》的各项工作，并将特约文稿汇编成《鄂尔多斯史志研究文稿》若干分册印行。我当时已从伊克昭盟调至内蒙古社会科学院工作。他多次与我联系，1982 年底，他将我编写的《鄂尔多斯史话》刊印在《鄂尔多斯史志研究文稿》第一册上。记得是在 1985 年，伊克昭盟政协召开文史资料工作会议，他又邀请我为会议讲述鄂尔多斯历史专题。那一次会议规模不小，各旗县政协文史委的同志都参加，我讲的专题是关于鄂尔多斯地区沙漠化演进及人与自然关系问题，与会同志反映强烈。1986 年，在他的提议和热情支持下，由伊克昭盟政协文史资料研究委员会将我撰写的若干篇关于鄂尔多斯历史的研究论文汇编起来，以《鄂尔多斯史论集》为名内部印行。在当时鄂尔多斯历史研究起步之初、发表的成果不多的情况下，为了引起大家对我写的论文的重视，他亲自到呼和浩特市，约我去见原伊克昭盟盟委书记、时任内蒙古自治区党委副书记的千奋勇同志，恳请老领导为我的这本论文集作序。千书记欣然同意，并表示支持奇忠义先生搞好家乡的史志建设工作。

后来我调至宁夏工作，还不断听到他不顾年迈体弱而一如既往地热心于鄂尔多斯史志事业的消息。我有机会到东胜总要去看望奇老先生。2002 年鄂尔多斯学研究会成立时，我去看望他，他对鄂尔多斯学研究会的成立极为称赞，他看到多年来为之奋斗和付出辛劳的这项文化建设事业有了今天一个新的局面，流露出欣慰的感情。他还亲自撰文论述鄂尔多斯学的历史背景和意义，并表示将不遗余力地支持这项事业。

回想起和奇老先生的交往，我敬佩他对生于斯、长于斯的土地和民族深深热爱的情感，敬佩他对发扬光大民族传统文化的那种锲而不舍的执着追求，更敬佩他经历了巨大人生转变后，对中国共产党和社会主义事业的真诚！

当我手捧经过奇老先生补充和修订的《末代王爷》书稿时，我感到，我是捧着一部沉甸甸的历史，一部从一个特殊视角审视下的真实的历史。奇忠义先生出身于蒙古王公世家，从小接受了系统的封建贵族教育。当旧中国的统治临近末日时，他于 1949 年春继任鄂尔多斯左翼中旗扎萨克多罗郡王，同年 9 月率部起义，参加到革命队伍行列。他不仅是成吉思汗第三十四代后裔，也是如今内蒙古地区健在的唯一一位蒙古王爷。在《末代王爷》这本书中，奇老先生以他的人生经历为主线，介绍了鄂尔多斯地区的历史，特别是鄂尔多斯部入驻河套后的演变，着墨更多的则是清政府在蒙古地区实行的盟旗制度，这也是影响作者一生经历最为重要的历史背景。清朝统治结束了，但盟旗制度的形态却在风雨飘摇中依然保存下来，奇忠义先生才得以以一个蒙古王公的身份，经历了军阀割据、抗日战争、国民党统治及国内民族民主运动的此起彼伏，在这种动荡不安的生活中，他作为有知识、有思想的民族青年，在矛盾中思考，在动荡中选择。终于在全国解放的大势下，他果断地抛弃了几百年盟旗制度中王公世袭带给他的尊荣地位，在中华人民共和国到来后的短短时间内，他便成为人民中的一员，并且在党的统战政策的正确引导下，转变思想，加深了对共产党的信赖和忠诚，并在以后几十年的新的人生征途中，成为一名合格的人民公仆，又在新时期鄂尔多斯文化建设的创新事业中，做出了特殊的贡献。我们从奇忠义先生几十年的人生中，看到了中国社会所经历的巨大历史性转变，看到一个民族如何走向自己的新生，看到一个地区如何摆脱了苦难走向富裕，也看到为什么新中国具有强大的生命力，为什么共产党的领导是各族人民解放的根本保证。从这个角度讲，《末代王爷》的确是一部有重要价值的著作。

修订再版《末代王爷》一书，除了领导的关心和支持外，不能不指出，热心于鄂尔多斯学研究会的奇·朝鲁、杨·道尔吉同志给予了奇老先生很大的帮助，他们把该书的再版当作是鄂尔多斯学研究会理应做好的一件事，这自然给奇老先生增加了信心。我在此对奇·朝鲁和杨·道尔吉同志这种自觉的敬业和负责精神表示敬意。

（原载奇忠义著《末代王爷（序）》，新华出版社，2003 年再版）

后记

我应奇忠义先生之邀，为他的自传体著作《末代王爷》再版写了序。《末代王爷》再版后，奇忠义先生在 2004 年 10 月已经 77 岁高龄时给我写了一封亲笔信，在这封信里，表达了他对鄂尔多斯历史文化的深厚感情和执着追求，也表达了对我在鄂尔多斯历史研究中做出了一些成绩的称赞和感激，令我十分感动，我一直把这位老人的这封信保存着。他在信中写道：

我写的这封信，没有称呼老师，也没有称呼先生，用贤弟来称呼您，表达我对您的内心世界的热爱和敬佩。

您是一位身负参政、治学重任的中年学者，我深知您也是一位承担社会事务的专家，但您没有忘记曾经生活过的第二故乡，在百忙中抽出时间专题研究鄂尔多斯历史及其文化，发表了众多的论文，撰写了有价值的作品，给研究鄂尔多斯历史的学者指出了方向，提供了条件。我是黄金家族的鄂尔多斯蒙古

> 人，您的这种对鄂尔多斯的热爱、关心蒙古民族历史的思想和精神值得我们学习、学习、再学习。
>
> 我深知，您研究鄂尔多斯历史的成果，将会成为鄂尔多斯宝贵的文献结晶，也会成为祖国文库有价值的文献。顺便说一说，您为《末代王爷》所写的序给了我很高的评价，实在担当不起。

2007 年底，我方得知奇忠义先生已于 2007 年 9 月 1 日在内蒙古医院病逝。奇 · 朝鲁会长告诉我，他也是后来才得知的，因为奇忠义先生曾留下“不通知亲朋好友”的遗言。此后不久，我又在《鄂尔多斯学研究》2007 年第 4 期上看到了郝诚之先生纪念奇忠义先生的文章《懂得历史才知道爱国》，文章最后披露了奇忠义先生在弥留之际写给组织的《我的要求》，仅一页纸，读起来令人肃然起敬："以防万一，我提早安顿对后事处理办法。具体要求是：1. 过世后，千万不要麻烦领导来看遗体；2. 不要通知亲朋好友；3. 不要建处理后事的组织；4. 不开任何形式的遗体告别会议；5. 不接受礼物、花圈。从简，从简，特此留言。"

郝诚之先生道出了我们共同的感慨："这位 1951 年 9 月曾经与毛泽东、周恩来等老一辈国家领导人合过影的奇忠义先生，不显山不露水地悄悄地走了，我们没有见着他的遗容。我们可以告慰他的，只能是学习他的爱国精神，继承他的爱国遗志：让‘今日中华崛起地球’，让‘十亿英雄’代代风流！"

2008 年年初，我又收到曾帮助奇忠义先生整理过文稿的杨 · 道尔吉先生送来的一叠奇忠义先生手稿的复印件及整理稿。这是奇忠义先生在病逝前亲笔写出的一份家族历史的手稿，也是对《末代王爷》一书的重要补充。手稿共 29 页，由杨 · 道尔吉先生整理后的文字约 7000 字。从手稿内容看，主要是以成吉思汗黄金家族为主线，简要叙述了成吉思汗统一蒙古各部、成陵的变迁、鄂尔多斯部之传承、达尔扈特之职责、盟旗制度等史实，这对于一位 80 岁在病中的老人来讲，全凭自己的记忆和经历写出这样一篇基本史实线索清晰的文稿，真是不易。从手稿的字迹也可以看出，有很多笔迹抖动的痕迹，可见老人是用坚强的毅力在支撑着这一艰难的写作。更令人感动的是，杨·道尔吉先生在整理稿的说明中写道："2007年6月29日，奇忠义先生召唤杨·道尔吉到他在呼和浩特市的家。下午15时到16时，奇老给杨·道尔吉交代了这个家族文件情况，嘱托杨·道尔吉代为整理后，分别给奇忠义的四个儿子各一份，还特别嘱咐交宁夏大学陈育宁教授一份，并要求杨·道尔吉在其著作《末代王爷》可能再版时，将这些文件加进去。"

当我看到奇忠义先生这份手稿复印件时，感慨万分。我相信，如今鄂尔多斯令人鼓舞的巨大变化，民族文化事业的大发展，一定能够告慰奇忠义先生的在天之灵。

2010年

一位土生土长的蒙古族文化学者

鄂尔多斯是个有深厚文化积淀和悠久文化传统的地方，由于特殊的自然地理和人文历史条件，鄂尔多斯成为成吉思汗祭祀文化的主要传承之地和蒙古族传统文化保留最多和最完整的地区。

文化丰厚之地，必然培育出众多杰出的文化人。在鄂尔多斯这片布满丰富多彩文化的神奇土地上，不仅出现了历史上如《蒙古源流》作者萨冈彻辰这样伟大的历史学家，以及许多民间的各类艺术家，也有现实生活中众多的钟爱自己故乡和自己民族文化的采风者、记录者、收藏者、传承者、研究者等等。在这支队伍中，有一位土生土长的蒙古族文化学者，他就是这本书的作者杨勇。

杨勇先生年届花甲，在他过往的经历中，用了30多年时间持续不断地深入鄂尔多斯辽阔的草原牧区，调查采访鄂尔多斯蒙古

蒙古族文化学者杨勇

历史文化。在此期间，他采访和记录了数百位历史文化活动参与者和见证者的口述回忆；他考察多处历史遗址和遗迹，拍摄了大量照片；他参与征集了数千件民族文物；他曾在蒙古国行程4400多公里，进

行“蒙古国的成吉思汗文化遗存”专题考察；在国内做有关鄂尔多斯蒙古历史文化学术讲座百余场；作为鄂尔多斯学研究会常务副会长兼秘书长，参与主持了多次学术活动，组织编辑出版研究著作；为政府企业进行文化旅游项目的咨询策划和服务；特别是他多年来亲自参与了成吉思汗祭祀的一系列重大活动，积累了大量珍贵的亲力亲为的记录资料，结合自己的经历和见证，研究论述成吉思汗祭祀的历史演进以及达尔扈特这一特殊群体的活动。他是一位行走的学者、接地气的文化人、注重为应用而研究的鄂尔多斯学专家。

我与杨勇先生相识相交20余年，对他热衷文化、执着不舍、探究不止的精神很是敬佩。杨勇先生在他的文化调查研究中，其重点越来越清晰，那就是成吉思汗祭祀和鄂尔多斯蒙古族民俗。这两个重点，正是鄂尔多斯蒙古传统文化的主要内涵。多年来，杨勇先生在这一领域取得了丰硕的成果，不仅收集整理了大量民间及口述的调查资料，包括不少难得的抢救性资料，而且进行深入研究，对调查所得作了系统解读，完成出版了多部著作。他的治学之路有别于一般的学术研究路径，他较好地运用了民族学、社会学的方法，坚持把实地调查和自己的亲历见证作为基础，依据扎实可靠的第一手资料、原始资料进行分析、判断，以求论述更具客观性、真实性。在这一过程中，也逐渐形成了他的学术见解，提出了自己的学术观点，比如，关于鄂尔多斯蒙古族传统文化所具有的宫廷文化、帝王祭祀文化、古老游牧文化特征的问题，关于鄂尔多斯地区蒙古民族文化与传统农牧文化相融合的问题，关于北方游牧文化在鄂尔多斯普遍发生转化的问题，关于“成吉思汗祭祀文化”的概念问题等。

在这部著作中，集中介绍了杨勇先生关于成吉思汗祭祀历史演进的研究和论述，以及关于成吉思汗祭祀的口述采集和亲历见证。这部著作也反映了杨勇先生的治学方法和风格，特别是那些他作为参与者、见证者的如实记录和客观描述，对于保留历史原貌和传承更具价值。杨勇先生认为，他所做的这一切，更是一种责任。作为地方的文化工作者，对于地方文化的收集、整理、研究和传承，有着义不容辞的责任，理所应当地通过自己不懈的努力，引导人们正确地认识历史、认识文化，继承发扬传统，促进文化自信，促进各民族共同体意识的增强。

从2001年到2017年，我曾和奇·朝鲁、杨勇等同志共同参与了创建鄂尔多斯学的活动，其目的在于深入开发鄂尔多斯丰厚的文化资源，运用鄂尔多斯学这个学术平台，推进鄂尔多斯民族文化、地域文化的收集、整理、研究和宣传。杨勇先生的这部著作，正是鄂尔多斯学的研究内容，是鄂尔多斯学的新成果。希望这部著作的出版，对鄂尔多斯学研究是一次很好的促进和深入。

2019年5月

（原载杨勇著《成吉思汗祭祀文化记忆（序）》，内蒙古人民出版社，2020年出版）

大汗安在

近日，有媒体报道说，据有的学者最新研究表明，位于鄂尔多斯市鄂托克旗境内的阿尔寨石窟遗址，有可能是成吉思汗的葬地。这个消息引起了我的极大兴趣。

鄂托克旗是我在20世纪70年代工作过的地方，30年前我也曾探查过阿尔寨石窟，当时没有见到任何资料对该遗址作出说明，也没有任何保护和管理的措施，一座山丘的半山腰中有一些石窟，里面的塑像和壁画大都损坏殆尽，当地老百姓叫它为“百眼窑”，意为山上有众多的窑洞。因为未进行过科学的考古考察，大体认为，那是一处元代的佛教祭祀遗址。在这处遗址的附近，还有一处叫作

位于鄂尔多斯市鄂托克旗的阿尔寨石窟

“百眼井”的遗址，在砂石岩的山坡上，散布着许多水井似的洞穴，井壁上留下用什么器械旋转而开凿的痕迹。当地老百姓传说是杨家将曾经驻军的地方，为了解决驻军饮水问题，那位盖世英雄杨六郎竟用手中的长矛在山坡上挑出了众多的水井。如今，一位年轻学者的考察和提出的大胆推测，引起了媒体热烈的反响，使一向平静和冷落的“百眼窑”热闹了起来。

我终于见到了那位年轻学者的文章《成吉思汗葬在鄂托克旗？》。这篇文章认为，阿尔寨一座石窟内有一幅壁画可能是“成吉思汗安葬图”，另一座石窟的形制特殊，可能是成吉思汗养伤和去世后的停灵之所；当地的一些蒙古地名与几部重要史籍中关于成吉思汗葬地地名的记载似能吻合（前人也曾作过类似的考证），这也是推测成吉思汗葬于鄂托克旗的重要依据。显然，作者也只是提出了一种推测和设想，距离这个复杂而深奥的问题的解决，还有着遥远的路程。

成吉思汗究竟葬在什么地方，这是一个十分深奥的学术问题。自公元1227年成吉思汗去世后，他的葬地就成为一个历史的“谜”，多少人都曾前赴后继地探求过这个谜底，但至今依然难解。

大约20多年前，我钻进了研究蒙古史的天地之中，那位曾经叱咤风云、威震世界的成吉思汗自然是这个天地中的核心，他的一切都构成了这个研究领域里趣味无穷、探究无尽的课题。他的无与伦比的壮烈一生最后归于何处，成为勾画他一生画卷中最为重要的几笔。在点点滴滴的资料搜寻中，我进行着比较、选择、考证、推论，试图对他葬地问题这个“谜”的来龙去脉理清一二。在对许多资料叠压的剥离中，我面前展现出一个关于成吉思汗葬地问题大辩论的惊心动魄的场面。

那是20世纪初的1915年，事情是由当时北京大学的著名教授张相文在权威刊物《地学杂志》上发表了一篇题为《成吉思汗园寝之发见》的文章引起的，他的主要观点是成吉思汗葬于鄂尔多斯。此文一出，首先站出来持不同观点进行辩论的是著名的蒙古史专家屠寄，他的主要观点是成吉思汗葬于今蒙古人民共和国肯特山南的高原上。辩论一起，竟一发不可收拾，双方摆开架势，广征博引，实地验证，连篇累牍的争辩文章在《地学杂志》上持续刊登了两年之久，问题讨论之深之广，时间之长，影响之大，都是中国学术界之少见。国内的学人们看得热热闹闹，眼福大饱。一场高水平的学术争鸣把成吉思汗的葬地问题炒作得来了一次大普及，今天再看那些争辩文章，依然可以感受到在平静文雅的学术气氛中蕴藏的刀光剑影和电闪雷鸣。

到 1917 年这场争论平息下来，并没有一个更权威的人士来为此作出结论，也就是说，所讨论的这个问题不是一次争鸣辩论就可以彻底搞清楚的。不过，人们还是通过深入考证和辨析，对葬地问题有了新的比较、判断和思考，对于屠寄所持的“蒙古高原说”似乎给予了更多的认同，因为此说的依据更为充分，论证更具说服力。在后来的许多著作中，即采取了这种观点。但同时，也使人们看到，这个难题的解决还需要等待。

问题的关键在于，蒙古民族以游牧为主，时常是在大面积的空间里移动，加之频繁征战，他们的首领人物，选择密葬的形式，作为一种自我保护的措施，就成为一种必然。这种密葬的传统，使那些首领的葬地通过各种方式隐匿而没有留下可寻的痕迹，即使在各种文字记载和传说中，也只是闪烁其词，语焉不详。再加上对神秘

坐落在鄂尔多斯的成吉思汗陵园

的东西本能的好奇猜测，以及音译、讹传所造成的误差，更使得后人的考证和判断困难重重。张相文和屠寄两位大家的考证，也没有能够突破这些障碍。由此看来，解“谜”仍然任重道远。

我就是在这样一个背景下，捡起了这个题目。我的工作是在梳理各种资料的基础上，进行对照、比较和推论，在此基础上，于1984年发表了一篇文章——《成吉思汗的葬地和陵园》，此文除了基本同意屠寄的观点外，还特别指出，由于密葬的缘故，成吉思汗的葬地和陵园（也就是祭祀之地）是相分离的这一特殊性，而祭祀的“八白室”（后来的陵园）是在成吉思汗死后200多年才移至河套也即鄂尔多斯的。这些看法也是当时学术界较为认同的观点。著名的蒙古史专家亦邻真教授在1989年发表《起辇谷和古连勒古》一文，充分运用他在语言学和掌握各种文字史料方面的优势，从蒙文史料的考据、外文记载的引证到对汉文古籍中的讹传，一一解析，重申了成吉思汗葬于“今蒙古人民共和国肯特省曾克尔满达勒一带”的观点，认为葬于鄂尔多斯是“把祀堂和葬地混为一谈”的“讹传”。

当然，问题还远远没有解决，还需要等待新的发现和更深入的考证。久而久之的习俗成为传统，就会影响人们的观念和信仰。从成吉思汗开始，蒙古汗国和元朝的历代皇帝都在“起辇谷”（埋葬帝王的“大禁地”）密葬，这么庄严而神圣的事情，怎么能轻易地容许被“揭秘”呢？20世纪90年代初，有消息说，苏联、蒙古国、日本的学者打算在现代科技手段和巨额资金支持下，在蒙古联合考察和寻找成吉思汗的葬地。这个举动已远远超出学术考察的范围。我在和蒙古族朋友接触时感觉到，他们对此举大不以为然，那种冷静和观望似乎在说，蒙古民族历史形成的密葬传统，为什么硬要人为地去破坏它呢？保留它，不也是保留一种信仰吗？后来，联合考察一事再没有听到下文。

2002年的金秋季节，我作为“凤凰卫视”特邀的专家嘉宾，来到美丽的呼和浩特市，参加《纵横中国 · 内蒙古鄂尔多斯》电视节目的制作。这个轻松活泼却又有丰富文化内涵的访谈节目，自然要涉及成吉思汗和鄂尔多斯的关系。当我们谈到如今坐落在伊金霍洛旗的成吉思汗陵园及其祭祀时，参加这个节目的鄂尔多斯的朋友作了更直接的表达，他认为成吉思汗究竟葬于何地似乎在今天已经不很重要了，那是一个历史的客观，谁也改变不了。更为重要的是，鄂尔多斯作为成吉思汗的祭祀之地，凝聚了蒙古民族在长期的历史锤炼中所形成的勇往直前、团结奋进的民族精神，这种精神已经成为今天的财富和动力，就愈益显得珍贵。

我不由得想起了昭君墓。在呼和浩特市南郊土默川平原上，突起的一座小山包，那是传说中的昭君墓，如今已成为风光秀美、游人如织的旅游景点。在墓前的一座巨大石碑上，用蒙古文、汉文铭刻着德高望重的董必武老人的题词：“昭君自有千秋在，胡汉和亲识见高。词客各抒胸臆懑，舞文弄墨总徒劳。”对汉匈和亲与王昭君的历史功绩给予了高度评价。那么，这里究竟是不是埋葬王昭君的地方呢？让我们来看看史学巨匠翦伯赞先生四十年前在他那篇脍炙人口的《内蒙古访古》中是怎么说的：

> 据内蒙古的同志说，除青冢（昭君墓）外，大青山南麓还有十几个昭君墓。我们就看到了两个昭君墓，另一个在包头市的黄河南岸。王昭君究竟埋葬在哪里，这件事并不重要，重要的是为什么会出现这么多的昭君墓。显然，这些昭君墓的出现，

呼和浩特市南郊的昭君墓

反映了内蒙古人民对王昭君这个人物有好感，他们都希望王昭君埋在自己的家乡。因为在内蒙古人民的心中，王昭君已经不是一个人物，而是一个象征，一个民族友好的象征；昭君墓也不是一个坟墓，而是一座民族友好的历史纪念塔。

翦老是在解剖活的历史，所以才能说得如此深刻透彻。如果硬要挖开这些墓冢，看看是否葬于此，那可能会是一座座空穴，岂不是对千百年来各族人民的美好寄托狠狠地泼了一盆冷水吗？人们并不是追求这样的历史结论。

我想，前面提到的那位学者关于成吉思汗葬地可能在鄂托克旗的推测和设想，对于推动这个学术问题讨论的展开和深入还是颇有裨益的。还有，这其中不能不包含着人们的一种愿望。就在我知道这一信息的同时，我有一次路经鄂托克旗，见到了年轻的女旗委书记，她兴致勃勃地告诉我有关鄂托克旗的这个重要发现，她热情地邀请我到阿尔寨石窟去考察，她多么希望这个发现是历史的真实。她红润的脸庞充满光彩，她说，如果成吉思汗真的葬在鄂托克旗，那么我们旗在蒙古族人民的心目中，在内蒙古和全国人民的心目中，地位会大大提高，我们将更无愧于“鄂尔多斯”（守护帝王陵寝的部落）这个历史的称号，给我们旗带来的大发展更是不言而喻。这是多么好的心愿，我只能衷心地祝愿她梦想成真。

当我要结束这篇杂议的时候，我知道并没有回答本文的题目所提出的问题。不过，也可以说，从另一个角度做了回答，那就是，作为民族英雄的大汗活在人们的心中。

（原载《中国教育报》2003年2月18日）

忆沙漠

人这一辈子会有许多回忆，但多是零星的经历、事情、人物，而多次接触的同一事物形成印象深刻的回忆似乎并不多。在我的经历中，对沙漠的回忆就是属于后一种。

与果园一墙之隔就是沙漠

1962 年，我 17 岁，作为北京大学历史系录取的新生，我满怀着新奇、兴奋和希望，由大西北的塞上江南银川，第一次来到了北京，走进优雅美丽的燕园，开始了新的大学生活。

开学不久，有一件事让我和认识沙漠挂上钩。有一天，通知我作为新生代表去参加北京大学教务长侯仁之教授召集的新生座谈会。我来到雄伟壮观的古典式建筑办公楼，楼道的光线有些暗，肃静而神秘。在一间会议室门口，见到了侯仁之先生，侯先生是著名的历史地理学家，久已仰慕。他见到我这个胆怯还有些土气的新生，和气可亲地问我是从哪里来的。当得知我来自宁夏的时候，先生又单独与我谈到，他在 1960 年曾专门到宁夏灵武考察河东沙区，对那里银川平原与沙漠紧紧相连的反差极大的奇特景观非常感兴趣。原来侯先生在 1960 年 5 月率青年科研人员来到宁夏河东沙区，步行穿越沙地，勘察古堡、古城遗址，对灵武城东南方的沙带形成和灵武城受黄河河道改变影响而迁移提出了新的认识。他特别说到，灵武县城东边，有茂密的果园，而与果园一墙之隔的就是茫茫的沙漠，界限十分明显，这种景观真是少见。当时我父母就在灵武县城生活，因我在吴忠读书，没有随父母在灵武生活过，不知灵武东郊的大片果园是与沙漠相邻，我也从未见过大片的沙漠。所以侯先生的一席话，给我留下了极深的印象。

第二年放暑假，我回到了宁夏灵武。为了挣一点儿学费零花钱，我到街头找了一份零工，由两个中年农民带着我们两个年轻的小伙儿，跟一辆装水果的车去灵武东郊果园装车。一个果园一个果园地收水果，一筐一筐地装上车，忙忙碌碌一天，到了下午回到了灵武县城，大约挣了一两块钱工钱。这一次到果园当搬运工，我果真看到了侯先生所说的那个奇特的景观，最靠东边的果园围墙外就是茫茫沙漠，界线十分分明。从此有了对沙漠的最初印象，而且更感好奇的是，沙漠原来也是大学教授研究的对象。

后来我知道，侯仁之先生一生致力于历史地理研究，是我国沙漠历史地理学的开创者，自 20 世纪 60 年代初就开始进行沙漠历史地理的考察和研究。我曾看到杨森翔先生 2018 年写的一篇文章《向沙漠进军——1960 年侯仁之宁夏河东沙区考察回记》，记述了 1960 年侯先生带领考察队在宁夏考察沙漠的情形。文章记述，1960 年侯先生两次来到宁夏灵武，第二次重点考察的就是灵武城东的沙漠。文章说，“侯仁之看到，灵武城的位置正处在银川平原和河东沙区的分界线上：出西门，是一望无际的平原沃野，稻田棋布，湖泊连属，俨然江南景色；但是一出东门，跨过秦渠，一切都变了。这里不但地形高，而且地势起伏，又有片片白沙覆盖，完全呈现荒漠景象。侯仁之惊叹道：‘一城之隔，在自然景观上有如此巨大变化，也是很不多见的。’” 侯先生这次考察后，发表了专题研究论文《从人类活动的遗迹探索宁夏河东沙区的变迁》。我还注意到，从此以后，1961 年夏，先生再赴乌兰布和沙漠考察。1962 年夏，赴内蒙古及陕北榆林地区毛乌素沙地考察。1964 年夏，又赴毛乌素沙地对统万故城进行考察。这些考察和研究的成果收集在侯先生《历史地理学的理论与实践》这本论文集中，这本论文集也是我以后经常学习的读本。

没想到我来到了沙漠地区

1970 年，我结束了大学毕业后在内蒙古部队农场艰苦的劳动，被分配到了伊克昭盟。那个时期的伊克昭盟，在不到 10 万平方公里的范围内，北部的库布其沙漠和南部的毛乌素沙地几乎占了 40% 的面积，气候干燥，缺水少雨，风多风大，十年九旱，交通闭塞，是当时内蒙古最荒凉、最贫困的地区。记得那年年初，还是严冬时节，我从包头乘班车南行至东胜，过了黄河，途经沿河平原达拉特旗的农业区。一过达拉特旗，汽车爬高，进入鄂尔多斯台地，望着窗外的景色，只见沟壑纵横起伏，一片土黄色，不见树木，偶尔见到稀疏的农民土房，越走越荒凉，随后就看到了茫茫起伏的沙漠，这就是被称为中国第七大沙漠的库布其沙漠。库布其，蒙古语，意为弓弦，黄河为其弓背。这条长达三四百公里、宽 50 公里的沙漠带，像一条黄龙横卧在伊克昭盟的北部地区。汽车吃力地穿越这条沙漠带，周围是无边起伏的沙丘，我的心一直在下沉。

随后，我又被分配到鄂托克旗最西部黄河东岸一个新建公社的一所新建中学当了老师。这个地方叫巴音陶亥，蒙古语意思是富饶的河湾。这里是黄河东岸进入鄂尔多斯台地的过渡地段，有大片干旱的荒漠草原。这里正在进行一项黄河提水开地移民工程，但进展缓慢，迁移来的农民，住在零散分布的简陋土房里。因为缺水，许多村子是从几里外的黄河用毛驴车拉水吃。一刮风，黄沙漫野，看不见路，也看不见河，常有行人在风沙中被卷入黄河的事情发生。我所在的学校，只有一排教室三个班。为了稳定刚分配来的青年教师，学校盖了两排砖包坯的家属房，屋顶覆以草泥，屋内顶棚是裸露的苇席。这两排孤零零的平房周围，就是一片荒原。学生帮助我们从荒漠草地里捡来一种叫“猫头刺”的干柴草作为燃料，堆放在门前。这是一种耐旱的野生灌木，干枯的可以当柴烧。校工老何赶着全校唯一的一辆毛驴车，每天从几里地外的黄河拉水分给每家每户，各家用水缸或水桶澄清了才能用，大家都很节约用水。

巴音陶亥地区更可怕的是那里恶劣的气候，当地老乡调侃说，一年四季一场风，从大年初一刮到年三十。经常是刮风天，隔几天就有一场大风，就是现在说的沙尘暴，夹带着大量沙砾沙尘。刮起来昏天黑地，白天屋里都要点灯，女同志外出要用纱巾把头全包起来。晚上睡觉的时候，大风拍打着后墙啪啪地响，风沙不停地从窗缝门缝钻进来，呛得人直咳嗽，难以入睡。刮一夜大风，早晨起来在炕上可以扫出一簸箕沙，而房门前早已堆满了沙子，一开门就全流到屋里。上班前，先要用小推车把门前的小沙丘拉走。

一年后我调到鄂托克旗宣传部工作，一直到1980年离开鄂托克旗，在这个旗工作了整十年。这十年中，我经常跟着领导下基层察看旱情，经常性的一项工作是写抗旱材料。那时候，知道当地把受灾荒原叫“一片红”，把寸草不生的沙漠叫“明沙”，把沙地丘陵叫“沙巴拉”，沙地里的动植物叫沙鸡、沙鼠、沙蒿、沙柳、沙葱、沙盖等，“沙”也是民歌唱词中的主要内容。老百姓最怕的是干旱沙化，最大的困难是缺水，最要紧的任务是“打水库”，就是挖井蓄水。

没想到我会来到沙漠地区，十年与干旱和沙漠为伴的生活成了一种常态。我和爱人汤晓芳在这里安了家，我们的家是很小的一间半旧的平房，里屋有一盘炕，占去了三分之一。外屋的半间有一台灶，连着里外屋的土炕，烧火做饭，土炕可以取暖。房后就是长着柠条的沙梁。常用的燃料是草地里捡回来的干沙蒿和牧区拉来的干羊粪，有时也烧煤，但较少。我和当地的居民一样，利用星期日，走到十几里地外的草场上去捡干枯的沙蒿。活沙蒿是不能拔的，大家都知道并遵守。捡好一捆背回家，有时回来很晚，汤晓芳很担心，月亮升起来了，怎么还不回来，会不会有什么意外？她站在屋后的沙梁上向远处的草地瞭望，一直看到我背着一捆沙蒿的影子出现，才放心。

1976年10月，鄂托克旗旗委派开展路线教育的工作队下去，我被任命为二道川公社路线教育工作团团长。二道川是全旗最贫穷落后的地区，境内横卧一条大沙梁，隔出两道川。我和工作团的一位同志从公社到一个大队，拄着棍，吃力地徒步翻过高高的沙梁。当时刚打倒“四人帮”，我俩在避风的沙梁下歇息时说，应该把“四人帮”这些坏蛋放在这里！很长时间里，这个公社生产和社员生活的立足点是放在离二道川100多公里的什尼乌素20多平方公里的旱地上，历史上把这种远耕旱作叫作“雁行”，这种无序的滥垦使很大一部分原生态的植被遭到破坏，变成寸草不生的沙滩。我听当地老乡唱的山曲：“三道泉子马拉水，想老婆想得跟上鬼。”就是说人们离家去远耕，吃水也困难，真是一种无奈。二道川公社书记王子明，年轻、务实、苦干，而且有思想、有办法，他到任后即决定，坚决封闭什尼乌素远耕旱地，放宽自留地数量，每户供应一台水车，三年实现人均一亩水浇地，达到粮食自给。在我们进行路线教育的这一年，封闭了远耕地，实现了人均一亩水浇田的任务，结束了吃国家返销粮的时代，成为全旗第一个宣布粮食自给的公社。这个事实又教育了我，在沙漠和干旱面前，人是可以有所作为来改善自己的生存条件的。

原来这是个世界性问题

鄂托克旗西南是大片的毛乌素沙地。“毛乌素”是蒙古语，意为“不好的水”，荒沙地、盐碱水是这里的标志。史书上说，秦汉时期毛乌素地区气候温暖湿润，“水草丰美，土宜产牧，牛马衔尾，群羊塞道”。而今却退化成为不毛之地，成了当地干部群众的心头病。我到鄂托克旗工作后，就听说在相邻的乌审旗有一位了不起的女牧民叫宝日勒岱，她生活的毛乌素沙地腹部的乌审召风沙肆虐，牧草不长，而危害极大的醉马草却越旱越疯长。从1958年起，她带领60多名青年组成“红色青年突击队”，把深入沙地铲除醉马草的任务包了下来。他们顶着漫天风沙，哪里有醉马草，哪里就有他们战斗的身影。不懈的坚持，终于取得了铲除醉马草、保护草原的巨大成效。1965年，内蒙古自治区命名宝日勒岱领导的乌审召为“牧

“治沙愚公”沙木腾

区大寨”。1966 年 6 月，国务院副总理陈毅陪同马里贵宾坐直升机来乌审旗，非洲朋友是专程来学习乌审召防沙治沙经验的，这在当时是一件很轰动的大事。

我当时在基层工作，信息闭塞，国际上的大事知道不多。听到一个消息说，联合国于 1977 年在非洲肯尼亚内罗毕要召开一次防止沙漠化为主题的会议，有几十个国家的代表及国际组织参加。更为惊讶的是，鄂托克旗一位蒙古族牧民被邀参加会议，这在当时是难以想到的事情。这位应邀参加国际会议的牧民叫沙木腾，我见到他的印象，是一位在牧区随处可见的极普通的牧民，身材矮小，不善言词，黝黑的面庞和飘动的白胡须，透着朴实和辛苦。但他却有着了不起的治沙成就。沙木腾在鄂托克旗苏米图公社哈达图嘎查（村）坚守几十年，栽培树木，让光秃秃的明沙坡披上了绿装，流沙得到了有效控制，他是一位与沙漠抗争的斗士，被当地农牧民誉为“治沙愚公”，1978 年当选为第五届全国人大代表并被评选为全国劳动模范。他是代表中国的治沙成就登上国际交流的舞台。

防沙治沙原来是个世界性的问题。

要探个究竟

史书记载鄂尔多斯曾经是水草丰美的地方，是什么时候出现了沙漠？为什么会变成现在这副模样？这个问题在脑中一直挥之不去。

1980年以后，我到了内蒙古社科院开始从事地方历史的研究。研究鄂尔多斯地区历史，沙漠化是一个绕不开的问题，自然成了我想破解的题目。于是我收集资料，了解动态，不断思索。让我吃惊的是，中华人民共和国成立后很长时间里，鄂尔多斯沙漠化的状况没有得到改善，反而加剧了。知名学者张正明先生发表的调查报告说，中华人民共和国成立后30多年来，在伊克昭盟，因为自然的作用而增加了半个毛乌素沙漠，因为我们自己的失误而制造了又一个库布其沙漠。

这使我内心十分震动。我在鄂尔多斯基层工作，对沙化、贫困、抗旱、移民、救济等实际情况有着深刻的感受。这些都成了我探究这一问题的最初动机。在思考这一问题时，我脑中浮现的是在所谓“牧民不吃亏心粮”口号下以“建设饲草料基地”为名去开垦草原；是我拄着木棍翻过二道川那道高高的沙梁的情景；是我乘长途汽车途中看到库布其沙漠与毛乌素沙地在独贵加汉一带已经相连接的情景；是我在鄂托克旗不断写旱情和救灾报告的无奈情景；是宁夏农民在与内蒙古交界的草场砍伐甘草而与牧民发生冲突的情景……这一切都成了我必须搞清楚沙漠成因问题的动力。

经过很长时间的酝酿准备，我用了一年左右时间写成了《鄂尔多斯地区沙漠化的形成和发展述论》长篇论文，我将这篇论文投送到权威学术刊物《中国社会科学》编辑部。没想到这篇文章引起了副总编辑李学昆先生的注意，他约我到北京面谈。李学昆先生指出，“全文提出和应当回答的问题是人与自然的关系，以及如何吸取历史教训”，对我启发非常大。责任编辑孟宪范老师为帮助我修改此稿，查阅不少资料，一年之中给我写过七封信，对文章观点进行深入探讨，订正史料，推敲提法。在专家的指点下，我又用了一年时间进行了全面认真的反复修改，最后发表在《中国社会科学》1986年第2期上，终于从一篇资料排列的历史叙述文章提升为一篇总结历史经验教训、论述人与自然关系的有说服力的论文。这篇论文发表后，又被全文译成英文，在该刊当年的英文版上发表。

这篇文章发表后，我寄给了侯仁之先生。1986年6月6日，侯先生很快给我写来了亲笔回信，他说：“沙漠的历史地理考察，

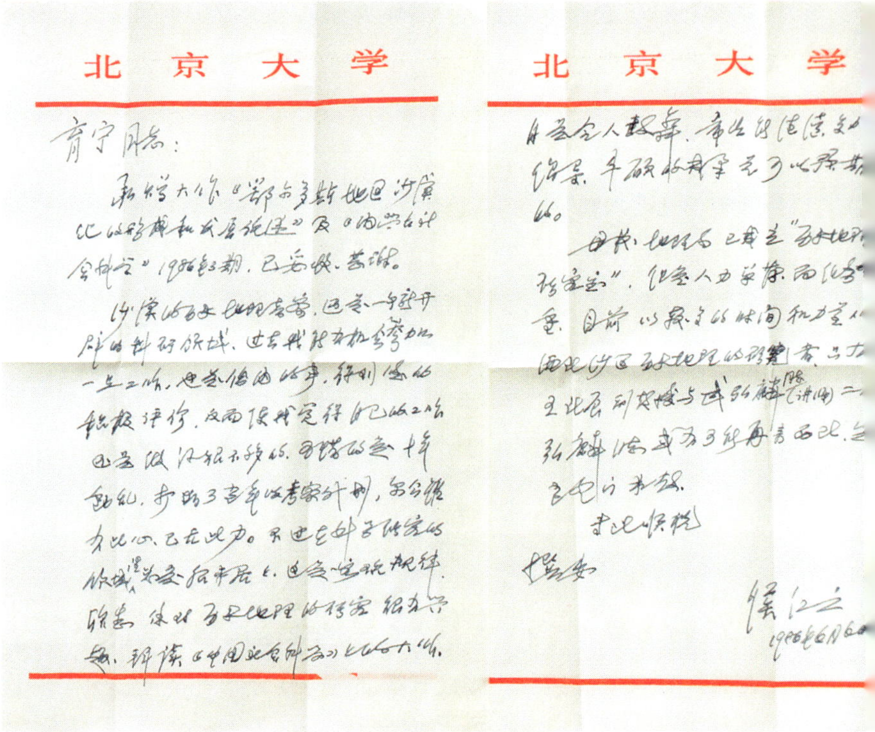
北京大学　北京大学

育宁同志：

……

侯仁之

侯仁之先生的复信
（1986 年 6 月）

还是一个新开辟的科研领域，……在科学研究的领域里总是后来居上，这是客观规律。欣悉您对历史地理的研究很有兴趣，拜读《中国社会科学》上的大作自是令人鼓舞，希望能继续多加倡导，丰硕的成果是可以预期的。”侯先生的来信令我十分感动，很受鼓舞。

1985 年春，当这篇文章基本完稿，伊克昭盟政协副主席奇忠义先生邀请我去讲课，我便结合伊克昭盟正在讨论牧区生产建设方针的问题，从历史的演变讲了沙漠化的形成与发展问题，讲了从自然条件出发确定生产建设方针问题。新华社记者石云子同志在他的报道中提到了这次演讲，他写道：“他就鄂尔多斯地区沙漠化形成与发展所作的学术报告，引起了高原人们的轰动。在座无虚席的党校礼堂里，从地区领导到各旗县干部，数百人洗耳恭听。土地沙漠化是阻碍边疆繁荣昌盛的大敌，长期以来，鄂尔多斯人眼看大自然生态失去平衡，草场沙化，耕地沙化，十分苦恼，很想弄清沙漠化的原因，寻求治理的方法……他以众多的史籍记载为依据，论述了

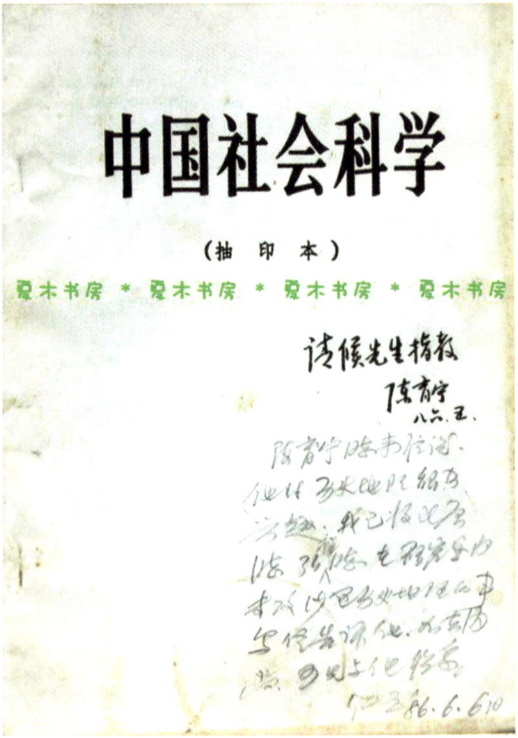

侯仁之先生在我的文章抽印本上的批语（1986年6月）

鄂尔多斯逐步沙漠化的历史过程，分析沙漠化的内在、外在原因，总结出应该吸取的经验教训。报告提出的情况和问题，使许多人为之沉思，议论纷纷。一些土生土长的蒙古族、汉族干部说，我们都是伊克昭盟人，过去对本地历史若明若暗，不了解自然生态演变，干了不少违背客观规律的事，听了报告才明白发展生产建设要重视环境保护。”

2002年以后，我已在宁夏工作多年，又接受奇·朝鲁先生的邀请，参与了鄂尔多斯学的研究活动，持续了十多年。在此期间，鄂尔多斯生态重建一直是我关注的问题。当我再次走在鄂尔多斯大地上时，最为突出的感受是，曾经面对无情的沙漠化那种沮丧、无奈、失望的印象荡然而去，从包头到东胜的途中，看不到公路两侧的库布其沙漠了；在东胜到鄂托克旗的途中，也找不到库布其沙漠和毛乌素沙地衔接的地方了。原来以为在遥远的未来才能恢复的绿色草原，怎么这么快就来到了，真是奇迹啊！正如《求是》杂志发表的文章所说，鄂尔多斯“实现了由生态恶化地区向绿色大市的历史性跨越”（《求是》2008 年第 10 期）。

鄂尔多斯为什么会发生这样的变化？这是一个要回答的新问题。我在 2008 年 7 月鄂尔多斯学研究会的一次年会的演讲中讲到，有一条主线在起决定性的作用，这就是越来越多的人们观念和认识发生了很大变化。一旦人们觉悟了，观念转变了，对自然环境由“征服”变为“顺应”，采取了敬重和保护的态度，生态的恢复并非十分遥远的事情。对经历了过去鄂尔多斯生态恶化的不少人们来说，悲观的情绪，失去信心的情绪，无所作为的情绪，曾经是很普遍的。很难想到鄂尔多斯的生态环境会在如此短的时间里得到恢复和重建，很难估计到人的主观能动性会产生如此大的力量，现在都变成了不容置疑的事实。

继续研究的课题

1987 年，我到宁夏工作。当年上大学时侯仁之先生告知的宁夏灵武沙漠的情况，以及我以后对鄂尔多斯沙漠化问题的研究，自然成了我对宁夏沙漠问题感兴趣的原因。我还是从历史考察入手，查资料，了解前人的研究，到 1993 年发表了《宁夏地区沙漠化的历史演进考略》，大体厘清了沙漠化在宁夏演进的历史过程。宁夏地区的沙化土地主要分布于北部的盐池、灵武以及中部的中卫、中宁这两个地区。

20 世纪 90 年代初，靠近毛乌素沙地的盐池县土地沙化情况严重。记得 1992 年 12 月 8 日，我到盐池县城西南十公里处四墩子一个农业科技试验基地考察，在这个试验基地的北侧，是新近刚刚用拖拉机翻耕过的 200 亩草场；在途经的地方，又到处看到挖掘甘草后留下的一个接一个的坑。当日大风，新开垦的草场和甘草坑黄沙腾起，数米之外不可见，风吹沙起，沙借风势，一片混沌。这不由得使我想起 70 年代在鄂托克旗时常见到的情景。

2001 年我到宁夏大学工作，当年 11 月，我参加了宁夏大学沙漠化防治生态教育与科技开发基地在盐池县的揭牌仪式，并很有感触地讲了一番我对沙漠的印象。我说，为什么中华民族的文明起源于黄河流域，因为那时生态环境比较好，这是最主要的一个原因。唐宋以后，西部的面貌发生了很大的变化，一是气候越来越干燥，二是人为因素，战争、人口的频繁迁移，特别是大规模的滥垦，掠夺了植被，使得生态环境严重恶化。这种状况延续了千年之久。毛乌素沙地不断向南移动，侵害了陕西的榆林、宁夏的盐池与灵武等地，造成长期以来“沙进人退”的局面。改革开放以后，我们才逐渐意识到这个问题。国家决定建立三北防护林体系，作为长久的防止沙漠化推进的战略措施。1999年，中央提出“西部大开发”的号召，并且指出，这个开发必须首先建立在生态环境的建设之上。在宁夏，已有不少防沙治沙的成功经验，如1958年建设包兰铁路时，采取了民间种植草方格子的办法，把铁路两边的沙漠固住了。在永宁县，征沙渠的几万亩沙漠，改造成葡萄种植基地。盐池县在北部6个乡镇，建立起一道防线，阻止了毛乌素沙地的南进。这是一个绿色的开端，是令人欣喜的起步，我们终于看到了新的希望。

此后，我不断听到来自盐池的好消息：2004年，盐池县在宁夏率先实现沙漠化逆转，沙化面积大幅度减少。2007年，盐池县被评为全国防沙治沙先进集体，是宁夏发展沙产业的重点县。到2018年，全县林草植被面积达到71%。那几年我几次去过哈巴湖自然保护区，那里昔日的沙漠植被覆盖率已达80%，巨大的空间成了绿色仓库，沙漠由害变宝，兴起了有巨大潜力的沙产业。人与沙改变了关系，竟然还获得了沙漠的回馈，真是令人兴奋不已！

再说说中卫。中卫和中宁县境内的沙漠主要是黄河北岸腾格里沙漠的南移而形成的。2009年10月，新华社发了一则消息，标题赫然醒目：《宁夏逼退腾格里沙漠20公里》。中卫是如何“逼退腾格里沙漠”的？我怀着兴奋，带着问题，于2009年12月冒着严寒到中卫作了一次“访沙”之旅。

汽车在中卫西部腾格里沙漠的公路上奔驰，沙漠中一眼望不到边的日光温棚排列整齐、壮观，温棚上的覆膜反射着耀眼的光。日

中卫沙坡头旅游区

光温室具备生产绿色有机食品独特的条件，大面积的沙漠荒地为规模化建设日光温室提供了基础。仅一年时间，就在6000亩沙地上建成了有1200座日光温棚的示范园。这个季节进入温棚，温暖如春，立体的、平面的，无土栽培、营养液、有机肥……设施农业的许多新技术正在这里推广，各类色彩鲜艳的蔬菜令人眼馋。在腾格里沙漠中建成占地10万亩的现代设施农业区，这是一个多么诱人的前景！

以沙坡头沙漠旅游景区为代表的中卫大漠、黄河、高山、绿洲交相辉映的旅游项目，知名度、美誉度与日俱增。特别是沙漠旅游，不仅让游客领略了腾格里沙漠茫茫沙连天的雄浑与粗犷，更实地考察了几十年来防沙治沙的科学成就，普及了沙漠的科学知识，感受了人与自然和谐相处的魅力。这是沙漠旅游的生命力所在。正在开发建设的腾格里湿地公园里，沙生植物种类繁多，近万亩的湖泊水面上，各种水鸟已经栖息，一个生态旅游区即将建成。

下了高速公路，就进入了新扩展的中卫市区的南部。开阔的绿地、水面，整齐有序的路架和各类新建筑，与遥望可见的沙漠边缘对照鲜明。原来只有几平方公里的中卫老县城，如今市区的建成面积已达32平方公里。更令人叹为观止的是，在这个沙漠和荒原环抱的城市中，竟建成了有1000亩水面的香山湖、500亩水面的应理湖和近千亩水面的黄河公园。中卫市因此进入“中国特色，魅力城市”200 强之列。风沙给人们居住带来的危害，渐渐成为过去的记忆。这样的环境，怎么能不宜居呢？

这真是亘古荒漠上的奇观！自古以来，人们在深受沙漠危害和惧怕沙漠的同时，又在通过对自然的征服和掠夺制造着新的沙漠。人们在沙漠面前无知、无奈，不知吃了多少亏。而现在，沙漠却成了造福之地，这不是“奇观”又是什么？其实，奇观的出现并不奇怪。这些年来，人与自然和谐相处成为共识。正是从这个意义上，人的观念转变后，不再把沙漠当成“敌人”去对待，而是当成一种有用的资源去敬重它、善待它，顺应自然规律去开发利用它，这样就会达到既造福人类又保护和改善生态的双赢效果。这是思想解放、人类进步的结果。

以上所陈述的是十多年前所见所闻的真实感受，现在的状况又有了新变化，环境更为壮美，百姓更为富裕，人与自然更为和谐，更值得我们大书特书。

在我要结束这篇对沙漠的回忆时，我眼前是宁夏“塞北江南”的诱人景色，尽管还有沙漠包围，但绿洲正在扩大，生态屏障更为安全。今天，我们终于走上了“天人合一”的康庄大道，蓝天白云，绿水青山，看得见山，看得见水，记得住乡愁，这就是幸福啊！

2021 年 7 月

贺兰情怀

回忆录的“自序”和“结语”

2017年，我完成了回忆录《七十回首》的撰写。

自序

但愿每一次回忆，对生活都不感到负疚。——郭小川

我出生于1945年1月17日，老伴汤晓芳出生于1945年3月10日。从2014年下半年开始，家人和熟悉的朋友就开始关心我们如何度过70岁生日。我退休后受聘参与教学科研的宁夏大学西夏学研究院杜建录院长及研究生们，打算届时以学术讨论的方式祝贺我俩的70周岁。还有在银川曾经一起工作过的同志也提议，届时要好好聚一聚。弟妹们也早有这样的打算。十多年来我参与创建活动的鄂尔多斯学研究会以奇·朝鲁会长为首的许多老专家、老朋友，早早给我打招呼，张罗着提前在羊肥草美的季节，在鄂尔多斯草原上欢聚一次，表达对我俩70周岁的祝贺。

回忆录《七十回首》
2017年完成

我从心里感谢朋友和亲人们的热情和真诚，但又觉得搞这些活动不大合适，一则，现时 70 岁的年纪算不了什么，全国的人均寿命已大大超过 70 岁，“古来稀”的概念早已过时，何况自我感觉身体精力尚可，来日方长，祝寿的事情 80 岁以后再说。二则，“平平淡淡才是真”。过去的只有留在记忆中，无须炫耀和留恋。70 岁，和平时一样，一个平常的日子，一步就过去了。

但毕竟到 70 岁时，已经走完了人生最主要的历程，此时，思维和感情已有了许多变化，最明显的是时时会涌动着回忆的冲动。好回忆，成了一个新的日常生活习惯，好像越远的事情，记忆越清晰，这似乎是难以阻挡的。

我有个常年的习惯，即保留整理生活照片，加之自己爱好摄影，把各类照片资料都要选择整理收藏起来。翻阅生活老照片，成了回忆的“催化剂”，许多往事在那些老照片的撞击下，如同昨日一般。看着和老伴由年轻时的帅哥靓女慢慢变为头生白发面起波浪的翁妪一辈，看着我们的女儿从牙牙学语到当了母亲，真是感慨不已。于是想到，我们走进了“70 后”，何不把这些记载变化的照片汇集起来感受生活的磨炼、感受岁月的沧桑呢？这不也是一种纪念吗？于是，我整理印制出一本小画册《走进 70 后——陈育宁汤晓芳 70 周岁》，把我俩一生中几个主要阶段的照片选印出来，加以简单说明，加上几位老同学、老朋友的诗章，这就是我们 70 周岁的纪念，分送给亲友。

在《走进 70 后》这本小画册中，我自己题写了一首诗：

七十有感

步步前行平常心，时时努力天酬勤。
悠悠以往无大憾，手手相牵享安宁。

这本小画册也是一个回忆录的简缩本。我的老领导、全国政协原副主席、自治区原主席白立忱收到这个纪念册后，打电话给我表示祝贺，还说，你们俩不愧是文化人，这个画册很有文化品位，是一个好的纪念方式。根据奇·朝鲁会长的建议，鄂尔多斯学研究会的老朋友、老专家们，把草原欢聚活动改成了 2014 年 12 月 16 日在鄂尔多斯举行的“陈育宁学术思想讨论会”，用对我学术研究及人生经历的讨论和评价代替了生日祝贺。

在走进 70 后以后，在回忆的驱动下，逐步萌生了把自己的经历记下来的想法。除了那几十本相册外，我还保留了自己学术研究的著作、资料以及各个时期的工作笔记，这些东西帮助我回忆起了许多事情。

几十年来，我们这一代知识分子的命运随着国家、民族命运的变化跌宕而经历了丰富的人生道路，我们个人的命运与国家、民族紧紧相连。但无论如何，我们最终得益于国家的进步、民族的兴旺，得益于党和人民给予我们的机会、条件和地位。我历经离开学校后的各种变化，包括地区、单位、职务、工作性质等较大跨度的变迁，接受了从基层到领导岗位、从党政工作到专业研究多方面的历练，有体验、有感悟、有苦有乐。我想把这些经历和体验记下来，不是留恋，不是欣赏，而是感到一种责任，是面对历史的一种担当，是我们这一代知识分子需要做出的一种交代，同时，也是从自己的视角和积累中，尽可能留下一份历史的资料和记忆。从另一个角度讲，我们现在有一个好环境，自己有一个好心态，有精力和条件作冷静客观的回忆，这何尝不是一种积极的生活态度和选择呢！

除了对自己经历的记录外，还有一个重要的原因是要记下对父母和家人的感恩之情。父母含辛茹苦一辈子，把全部的心血都倾注在子女身上。没有父母千辛万苦的抚养和培育，哪里能有我的今天？没有家人和同胞弟兄姊妹们的相互帮扶，哪里能有我幸福的家庭和为事业的奋斗？尽我所知，把那一段历史留下来，不忘过去，也是我应尽的责任。

当要动笔时，又遇到了问题。回忆写什么，怎么写？想来想去，想不出个头绪。类似的文本见到过不少，各有所长，随人而异。毕竟不是写研究论文，讲究一多，刻意而为，反而限制很多，写来写

退休以后与爱人汤晓芳（2013年）

去便不是自己了。何况回忆起来，时间长、事情多，有的记忆模糊难以准确，遗漏在所难免，又担心评价不当，失之客观，真是难以设计得那么中规中矩。又想，这不是写编年史，更不是写论文著作，不是为了扬名出版，它不过是“不逾矩”的随心产物，想起什么写什么，无功利而言，不必顾虑太多。这么一想就放开了，只是在结构上按照大事分段、小事连串的办法，写起来方便，读起来也许顺畅一些。

这本回忆记述，就是想用自己诉说的人生经历，以祭奠生我养我的父母，感谢我的妻子、同胞弟妹以及与我共事的同事挚友们，要让我的亲友、学生和晚辈们，对我有更多的了解。

2016年11月

结语

当我写出以上初稿后，第一个读者是我的老伴。她与我相伴几十年，相濡以沫，对我的经历、工作、习惯、个性了如指掌，而且有着女人特有的对生活细节的敏感，对许多事情的经过记得很清楚。

她读了初稿后，给了我很大鼓励，她没想到我竟然一鼓作气把自己的经历洋洋洒洒写了下来，她给我提了不少补充修改的意见，我在修改时都一一吸收了。不过，她向我提出了一个问题，对自己的缺点和失误反思不够。我的大女儿晶晶帮我在电脑上录入了一部分初稿，之后也向我提出了这个意见。

这真是一个值得我认真想一想的问题。

的确，仔细想想，这一辈子，说的错话、做的错事不少，思想意识、性格习惯毛病也不少。比如，有些清高，虽然表现得不十分明显、张扬，但内心是颇为自信和自负的。又有些胆小，遇到一些有难度的事情或问题，优柔寡断，前后掂量，一时难以决断。还有些脆弱，该坚持的有时会妥协，容易相信人，这是知识分子常有的一种毛病，实际上是围绕自己的得失考虑较多。在具体工作中，判断有误，决策不当，看人失察等问题也不少。有的在事后认识到改正了，有的不自觉地又坚持下去了。还有，我和汤晓芳都感到，我们在年富力强的时候，忙于工作，追求专业，对自己的孩子、亲属关心不够，付出不多，常觉得对他们有亏欠。

回顾过去，用一句套话，主流是好的，这是应有的自信，但也要学会“吾日三省吾身”。总的来说，我们这一代“四〇后”，算是幸运的一代。有一条“谁说生不逢时”的微信说：“令人羡慕的四〇后：反右时，您年龄不够；下乡时，您岁数过了。高考停招时，您入学了；大学停课时，您毕业了。打过鸭绿江时，您太小了；打老山时，您太老了。‘文化大革命’时，您学问还够不上权威，进不了牛棚；五〇年代最富幻想的童年给您了，后面的几代人再也没有荡起双桨的时光了！而你们有最完美的经历！‘文化大革命’后知识分子断代，你们成了共和国大厦的钢筋，成了国家的栋梁！向四〇后致敬！”这倒是实话，虽然我们也曾遇到过一些磨难，但那些磨难都是人生道路上难以避免的曲折和经历，这种曲折和经历，磨炼了我们，让我们增长了才干，增加了耐性和韧性，因而我们有了应对生活的能力。我们没有遭遇大难，基本上是顺利的，走到今天，我们是幸运的。

我还幸运的是，我有着丰富的人生经历，有机会从事过多项工作。我体会，做什么工作，有组织约束，个人以服从为要，似乎从未提过自己要求去做什么，挑选什么，总是分配我、安排我去做什么，我就做什么，这好像由不得自己，而如何去做却完全在自己。2007 年 4 月，我在自己的著作《体验大学》一书出版座谈会上谈到了这一体会。我说："人生苦短，走过来以后感觉更深刻。毛主席的《重上井冈山》这首词中有一句话，三十八年过去，弹指一挥间。当时读觉得毛主席多么浪漫。现在，当我自己走过了人生很长的路以后，回过头来想，真是非常短暂！在这个很短暂的时间里头，有很多的经历并不是自己能够设计的，或者不是自己能够选择的，党的干部，共产党员，很多情况下是由组织安排的。有些是被动的，无奈的。我的体会是，不管是被动、主动，千万不要慢待了自己的经历，要把每一次经历当作是自己的一种积累，是自己的一笔财富。因为你做过，你了解、你学会了，于是你长大了、成熟了。这就是事业和成就。"这个体会也可以说明，经历丰富没有什么了不起，从事过多种职业，对很多人来说也是正常的，而无论去做什么，都一心一意去钻研，去尽力，把它做好，做出精彩，这才称得上是"传奇"。

这一辈子，家庭、学校和传统文化的影响，潜移默化地使自己注意到自身的修养和形象。我曾总结对自己的要求是八个字："名声要好，水平要高。"坏事不能做，也不敢做，心中给自己设了一条防线，不敢逾越。我在给学生讲课时，常引用孔子在《论语》中所说，"少之时，血气未定，戒之在色；及其壮也，血气方刚，戒之在斗；及其老也，血气既衰，戒之在得。"孟子说，"穷则独善其身，达则兼济天下。"老祖宗早就清楚地告诫我们该怎么做人，就按照这几条要求老老实实去做，这是千年的经验之谈。现在更加体会到，要有一个好的、平稳的心态很重要。要客观自然地看待生命过程。过去的留在回忆中，无须留恋。今天，我已经是一介平民，但求过得平平安安，真真切切；有老伴、老窝、老本、老友，有余力从事一些研究、教学、讲课，应是一种充实和享受。人生如此，还有何求？古人云“道法自然”，乃天地事物之基本属性。老人更应顺其自然，即为得道。“七十从心所欲，不逾矩”，这应该是我们这个年龄和经历的人的人生态度。

就在我完成了这部回忆录初稿时，2016 年 11 月，我和汤晓芳到敦煌参加《西夏文物 · 石窟篇》编纂工作会议。在敦煌研究院，见到了樊锦诗名誉院长。樊院长是上海人，1963 年北京大学历史系毕业，她 1962 年赴敦煌实习，从那时起，把半个多世纪的年华献给了冷寂的千年佛窟，她和她的丈夫、北京大学历史系的同窗彭金章先生一直坚守在莫高窟前的戈壁上，直到退休后多年，依然坚定地守望于此，因为他们手头还有许多没有完成的任务，没有给退休画上句号。我为之感动，她是我们这一代知识分子的榜样。

在最近修定这个稿子时，宁夏大学西夏学研究院杜建录院长几次电话与我联系，要启动由我牵头主持的教育部人文社科基地研究项目：西夏文化及其多元特征。又嘱我帮助组织团队，将民族史学理论专业列入学校建设一流学科民族学的系列中。汤晓芳带领两名研究生承担的西夏雕塑研究课题正在完善设计即将启动之中。甘肃文化出版社告知，我二人的西夏史论文集即将出版。

鄂尔多斯学研究会杨勇同志来电告知，已决定 6 月底在鄂尔多

与老校友樊锦诗（中）在一起（2016 年）

斯市康巴什区召开草原城市文化研讨会，望作出准备，届时赴会。

看来，是行者，就停不了步。

2017 年 3 月于琼海

北京大学生活的点滴回忆

2012年9月，北京大学毕业40多年后才有了一次“6206”同学的会聚。所谓“6206”是我们当年在校时北京大学历史系的排序号，“62”是指1962级，“06”是历史系的序号。如今，入学50年，同学们都已是70岁左右了，有些自毕业后从未见过面，突然相见难相识，待到问清姓名，又蓦然想起，年轻时的举止言谈浮现出来，越看越像，就是他！人生这样的感受不多。上大学的那几年，可以说是中华人民共和国成立后高等教育发展较为平稳的一段时间，我们因此也度过了一段值得珍惜的年华。后来的动荡和变化，使我们许多人天各一方，难得相见，甚至音讯全无，也没有机会去认真回

“6206”的部分同学相聚于北京（2012年9月8日）

忆。这次同学聚会后，在热心同学的倡议下，建立联系，写写回忆，真是难得的一件好事。我们似乎又回到了半个世纪前的北京大学校园，一些点点滴滴的事情又浮现眼前。

我这个“状元”算个啥

我是 1962 年宁夏高考文科第一名，被人称为文科“状元”。高中时，文科基础较好，爱看书，作文常受表扬。高三的班主任又是语文课老师王文钧，复旦大学 1958 年毕业支宁，他特别喜欢我，高考前给我开“小灶”，把南开大学编的《古代汉语》复习了，熟记了不少可能与作文试题有关的优秀范文，甚至背下了一些段落。学校怕学生晚上在教室加班太晚，到规定时间即熄灯。我们一些住校生点上煤油灯继续复习。由于紧张，休息又少，我曾晕倒在教室前的一棵大树下。1962 年的高考录取，可能受到陈毅同志关于红专讲话的影响，突出了考试成绩。录取通知下来后，学校在大门口张贴大红榜，我站在榜前，看着居首的自己的名字，颇有些“金榜题名”的自豪。我的录取通知是由老校长亲自交给我的。在后来的毕业生中，老师也常常提到我，让参加高考的师弟师妹向我学习。

我入学到了北京大学，那份自豪就再也没有了。我渐渐了解到，来自各地的同学，不少都是当地的尖子，言谈话语，透着见识、才气，读过古书，能说外语，社会知识多，敢于表达，到底是大地方来的，

左图 北京大学留影（1964 年）
右图 北京大学校园

就是不一样。看到这一点，让我多了一些自知之明，增加了一些学习的压力，也庆幸自己在未来的大学生活里有了这么多有才华的同伴。

学习历史是为了创造历史

记得入学后，在第一教学楼一间教室召开迎新晚会，系主任翦伯赞先生出席。这是第一次见到久已慕名的翦先生。只记得翦先生在简短的讲话中说，你们为什么要学习历史呀？学习历史就是为了创造历史嘛！为什么学习历史，对于我们这些刚刚踏进历史系门槛的学子来说，真不知道该怎么回答。翦先生这句话，寓意挺深，以后才慢慢有所理解，我后来也向我的学生多次讲过。

不要“大北大主义”

有一次学校召开大会，我们在大饭厅收听广播。黄一然副校长作报告，可能在讲校风校纪和校园安全时说，北京大学的学生不要清高，不要看不起其他高校的学生，不要搞“大北大主义”。他又说，最近北京大学校园围墙都砌起来了，安全多了，我放心多了。他还提醒从福建等地来的学生，不要在校园里打赤脚，要把鞋穿起来。刚入学时，确实看到有南方来的同学光脚在校园里跑来跑去，挺好奇的。

记得历史系副主任许师谦在会上讲过，一到毕业分配时，中央各部委来的人，坐在我的办公室等着要人。意思是北京大学毕业生是很吃香的。

演话剧《岗旗》

大约是1963年底，我们年级排演过一出独幕话剧《岗旗》。《岗旗》类似电影《青松岭》，是描写农村的题材，批评资本主义倾向。参加演出的有张德春，是“女一号”，大队长的媳妇，正面人物；谷长岭，贫下中农代表；彭光谦、张玉范，农村青年；郎树德，车

话剧《岗旗》剧照，陈育宁、张德春扮演剧中角色（1963 年）

把式，走资本主义道路的代表；我扮演的是大队长，有右倾思想。这出独幕话剧排好后，曾在办公楼礼堂正式演出过一次，好像挺顺利地演了下来，有同学为演出拍了照片，我还留了一张。后来得知北京电视台（中央电视台前身）要播出一出独幕话剧《喜嫂》，就是这出戏，名字不同。我们排戏的同学一起在留学生宿舍楼看了一台黑白小电视机播放的这出戏，人家是专业演出，到底不一样。

2013 年 3 月我和汤晓芳在海南见到张德春和符鸿合，老符邀我们去他的家乡海南文昌县游览，我和张德春还一同回忆起这段逢场作戏做过一回“夫妻”的往事。

郭沫若作报告

大约在 1963 年我们读大二时，翦伯赞先生邀请郭沫若先生来校作学术报告，地点在办公楼礼堂，由翦先生主持，听讲的主要是文史专业的师生。我对这类报告特别有兴趣，凡有机会参加总不会放弃。报告的内容是 1962 年郭沫若在厦门考察新发现的郑成功时期的钱币及当时的经济政策，而这一内容的文章已在近期的《历史研究》上发表过了。郭沫若是偕夫人于立群同来，翦先生还特意在报告开始前介绍了“郭老的夫人于立群”。当年郭沫若已年届 70，但精力旺盛，在台上一边讲一边写板书，很是精彩。翦先生和于立群也在台上就座。就在这次报告之前，有一个“郭沫若又结婚了”的段子在文史专业的师生中流传，而且还有某领导人“希望这是郭老的最后一次婚礼”的祝辞云云。为此，在历史系召开的一次大会上，系领导还专门作了辟谣，以正视听。看来请郭老偕夫人来校作报告也是事出有因。

写村史、家史

1964年春天，一项教学活动的安排是到农村参加村史、家史的编写。我们来到平谷县乐政务公社。这是抗战时期的老区，这个公社的井儿峪村就是一个抗日据点，有革命斗争传统。分配给我的任务是采访撰写乐政务公社许家务大队支书陈永祥同志的家史。我们就住在老乡家里，吃派饭，参加劳动。经过一个月左右，基本完成了任务。陈永祥同志出身贫苦，多年担任村里领导，在群众中有很高的威望。他的住房很破旧，生活很困难，但对我们下乡的大学生很热情，轮到在他家吃派饭，再困难也要吃一顿抻面。我将写的他的家史材料誊抄好，郑重地给他留了一份。回校以后，我们还曾有过一两次信件来往。

这一次下乡期间，听到学校来人带来的一条重要消息是，毛主席有一个春节谈话，其中讲到教育问题时提到，大学生的伙食要提高，要增加营养。回校后，国家给我们每月增加了3元伙食补助，由每月12.5元伙食费增加到15.5元，中午即增加了一个荤菜。

星期日讲座

当年北京大学有一个全校性活动，名曰“星期日讲座”，即在星期日业余时间，邀请文化名人、劳动模范、知名人士等来校做讲座，张贴海报，自愿参加。这个讲座内容多样，很有吸引力。我记得听过好几次，听过获百花奖的陈强讲如何演好反面角色；听谢添讲塑造《林家铺子》中林老板的体会，他还做了变脸表演；听指挥家秋里讲如何欣赏革命歌曲，也知道了所谓靡靡之音其实挺迷人；听许广平讲与鲁迅的生活……

大约也是在1963年底，在第二教学楼阶梯教室，听过一次吴晗先生的学术报告，是讲孔子还是朱元璋，记不清了。吴晗先生个子不高，他挥动手臂、神采飞扬的神情却记住了。想不到过了两三年，他就遭了大难。

手球队员

入学时，我们的粮食定量是每月 32 斤，有些不宽裕。听说学校运动队的定量是 38 斤，于是就有了报名参加运动队的想法，可是又没有体育上的一技之长，怎么办？我和朱友华、周燮藩三人找到了一个“冷门”——北京大学手球队，其实我们谁也没打过手球，甚至没听过、没见过打手球，试探着去报名，竟然全部录取，可能是生源紧缺的缘故，我们三人堂而皇之地成了北京大学手球队队员，也吃上了 38 斤。我们参加了几次训练，都是跑跑龙套，捡捡球。有过比赛，我们也只是永不上场的替补队员。没有多久，就自动退役了。

“读书最乐，康健是福”

好几位同学都回忆了商鸿逵先生，商先生留给我们的印象很深，同学们都喜欢他，不仅因为他学问大，而且特别随和，一点架子也没有。他可能是给我们上课的老师中唯一可以坐在椅子上讲课的老师。他讲《史记 · 秦始皇本纪》时说，秦始皇“蜂准长目”，你们看，我这个鼻子就像秦始皇，是高鼻梁，鹰钩鼻。他和大家一起笑

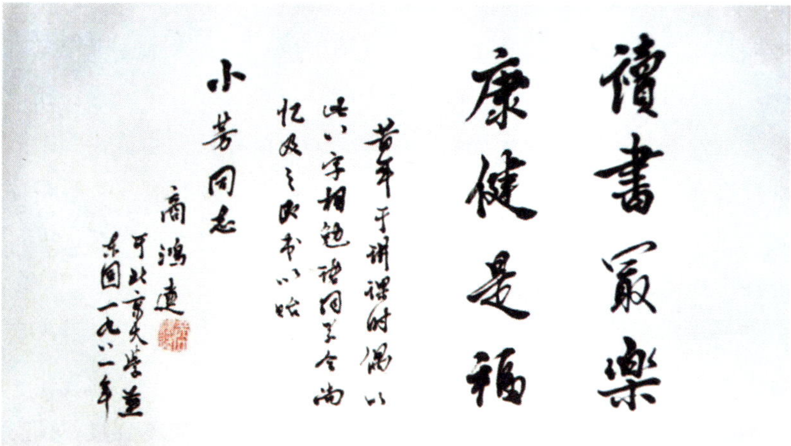

商鸿逵先生书写条幅“读书最乐 康健是福”

了。商先生似乎穿衣也不大讲究，很随便。就是这种随便，让同学们好接近，喜欢他。有一次讲课时他随便说，最近我刻一枚章，曰“读书最乐，康健是福”。听说 1964 年在北京大学社教时这件事成了商先生传播资产阶级错误言论，“文化大革命”时更成了商先生挨批的一条罪状。改革开放后，汤晓芳回北京大学去看望商先生。汤晓芳是当年商先生上课给打开水的女生之一，提到了这件事，商先生用毛笔将这八个字写成条幅，签上名，送给汤晓芳。

2010 年我去陕西省榆林市参加一个地方史研讨会，碰到中国社会科学院历史研究所明史专家商传研究员，因商姓不多见，我便问他，你知道商鸿逵先生吗？他说，我就是商鸿逵的儿子。真是巧遇，我们谈到了这些往事，十分感慨。

南通才子朱友华

朱友华聪明热情，有文才，口才也好，在同学中是出众的。我和朱友华在一起的时候，常听他随口背上古诗词，或讲一段

与朱友华（右）合影（1963 年）

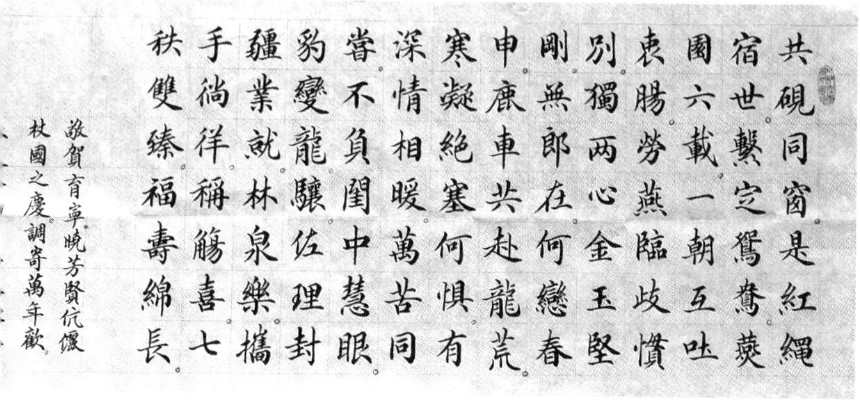
共硯同窗是紅繩，宿世繫定鴛鴦夢。園六載一朝互吐衷腸，勞燕臨岐慣別，獨兩心金玉堅剛。無郎在何戀春申，庚車共赴龍荒。寒凝絕塞何惧，有深情相暖，萬苦同嘗。不負閨中慧眼，豹變龍驤，佐理封疆。業就林泉，樂攜手徜徉。稱觴喜七秩雙臻，福壽綿長。

敬賀育寧曉芳賢伉儷杖國之慶 調寄萬年歡

在我和汤晓芳 70 周岁时（2015 年）朱友华写的贺词（李景杭书写）

典故，挺羡慕。有一次，他拿出一小本，给我读一首四字一句的诗文，是“七一”歌颂党的一首古体诗，很长，内容丰富，而且句句韵不乱，原来作者就是高中时的他。朱友华是南通人。“南通州北通州，南北通州通南北”。南通出人才，清末张謇就是南通人，赵丹、范曾、张岂之这些大师级的艺术家、学者皆出自南通，怪不得朱友华有如此多才的“基因”。

我和朱友华有一次相约要去见识一下从未用过的西餐，斗胆跨进了北京展览馆后面的莫斯科餐厅。门口有穿着笔挺的服务员为我们拉开门，这使我们感觉很不自然。一进门是衣帽间，服务员询问是否存衣或包。我俩无衣无包可存，只有硬着头皮往里走。看着菜单，合计了半天，点了一小盘牛肉，几片面包，大约三块多钱，匆匆吃完（当然没有吃饱），赶快离开。虽然有些心疼后悔，但也算过了一把西餐瘾。

睡土炕的体验

1964 年秋天，我们文科大学生被派往农村参加社会主义教育的“四清”运动。我们来到北京朝阳区十八里店公社。我先是在横街，后来到了吕营。这里是北京近郊，以种植蔬菜为主，农民生活相对较好，村里有文化的青年不少。我们作为工作队员，与社员实行“三同”。我和青年社员一起，十几个人套起一辆大胶轮车，凌晨三四点钟进城拉垃圾做肥料，装好车一路小跑拉回村里。天亮回村卸车后，倒在炕上一动也不想动。真累呀！

系里组织老教授也下乡看一看，体验一下。记得邓广铭先生曾到我们下乡的地方去过。他身材较胖，人又富态，穿一件军大衣，到地里转，老乡们以为是大首长。这次下乡结束后，系里在一教的阶梯教室召开会议，下乡的师生交流体会。邓先生在这次会上也发了言，邓先生说，到乡下第一天睡在老乡家的土炕上，“告别土炕四十余载，尚不知炕是硬的，辗转反侧，不得入眠”。邓先生的山东话说得风趣生动，引起了大家的笑声。

怀柔琉璃庙“四清”

1965 年秋天，在当时的形势下，我们被安排作为工作队参加农村的“四清”运动。我被分配到怀柔县琉璃庙公社分团。到这个分团工作队的有北京大学历史系、西语系的师生，有清华大学水利系的师生，还有人民大学函授学院的干部老师，有北京建筑设计院等单位的人员。工作队员都分配到各大队，我留在分团政治处，住在公社，常下到各大队。这个公社大部分在山区，有的村在深山峻岭中，搭不上车，就步行爬山。那时年轻，不知累，跑一天山路，回到公社，可以在公社唯一的一个小饭铺一顿吃下 1.2 斤水饺（72 个）。直到 1966 年 6 月初广播了北京大学“第一张大字报”，下乡“四清”匆匆收场，我们才回到学校。

在琉璃庙公社柏嵖子大队的工作队员中，有一位建筑老专家，大概是北京建筑设计院的总工，叫刘导澜，这位老专家有风度，没架子，队员们爱听他聊天。有一次我到这个村，赶上听刘导澜讲 1959 年修建人民大会堂的故事。当时刘导澜是参加大会堂工程的技术专家，是自始至终的亲历者。他讲到为在万人大礼堂舞台上架起 60 米长的横梁时，如何克服困难，群策群力，发挥众人智慧，终于顺利完成。他讲得动情，我们听得入迷。特别讲到，1959 年 9 月的一天晚上，大会堂竣工，毛主席来视察，万里副市长陪同，刘导澜也在现场。当有人汇报万人大礼堂起什么名字时，刘导澜听到毛主席说，就叫人民大会堂。毛主席还问了万里的名字，说鹏程万里嘛。刘导澜讲的这些细节，在若干年后，在一些老同志的回忆录中、纪录片中都一一得到印证。

琉璃庙公社得田沟大队是北京市学大寨先进典型，由北京市派干部蹲点。当时，在这个大队蹲点并体验生活的还有北京作家浩然。那时浩然的《艳阳天》已很出名，浩然的知名度也很高。分团还请浩然到公社给工作队员和公社干部作过报告。这位长期深入农村的作家给人的印象是朴实、好接近、不张扬。“文化大革命”时，听

40 年后重返
怀柔琉璃庙
（2006 年）

说他遇到不少坎坎坷坷。

40 年后的奇遇

2006 年 4 月，我和汤晓芳到北京，有朋友邀我们去京郊看一看，我们提议去怀柔琉璃庙，看看我们 40 年前下乡搞过“四清”的地方。汤晓芳是当年琉璃庙公社分团前安岭大队的工作队员。

我们驱车从怀柔县城一直北上，来到了琉璃庙，这里已是一个繁华的小镇了。我在小镇北头那棵记忆中的大树前，居然看到了 40 年前吃水饺的那个饭馆还在，只是门面扩大了，标名“云岭食府”。我立即从小饭馆对面的一条路走过去，去寻找当年公社的所在地。公社的两排平房居然还在，只是破旧了很多，未加修饰。公社的这个院子很冷清，未见到人，不知现在做什么用。我认出了当年的分团办公室、会议室，还在这里拍了照。

汤晓芳说，去前安岭看看吧。前安岭在公社北十多里地，沿山的公路很平整。不一会儿来到前安岭，这不是一个很集中的村子，住户散落在公路两旁的山沟里。前安岭前面就是一座白河环绕的峻峭山岭。汤晓芳就是在这个村下乡，住在路边生产队长陈贵忠家中。

左图 村头遇到一位残疾老人
右图 到当年生产队长陈贵忠家中探望

我们将车停在路旁，陈贵忠的家已经没有了，变成了菜园子。只见菜地旁的矮墙上坐着一位蓬头垢面、衣衫不整、没有双臂的老人，周围再没有人。我们向这位老人走过去，老人看了我们一下，眼光就注视着汤晓芳，突然说："你是汤晓芳吧？"这一问，着实把我们吓了一跳。老人也看出我们的惊讶，他又对汤晓芳说，我认得你，你是那年在我们村下乡的大学生，住在我哥家。他说，我是陈贵忠的弟弟，我因为一次用电事故，失去双臂。他指着前面的村子说，我哥就在那里住，有病，在家，还经常念叨你。真是没有想到的奇遇。我们立即来到陈贵忠家中，他已是满头白发，躺卧在炕上，但一眼就认出了汤晓芳。汤晓芳下乡和他母亲住一屋，他母亲已经不在了。陈贵忠的老伴把汤晓芳让到炕上，说起汤晓芳下乡时教她孩子读书，记得清清楚楚。又说起了这些年的变化和老陈的病，说着说着，已是泪流满面。不一会儿，陈贵忠的孩子被叫回来"见见贵人"。陈贵忠说，现在他家种植西洋参，日子过得挺好。他因病不便，硬是让儿子请我们到琉璃庙吃饭，就在我曾吃过水饺的"云岭食府"吃了这顿难忘的饭。山区农民的朴实、真诚令我们感动。此后不久，陈贵忠的大儿子还专程到银川来看望过我们。

2014 年 3 月于银川

两次校庆的祝福

一、在吴忠中学建校 60 周年庆典上的发言
（2007 年 9 月 30 日）

当母校 60 华诞喜庆之际，我有幸返校祝贺并代表校友们站在这个被鲜花簇拥的主席台上做出一番表达的时候，回顾起我们少年时代在这里度过的时光，回顾我们带着母校的嘱托所走过的人生道路，再看看母校今日之巨变和年轻的小师弟、小师妹们一张张充满朝气、生气、灵气的面孔时，我们的心中怎么能不涌上无限的感慨

在吴忠中学建校 60 周年庆典上发言

和激动！怎么能抑制住游子的倾诉之情！亲爱的母校，请允许我代表全体校友同学，向您的60岁生日表示衷心的祝福，祝福您青春永驻、活力无限，为我们的国家、为我们的民族培养更多更好的人才！

我是在母校建校的第九年，即1956年入校，在这里我完成了初中、高中的全部学业，1962年高中毕业。这6年时间，虽然我们正是花季的年华，却经历了反右派、“大跃进”、三年经济困难等很多沉重的历史变化。这一切自然也波及我们这所普通的中学。但所幸的是，当时正值宁夏回族自治区成立前后，全国各地一大批优秀的大学毕业生和知识分子支援宁夏，许多名牌学校的优秀毕业生也先后云集在吴忠中学，一个数量多、层次高、专业全的优质的师资条件让我们赶上了。这一批老师的才华、敬业和奉献，为吴忠中学创造了一个正常稳定的教学环境。我们这一批学子，不仅顺利地完成了所有的学业，而且接受了他们精神风貌和智慧才华的熏陶，一天天成熟起来。半个世纪过去了，当不久前我接到母校校庆的邀请时，我自己也觉得奇怪的是，那时给我上过课或没有上过课的老师，他们的音容笑貌，突然在脑子里一个个清晰地出现。我知道，有的老师已经不在了，有的老师年事已高，可能早已不记得我这个当年的学生了，但我还能清楚地记得许多老师的名字：郭树仪、唐丁丁、刘宗贤、张守阶、张子训、武钾、庹绍开、甄陶、李柱、李志刚、戴炳文、陈华彬、邓震、丁呈祥、樊华光、栾世俊、陈森、粟云梦等等，还有，陈子谨老师一边给我们教俄语，一边教我们打乒乓球，当我们知道他和美丽端庄的生物老师张丽芳喜结连理时，都为他们感到高兴；数学老师窦学伦上完一节数学课，就会给我们留下工工整整一黑板宋体字的例题板书，像是一幅艺术作品，以至于我们舍不得擦掉它；至今印象最深并保持着联系的是我高中阶段的班主任王文钧老师，他1958年复旦大学毕业后，来到吴忠中学，工作生活了半个世纪，这种奉献精神，足以成为我们永远的楷模。我高中毕业那年，王老师为我准备高考倾注了大量心血，在他的辅导和帮助下，高考前我补习了大学课程《古代汉语》，阅读和背

与王文钧老师合影
(1961年)

诵了大量作文范文。我是胸有成竹地走进了高考的考场。当我以全区高考文科第一名的成绩被北京大学录取时，是当时的褚力民校长，把我叫到他的办公室，从抽屉里拿出我的入学通知书郑重地交给了我。平时极为严肃、我们不敢接近的褚校长，那天对我笑容灿烂，话语亲切，令我永远难忘……我不能占用这么多宝贵的时间，去陈述这些往事，但我要说的是，当时有这样一批献身于边疆民族地区教育事业的知识分子，从祖国各地来到这里，他们年富力强，奋发有为，他们有才华，有抱负，爱学生，做奉献。他们的人格和精神感召着我们，影响着正在成长的我们，自然得到我们的尊重和崇拜，这对于一个青少年来讲，是终生难忘的经历。我想，这大约就是母校的文化，母校的精神，母校的传统。

我离开母校已整整45年。大学毕业后，我先后在内蒙古、宁夏从事过多种工作，担任过多种职务，在工作上、在学术研究上，取得了一点成绩。但今天，我向母校汇报的是，在我几十年工作的最后一站，我是在学校度过的。从2001年初至今，我担任宁夏大学的领导。在此期间，在宁夏回族自治区党委、政府和教育部的高度重视和支持下，我和宁夏大学两万多名师生员工奋力拼搏，开拓进取，实现了宁夏大学的跨越式发展。这期间，虽然伴随着许多困难和矛盾，但我庆幸的是，我在克服困难、解决矛盾的奋斗中，体验了大学，收获了充实，享受了发展的愉悦和幸福。我为我和我的同事们能为宁夏的父老乡亲办一件实实在在的事情，为宁夏大学未来的快速发展打下一个坚实的基础而感到骄傲和自豪，如果因此而能为母校争得荣誉，我将倍感光荣！

在今天这个难得的聚会上，我见到了许多老同学、老校友，请允许我在这个发言的最后，为老同学、老校友献一首小诗：

不要说华发已经悄悄爬上双鬓，
不要说有的已经当上了爷爷外公。
当我们今天相聚的时候，
似乎又回到了少年，个个发出纯真的笑声。

从分别到再一次相遇。
走过了将近半个世纪的路程。
虽然我们的经历各不相同，
但我们都用宝贵的年华和艰辛的奋斗去书写人生。

假如真的能够返老还童，
我愿意再回到母校的校园中。
去追回逝去的时光，
久久体味那纯洁无瑕的友情。

让时间倒退固然不可能，
但珍惜这再一次的相聚却发自内心。
双手举起我们最真诚的祝福，
祝愿母校更加灿烂的前程。

二、在吴忠中学建校 70 周年庆典上的发言（2017 年 10 月 9 日）

10 年前，我第一次走进了我的母校吴忠中学美丽的新校园，怀着激动的心情，参加了建校 60 周年的庆典大会，我代表返校的老校友，在大会上作了发言。我记得，那天在大会进行时，飘洒过一阵秋雨，好似迎来了一次新的洗礼。彩旗招展的校园格外清新，相聚在一起的年迈的老教师和新老校友们、同学们也格外精神，我的母校迎来了甲子后的新的十年！

我在那次大会的发言中，抑制不住游子回归的心情，回忆起了我在母校学习的那些岁月。我是1956年进入吴忠中学，到1962年高中毕业，在吴忠中学顺利地完成了初中、高中的学业，于1962年以优异的成绩考取了北京大学历史系。今年是我大学毕业整整50周年。在这半个世纪里，我在内蒙古、宁夏从事过科研、党政、教育等多种工作，退休后仍然参与宁夏大学博士研究生的教学和科研活动。在几十年人生的道路上，我的成长，我的种种经历，我所取得的成就，我所理解的生活真谛，离不开吴忠中学给我打下的基础，离不开我在那6年青少年时代所接受的精神和文化熏陶，那是我生命开始走向成熟的重要阶段，我终生难以忘怀。

在那次的大会发言中，我曾说，当我接到母校校庆的邀请时，我自己也觉得奇怪的是，当年在校时给我上过课或没上过课的老师，他们的音容笑貌，突然在脑子里一个个清晰地出现。我知道，有的老师已经不在了，有的老师年事已高，可能早已记不得我这个当年的学生了，但我还能清楚地记得那些随着自治区的成立来自祖国各地的老师们的名字。那次发言中，我一气说出了20多位老师的名字，特别提到了给予我更多教育和帮助的我的班主任老师、语文老师王文钧，他是我永远学习的楷模。学高为师，身正为范，是那个时代吴忠中学的老师们在我心中的形象。

10年前的返校，我更多地是表达了久别的怀念之情和当年的师生情谊。又一个10年过去了，当我再进入母校的校园时，我更多感受到的是母校的发展和变化。在新的形势下，学校创新发展思路，着力内涵建设，凝练办学特色，提高办学质量，这些目标要求，都充分体现在学校所制定的发展规划中，呈现在一年一年的变化中。我关注着媒体的报道，有两点印象特别深刻，一是学校开展“强师德、铸师魂、树形象”为主要内容的“立德树人”教育活动，大力加强师资队伍品质建设，抓住了提升学校内涵的根本环节；二是倡导以德育教育为核心，净化学生灵魂，增强学生的学习动力，培养德才兼备的好学生，切实落实学校的根本任务。正是在这样的思想指导下，母校获得了令人鼓舞的发展成就和多项荣誉奖励，我作为老校友为此感到骄傲自豪，我的母校不愧是一所老学校，不愧是一所好学校。

我作为老校友同时又是一名教师，来到校园，看到小师弟小师妹们一张张洋溢着青春活力的面孔，我感到非常亲切，有着心中的愿望要向你们倾诉。在这里，我要向小师弟小师妹们讲四句话：

珍惜幸福。现在是我们所经历过的最好、最幸福的时代。国家强盛了，中华民族扬眉吐气了，老百姓过上了富裕的好日子。你们进了好学校，有了好老师，度过自己充实而美好的青春年华，这是真正的幸福。这是我们羡慕的，更是我们期盼和追求的。据说美国哈佛大学有一门受到欢迎的选修课，叫作“幸福课”。这门课意在让学生把读书学习当作一件幸福的事。我想，我们今天感受幸福、享受幸福，更要懂得饮水思源，懂得感恩报恩，懂得珍惜时光，懂得肩负的使命。怀着这样的感情读书学习，会更有动力，更能坚持。要记住周恩来总理的一句名言：“为中华崛起而读书。”

立德为先。从中国传统文化所讲的修身，到今天我们所说的思想品德教育，就是围绕一个字：德，就是品德、修养，这是我们在校学习最重要的一门课程。立德是我们一生都要坚持不懈做的一件事情。它包括很多内容和要求，对于青年学生来讲，最重要的是孝敬父母和老人，尊敬师长，友爱同学，诚信待人，不怕吃苦。青年时期养成好习惯、好品德，会受用一辈子，是一辈子前行的资本。

学会学习。在校的主要任务是学习，同样的课程，同样的老师，为什么会有差异？问题往往出在方法上。我们的教育正在改变应试教育及其惯性的影响，提倡学生学会思考、质疑、应用，鼓励学生有自己的见解。同学们也要自觉地向这个方向努力，不仅需要学知识，还要学习应用知识的能力。要扩大视野，善于思维，敢于表达。鲁迅先生说过，读书是要自己思索、自己观察。倘只看书，便变成书橱。

热爱生命。前几年大学里流行过一个口号：每天锻炼一小时，健康工作 50 年，幸福生活一辈子。我以为这个口号很好，适应于在校的青年学生。人最宝贵的是生命。我们踏上人生道路，首要的一条是要热爱生命、保护生命，没有这一条，一切都会落空。所以我们要学会健康地生活，坚持锻炼身体，养成良好习惯，有多么大的磨难，也不能轻视生命。要永远保持青年人的朝气、阳光和活力。最美的容颜是健康，最值得尊重的是生命。

习近平总书记 2014 年五四青年节在北京大学对青年们讲，就像穿衣服扣扣子一样，如果第一粒扣子扣错了，剩余的扣子都会扣错。所以，人生的扣子从一开始就要扣好。让我们牢记总书记的教导，在实现梦想的道路上，扣好第一颗扣子，去创造自己精彩的人生。

我的小书斋

“文化大革命”前，我所读书的大学里，将学生宿舍楼称为“斋”，按序号排列，比如称为“27斋”“38斋”。这是老学校留下的习惯。以前住校的学生少，这样的“斋”为数不多，用不着排序号，而是取一些有喻意的名称，如取之“德才均备”之类的成语，称之为“德斋”“才斋”“均斋”“备斋”等等。“文化大革命”风暴，将“斋”视为封建余孽，当然在一扫之列，于是统统改“斋”为“楼”，称为“27楼”“38楼”。“斋”也罢，“楼”也好，毕竟不包含很多的政治内容，那个风暴过去，叫惯了“楼”的人们也再没有兴趣改回去了，“楼”的称呼就延续了下来。

不过，我还是对“斋”留着几分恋意。这个字，除去有某些宗教的含义，比如斋戒、吃斋、封斋等用法外，也当屋子的意思，常用作书房、商店的名称，听上去透着一股古老的文化气息，有着挺浓的传统色彩，“荣宝斋”即是一例。我读书的那所大学，向以“国学”之长著称，学子们的宿舍称为“斋”，自然而贴切，在当时众多的大学里，这也算是不同于众的特色。出于对母校的怀念之情，加上读了几年历史专业的人常发怀古之情，恋“斋”也就在情理之中了。所以，说起我的小书屋，还是愿意称为小书斋。

我的小书斋占据了一间住房，大约有十三四平方米。有满满5架书排列于两面墙壁，屋顶的吊柜里、书架前的地上都堆放着书。临窗的一面放着一张写字台，另一面是一只两用沙发。我的朋友、文史评论家高嵩在为我和妻汤晓芳合著的《塞上问史录》一书所作的“序”中有这样一段话：

> 他们待客的地方是书房。那里书柜环匝，字画补壁，连地上都整整齐齐地放着两三层书；在向北开着的玻璃窗跟前，一张大写字台总是卷帙积案。

这就是我的小书斋。

我的一位大学老师在讲课时曾自谑地说，他的书房名叫“三千残卷书屋”。他是位著名的清史专家，有不少藏书，且不说数量多少，珍贵的是“残”，他收藏的许多残本、孤本、善本古籍，其价值难以估量。关于这位老师，还有这样一段故事：大约在1963年，他在给我们讲课时，兴之所至，讲到他最近亲手刻制了一枚图章，曰“读书最乐 康健是福”。没想到，“文化大革命”时批斗他这个“反动学术权威”的一条理由是因为这八个字宣扬了资产阶级人生观。20世纪80年代初，当又一次见到他时，提及往事，老先生十分感慨，提起笔写下了这八个字赠给我妻、也是我当年的同班同学。由“三千残卷书屋”，我也曾想给自己的小书斋起个名字，于是请一位搞书法的朋友写了“知己书屋”四个字，意为书房是自己精神享受的世界，在这里可以找到自己的知己。这不过是一时的兴趣而已，一直没有把它挂出来。

我的小书斋里有多少册书，从未数过，但发展到今天这样的规模，已有20多年的历史了。

大学毕业后，除了一卷行李外，就是两纸箱书，其中多数是大学用的教科书、参考书，少量是在旧书店斟酌再三而买来的减价书，其中有在“风暴”的年代也偷偷保留着的邓拓的《燕山夜话》合订本。

70年代初，在基层工作时，想读书而又买不到书，书店里陈列的不是“宝书”就是课本。好在我在宣传部门工作，可以优先购买所谓“内部发行”的书，于是从微薄的工资里抽出一点，买过诸如《回忆与思考》《田中角荣其人》之类的书，而且极其认真地把它读完。书渐渐增多了，炕头上、小桌上到处散放着，于是生出做一个小书架的念头。妻认识一位小木匠，请小木匠用包装箱板做了一个小书架，大约宽 1 米，高 1 米多。我为这个小书架上了油漆，还装上布帘，把所有的书都陈列上去，隔几天就去兴致勃勃地重新排列一番。小小书架成了当时简陋的家中最为醒目的陈设。二十多年来，几经搬迁，当年的箱箱柜柜早已不知去向，而唯有这第一个小书架仍然保留着，如今又涂了一层油漆，钉了几道铁钉以加固，成了小女儿房中的书架。难忘的 1976 年，真是多灾多难。我带领干部下乡到一个公社去搞“路线教育运动”，妻回娘家生孩子，家门一锁了之。7 月 28 日凌晨，暴雨倾盆，山洪暴发，顷刻之间，从小镇北的山上奔涌而来的洪水席卷了半个城镇，我的住房首当其冲，除去墙上挂着的镜框里有我和妻微笑的照片外，所有的家当都被洪水吞没。等第二天我从乡下赶回来，洪水退去，一片狼藉。我从泥浆里拣出几本书，晾干后，却难以一张张剥离。这一损失使我叹惜不已，好长时间都振作不起来。

到了 1980 年，我和妻都到了科研部门，专门从事历史研究，整日要和书打交道了。图书馆开放了，书店的书架上也丰富起来了。我和妻如饥似渴地到处收集专业书籍和各种资料，有要的、借的、买的，家中的藏书一天天多起来了。科研单位为我们办的第一项福利是每人发给一个书架，我和妻得到了两个大书架，真是喜出望外。两架书在家中一摆，书房的样子就出来了，科研成果也随着藏书的增多而多起来了。随着学术界朋友的增多，收到赠书也成了藏书的来源之一，如今书架上的不少书都有作者的签名。我和妻已经出版的几本著作和发表的论文，大都是在这个小书斋里写出来的。每当进行一个题目的时候，书桌上，旁边的茶几、沙发上，堆满了书、卡片及各种资料。白天去上班，依然摊开着，谁也不许动，晚上接着干，直到这个题目做完，才将书桌收拾干净。但不久，随着下一个题目的开展，又重新堆满了各种书籍资料。有时候，和妻分工使用，白天她用，晚上我用，各自的资料各自收拾，互不干扰。小书斋也是我和妻酝酿讨论构思论文的地方。我俩常合作写论文，题目确定后，各自去看书思考，拟出提纲，打出腹稿，然后安排在一个晚上，打开录音机，共同商讨，逐段推敲。一两个晚上的交流，论文的框架基本形成，然后妻再依据录音整理成初稿，由我反复修改，一篇论文就诞生了。书房还是我会客的地方，特别是知识界学术界的朋友来访，谈及学术问题，随手即可翻找书籍资料。这一方小天地自有一种气氛，正如高嵩所写到的："我正需要这样的环境刺激起来的心理气氛，到那里做客总是能够尽兴而归……"

随着和国内外学术朋友交往的增多，以及有机会出国参加学术活动，收到和购买了一些小纪念品，我便把它们陈列于书架之上。一些有趣的生活照片，也被我用贺年卡制作的简易相框装饰起来，散放于书架上。在空着的一面墙壁上，挂满了岩画的拓片、西夏文残卷的复制品及朋友所赠的书法作品。妻常说，小小的书房被我塞得满满的，杂乱无章，可我倒觉得这样挺有情趣：何必刻意去追求它的整齐。

我的书房

我的小书斋，伴我20多年，难分难舍。如今，在公务繁忙劳累之余，钻进小书斋，东翻翻西看看顿觉清静而自在，真是一番享受呢！

1994年

（原载《朔方》1995年第11期）

历史与历史剧的对话

按

1994年，宁夏回族自治区党委宣传部筹划拍摄一部历史题材电视剧《西夏王朝》，请来了东北的著名编剧刘鹏越创作剧本。刘鹏越为此与宁夏的专家座谈交流，我参加了座谈，并将当时的想法写信给刘鹏越，刘鹏越也回信于我。我在信中强调的是，这部剧要“表现和突出的一个大主题——中华民族凝聚力是如何形成与发展的，这应当是以历史上民族和民族关系为题材的文艺作品的主旋律。”刘鹏越说明的是历史与历史剧不同，他引用郭沫若先生的一句话：“历史——实事求是，历史剧——失实求似。”宁夏的同志对创作拍摄这部电视剧很关注，而且还有不少分歧意见。为此，在拍摄前，《宁夏日报》于1994年4月9日以《西夏史魂归何处——关于〈西夏王朝〉电视剧本创作的通信》为题，发表了我和刘鹏越的两封信，并且加编者按说：

电视连续剧《西夏王朝》广告画

“西夏是中国历史上最神秘的一个王朝，惟其神秘，《西夏王朝》电视连续剧才会得到海内外越来越多的关注；惟其神秘，史学家和艺术家才会对如何把握西夏史魂见仁见智。《西夏王朝》与观众在屏幕上相见还须时日，但陈育宁（历史学家）和刘鹏越先生（电影《破烂王》《远东阴谋》编剧）的通信，或许能满足您先知为快的欲望。”1995年，剧本经过修改并定名为《贺兰雪》，由著名导演陈家林执导，拍成40集电视连续剧，首先在宁夏电视台放映。

鹏越先生：

为抓紧《西夏王朝》剧本的创作，你春节也未回沈阳，而是住在宁夏宾馆，以方便面相伴度过的。你对《西夏王朝》的创作倾注了心血，也是对宁夏的一片深情厚谊，我们感谢你。

2月24日，在怀武同志主持的专家论证会上，你对我的即席发言很感兴趣，一定要我整理一下，供你在创作中参考。我现就当时的发言要点追记如下，供你参考，也请你指正。

《西夏王朝》电视连续剧是用大写意的手法，通过生动的艺术形象，向人们展示11—13世纪宁夏和西北土地上党项族所建立的西夏王朝的历史画卷。作为历史剧，它不同于历史，自然不是历史纪录片；但它离不开历史，离不开对历史的正确认识和理解，它是以史实为基础的艺术创作，是把历史的真实和对历史的理解用艺术手段加工表现出来的。我以为这是历史剧创作中的两个相关的方面，即一个方面是表现什么，另一个方面是如何表现。如果说，在历史剧的创作中，历史学家是为“表现什么”而出谋划策、提供依据的谋士的话，那么，艺术家是构筑“如何表现”大舞台的将帅。我只能就第一个方面的问题谈一点想法。

我以为，《西夏王朝》是通过描绘一个历史上的少数民族政权，来表现和突出一个大主题——中华民族凝聚力是如何形成与发展的，这应当是以历史上民族和民族关系为题材的文艺作品的主旋律。围绕这个主题，要体现四个方面的内容：

第一，西夏王朝的主体民族党项族，是中国历史上一个古老的民族，是中华民族形成中的组成部分。党项族的族源可以追溯到西部古老的羌族，在他们东迁的过程中又吸纳了其他民族成分。羌族的另一支演变为吐蕃，继而为藏族。党项族消亡后，有的融于汉族和其他民族，也有许多遗民又移居吐蕃地区。党项族的发展过程，正是我国古代许多民族发展过程的缩影。他们土生土长在我国的土地上，有自己的文化、风俗，有自己的生产方式。许许多多民族的存在，构成了我国自古以来就是一个多民族国家的基本特点。各民族在他们形成发展的过程中，从来都是多源多流、源流交错的，你中有我，我中有你，不断相互交融。这些历史上的民族，虽然有的消失了，但他们都是中华民族的历史成员，他们之间的交融汇合为中华民族凝聚力的形成提供了具有血缘关系的历史条件。

第二，西夏王朝为西北地区的开发和经济文化的发展作出了重要贡献。李元昊不是成吉思汗，《西夏王朝》也不应只是一部战争片。成吉思汗作为民族英雄的主要功绩在于他的武功，他一生征战，统一蒙古，促成了蒙古民族共同体的形成，也为以后元代大一统提供了历史条件；而李元昊建西夏后，包括他的后代的主要功绩，更多的是文治。西夏王朝的建立及一系列施政措施，在西北地区创造了一个局部统一的形势和相对稳定的社会环境，吸取中原汉族和其他民族的先进文化，发展农业、畜牧业、手工业，创造了自己的文字，推行宗教文化，使党项族的社会形态很快地由奴隶制完成了向封建制过渡。这种历史的进步，既是党项族本身的贡献，也是各民族经济文化交流的产物。各民族都为祖国的统一和文明的进步作出了自己的贡献，这是中华民族凝聚力形成的历史基础。

第三，要历史地、全面地表现党项族与其他民族、西夏王朝与其他民族政权的关系。历史上的民族关系，包括各民族政权之间的关系，主流是什么？过去有两种说法，一说战争是主流，一说和平交往是主流，而且都可以列举出许多史实。我以为这两说都不够全面。因为无论是战争，还是和平交往，更深层的原因在于他们之间的经济关系，这是决定一切社会关系的基础。农业民族与游牧民族虽然生产方式不同，但农业经济与畜牧业经济又有着内在的互补性，种粮的需要牲畜，放牧的需要粮食，这是一个最简单的道理。这种经济的互补性决定了农业民族与游牧民族互相依存的关系。因此，战与和，实际上都是经济关系的表现形式。在表现党项族与其他民族（主要是中原汉族）、西夏王朝与其他政权关系时，既要表现战争，也要表现和平交往，但都是为了说明深层的经济原因，揭示历史上民族关系发展的内在规律。这也是中华民族凝聚力为什么几千年来牢不可破的历史根源。

第四，要反映中国历史走向统一的发展趋势。西夏王朝时期，与宋、辽形成鼎立之势，是中国历史上又一个分裂时期。如何看待这种局面？我以为要放在中国历史发展的大背景下来看。历史已经表明，中国的地理环境、经济结构、文化特点及民族关系等因素，决定了中国不可能彻底分裂，而是走向越来越大的统一。西夏、辽、宋都想统一天下，但互相牵制，谁也无力完成这一使命。历史的机遇给了蒙古。成吉思汗临终前留下的政治遗嘱是，先灭西夏，再征服金，最后消灭南宋。蒙古六次征西夏，战争残酷，对西夏经济文化的破坏十分严重。残破不堪的西夏皇家陵园，至今依然为此作出明证。但英勇的蒙古骑兵却使成吉思汗的遗嘱得以实现，为忽必烈的统一天下奠定了基础，使中国历史进入了一个空前大统一的发展阶段。残酷的征服战争里孕育着具有进步意义的新的统一基因，历史的复杂性正在于此。统一是历史发展的趋势，也是中华民族凝聚力延续至今、愈益强大的历史保证。那种错综复杂的历史现象，一定会给艺术家带来想象丰富的创作天地。

我仅仅是从历史学的角度提出以上这些粗浅的意见，不知能否触发你的创作灵感。我们期待着你创作成功！

顺致

春安

陈育宁

1994 年 3 月 13 日

陈育宁先生：

读了您的来信，谢谢您能这样认真。您是我《西夏王朝》的历史顾问。您信之所及，无疑是正确的。作为编剧仅就《西夏王朝》的剧本创作对您谈一点我的杂感。

1993 年岁尾，我读了两个月西夏史。西夏史，是一部所有朝代史书中最不完备的断代史。内中所有记载，皆是从《宋史》《辽史》《金史》《资治通鉴长编》等史书中抄编、摘编而成。西夏王朝是一个消失得干干净净、踪影全无的神秘王朝。几百万党项人失踪了，党项民族不复存在了。面对如此残缺不全的西夏史，我能不发呆发茶发傻发痴吗？

可事物总有两个方面，在全国上下，在港台影视界炒唐朝、炒清朝，炒得不惜将剩饭一炒再炒的今天，唯独没有一部有关西夏史的电影、电视剧，《西夏王朝》，多么得天独厚的《西夏王朝》啊！

一、我的创作构想。

对于有两百年历史，历十代君主的西夏王朝，50 集电视剧的框架，实在是让他们拥挤不堪。有鉴于此，我只能取大构架、大色块、大写意，浓墨重彩。本剧应是一幅西夏历史的画卷，必须有史诗般的风格，又充满了东方的传奇与神秘。它绝不是一幅工笔画，剧必须好看，故事必须新奇，要有“且听下回分解”之悬念。一句话，我想超过以往，超过现存的电视剧。不然我从遥远的沈阳来宁夏干什么？我真希望最后我能从从容容地走出这宁夏。

二、我最忧心的。

我最为担心的，是将要与西夏史专家、泰斗们，与您——陈育宁先生进行一场短兵相接的“白刃格杀”。这是两种职业的“格斗”，估计此战不可避免。

历史学家兢兢业业，甘苦终生地去发掘、考证。而戏剧家向人们展示的，则必须是昊王的血肉之躯。

历史学家：“不，这不是昊王的头颅，他的颅骨没找到。史书文献全无记载！”

戏剧家：“可我总得拿出一颗元昊的头来呀。我能把无头的昊王呈现给电视观众吗？”

当然，任何比拟都是蹩脚的。

我想说明的是，历史学家与戏剧家永远不会是一对情人。他们各自据守着自己的阵地，战火从未停歇。

其实双方都是对的。

历史剧的最大敌人就是被历史所拘泥。历史必须在戏剧中浓缩，让历史冲突成戏剧，用以揭示历史的本质。

郭沫若先生有一句话，历史——实事求是，历史剧——失实求似。

历史剧——在历史事实的基础上，虚构成戏剧。

在西夏史缺乏大量史料的状况下，大量的虚构就无法避免。在大的原则上我们并无分歧，很能求得共识。但一到具体、具象之中，我们便很难智者见智。那么好吧！咱们就来一场搏杀吧！战它个三百六十回合！

三、我最惧怕的。

人说，万事开头难。我说，万事结尾难。

《西夏王朝》电视剧50集，套拍电影上、中、下三部，耗时须几年，投资须几千万元，这是一个巨大的工程。

若想办成一件事，人们当然都希望能顺利，不大希望太坎坷。可天下哪有顺利这种玩意儿？宣传部副部长张怀武、宁夏电视台台长徐志健曾多次对我说：你不要怕！我们决心干到底！

我怕，我非常怕。

刘鹏越

1994年3月31日

（原载《宁夏日报》1994年4月9日）

五十初度

一进腊月，就到49周岁了。按民间习俗，过九不过十，那就是要过50岁的生日了。50谓寿，人生大半辈子过去，总是有些体验想表达一番，既有值得回顾的经历，又有新的期待，于是就用了这个题目。

五十岁那年

人到50，理想前途，功名成就，大体已成定式；思想方法，能力水平，也到了可以自我评判一番的成熟之期。所谓“知天命”，首先应该自知吧。回想起来，从读大学的时候起，那个时代在青年人心中埋下的人生道路的种芽便开始成长。那以后三十年里，尽管成功与波折、顺利与困难相伴而行，但终究没有改变那颗种子的本性。如今，它已经结了果实。

大学毕业，赶上了“风云突变”，只好到北部边疆去“接受再教育”，每天十几个小时在严格管制下从事大强度的体力劳动，整整干了一年半。之后，是在乡村学校教书；更长的时间，在基层宣传部门工作。那时候，衣食简陋，生活清苦，今日的青年大概是难以体会的。奇怪的是日复一日的勤恳和认真，不仅毫无怨言和非分之想，反而觉得充实和安稳。一晃六七年，到了“而立”之年，被任命了一个副科级的职务。这在当时提拔大学生当个“领导干部”实属凤毛麟角，被认为是落实知识分子政策的典型。感激之余，是更加拼命地工作，却未敢想过自己再能得到升迁。不知为什么那时官本位的意识竟那样淡薄。又过了六七年，在新的工作环境里，被任命为一个处级单位的负责人，自我感觉是受宠若惊。没有想到的是，过了一年，机构改革，大力起用青年干部，尤其是有专业的青年知识分子干部，于是被群众推荐、组织考察，任命为一个厅级单位的副职，时年38岁。心想，大约是运气好，才会“无心插柳柳成荫”吧。群众说，“没有靠山，靠的是大家抬举”。于是严于律己，不敢懈怠，尽力给群众办点实事。慢慢地发现，当官不轻松，除了责任以外，围绕一个“官”字，还活跃着不少矛盾，个人自觉不自觉地总要卷到里面去。不过，自信自己是干工作的，又有专业和年龄的优势，用不着费心思去保它，去要它。又过了六七年，被任命为一个厅级单位的正职，时年44岁。如今，在被人们视为“官已不小”的厅级岗位上又过了六七年。回想起来，有什么体验呢？当官的确给自己带来许多好处。一方面，是经验的积累，能力和水平的提高，这是主要的；另一方面，顺耳和恭维的话听得多了，发号施令也多了，满足了内心的某种欲望；由于职务的关系，个人生活也有了许多方便，包括规定内的和规定外的。尽管这些年来，每隔六七年上一个台阶，不算快，也不算慢，但可以放心地说，官不是“跑”来的，也不是“要”来的，更不是“换”来的。就这样平静而正常地过来了，没有因为把当官当成追逐的目标而劳心费神，以至于患得患失，夜不成寐。

作为一个贫寒小职员家庭的子弟，自己是祖祖辈辈当中的第一个大学生。家中无积蓄，父辈也未留下奢侈的习惯和影响。当年作为所谓“文科状元”只身进京，跨进庄严而堂皇的高等学府，穿的还是父亲脱下来的一件超长的、半旧的中山装，里面的衬衣则是母亲的。当时连男女衬衫的区别都不得而知。大学毕业一连拿了五年每月47元的实习工资。刚刚拿上转正工资没几年，又遇上山洪灾害，正带着干部下乡，妻回娘家生孩子，自己的家被淹得仅剩下墙上的一个镜框未沾水，微薄家产几乎“全军覆没”，却没有向组织申请补助过一分钱。生活好转了，当然首先要孝敬为我们辛苦了一辈子的老人，其次是买书，如今已武装起了一个像样的小书房。妻说，出门总得像个样子，于是置起了几套衣服，上班、开会、外出打扮得整整齐齐，不厌其烦，但一回到家中，就迫不及待地把行头换了下来。至于家具陈设，基本上还是七八十年代的水平，常被发了点小财的朋友，甚至是当年的学生讥笑是“扶贫”对象。逛商店，常常是只看不买，埋怨“太贵了”，孩子说我们赶不上新潮，把希望寄托于“处理品”。其实，不是花不起钱，只是没有养成那种阔绰的习惯，舍不得花费那么多时间和精力而已。经商热起，常闻某某发了，也只是议论一番，自己却最终动不起来。而对于“教授卖馅饼”之类的新闻大为反感，认为复杂劳动者以从事简单劳动为荣，这是对知识的亵渎。如今，依然是靠工资吃饭，时有稿费相助，倒也心安理得。发财的念头始终立不起来。广州来了一位教授告知，他每月900元工资，但请不起一桌像样的饭；我虽也是正高职称，每月工资总共不足400元，但在此地，却还能请一桌说得过去的饭。这么一算，知足常乐。这些年来，没有发财，也没有把发财当成自己追逐的目标。

当了官，又没有把当官当作追逐的目标；工资加稿费，自以为是小康，也没有把发财当作追逐的目标。那么，几十年来追求的是什么呢？

我想，简单的概括是：名声要好，水平要高。

现在，有些干部溜官害民，贪财贪色，结果落得个声名狼藉，走到哪都让人瞧不起。这是自找苦吃，最不值得的。做人要正直、清白、善良，这大约是从家庭的影响、读书的熏陶中得到的信条。没当官时，没有去溜过官，当了官也没有去溜大官。什么时候也不去整人害人。即使是对整过自己的人，顶多是敬而远之罢了。心里常想，当了官，能给老百姓办一件事就算一件事，特别是在他们最需要的时候。一位年迈的少数民族老知识分子临终时，第一个赶到了病床前，像亲生儿子一般为他擦身穿衣。当和大家一起被卷进一次错误的行动时，带头检查而不推诿，承担责任解脱群众。对那些找到家中来提要求、提意见的人，即使是普通的职工或他们的家属，先仔细倾听，耐心解释，能办则办，不能办如实说明情况，决不简单草率，挥之而去。一个普通干部职工，找到领导家中来谈事，也许头一天夜里要和他的老婆认真商议，下了很大决心才来的，不要因为自己的不耐烦或漫不经心而伤了人家的心。与妻有共同的专业和多年来共同切磋的共同成果，更增添了家庭和睦的气氛；作为长兄，成了兄弟姊妹团结互助的核心。这种家风，被亲朋好友传为美谈。所做的这一切，换来了一个不错的名声，为了保住这个名声，珍惜这个名声，一如既往，不改初衷。

调查情况，掌握政策，处理问题以及写文章、发表演讲等等，是一个人水平能力的综合反映。这是需要长时间的实践，有意识的钻研才能有效的。从中学到大学担任学生工作，得到过一定的锻炼。参加工作后，没有间断过文字工作，从工作报告到新闻报道，从理论宣传到学术研究，前前后后竟然也写出而且发表了一百多万字的文字，有的发表于全国的权威报刊，至今著作出了三四本，文章发表百余篇。当官后的讲话报告，基本是自己动手，不要别人代劳。会议上的讲话，看上去胸有成竹，滔滔不绝，其实在前一天晚上，仍在反复斟酌修改讲话的提纲，一直到变成熟练的腹稿。别人说，这是口才好，殊不知口才好的背后下了多少功夫。负责一个单位的工作，总想要摸清情况，理清思路，提出方案，做到心中有数。常常给自己出题目，找事做，用新思路、新招数去推动工作。为此，也付出了比别人更多的精力和时间。好几年前，曾对别人开玩笑说，春节时自家门上的对联是：上联“跳舞下棋打麻将一概不沾”；下联“喝酒划拳听山曲略有所好”，横额“业余生活”。这并不夸张。总之，业余的时间多用于读书写文章了，没有多大浪费。如今因为身体的原因，也已“烟退休，酒二线”，更不串门瞎聊天。就是在这样的日积月累中，知识得到了增进，思维能力得到了锻炼，水平也有了提高。

当然，一个人名声好否，水平高低，是要群众和实践来检验的。但至少，把名声和水平作为自己追求的目标，也作为约束自己的要求，现在细察起来，觉得还是大有好处。也许，为这样的追求，似乎活得有些累，不潇洒，但是改也难，到了五十岁，恐怕改起来更难。既然不是什么坏事，那就由它去吧。

1995 年 1 月

（原载陈育宁著《永远的牵挂》，远方出版社，2004 年出版）

走出创伤
——写在妻子伤病期间的几则日记

2000 年 10 月 2 日

2000 年 9 月 27 日一大早，汤晓芳骑自行车出门上班。因出版

与汤晓芳受伤前的合影（1999 年）

社通知她开选题会，所以走得比平时早一些。约8时15分左右，到达出版社的职工停车处——公园街口新华书店院内的停车棚。正当汤晓芳推车从停车棚北墙经过时，突然两米多高的整堵砖墙向汤晓芳倒塌下来，整个车棚连同木梁和顶棚一下子全部坍塌，将汤晓芳连人带车压在了下面。当时院内有好几个人看到后急忙上来抢救。万幸的是此时汤晓芳神志尚清，要前来抢救的人赶快把压在身上的砖块和木料搬开，将自己的身体放平。她已感到发生了严重的骨折。此时有人忙打电话通知了“120”和我。几分钟后，我和救护车同时赶到现场。看见汤晓芳面无一丝血色地躺在砖块和土堆中，满身煤灰和泥土，如同死人一般，几个人正往救护车上抬。我惊恐万分，急忙帮着把汤晓芳抬上救护车，随车到市医院急救中心。

到达急救中心后，8时40分—9时30分进行了X线拍片和CT检查。王天雍院长和骨科主任马玉林大夫闻讯赶到指挥。经初查有三处明显的骨伤：右膝关节粉碎性骨折、左肩锁骨骨折、第六胸椎有裂缝。

马玉林大夫讲，病人正处于受到突然严重创伤后的病态休克，疼痛难忍，情绪烦躁不稳定。我当时询问王院长，根据这种病情以及患者年龄较大的情况，考虑到手术及综合的条件，是在市医院抢救还是移送附属医院。王院长说病情基本清楚，市医院也有手术条件，可以请北京的骨科教授来银川市做手术。于是入住市医院手足骨科（外八病室）九病房。

当日下午3时，在马玉林主任的办公室，由王院长召开会议，研究汤晓芳的治疗方案。马玉林大夫介绍了病情和初步的治疗方案，王院长再一次提出要请合作单位北京医科大学附属医院的朱院长（兼骨科主任）来做手术。出版社办公室张主任表态听从专家的意见。我也表示同意，并希望手术方案一定要仔细周到，有利于以后功能的恢复。会后王院长即与北京医科大学附属医院副院长朱天岳取得联系，对方答应即将带助手和必要的仪器、材料来银。

晚8时15分左右，马玉林大夫带几名助手到病房为汤晓芳骨折严重的右腿打石膏固定，随即又发现左腿大腿内侧有严重的肌肉断裂。

9月28日—29日病情基本控制。汤晓芳表现得很坚强，没有掉一滴泪，对即将要进行的手术，心态平稳。但因前来探视的人络绎不绝，影响休息，有些烦躁。

北京医科大学附属医院副院长朱天岳教授打来电话说，他已看了带去的片子，叫我放心，手术一定会做好，并决定30日中午抵达银川市，下午即可进行手术。9月30日下午2时55分，汤晓芳被送进手术室，先进行消毒、麻醉等手术准备，4时手术开始，7时30分做完右膝关节部位的骨折连接手术，然后又做了左肩锁骨骨折的定位和左腿内侧肌肉缝补手术，约8时完毕，8时30分回到病房。手术当中需要输血，汤晓芳是O型血，三弟育州、女婿徐宏波和我都是O型血，化验合格，育州输血200cc，徐宏波输血400cc，我年龄大些，后未抽血。

术后朱、柴二位教授向我讲解了手术的情况，王天雍院长也告诉我，手术十分仔细，技术高明，用的是先进的器械，所用钢板是进口的，总之，手术很成功。我作为患者家属，向朱、柴二教授表达了谢意。

10月1日，上午朱、柴二教授到病房进行术后检查，对手术部位拍片。下午在离银川市返北京前又到病房看视。他们对病人很尽心尽责。1日，中午12时，磊磊（二女儿）随同日本课题组的教授抵银川市，一下飞机磊磊就直奔医院看望妈妈。

这几天来，许多同事、朋友闻讯后都感到十分意外，深表同情，前来探视。出版社社长丁思俭同办公室主任张世明在事发当日上午和动手术时来医院对我表示，这次事故实在是意外，汤晓芳是出版社的业务骨干，人民出版社的大量书籍是政史编辑室出的，政史室主要靠汤晓芳支撑，没有想到她受了这样严重的创伤。原打算让汤晓芳10月8日去南京参加书市活动也不行了。出版社一定会全力以赴，让我不要担心。我说，汤晓芳今年就到55岁了，提出辞去职务，但出版社又需要留下她，不论刮风下雨，每天照常骑自行车上下班，经常是避开交通高峰时间，晚半个多小时回来，没想到遇到这次意外。许多来探视的同事提出，指定这样危险的车棚让职工停放自行车，单位负有直接的责任。

从现在起，汤晓芳要经历较长一段时间的治疗和康复。

2000 年 10 月 15 日

上午，汤晓芳由银川市医院外八科九病房移住回家，病房设在家中。为了解决病人的休息、吃饭以及家中陪床、护理等困难，也由于汤晓芳的治疗已开始进入主要是理疗和逐步的康复阶段，可以在家中进行，于是在马玉林大夫的精心治疗和安排下，决定在昨日刀口拆线后，可以移住家中。为了便于在家中的治疗和护理，把可以摇起的病床和几件必要的仪器搬到了家中，两位护士小李和小沈也安排在家中值班，马大夫随时来家中查房。从 9 月 27 日住院，已经 19 天，从 9 月 30 日手术，也已半个月。这一段时间，汤晓芳除手术后出现了三四天发烧反应外，治疗和护理都比较好，恢复基本正常。其间，马大夫为她的刀口换药两次，并于昨日上午拆线。拆线时我在旁仔细观看，四处刀口均愈合较好，其中左肩刀口约长七八厘米，缝五针；左胯刀口约长十厘米，缝七针；左腿内刀口约长十五六厘米，缝九针；右腿膝关节刀口约长三十厘米，缝十二针，此处引流刀口缝三针。两腿肌肉有萎缩，大夫说，功能的恢复将是较长时间的，也是要经历痛苦的。好在这一段，汤晓芳想得开，没有背上沉重的包袱，情绪较好。在这一段的护理中，汤小妹（从上海赶来的汤晓芳的妹妹）帮了大忙，她像当年服侍病重的老外婆一样，尽心照料汤晓芳。小妹与姐姐之间以及和我们全家有着很深的感情，她自己身体有病，但又精心服侍姐姐，除了安排调理汤晓芳的饮食外，还在病房里与汤晓芳聊天，给了汤晓芳很大的精神安慰。

汤晓芳受伤住院，使很多同志和朋友感到意外，多少天来，一直不断有人来探视和慰问，有工人、市民朋友，也有自治区的领导同志。汤晓芳既是一位有成就的编辑专家，又是一个像普通人家一样的家庭主妇，认识人不少，所以会有各方面的人关心她。我们三十年前的学生王玺从乌海赶来看望，有的还专程从北京、内蒙古赶来看望。特别要感谢的是马玉林大夫，他不仅对汤晓芳这种身份

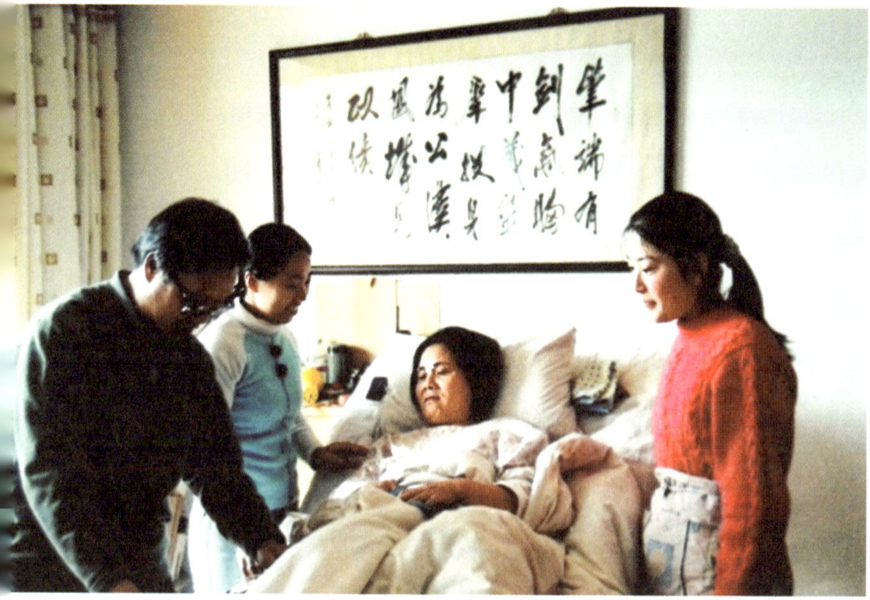

马玉林大夫在家中为汤晓芳治疗

较特殊的患者治疗十分尽心，照顾十分周到；我在医院还观察到，他特别同情和关照那些因创伤而求医的穷人，他对病人可以说不论贫富，一视同仁。他常常是夜以继日地一个手术接着一个手术，只要是患者需要，便在所不辞。虽然他的工作十分繁忙和紧张，但他似乎从来都是不急不火，不气不烦，从从容容，泰然处之。尤其使我们感动的是，10 月 7 日他成功地为中宁县一位农民三岁的女孩将断臂接活，而这个小女孩的伤势，是被认为只能截肢而不可能接活的。马玉林大夫却冒着风险为小女孩做了手术，他想到的是这个农民的孩子今后的生活。

2000 年 10 月 24 日

自 10 月 15 日由医院移住家中，到今天是第 10 天。这 10 天来，马玉林大夫每隔一二日到家中检查、治疗和指导理疗。22 日晚，马大夫为汤晓芳拆除了右腿的石膏。汤晓芳积极配合理疗，克服疼痛，加强双腿的活动。从今天情况看，两腿的活动已经有了明显的进步，饮食情况也较正常。

2000 年 11 月 19 日

这些天汤晓芳每日的治疗主要是按摩、电疗、药熏、器械活动以及服用几种药物，两腿的功能渐渐有所恢复，吃饭也逐步正常。虽然她仍然是平躺在床上，但对到 11 月 27 日即受伤两个月后争取下地站立充满了信心。在这种情况下，我才决定于 13 日到北京参加大城市市委书记城市规划研究班。

可是就在我离开银川的当天，她由于长时间卧床，体力虚弱，在活动出汗之后睡觉未盖好被子，开始发烧，连续烧了几天。马大夫检查确认是感冒所致，采取了退烧措施，并点滴抗生素。由于连续发烧，虚汗不断，难以忍受，汤晓芳很痛苦，不得已给我打了电话。我担心有其他病变，研究班的课程到 17 日上午也基本结束，我便急忙赶下午的班机回银。回到家时马大夫正在观察。这时，汤晓芳的烧也退了。用晶晶（大女儿）的话说，“爸爸是‘精神’，‘精神’回来了，妈妈的烧也就退了”。18 日继续输液，再未发烧，估计这一场担心应该过去了。孰料到了 18 日夜，由于一直出虚汗，汤晓芳彻夜未眠，情绪十分烦躁，虽然两次共服下 5 片安定，但是直到清晨 7 时才睡了一个多小时。她认为不能再输液吃药了，否则会继续发虚汗，甚至虚脱。

今日上午与马大夫商量，不再给她用感冒药，不再输液，加强锻炼，增加营养。结果很见效，她的精神好转了，竟然可以靠着摇起的病床坐了起来。我和马大夫、护士小沈都非常兴奋，我还为她坐起来的姿势拍了照。我说，你这是 50 多天来第一次平视我。她说，是啊，看地板眼也不花。午饭也是第一次自己坐起来吃，而且吃得不少。饭后，汤晓芳实实在在地睡了两个多小时。真是“柳暗花明”，我感到松了一口气。

2000 年 12 月 12 日

11月21日，在经过了一段艰苦的康复治疗后，汤晓芳终于在床上坐了起来，虽然还很吃力，但说明胸椎的裂缝已基本愈合。当天可以自己坐着吃饭，不用躺着让别人喂了。中午，当我下班回来时，她竟然在马大夫的鼓励下，拄着拐杖下了地，而且大胆地向前挪动了几步。我十分惊喜，她自己也觉得很意外，因为她的计划是在11月27日，即受伤后的两个月才下地，而现在整整提前了一周。11月25日早，汤晓芳坚持拄拐走到卫生间，近两个月来，第一次坐下来痛痛快快大便了一次，真是有说不出的轻松！

这个时候，晶晶临产的征兆越来越明显，产期如何照顾晶晶，也成了我们心里放不下的事。经过一番考虑，我只有再次向汤小妹求援。电话打过去，汤小妹即刻就答应了，并决定11月25日到银川市，令我十分感动。

11月27日，是值得我们高兴的日子。下午4时05分，晶晶顺利生下一个女孩，体重5.3斤，身长48厘米，皮肤细润，白里透红，十分喜人。我们喜做外公外婆，自然很高兴。汤晓芳养病期间，我多次去医院和晶晶家中看望小外孙女，汤晓芳却一直未能和小外孙女见面。为了安慰病中的汤晓芳，于是我给小外孙女拍了照片、录了像，汤晓芳看得兴奋不已，不停打电话询问外孙女的情况。我给小外孙女起小名叫丫丫，女婿起名叫喜喜，磊磊从日本打来电话说叫惠子，我说合起来叫丫喜惠子，呵呵！

汤小妹又一次帮了我们大忙，12月9日乘机返沪。汤晓芳的康复也大见成效，从12月7日起可以慢慢走下楼，大家对她的进步给予鼓励。还要特别感谢的是马大夫、小徐大夫以及小沈和小李两位可爱的小护士，两个多月来的精心护理，每天坚持帮助汤晓芳做各种治疗和锻炼，才有了今天的疗效。

2000年12月16日

那天，马大夫在给汤晓芳按摩时，我在旁带调侃和开玩笑地说，汤晓芳在这次病前是可敬而未必十分可爱，而这次病后却变得可怜又可爱。马大夫和小护士都笑了。虽是脱口而出的笑话,却也是有感而发。

几十年的共同生活，我深深地知道，汤晓芳是个事业心很强而且不断追求的人，这也是她获得一系列重要成果、荣誉、奖励和群众威信的主要原因。她总是要把自己的业务做得出色出众，总是不甘人后，因此也就付出得比别人更多。别人搞得不满意便自己动手，当了室主任操心更多，一旦动手赶任务，常常是加夜班，无视自己的年龄和身体，带病出差，等等。这些我都理解和支持，因为这都是我们的共同点。在过去的多少年里，下班在家或节假日的许多时候，我们都是在自己的书房里，讨论论文提纲、修改文章、策划选题或是整理资料，常常是经过一段酝酿之后，我口述，她记录整理，然后我再修改定稿，一篇论文就诞生了。她写的许多文章，也是让我修改后去发表。这些，我记在了《我的小书斋》这篇散文中："我和妻已经出版的几本著作和发表的论文，大都是在这个小书斋里写出来的。"这样的夫妻家庭生活的确是充实的，因而令一些朋友很是羡慕，我们也为此感到了一些得意。如今她虽在病中，有时还是不自觉地表现出那种"要强"的样子，在给她单位打电话谈工作时，不知不觉就嗓门提高，速度加快，时间又长，精神振奋。过后又觉得眼下这种身体状况，实在是大可不必。总之汤晓芳在人们的眼中，还是带有一点"女强人"的味道。当然这并不意味着我们缺少家庭的欢愉和温馨。合家外出旅游、和亲友会餐、去KTV唱歌、逛商店，这些都为我们带来了欢笑。几十年就这样过去了。

而这一次汤晓芳遭此大难，经过这么长时间病痛和心理折磨，似乎感情世界有了一些微妙的变化，多了一些柔情，多了一些温顺，尤其是对我更多了一些依赖。当然对我来说，她遭受的这次严重创伤，一直是压在心头的一块巨石，也只有我最能理解她痛苦的内心——原来是那么要强能干、痛快利索、到处奔波的她，如今却万般无奈地躺在病床上，今后到底能恢复到什么程度，现在还不敢说，谁心里都没有底。所以我对正在经历磨难的她，更是倾注了历久而弥深的感情。一早一晚的时间，我尽量守在她的床边，抚摸她受伤的腿,陪她说说话,说一些让她高兴的话。当她失眠久久不能入睡时,我就默默地陪在她身边，让她能减轻一些痛苦和烦躁。看着她那痛苦的神情和憔悴的面庞，也曾忍不住背着她流过泪。有一天，她突然动情地说，我以后再不和你吵了，我们要好好过日子。此言令我大为感动。这种感情的力量和相互的感受，使她更觉得此时此刻不可让我离开。奇怪的事情出现了：上月中旬，我到北京开会走的当天下午，她便开始发高烧，一直持续不退。等我第五天匆匆赶回来后，她的烧当天就退了。我想，治疗固然是一方面，但另一方面，应该是我们心灵相通，用晶晶的话说，“爸爸是‘精神’，精神回来了，妈妈就好了”。

汤晓芳有着诸如编审、享受政府特殊津贴、自治区先进工作者及国家图书奖获得者等令人可敬的头衔，但我爱的依然是我的“妻”。

2001 年 12 月 2 日

距离上一次日记，已经过去整整一年了。

今年 3 月底至 4 月初，我陪汤晓芳到上海进行了骨科手术后的

陪同汤晓芳到上海检查治疗（2001 年 3 月）

复查及神经衰弱的治疗，先后在上海曙光医院、第六人民医院检查，其中有上海骨科名医石小山的孙子。其间正值春到江南，我陪她坐着轮椅，到同里阳澄湖等地游览散心。

8 月，在银川市召开全国骨科学术会议，马大夫请北京一位著名骨科教授为汤晓芳检查，教授认为，还要增强锻炼，恢复体力，

为贺汤晓芳荣获韬奋奖题写"一生辛劳终有名"（2001 年 11 月）

汤晓芳到北京接受韬奋奖（2002 年 2 月）

特别是要加强功能锻炼。钢板暂时还不能取。

这一年来，汤晓芳在家中治疗康复，同时也承担了带喜喜的任务。喜喜一天天长大，带起来很劳累，但心情很好。

11月12日，正式办理了出院手续。从2000年9月27日住院，整整住了一年又一个多月。出院前，向医院赠送了表示感谢的特制匾牌。出版社在汤晓芳住院期间，按时支付医药费，出院时全部结清。根据出院的医嘱，出院后还需要较长时间的恢复和治疗。还值得一提的是，就在喜喜周岁前夕，新闻出版署正式研究并由专家表决通过，汤晓芳获得韬奋奖——国家出版最高奖，公示后即正式颁奖。年初她还获得全国编辑百佳奖，2001年获得了自治区先进工作者奖。在27日给喜喜过生日的晚宴上，我向家人展示了我写的一幅字："一生辛劳终有名——贺小方荣获韬奋奖"。

（原载陈育宁著《永远的牵挂》，远方出版社，2004年出版）

银川漫语

凡是第一次到银川的人，都会发出这样的感慨：“不愧是‘塞上江南’！”“比我们想象的要好多了！”有的银川人将这个城市比作是“小上海”。特别是这几年经过大规模的城市改造和建设，面貌发生了很大变化，人们说银川“长高了”，“变美了”，都市的繁华气息越来越浓，自然就生出一种自豪感。有的前几年出外闯荡的人，又跑了回来，他们比来比去，还是觉得银川好。当然这不排除他们的乡土观念，但是银川生活方便，气候适宜，物价便宜，民航、酒店发展的速度也不慢，这也是吸引他们的主要原因之一。

银川光明广场（1998 年）

当然，人们不会忘记，银川毕竟是地处西北内陆的一个不发达地区的城市，由于经济基础薄弱，交通闭塞和信息不灵，很长时间外地人并不了解她，知名度很低。曾经有过一些令人尴尬的事情，有人把寄往银川的信封写成“青海省银川市”“甘肃省银川市”，搞不清楚银川市是宁夏回族自治区的首府。前两年报纸上曾进行了一场“宁夏在哪里”的讨论，在讨论中有的文章感叹于许多外地人不知道银川市在哪里，甚至弄出些笑话来。我看外地人不知道银川在哪里，孤陋寡闻、缺乏常识固然是一个因素，但更重要的则是我们自身的原因。茅台酒使贵州一个小镇名扬四海，汾酒使山西省的杏花村驰名中外，这种在自然经济条件下出现的现象，在今天市场经济日益发达的情况下就更为普遍了。看来，一个地区知名度的提高，除借助现代的宣传工具外，很重要的一个渠道是通过人们常常接触的某些媒介来实现的，比如名胜、名人、名牌产品等等。名胜古迹可以吸引更多的人观光，从而提高该地区的知名度；名人出得越多，传播越广，这个地区的知名度就越高；名牌产品使产地的名字随着产品进入千家万户。显然，一个地区产品的优势、名牌的优势都是以经济实力做后盾的，没有这个基础，财不大，气不粗，腰杆挺不起来，当然也就谈不上知名度的提高了。

不过，从历史上讲，银川这个地方早就有名了。公元 9 世纪中叶，唐朝有一位著名诗人叫韦蟾，他在一首诗里写道，“贺兰山下果园成，塞北江南旧有名”。银川是位于贺兰山下、黄河哺育的塞北江南的一座历史悠久的古城。

前两年，由银川向东修起了一条宽阔的一级公路，这就是从银川到青岛的国道西端起点。从这条路向东行十几公里，跨过气势宏伟的黄河大桥，折向路北，在明边墙的脚下，有一处远古文化遗址，这就是著名的水洞沟遗址。这是迄今为止在宁夏境内发现的最早的人类遗址，它表明在 3 万多年前的旧石器时代晚期，银川一带已经有最早的人类在活动。

我们再由银川向西约 60 公里，即是贺兰山。专家考证，“贺兰”这个词是古代北方少数民族的“胡语”，意思是“青白色的马”。

贺兰山

左图 水洞沟遗址
右图 贺兰山岩画

从远古时代起，北方的各个游牧民族就在这里生活游牧，他们用自己独特的文化表现形式，留下了描述他们思想感情和狩猎生活的遗迹，这就是镌刻在贺兰山山崖峭壁上的内容极其丰富的岩画。在贺兰口，不到两平方公里的地方，两侧山崖上有数百幅各个历史时期的岩画，有游牧狩猎，有战争场面，有宗教崇拜，也有各种头像、手印及其他符号，展现了他们那个时代的生产、生活、战争和信仰，默默地诉说着那个时代的文明。这些岩画的存在，如今成为古城银川的一个重要的文化景观。

一个水洞沟遗址，一个岩画，这两处远古遗址是围绕银川的两个历史文化坐标，给银川的历史文化定了位。银川是北方最早的人类发源地之一，她在古代历史上处于中原农业民族和北方游牧民族交往的地带，成为各个民族发生联系极为频繁的地区，在我国多民族历史发展的长河中，有着不可小看的一席之地。

即使是没有来过银川的人，都知道广泛流传着这样一句话："天下黄河富宁夏。"他们在地图上看到，在黄河上游"几"字形的西侧，分布在黄河两岸的银川平原，是被沙漠包围的一片绿洲。在她的东侧是毛乌素沙地，在她的北部是巴丹吉林沙漠，而她的西邻则是茫茫的腾格里沙漠。她的南端虽然不是沙漠，却也是黄土高原的延伸地带，丘壑纵横。为什么会出现这片绿洲，原来是从南而北贯穿其中的黄河，哺育了这片土地，染绿了两岸。从秦汉以来这里就是最早的屯垦开发地区，秦渠、汉渠、唐徕渠，这些渠道的名称留下了古代黄河灌溉农业的历史印迹。两千多年来，经久不衰的精耕细作，把这一片绿洲装扮了起来，也使她富裕了起来。在银川市的四郊，渠道纵横，地平如镜，林木环绕，编织出了一幅如同江南的景色。这就是所谓"富宁夏"的"富"所在，富在黄河，黄河是绿洲的源泉。清代诗人刘芳猷的诗《朔方》曰："西峙兰山爽气凌，东流黄水日奔腾……塞北江南名旧得，嘉鱼早稻利同登。"诗人表达了对黄河给宁夏带来的美好景色和生活的赞美。如今，除了传统的灌溉以外，黄河两岸地下的煤炭资源，地上的旅游资源，正在得到开发，银川是米粮川，也是聚宝的金银川！

"银川"，这是一个多么琅琅上口的名字，她让人们产生丰富的联想。过去有人解释，因为这里是一片白色的盐碱滩，所以叫银川。这种解释只能是一种历史的回忆罢了。银川，这个名称现在已经有了新的生命和含义，这一片银光闪闪的平川充满生气，正在走向繁荣和富裕。说起银川这个名字，早在一千多年前就出现过。那还是在西夏建国以前，党项族和宋朝对峙，双方在今陕北一个叫银川寨的地方打了一仗。银川寨是宋朝在北部边疆的一个小小据点，这个据点被党项攻破占据后，历史上第一次出现的"银川"这个名字也就消失了。1929 年设宁夏省时，现在的银川称为宁夏城。1944 年，宁夏城改建为市，定名为银川，于是有了现在这个城市的名字，至今已使用了半个多世纪。但是要说这座城市的历史。可以上溯到1300年前唐高宗仪凤二年，也就是公元677年，将怀远县城移到银川老城，有一种说法认为，此时可作为银川建城之始。

这座城市在历史上的辉煌当属作为西夏首府的近200年时间，即是从1038年西夏建国到1227年西夏灭亡。那时叫作兴庆府，如今在城内留下的承天寺塔，巍峨挺拔，高耸入云，表明了当年党项人所信奉的佛教的鼎盛。而更值得一提的是西夏的历代帝王们，仿照汉制，为自己建造陵寝而留下的遗址，这就是著名的西夏王陵。在贺兰山东麓大约50平方公里的荒滩上，有9座西夏的帝王陵和200余座陪葬陵。那一座座高高的土丘并不是墓冢，而是墓穴之后体现着佛意的灵塔。这里真是一块风水宝地，西依贺兰山，东临黄河，负山抱水，布局自成一体，显示了陵址选择上的匠心独具。而如此大的范围，如此宏伟的规模，更表现出一种磅礴的气势，令人叹为观止。可以想见，若能恢复它本来富丽堂皇的建筑、松柏相映的环境和紫烟氤氲的气氛，那么，如同绵延于燕山的明十三陵以及最后一个封建王朝苦心经营的清东陵的景观将呈现于西北边陲。一个少数民族建立的边疆政权，其统辖范围不过“方万余里”，立国不过200年，却也修建了一座气势宏伟、规模宏大的皇家陵园，除了它有雄厚的经济实力外，不是也证明了一个游牧民族同样能够依

西夏陵三号陵遗址

靠自己的力量，同中原王朝一样，表现出自己的气概，塑造出自己的个性，展示出自己的风格吗？

然而，西夏王陵却没有如同明、清两代的皇家陵园那样完整地保留下来，它的地面建筑荡然无存，只留下了一座座光秃秃的土丘，呈现出一片残败、荒凉的景象。参观的人们于是发出了这样的谴责：成吉思汗以及他的部下们所进行的征服西夏的战争真是太残酷了！是的，凡是民族征服战争，给人民带来灾难，给文化带来破坏，都是应当谴责的。但问题还有另一面。成吉思汗及其部下用了二十多年的时间六次攻打西夏，终于灭掉了这个政权，成吉思汗也死于最后一次攻打西夏的战役中。成吉思汗的部下们根据成吉思汗的临终遗嘱，先灭西夏，再灭金，最后灭南宋。他的后代们金戈铁马，东征西战，终于实现了他的遗愿，从而为元代全国的大统一扫清了障碍。成吉思汗及其部下对西夏的破坏是严重的，但又为形成全国的大统一打下了基础，从而推动了历史的前进，这大概就是历史的辩证法。

这些年来，西夏王陵作为重点保护的历史文物正在进行修整。现在向人们开放的 3 号陵，据考证是开国皇帝李元昊的陵，在它的入口处，新栽的两排夹道松树已成长起来。整个陵区的绿化正在实施。党项族虽然是一个游牧民族，但是在他们建立了西夏政权后，发展农耕，开渠种树，曾在贺兰山麓修建昊王渠。可以想见，贺兰山一带一定是郁郁葱葱，西夏陵区自然也是草丰树茂。黄河两岸有农有牧，有山有水有树，“塞北江南”的风光依然不减当年。有一部反映西夏故事的电视剧，外景几乎全是荒凉的沙漠，一片压抑的黄色，见不到绿树绿草和田园风光。电视剧的作者们大概是把西夏王朝的主人们一直停留在王朝建立之前的游牧时代，从而离开了当时的历史环境，不能不说是一处败笔。

老银川人都知道，银川过去有一座东花园，四周是高高的杨树环抱，花园里鲜花常开，色彩缤纷，宁静而怡人。这座花园坐落在现在繁华的新华东街，后来被占用改建为饭店。老银川人只能把美丽的东花园留在自己的记忆中。据最近报纸透露，早已不存在的东花园将重新与市民见面。在与原来东花园一路之隔的东侧，清理出一块四亩多的地方。据说，开发商们看中了这块黄金地段，都希望把这里搞成能给他们带来经济效益的地产，但是市政府却下定决心，不惜代价，拿出这块黄金地段来恢复东花园。虽然，它比原来的东花园小了些，但毕竟是在城市喧闹繁华地段中的一块绿地，更显得珍贵。这个新的东花园将是1998年宁夏回族自治区成立40周年的时候奉献给市民的一份礼物，这怎么能不使银川的新老市民们兴奋异常呢？1996年，银川市政府发动各个机关单位、群众团体参加“三横一纵”的绿色长廊工程，这就是经过三年努力，沿着银新北路、银新南路、长城路和唐徕渠沿岸建造起四条林带，这个长廊的建成，银川市人均将要增加1.2平方米的绿地。历史的教训和现代的意识使银川人聪明起来，人们对绿地的期盼越来越迫切了。在银川市的东侧，已经建成了一个安居住宅小区，小区内绿地的覆盖面积达到了38%；而在银川市的西端，宁夏化工厂花园般的住宅小区里，绿地覆盖面积达到了41%。新的环境，给人们展现了一种新的前景，人们期待着更多的绿色装扮银川。

外地来的客人，赞誉银川人爱美，穿着打扮很时髦。广州、上海有什么样的服装式样，没有几天银川的街上就会流行起来。银川人穿着讲求档次、入时，也舍得花钱。过去爱好穿戴似乎是女士的专利，而现在，可谓“须眉不让巾帼”。爱美的银川人不会忘记，有一批热爱生活的人们在精心点缀着这座城市的色彩。这里不能不提到“十朵金花”。所谓“十朵金花”就是十个大型商场的女经理。她们的敬业精神很强，在经营策略上除了细心、谨慎、周密以外，还有着女性独特的审美意识。她们不仅千方百计地美化商品购物环境，更是通过色彩多样、款式新颖的各种商品美化着人们的生活。要认识银川，这不能不是一个闪光点。

一个地区就像一个人一样，总要有一个形象。人的形象包括外表也包括内在的气质和修养。一个地区的形象同样包括它外在的建筑风格、色彩布局，也包括它内在的文明程度、经济实力等等。银川市作为历史名城，有西塔、北塔，以及鼓楼、南薰门、玉皇阁等建筑；作为回族自治区的首府城市，建筑设计师们创造了像绿洲饭店尖顶塔形的标志，鼓楼附近沿街楼房上绿色相伴的色调特征等等，这是一种有代表性的“符号”，体现出一种意境，给人们一种文化联想。但是在近年来的建筑设计中，多样化的趋势也越来越明显，现代意识越来越多地注入不同的建筑当中。有罗马式风格的门庭，有欧洲风格的圆屋顶，也出现了层次很高、装饰新潮的现代建筑风格。各种风格交汇融合，也许是人们现代意识的一种表现，所以也不一定刻意用一种模式去整齐划一。当然，在多样化的情况下，尽量用有着地方和民族文化特色的“符号”作为一种标志来塑造城市的形象仍然是必要的。

说到形象，不少人联想到城市的公厕。据说大城市里正在进行着一场公厕革命，上海市民近万人才有一座公厕，市区平均 800 人才摊上一个蹲坑，早已不能适应需要。公共厕所问题已经成了城市建设和管理中一个绝对不能忽视的问题，到了不革命不行的时候。这场革命不可避免地波及银川。前几年，银川市区内只有几十座破烂不堪的旱厕和为数很少的水冲式厕所，管理不善，长年失修，一个厕所成了一个环境污染点，越来越引起市民的不满。这几年，随着城市改造，一鼓作气地在公厕建设上有了大动作。如今银川市区人口人均的公厕数量高于大城市。但是问题并没有解决。一是数量不够。在危房改造、新兴建筑的地方，谁也不愿把公厕建立在自己的门口，给新建公厕的选址带来了困难。其次是收费问题。公厕主要是流动人口使用的，而在大量的流动人口中，让那些打工的民工、无业的游民每天拿出几块钱上厕所，成了很大的负担，因此，背街小巷随地便溺的现象屡禁不止，实在有损城市形象。不过，不管怎么说，在公厕革命的征途上，银川毕竟向前迈出了自己的步伐。

这里又不能不提到另一个城市现象——出租车。现在奔驰在银川市大街小巷的各类出租车按城市人口平均，每万人拥有的数量几乎达到 50 辆，这个比例高出了北京、上海等大城市，而且还有继续迅猛发展的势头。人们不会忘记前几年，除了数量不多的公共汽车外，只有一种“招手停”小公共汽车。虽然对城市的公共交通作了有力的补充，但很快它就显得不够用了。突然，在大街小巷一下子涌出了许多人力黄包车，在老城区内一两块钱就可以到达需要去的地方，受到了市民的青睐。可是它又带来许多新的问题，不安全、不方便，冬天冷、夏天热，那些口袋逐渐鼓起来的市民们觉得已经不能与自己相般配了。这时候，小型出租车突飞猛进发展，不知不觉中把黄包车从马路上挤得不翼而飞。从1996年调整了出租车的价格以后，更接近于当地市民的消费水平，于是出租车的生意火爆。困难企业的下岗工人、做个体生意的小老板们看准了这个行业纷纷购车干上了这一行。这是一件利民的好事，但又带来了新的矛盾。怎样加强管理使之与这个城市的发展规模、人口的增长、道路的建设相适应，成了城市管理者又一次面对的新问题。

厕所也罢，出租车也罢，市民们有褒有贬，有鼓励也有指责，而更多的是希望。人们看到这座古老城市正在向现代都市迈进，正在一天天成熟完善起来。城市的管理者们在欣喜之余也深深体会到，发展的确不是一件容易的事情，每前进一步都会遇到许多困难和矛盾。不过，说到底发展是硬道理，这个潮流是不可阻挡的。

1997年5月

（原载《学习与交流》1997年第5期）

银川，我拿什么奉献给你

一

告别了1998年，当翻开新的一年的第一张日历，“1999”四个鲜红的数字跃入眼中，我心里涌过一阵激动。啊，从1949年到1999年，整整50年了，这是中华人民共和国的年龄，也是银川获得解放的年龄。这风风雨雨50年，在历史的长河中不过是短暂的一瞬，但是，我们的中华人民共和国，我们银川这片土地，却在这50年里发生了天翻地覆的变化。从中华民族的履历表上可以清清楚楚地看到：挺直腰杆，摆脱屈辱，做了自己国家的主人，是在这50年；几经曲折，反复探索，终于坚定地踏上光明的通途，是在这50年；加快发展，日益强大，人民开始了富裕文明的新生活，是在这50年。变，是宇宙间的一条铁律，也是一个永恒的思想命题——最早的以文字记载的史料里，就有天变、道变的思想内容。中华民族的历史演变了几千年，曾经有过实现了气势恢宏的大一统的秦汉，有过把当时的世界文明推到顶峰的盛唐，但终究跳不出封建历史大循环的窠臼。只有这50年，才有了前所未有的大变化，这是一个影响了我们整个社会、环境、人生、思想和未来的极其深刻而持久的变化。50年，至少是我们两三代人创造历史的经历，这段路程上留下了我们的命运轨迹，能否把它记下来，作为一份小小的历史礼物留给下一代？于是，我萌生了一个念头，把我们在这个历史性变迁中的经历、感受和体验，哪怕是一点一滴，记录编写成书，至少是对沧桑半世纪巨变做出了一叶知秋的反映。这个设想提出来后，得到许多同志的响应，也使许多人打开了记忆的闸门，他们把一条街道、一个商店、一所学校、一个地名、一口水井的变迁，一个普通市民、一个知识分子、一个外来人的亲身经历，以写实的手法记载下来，汇集成了这本书，这是银川50年的见证，是银川两三代人实实在在的人生体验，也是我们献给中华人民共和国50岁生日和银川解放50年的一点心意。

二

1945年，我就出生在这座城市，并在这里度过了自己的童年。童年的那些幼稚的记忆经岁月的淘洗已经模糊，然而，解放银川时解放军进城穿过西大街那紧张而又令人振奋的情景，以及银川解放后出现的种种新的气象，却在脑海中留下了难以抹去的一幕幕。刚刚解放的银川，对于祖祖辈辈生活在这里的人们，如同蓦然打开的一片新天地，从黑暗中走过来的市民，对银川市的哪怕是小小的一

中华人民共和国成立初期的银川鼓楼大街

点变化，都感到新奇和兴奋。有一天夜晚，串串彩灯把南门楼的轮廓一下子呈现在人们眼前，市民奔走相告，围在南门楼前舍不得离去；听说花纱布公司的男售货员们学习苏联老大哥，穿上了花衬衣，大家惊奇地涌进商店围看；位于碴子市（今朝阳街）的交际处来了许多苏联专家，很多银川人是第一次看到蓝眼隆鼻金发的外国人，没想到这些苏联人并不可怕，而是又热情又活泼。又有一天，在被称作纪念堂（就是现在的东方红影剧院）的广场上，出现了一个灯光球场，这里一下子便成了银川人“夜生活”最集中最热闹的地方，虽然是业余的篮球比赛，也几乎是场场爆满。当年的秦腔名角儿杨觉民、屈效梅的名字写在一人多高的牌子上，立在大戏园子门口。那个时候他们是银川市知名度最高的人，只要出现在街头，立刻会引来很多如同时下“追星族”的围观。同福居、黄鹤楼，是当时最为豪华的老字号餐馆；而七珍观里的小吃夜市，也是银川人引以为傲的地方。这一切，在我童年的心灵里留下了银川人追求新生活、向往新生活的美好印象，这是获得新生后的银川在一个儿童心中的真实印象。

三

1954 年，我 9 岁那年，随父亲的工作调动，离开了银川。到 1962 年我读大学时，又离开了宁夏。再到 1987 年我调回银川工作，算起来离开银川竟已 33 年。1987 年的银川，看上去似乎是平静的，但我从那些新出现的建筑物、新的商店和银川人一张张自信的笑脸上感受到，这里正在酝酿着新的深刻变化。年迈的父亲把儿子的归来看成是最大的慰藉，戴着老花镜，用工工整整的楷书给我抄录下贺知章的那首著名的诗《回乡偶书》：“少小离家老大回，乡音无改鬓毛衰。儿童相见不相识，笑问客从何处来。”我回到了出生的地方，回到了童年生活的地方。我充满了热情，充满了追求，内心涌动着要为这块土地贡献自己全部才智的强烈愿望。我把父辈的寄托和回到宁夏后组织上对我的希望全部倾注在工作中去了。我们这块地方还很落后，正需要我们年富力强的一代做出不懈努力去改变。

此后，我曾做过学术研究单位和政府工作部门的领导工作。值得欣慰的一件事是，我结合所学专业，组织宁夏史学工作者，编写出了完整系统的《宁夏通史》，使宁夏在科学意义上第一次有了一部自

左图 参加党的十五大（1997 年 9 月）
右图 《宁夏通史》封面

己真正的史书。这本书作为向宁夏回族自治区成立 35 周年的献礼，获得了 1994 年宁夏回族自治区人民政府颁发的优秀成果一等奖。

真正给了我更好的机遇是 1995 年。这一年 5 月，组织上决定让我担任银川市委书记。1995 年 5 月 26 日，我在到职第一天的会议上，讲的第一句话是：50 年前我就出生在这个城市。50 年后，我能和百万银川人民一道，共同建设、装扮我们的家园，能有什么比这更幸运的事情吗？更值得幸运的是，我赶上了一个大好机会，这就是 1992 年小平同志南方谈话以及党的十四大后，全国出现了加快发展的大好局面；又赶上了 1997 年党的十五大，我有幸作为党代表，亲耳聆听了总书记的报告，十五大再次鼓起了改革的风帆，也鼓舞了我们前进的巨大勇气和热情。在这样一个大改革、大发展、大变化的时期，我和同事们一同学习思考，探索实践，全身心地投入这座城市的建设中。这几年，银川长高了，变美了，看到这一切，我们为它的付出、烦恼、痛苦变成了发自内心的喜悦和激动。我珍惜银川市的每一步前进、每一点变化。这些进步和变化大大增加了我对银川的热爱和作为一个银川人的荣誉感。

当我走出国门，在异国他乡时，我不放弃可能利用的每一次机会而一次次大声呼吁：在我们国土的中心，有一座美丽的凤凰城，

请各国的朋友到那里看看，它曾是中华民族古老文化的发祥地之一，今天它正在灿烂的阳光下创造着新生活新文明。

中央领导同志及外地客人来银考察参观时，我曾多次陪同并亲自为他们作西夏王陵、海宝塔、承天寺塔以及银川悠久历史的讲解员，满怀豪情地给他们介绍银川的变化和发展的前景。

1998年在宁夏回族自治区成立40周年大庆的日子里，迎来了许多外地客人和新闻记者，我对他们说：我知道你们到银川后的第一印象，肯定是“没有想到”四个字。没有想到在飞机上看到的茫茫沙海中有这样一片绿洲；没有想到“塞北江南”是这样秀美；没有想到银川的城市建设如此之快；没有想到银川人这样朴实热情、好客。为什么没有想到？一方面是你们来得太少，缺乏了解，另一方面是我们宣传不够。宣传不力总是和落后联系在一起。一个地区很落后，拿什么来展示自己？现在我们刚刚起步，我们有改变一切的信心，有对美好未来的憧憬，就会彻底摆脱落后。银川的知名度，会随着自身的发展，走向全国，走向世界。我常在大街小巷信步走走，随便看看，有时和市民站在街上聊几句，这虽然出于工作原因，但是也逐渐有了越来越浓厚的感情色彩。我觉得，我们的市民变得越来越可爱了。比起前几年，他们很少再乱闯红灯了，摆在街上的花盆不再一夜之间丢掉许多，公共场所吸烟的人少了，说话客气多了，公用电话使用的时间也越来越长。为这些可爱的人们服务当然是应该的、值得的。

有一天清晨散步到了游乐园门口，看到许多人在围观什么，原来是一位老年人晕倒在路边。我问清情况后，叫了辆出租车，亲自把老人抱到车上，并吩咐正好路过这里的“110”巡警车，把病人护送到急救中心。一位不相识的幼儿园教师目睹了这一情景，给报社打了电话，晚报便把这一则消息登了出来。我常常在深夜接到市民的求助电话，便尽量想办法去帮助解决。这些小事不值一提，但我从中悟出，我们的市民，只要你为他们稍稍多做一点事情，他们就会铭记在心。当然我也经常在街上听到埋怨声、责骂声，也见到许多扰民的事，不文明现象。看到市民对个别领导干部的不满情绪，深感内疚。民心就是一把标尺，只有用它去时时鞭策自己，才能得到信任和尊敬。这一切，慢慢回味起来，也许是情注银川的缘故吧！

四

20世纪90年代初，有人在报上撰文提出“宁夏在哪里？”说的是一种现象，很多国人竟然不知道宁夏在哪里。我也有感而发，续写了一篇《宁夏到底在哪里》。我感慨外地人的孤陋寡闻，更为我们自身缺乏实力、经济落后而忧心忡忡。一个地区的知名度是随着它的经济发展、商品流通、名牌产品、名人效应和旅游景观进入千家万户的。我们绝不能甘于落后而去埋怨别人的无知，只能自加压力，负重拼搏。经过几年的发展，银川有了较大变化，于是我又写了一篇《银川漫语》，以散文的笔法，谈古道今，如数家珍般地讲述银川悠久的历史、古老的文化和今日可喜的变化。我为它日新月异的发展而欣喜，而自豪。我在这篇散文中说，“银川，这是一个多么琅琅上口的名字，它让人们产生丰富的联想……这个名称现在已经有了新的生命和含义，这一片银光闪闪的平川充满生气，正在走向繁荣和富裕。”

银川光明广场碑文（1998年）

银川光明广场

为了迎接宁夏回族自治区成立40周年大庆，银川在两年内投入了巨大精力和资金，使城市建设、环境卫生、城市景观发生了巨大的变化。每一位市民都在为这些变化而高兴，在外地宾朋面前也终于有了充满自信的话题。人们以各种方式表达着这种心情。我把自己的这种心情，凝聚在光明广场的碑文中。在这篇应征入选的碑文中，我描绘了光明广场花团锦簇的美景和市民对她由衷的喜爱，称赞光明广场乃“塞上明珠之光，民族团结之光，城市文明之光”。在这短短的三百多字里，浸透着我对银川的深情。我还作了题为《凤凰城迎宾曲》歌词，由作曲家用大家熟悉的西北花儿曲调谱就：“你来大西北，走进宁夏川，伸手拥抱你的是那贺兰山。油馓子香，八宝茶甜，一曲花儿迎你到银川。银川风光秀，嘉宾梦儿圆，九曲黄河水，把你手儿牵……”这首歌作为银川迎接客人的第一声问候而到处传唱，因为它唱出的是银川人共同的心声。

如果说几年前写的《宁夏到底在哪里》，表达的是一种对自身落后的尴尬心境和渴望发展的急迫愿望的话，那么现在我要理直气壮地为它歌唱，为它喝彩了。

五

1998年建军节前夕，我随部队的同志到贺兰山深处一个通信兵驻扎的营地去探望那里的战士。5 月 20 日爆发的百年不遇的山洪冲下来的大小石块，堵塞了山间道路，汽车在短短四五公里的路上艰难地行进，竟用去了一个多小时。通信兵的营地处在两道非常险峻的山崖间，即使是夏天，每天也只能见到两三个小时的太阳。这里的条件十分艰苦。在这里服役几年的战士有的还没有到过银川。我十分感慨，当即向他们发出了邀请：部队的同志曾请我们过一个军事日，我现在邀请战士们过一个休闲日，去逛一次银川。不久，战士们被请到银川，参观了光明广场，逛了大商场，还请他们到宾馆里洗了澡，唱卡拉 OK，尝了尝宴会的滋味，见识了一番保龄球。他们亲身体验到银川的现代城市气息，非常激动，劲头特别高涨，更加理解了自己在深山里坚守岗位对于美丽的凤凰城意味着什么。真没想到，这个远离他们的城市的变化，会产生这么大的鼓舞力量。

1999 年是国际老年人年。老年人在这个城市的比例越来越大，让他们享受人生、安度晚年，是我们在位人义不容辞的责任。初夏的一天，我访问了一位叫雷声远的老人，他出生在 1901 年，1949 年从山西老家来到银川行医，今年整整 99 岁。老人家思维敏捷，声音洪亮，耳聪目明，仍坚持为前来求医的人看病。我翻看了他的医案，老人对每一位病人的问诊情况、用药处方，都用一丝不苟的蝇头小楷抄写在案。我对老人说：您能这样长寿，有这么好的精神，

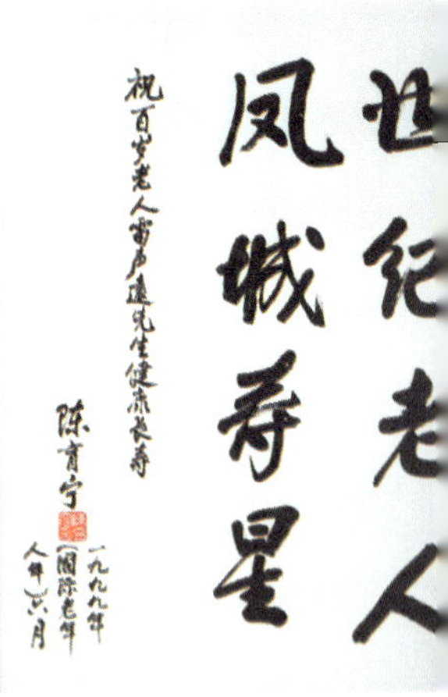

看望百岁老人雷声远（右一）并题词赠老人（1999 年）

是银川的水土好，也是银川的福气、瑞气。“老吾老以及人之老，幼吾幼以及人之幼”，这是中华民族的传统美德。乡情亲情联起了我们银川这个大家庭，您就是我们这个家庭里的长辈。我把“世纪老人，凤城寿星”八个字题赠老人。

这些年来，我有机会去国外访问、考察，参加国际学术会议。我在东京、彼得堡、纽约、布达佩斯等地，都结识了一些在那里创业的银川人。曾经是贫困落后而又封闭的银川人今天正在以不同的方式走向世界，我为此而自豪。我鼓励他们为国争光，为银川争气。一位从英国回来的银川人向我谈了他的感受。他从自己的奋斗史中体会到，只要大胆努力，抛弃自卑，甩掉落后的包袱压力，即使在发达国家，同样可以展示我们的才干。为什么到国外非得从洗盘子做起呢，凭借我们的智慧和努力，同样可以进入他们的白领上层。他的体会，他自尊自强的奋斗精神，使我大为感动。

上面谈了许多带有感情色彩的话，我想，我的朋友，我的读者，都能够理解这种感情。但更重要的是，作为从事城市领导工作的人，更需要一种理性思考，需要对过去实事求是的估价和对未来切实可行的规划设计。1998 年，我利用学习的机会，参观了深圳、青岛、大连等沿海城市，这都是改革开放以来发展非常快、最具活力并正在和世界接轨的城市，他们在城市建设中的大思路、大手笔、大气魄，深深地触动了我。和他们相比，虽然客观条件和区位优势无法选择，但思想解放、观念转变的程度，主观努力的程度，我们的确还存在着很大差距。我们只有老老实实地承认差距所在，差距之大，而没有丝毫懈怠和满足的理由。这使我更感任重道远。有一天，马路上一位不相识的老工人拦住我说：书记，你们这几年干得不错，我没有什么要求，只希望你们注意身体，再多干几年，把银川搞得更好！我当时感动得说不出话来。从这句很朴实的话中，我深深感到群众对我们的期望，对我们的信任，这分量是沉甸甸的。我和同事们都体会到，当我们手中掌有了权力，处在领导岗位上时，一定要如牛负重，如履薄冰。在群众这面纤尘不染的镜子面前，除了奉献，我们还能有什么？

六

“一九九九”，我凝视着案头日历上的这一串数字，我想，它绝不仅仅是一个纪年数码，它意味着人类即将写完整整的一大段历史，进入又一个千年演进的新时期；它如同一张蓄势待发的满弓，给我们一种临界的惊喜和激动。“一九九九”，在我们民族的文化里，象征着永久、无穷，预示着新一轮次的变化发展。跨世纪的脚步正在向我们急促迫近，再过50年，就是邓小平同志确定的第三步战略目标实现之日，我们的子孙后代将会生活得更加文明、祥和、富足。到那时，他们会以什么样的目光打量我们所做的一切呢？每想到这一点，我总有一种如芒在背的感觉。“天行健，君子以自强不息。”我们只有秉承中华民族永无了期的奋斗精神，义无反顾，勇往直前。舍此，别无选择。

银川，我拿什么奉献给你？这是每一位愿意在这片土地上真诚生活的人们，应该认真思考和回答的问题……

1999年6月

（原载《沧桑半世纪——银川五十年（代序）》，宁夏人民出版社，1999年出版）

绿色之路
——固原行

六月，莺飞草长，我带领由我主持承担的国家社科基金项目——宁夏南部山区生态重建实证研究课题组又一次来到固原。我们对固原市5县1区的23个点的退耕还林还草进行实地考察。千里之行，令人振奋，原来焦黄的莽原上的绿色已不再是零星的点缀，茂密的森林、辽阔的草原、葱绿的田野已不再是幻想，恢复生态的曙光在前，脱贫致富只是时间问题。

一个新的西海固的形象正在树立起来

在中国20世纪80年代初，提起贫困、干旱、落后时，“西海固”的名字并不陌生。西海固具体是指宁夏南部山区的西吉、海原、固原，泛指整个宁夏南部山区，即固原市的5县1区和吴忠市的两

1994年在固原山区看到的情景

个县。这里是宁夏的“半壁河山”，也是全国最大的回族聚居区。这一地区地处我国半干旱黄土高原向干旱风沙区的过渡地带，由于自然、历史、经济、社会、文化等诸多因素的影响，长期以来是全国有名的老、少、边、穷地区，被称为“苦甲天下”。1982 年该地区农民人均年纯收入只有 44 元，70% 的农户不能维持基本温饱。“西海固”已成了中国贫困的代名词，一个贫困形象久久地留在人们的印象之中。

我们这一次考察所见所闻表明，西海固地区生态环境正在发生根本性的变化。我们最深刻的印象是，这个全国生态环境最恶劣的地区已经踏上了一条初步显现的绿色之路，那个在 20 多年前被认为是“贫困之冠”、荒凉、落后的西海固正在渐渐消失，一个新的西海固形象正在悄然树起。退耕还林还草实施 3 年来，固原市以空前的速度，于 2000—2002 年共完成退耕还林面积 184 万亩，全市森林覆盖率从 1982 年的 1.44% 上升到 12.8%；3 年来，全市每年种草面积约 40 万亩，2002 年底牧草留床面积达 183 万亩。

生态植被的变化我们可以用数据和统计进行比较说明，但是还有一个更重要的变化是无形的，是难以用数据统计的，这就是人们认识和观念上的变化。长期以来，人与自然到底是什么关系？围绕这个问题的认识曲曲折折，反反复复，在观念上、政策上一直没有很好地得到解决。从“人有多大胆，地有多大产”到片面强调“以粮为纲”，开荒种地，一直没有间断对自然的掠夺式索取。传统的农耕方式，粗放经营，广种薄收，盲目垦殖，加之人口增长过快，使人们陷入一种人口增加—开垦—生态破坏—贫困—人口增加的恶性循环之中。这个过程深刻反映了长期以来人与自然关系的不协调甚至对立，但人们又常常处于不自觉状态。人类本身就是自然环境的产物。千百万年来的生物进化、物竞天择，最后才出现人类。自然环境又是人类生存的场所，它为人类的生存发展提供了生活资料，人类理所当然地应该与自然环境协调相处。但人类的活动又往往超越了环境可以忍受的程度，结果自然就会惩罚人类。贫困、荒凉、干旱，脆弱的生态，贫瘠的土地，这就是自然对人类的惩罚。

左图 六盘山
右图 凉殿峡

揭开西海固久远的历史，诱人的绿色曾布满大地。相当长的时期里，由于人口少，生产方式与生态环境基本适应，人与自然之间的关系相对比较和谐。唐宋以后，随着大量驻军及屯田滥垦，使这一地区人口数量急增，单一的以种植业为主的农业成为不可替代的主导产业，加上气候干旱逐渐增强，使得西海固像整个中国的西部一样，从繁荣走向衰落，从富裕走向贫困，生态从繁茂走向荒凉。这种状况一直到中华人民共和国成立以后仍没有得到有效的遏止。在传统的以农为本思想的支配下，人们不停地征服自然，自然也不停地把恶果还给人们。多少年的教训，人们痛定思痛，看着被干旱和沙漠吞噬的土地，终于逐渐认识到一个核心问题，在人口、粮食、土地、环境这个链条上，关键是怎样处理人与自然的关系，说到底是人与自然如何协调相处的问题。西部的衰弱，是从自然环境的破坏开始，结果使整个经济社会发展走了下坡路，使人们失去了生产的条件，进而失去了生活的条件，最后得出一个无法生存的结论。经过几十年的探索，现代人终于认识到，必须尊重客观，必须顺应自然，必须协调人与自然的关系，保持生态、人口发展的良性循环。尽管这种认识还是初步的，还需要不断巩固，但毕竟这个开端是至关重要的。我们在这次考察中也看到，过去认为改变西海固干旱荒凉的生态环境是非常非常困难的，要用很长很长的时间，林草植被的完全恢复是在遥远的未来。现在看来，似乎谁也没有料到，短短的几年之内就已经开始发生巨大的变化。这充分说明，只要认识对头，尊重客观，信心加上苦干，改变并不难，也不会用多么长的时间，问题是我们是否抓住了要害和根本。

“三大战役”与科学探索

改革开放以来，两支大军或者说两条系统在西海固这块土地上为生态重建做出了不懈的努力。一是从中央到地方各级政府都在着力解决中国经济社会发展中的这个难点，为解决西海固地区的贫困问题、生态重建问题采取了一系列重大的决策和政策措施；二是从全国到地方的科学工作者以西海固地区为研究对象，从自然科学到社会科学，为寻找适合贫困而又生态脆弱地区发展的科学之路做出了艰辛而有益的探索。

如果从 1983 年算起，20 多年来，中央和地方政府为解决西海固的贫困和生态建设问题，组织实施了具有历史意义的“三大战役”。

第一大战役是 1983 年到 1992 年国家实施的“三西”地区（宁夏的西海固地区、甘肃省的定西、河西地区）农业基础设施建设项目。西海固地区被列入我国实施的第一个区域性反贫困计划中，力求用 10 年时间实现“基本解决温饱，初步改变面貌”的目标。到 1992 年底，中央在西海固地区共投入“三西”建设专项资金 3.36 亿元。这一阶段兴建了固海扬水灌溉工程。到 1992 年底，西海固地区新增水浇地 500 万亩，新增造林存活面积 272 万亩，控制水土流失面积 3955 平方公里。1992 年农业总产值是 1982 年的 4.56 倍，农民人均纯收入是 1982 年的 2.88 倍，贫困人口下降了近 60 个百分点。

第二大战役是从 1993 年到 1999 年国家实施的“八七扶贫攻坚计划”，即用 7 年时间解决 8000 万贫困人口的温饱问题。这个时期，西海固地区人均收入 500 元以下的贫困人口仍有约 140 万人。为了落实“八七扶贫攻坚计划”，宁夏实施了“双百扶贫攻坚计划”，即在 100 个贫困乡（镇）实施扶贫攻坚，基本解决 100 万农村贫困人口的温饱问题。这一大战役的重点是解决水资源紧缺的问题。这期间，经中央批准，自治区重点实施了“1236 工程”，即扶贫扬水灌溉工程。在这一重大项目调研阶段的1994年，我曾随自治区领导同志到西海固地区，在路过固原三营时，全镇男女老少涌上街头，举着红旗，打着标语，用极真挚的感情称颂共产党给山区人民带来了“幸福水”“救命水”，那种情景使我始终难以忘怀。

第三大战役是1999年中央作出的实施西部大开发战略决策，并将生态环境建设作为重点之一，提出“退耕还林、封山绿化、以粮代赈、个体承包”的建设要求。这是一项具有战略意义的重大举措。

20多年来的“三大战役”取得了当时条件下的积极成果，各种政策和措施越到后来越接近如何正确处理人与自然关系这个核心问题。如果说在第二大战役时还主要是想通过扬水灌溉工程在南部山区发展水浇地，那么到第三大战役时则更强烈地认识到，全面加速生态环境建设，恢复林草植被，是符合西海固地区生态自然条件的最佳选择。

20多年来，另一支队伍——科学研究队伍也在这个地区作出了自己不懈的努力和探索。从国家到地方的科研单位、高等院校和科技工作者，陆续在南部山区不同类型区建立了8个以资源合理开发利用、经济持续发展、农业生态建设、环境治理、科技扶贫为主的国家和自治区级的综合治理科学实验示范基地，进行定位综合研究。社会科学工作者也对西海固地区的政治、经济、社会、民族、文化诸多方面的问题进行了深入的调查研究，提出了许多有价值的建议，取得了一批重大的成果。这种探索越来越深化，越来越相互结合，越来越符合这个地区的实际。人们对于今天西海固地区发展战略的科学选择已经有了一个共识，这个进步离不开多年来科学工作者所付出的大量心血。

无限的创造力

在通常的词典里，“贫困”和“资源匮乏”似乎是联系在一起的。说到西海固，首先给人的印象是缺这少那，是一个资源十分有限的地区。但资源有限的地区，未必就一定是一个贫困的地区。日本是一个资源极其有限的国家，就连广大农户使用的煤气，都是从遥远的中东地区引进。但是现在的日本正发展成为科技、经济发达的国家。在韩国最具规模也是最先进的浦项钢铁厂大门上额有一条十分醒目的标语，上面用汉字大大写着“资源有限创意无限”八个字，这可能是他们的办厂理念。看来，任何地区资源的丰贫多寡都是相对的，地球上不存在“要什么有什么”的宝地，即使资源同样丰厚或同样贫乏的地区也可能有着完全不同的发展状况。这其中最发人深思的就是如何调动人的创造力，去改变现状，推动发展。应该说，西部也有西部的资源，但要发挥出自己的优势，需要调动我们的内在潜力和创造力，包括思想的解放、发展的思路及工作方式和重点，就是说认识要对头，政策要对路，措施要得力。在这次千里之行的考察中，我们强烈地感到，生态重建战略的实施，正在把西海固地区干部群众中蕴藏着的创造力充分调动起来。

当我们沿着崎岖的山路到达彭阳县大沟湾小流域治理区，米副县长指着山顶的沙棘、隔坡地埂上的苜蓿柠条、山坡缠腰的桃杏，自豪地给我们介绍，这是他们1996年学习外地做法，结合当地实际总结摸索出的造林种草的成功技术。在造林整地上创造性地提出了“88542”隔坡反坡水平沟整地标准，以达到水不下山、泥不出

在彭阳、西吉等地看到小流域治理的效果

沟、截流蓄水、提墒保墒的目的。这种模式现已大面积推广。这个县从 1983 年建县以来，一直坚持以小流域为单元的综合治理，坚持生态建设，全县森林覆盖率由建县初的 5% 提高到 15.6%。

在原州区，黑城、三营、炭山三个乡镇属水土流失严重的干旱丘陵地区，正在建设一个双岭万亩柠条基地，规划总面积 3 万亩，全部纳入退耕还林项目中，目前已实施 2.6 万亩。项目实施 3 年后，仅采收柠条籽种就可给当地群众增收 500 万元。这样的规模和效益，只有在今天退耕还林还草的大背景下才能取得。

当我们驱车进入泾源县，踏上一条 42 公里长的绿色通道时，映入眼帘的是绿色覆盖的层峦叠嶂，清奇幽秀，真可与江南媲美。在大湾乡白龙山流域退耕还林还草示范区，任副县长踌躇满志地对我们说，退耕还林还草已有效地改善了生态环境，是一条集生态经济和社会效益为一体可持续发展的好路子。明年我们将把剩余的坡耕地和水平梯田全部退完，而且要快退耕、快治理、快发展，使这块黄土高原上的绿洲和旅游胜地更加秀美壮观。

隆德县的同志告诉我们，他们根据自身地理特点，以六盘山北部土壤瘠薄、植被稀疏、水土流失严重的 6 个乡为重点，全面推进退耕还林还草，并与小流域治理相结合，集中连片治理；对南部降水量比较好的地带，实行浅根系林药间作，对山底气候湿润区则精耕细作，建成产量较高的基本农田区，使流域内的乔、灌、草、药等产业结构日趋合理，以达到长期稳定解决农民脱贫致富的问题。

我们登上西吉月亮山顶，看到四周大面积的山坡地基本被林草覆盖，在远处的山沟，还保留着一些水平梯田，甚是整齐好看。县上的同志对我们讲，这些水平梯田今年将全部退耕还林还草，正在积极争取将月亮山列为自治区生态环境二级保护区。

顺着山路我们深入海原县的南华山水源涵养林带。当地老百姓称南华山为“母亲山”，因为从这座山中流淌的甘甜水，滋养着海原县城及周边 8 个乡的人畜禾木。从 1993 年建立涵养林场以来，在总面积 30 万亩的山坡地上，已经封育造林 14 万亩。目前水源涵养效果明显，水量不断增加，水质日益提高。山坡上松树成林，饲草基地紫花苜蓿正在开花，一片盎然生机。

我们所到之处，大家都谈到 2002 年 8 月自治区党委、政府召开的“盐池会议”，即宁夏中部干旱带生态建设工作会议，以及这次会议做出的在 2003 年 5 月 1 日前全区封育禁牧的重大决定。这个决定来得十分及时必要，这对于加快退耕还林还草步伐是一个巨大的推动，又是巩固成果的得力保障。在这个措施带动下，全区退耕还林还草的任务，将再一次从 2008 年提前到 2005 年完成。这种提前和加快，得到了基层干部群众的理解和支持，各地都在积极调整和修订自己的计划。固原市原计划 2008 年完成 965 万亩退耕还林任务提前 3 年完成，今年全市种草 91.5 万亩，明年种草 180 万亩。这样的魄力和速度是我们始料不及的。

从南华山到海原县城，我们看到连绵几十公里的山坡上，除了一片片新生林，还有数不清的坑穴布满山坡，这是已经挖好的树坑，正敞开胸怀，期待一场透雨，以便聚水润土，插栽新苗，这真是“未雨绸缪”啊！

我们在考察中想到的一个问题是，国家对种草的两年补助、种经济林的 5 年补助和种生态林的 8 年补助政策到期后，能不能稳定解决农民吃粮花钱问题，山上的树、草能否保得住，会不会出现再次上山开垦的反弹？对我们的疑问，刚刚从区上开会回来的西吉县县委书记杨锦明很有把握地说：“到 2005 年，咱县封山育林 100 万亩，退耕还林还草 159 万亩，剩下近 400 万亩基本农田能保证人均 2.5 亩，可以解决老百姓的吃饭问题；再种 100 万亩优质牧草，作为后续产业，卖草养畜可以解决老百姓的花钱问题；全县劳务输出 15 万人，每人每年可收入 5000 元。这样算下来，农民人均收入可以从现在的 1200 元增加到 2005 年的 1800 元，到时候，即使国家补贴政策终止了，我们也能巩固这个水平，如果国家补贴政策继续执行，那我们两条腿走路就会发展更快。”

我们在考察中还感到，虽然局面已经打开，势头非常不错，但仍有许多问题需要进一步落实。如封育禁牧后，羊只圈养成本提高，不少农户启动资金不足，如得不到及时帮助，牲畜数量有可能下降；

大量栽植的经果林，如山桃、山杏等，林药间作中草药大量上山，它们的加工、销路等都将面临新的挑战；从草场资源的长期合理利用着眼，封育禁牧是否有一定期限，或对不同区域有不同的要求，等等。

利用退耕还林还草这个大背景来改变传统的畜牧业生产方式，封育禁牧又大大促进了退耕还林还草、生态重建，这个创意与群众的当前利益和长远利益密切相关，从而调动了群众的积极性和创造性。我们已明显感到，我们的研究赶不上现实的变化。人们总期望理论能走在前面，以引导、指导实践，但实际上我们却常常看到理论与实践的错位。理论要超越实践、引导实践是很难的。在群众和实践面前，我们还是要从老老实实当学生做起。

从《路在何方》到《绿色之路》

1994 年我主持承担了国家社科基金课题“西北民族地区经济社会的发展与缩小东西部差距研究”，1997 年课题完成后以《路在何方——迈向 21 世纪的西北民族地区》为题正式出版。这个课题研究的重点是分析东西部差距拉大的原因及西北民族地区发展面临的新问题，提出了缩小东西部差距的途径。这个课题受当时认识的局限，没有能够展开并讨论的问题，就是西部地区的生态环境建设问题，或者说没有能够较全面回答西部的发展“路在何方”。

1999 年下半年中央作出西部大开发的战略决策，第二年便在西部各地展开了大规模退耕还林还草的生态环境建设。这一重大举措，特别是首先抓住协调人与自然关系这个解决西部问题的关键，引起了我们极大的关注。于是我们又成立了一个课题组，申报了国家社科基金项目，开始了对宁夏南部山区生态重建的跟踪实证研究。我们认为，本课题的“关键词”是四个字：“生态重建”。只有重新建立了西部地区历史上曾经有过的人与自然的协调关系，才会有西部人们的生产、生活的基本条件，而协调的关键正是生态重建，使绿色覆盖西部，使干旱贫瘠的地区变成山川秀美富裕的地区。这

左图 《路在何方》封面
右图 《绿色之路》封面

是一条绿色之路，不仅是自然色彩上的绿色之路，也是一条“绿灯”指引下的畅通的大路，是干旱贫困少数民族地区脱贫致富奔小康的根本之路。于是，我们这一课题的成果就定名为《绿色之路》。《绿色之路》也就成为《路在何方》的姊妹篇，回答了《路在何方》所留下的问题。目前，这个绿色还只是一个开端，还要有一个艰苦而长期的过程。但曙光已现，朝阳还会远吗？

2003 年 6 月

（原载《宁夏日报》2003 年 7 月 24 日）

“1236”的那个庭院

说起“1236”，在宁夏几乎是妇孺皆知。这是1994年由党中央、国务院批准立项的一项宏大的水利灌溉工程的代号，全称为“宁夏扶贫扬黄灌溉工程”。这项工程旨在从黄河提水，在宁夏南部干旱地区发展水浇地，进行移民开发。其内涵是解决100万贫困人口的脱贫，开发200万亩水浇地，投入30亿元资金，用6年时间完成。这是一项来自中南海决策的工程，也是来自宁夏南部山区百万各族群众世世代代期盼的工程。这项工程的指挥部就坐落在昔日干旱荒漠的红寺堡。

2001年9月的一天，我陪同日本岛根大学的几位教授冒雨考察这个移民开发的新灌区。一场绵绵的秋雨，把红寺堡新灌区洗刷一新。放眼望去，辽阔的原野呈现出片片翠绿，那么鲜活那么清亮。气势宏大的扬水泵站，砌护整齐的干渠渠道，横穿灌区的柏油路，路旁随风摇曳的新树，还有那错落的移民新村，面对这充满生机的景象，我告诉日本朋友，3年前这里还是一片荒漠，没有水，没有树，没有绿，也没有人，这使我的朋友们惊讶不已。

晚上，我们下榻在红寺堡工程指挥部院内的招待所。还没有进到这所院落时，陪同我们的指挥部总工薛塞光先生就以充满自豪的口气一再说明，指挥部的院落是一所美丽的庭院。我从车上张望着，还真想象不出是怎么美丽的一所庭院。

车驶进院内，天色已晚。蒙蒙细雨使夜幕显得又黑又重，已无法欣赏庭院的“美丽”。但薛总的一句话还在我耳边萦绕：庭院的草坪比起银川是“一流”的，院内厕所的卫生比起银川也是“一流”的。显然，这两个“一流”，对于我这个银川市民来说，是颇为在意的。

雨在半夜停了。第二天一早，我心里还在惦记着那两个“一流”，于是天一亮便独自到院子里散步。清新的空气带着花草的香味扑鼻而来，四周静谧得不由让人放轻了脚步。我眼前展现出一幅色彩鲜亮的图画：这是一座方方正正的大院落，从简朴的大门进来，通道被一条宽宽的绿化带隔开，这条宽展的绿化带被剪修得整整齐齐的松墙环绕，其间便是绿茸茸的草坪。通道的两侧是两行高低一样的槐树，再往两侧延伸出去，又是两条宽宽的草坪。这院里的草坪，真让人喜爱，像厚厚的绿色地毯，平平整整地铺在地上，没有缺块，十分匀称，茸茸的质感，真想伸手去抚摸。大院的两边，是一排排办公室，办公室的前后，则是鲜花簇拥的花池。花池间隔处，是红砖铺就的小道。这个大院就像一座花园，这个花园虽然少了一些精巧的小品和通幽的曲径，却布局大方，线条明快，色彩鲜艳，透着西北人的实在和直率。我的视线转向了院子西侧的厕所，这是我又一个考察的内容。厕所宽敞明亮，虽是一般设施的水冲式厕所，但十分干净，没有异味，据说是常年如此。我心里想，薛总的话，确实不算夸张。

我望着远处朦胧起伏的罗山，似乎不相信自己是置身于昔日的荒漠之中。

而实实在在的现实是，就是在昔日是荒漠的红寺堡，奇迹般地出现了历史上第一个园林式的庭院。在这所文静又美丽的庭院里，建设者们正在指挥着一场轰轰烈烈的引水上山工程，实践着人们祖祖辈辈改变荒漠面貌的强烈愿望。从 1998 年一期工程动工以来，已经建成了三级扬水泵站、60 公里长的主干渠和 15 万亩水浇地，6 万贫困地区迁来的移民已在这里安家落户，开始脱贫走向温饱。

这所文静又美丽的庭院同时向人们昭示，“1236”最重要的意义之一是，在历史上曾是林草丰美而如今是干旱贫瘠的地区，头等大事莫过于生态重建。这所庭院，正是立起了一块样板。即使是在红寺堡这样干旱的荒原上，只要有了水，加上人们从此要与自然和谐相处的省悟，不是可以在很短的时间里，出现指挥部这样美丽的庭院，而且会在不长的时间里，将这所庭院的景色大大扩展开来吗？

这所文静又美丽的庭院还是一段创业史的见证。我想，那些"1236"的创业者们，从他们进入荒原勘察的第一天起，大约在他们构想的未来情景中，就有这样一所庭院的影子，他们坚信梦想一定会成真。他们为此艰辛地跋涉，与自然的风沙拼搏，也要与人为的障碍周旋，终于有了这所庭院为他们做证。不过他们不是为了证明过去，而是为了证明未来：美丽的憧憬一定会实现。这份信念和乐观，我在指挥部招待所悬挂着的几幅照片中看到了：那是迎着朝阳高高矗立的渡槽，那是并排爬上山坡的一根根硕大的输水管，那是被绿色浸染的原野……这一幅幅照片充满着感染力吸引着你。这些照片的摄影者就是工程总指挥张位正。我在这些照片前注目沉思，这不正是创业者胸怀和追求的展示吗？

我想起了去年写过的一首歌词《西部，我亲爱的家乡》，作曲家配上了悲壮豪放的乐曲，歌唱家把它唱到了中央电视台。这首歌词是：

远去的是你曾经的辉煌，
相伴的是你无尽的沧桑。
唱不尽悠悠悲壮的歌，
留下了祖辈弯弯的脊梁。
啊！西部，西部，我亲爱的家乡，
你让我心中充满惆怅。

没有一天能将你遗忘，
血和汗一直为你流淌。
多少次梦见你变了模样，
山川和大地鸟语花香。

啊！西部，西部，我亲爱的家乡，
点燃我心中几多希望。

世纪的春潮在神州荡漾，
好风正催人扬帆远航。
彩绘的原野万千气象，
黄土地迎来灿烂的曙光。
啊！西部，西部，我亲爱的家乡，
我要永远为你放声歌唱。

“1236”的那个庭院，不是预示着我们西部未来的远景吗？

2001 年 10 月

（原载《黄河文学》2002 年第 4 期）

宁朔县在哪里

我国自古就有编修地方志书的传统，这一传统延续了2000多年，至今保存下来的旧志书近万种，约占我国现存古籍的十分之一。古时所谓县令三件事：收税、断案、写方志。编修地方志是官方的一项任务，地方志书也成为当政者必读的典籍。“治天下者以史为鉴，治郡县者以志为鉴”，地方志书是“资治之书”“致用之书”。除了官修方志外，民间人士也热衷参与编修，多种体裁、多种专题的志书层出不穷。

编修地方志的发端，当与郡县制的实行有着密切的关系。郡与县的行政建制，春秋战国时就已出现，秦始皇统一六国后，实行了中央集权制下的全面的郡县制。作为封建王朝基本的行政管理体制，郡县制从一开始就显现了它的必要性和适应性，达到了对统治区域有效管辖的目的。汉初司马迁以其史学家的敏锐眼光观察指出：“县集而郡，郡集而天下。郡县治，天下无不治。”他强调了郡县制对国家治理极其重要的作用。历代皆承秦郡县治国之大制，持续不断，又通过逐步完善的科举制，选拔人才充任“县令”，以治天下。2000多年封建社会得以维系、得以治理，郡县制承上启下，发挥作用，实为关键。与此同时，对一郡一县之自然人文、社情民风的深入调查、记载和利用也日显重要，遂使各类地方志书应运而生，逐渐成为生生不息的文化传统。

以上这些联想，是读了刘瑛同志所编著的《古今宁朔县》一书而引发的。宁朔县，今宁夏青铜峡市的前身，建于清雍正二年（1724年），至1960年撤县改建为青铜峡市。《古今宁朔县》就是以方志手法，全面详细介绍宁朔县自建县至撤县改市237年的历史演进、风物变化的一部志书，如作者在引言中所云：辑录了宁朔县历史脉络、区划变迁、县治变更、山川名胜、历任县长、农业变革、物质生产、风俗民情、古县新貌等等，蕴含了很多关于宁朔县的历史知识，从不同阶段、各个角度展示鲜活的历史事实、历史活动、历史人物。这样一部关于宁朔县内容详尽周全、面向社会大众的通俗读物，实为了解宁朔县完整区情的工具书。由于是个人编著，比官修志书更宽泛、更自由，详略均可依资料而定，引人注目处皆可发挥，增强了可读性与趣味性。又由于作者是当地人，生于斯、长于斯，对家乡故土的眷恋之情自然浸透其中，读起来会时时感受到作者的情感冲击力。

我大学读的是历史专业，老先生授课开宗明义告诉我们，学史治史，须掌握“四把钥匙”，即年代、人名、地名、职官。历史上各个时期的重大事件、节点变化，都与这“四把钥匙”紧密相关，掌握这四个环节，搞清楚前后变化及其联系，也就大体上理清了历史脉络，同时易于记忆和理解。我在读《古今宁朔县》时，明显感到作者首先把宁夏及宁朔县历史沿革过程中的年代（包括王朝年号）、地名、人名及职官梳理得很清楚，把复杂的变化及关系交代得很明白，虽然宁朔县今已不存在了，但拉近了它与读者的距离，有了全面了解它的前提，可以说，这是编写方志的必要基础。

从结构上看，《古今宁朔县》承袭了地方志的编修传统，紧紧围绕宁朔县古今演进这个主线，纲目清晰，架构有序，布局合理，涉及宁朔县的重要内容依次展开。由此，也突出感到，刘瑛同志经年积累，掌握了丰富的文献资料、档案资料、口碑资料、图像资料，有许多史实是亲历调查所得，这是难能可贵的。史料的充实可靠也是《古今宁朔县》的一个特点。同时，刘瑛同志也注意把大背景、大事件与小地方、小故事融汇在一起，普及相关的历史地理知识，也是吸引人的地方。

位于今青铜峡市境内的西夏108塔

刘瑛同志在《古今宁朔县》一书前言中的第一句话提出："常有人问及宁朔县在哪里？"翻阅此书后，我别无选择地认为，刘瑛同志作为一个老宁朔人，一个宁朔的文化人，对这个问题作了最详尽和客观的回答，不仅告诉了人们宁朔县在哪里，还告诉了宁朔县从哪里演变而来，它存在期间发生了什么，又演变到哪里去了。答案还不止于此。每个地方都有自己独特的物质资源和文化资源，在长期的历史进程中，积淀形成了自己的物质文化和思想观念，如果对其缺乏深刻认识和深厚感情，又怎么能有建设它、服务它的使命和责任呢？著名诗人艾青说："为什么我的眼里常含有泪水？因为我对这土地爱得深沉……"了解一个地方的历史和文化，不仅仅是增长乡土知识，更主要的是建立起人们对乡土的精神血缘关系，找到人们赖以生存的根和精神家园，也就是"乡愁"。作为一方当政者，"认识你脚下的土地"，就是要敬畏地方的历史文化，尊重创造历史文化的人民群众，了解这一地区的发展资源、特点、规律，才能有条件、有成效地当政一方。从现实讲，对于许多易地交流的领导干部，更需要补上这一课。尤其是作为县一级的领导者，具备当地的历史文化知识，知晓当地的风俗民情，更显得十分必要。我以为，《古今宁朔县》要回答的更深层的问题，当在于此。

刘瑛同志曾是我在宁夏大学工作时的同事，那些年他一直在院一级党政领导岗位上，不是专门从事专业工作。刘瑛退休后，并未赋闲，还在帮助家乡做着地方历史文化的调查研究和编写工作。前几年，我见到他编著的《走近青铜峡》一书，就表示过未曾想到。今日又见《古今宁朔县》书稿，更是刮目相看。一个人只要有追求、下功夫，正可应“有志者事竟成”之古训，年龄未必能阻挡了作为。刘瑛同志的充实生活和有所作为，值得羡慕和称赞。

（原载刘瑛著《古今宁朔县》，宁夏人民教育出版社，2016年出版）

从“恰同学少年”说起

这次论坛的主题是“恰同学少年”，我想这是一个励志的题目。虽然我已离“少年”远去，但回顾走过的少年、青年时代，“莫等闲白了少年头”的感悟还是很强烈的。

前几天，我看了一个报道，获得诺贝尔奖的华人科学家丁肇中教授前不久应邀到山东大学访问，山东大学请他参加一场晚会，内容是我国传统的相声和杂技。当他看完这场晚会以后，走到舞台上说，我有50年没看过这类节目了。他感慨地说：“这一晃就是50年，50年这么快就过去了，同学们要珍惜啊！”我看到这里的时候，很有感触。我想起1965年毛主席写的《水调歌头·重上井冈山》这首词，其中有一句“三十八年过去，弹指一挥间”。1927年秋收起义以后，开辟井冈山革命根据地，毛主席上井冈山，直到1965年重上井冈山，其间经过了38年。毛主席说这38年就像弹指一挥，很快就过去了。那时候，我很年轻，还是一名在校大学生，读到这首词，觉得毛主席真是一位非常浪漫的诗人，他把38年这么遥远、这么长的时间说成是“弹指一挥间”。现在再回想起来，和看到丁肇中教授的讲话很有同感，当回顾“恰同学少年”时，这种时光易逝的感觉就非常强烈。

现在我是60岁开外的人了，在我进入50岁的时候，写过一篇散文，那时还在想我追求什么，追求得如何完美；55岁的时候，我又写了一篇散文，写了一些感悟，对很多事情有了自己的看法，有的看得惯，有的看不惯，有了自己的独立见解；到了60岁，我又写了一篇小散文，就成了回顾性的，写过去的时光里我做了些什么。现在看这些东西，在十年时间里，每个阶段都有当时的一些思想，这是一种很自然的流露，似乎不知不觉，但变化还是明显的。我的意思是说，人的一生过得很快，当你可能还没有充分体会“恰同学少年，风华正茂，书生意气，挥斥方遒”的时候，可能“少年”已经向你“拜拜”了。

现在，年轻人中有所谓的“追星族”，追捧一些演艺明星，把他们当作崇拜的偶像。其实，任何时代的年轻人，都有过自己心中的一个时期、一个方面追捧的对象和崇拜的人物。我们又何尝不是这样呢？我们也曾经追过星。远的不说，近些年来，我也曾经非常钦佩过一些文化上的明星人物。比如大家熟悉的作家余秋雨先生。我过去看到他写的《文化苦旅》时，钦佩得不得了，能把散文写到这样一个深度，对生活能有这样深刻的解剖，而且把这种见解、知识融入人们容易接受的散文体裁中去，这个散文写得真是精彩。过了若干年后，看到他频繁地出书，可看来看去，还是他前期出的经过较长时间酝酿积淀的东西更有味道，后来写的东西没有那么深刻、成熟了，有些絮絮叨叨，多了些作秀的成分，于是渐渐地失去了对这个“星”的兴趣。近两年来，易中天也是我们追捧的一个文化明星，他把“三国”的研究和向大众普及结合起来，利用现代媒体传播，社会反响很好。《品三国》是他的代表作，他把《三国志》人物的历史形象、《三国演义》的文学形象、三国戏的民间形象结合起来，告诉老百姓它们中间的联系是什么，区别又何在，向人们普及了历史的真实，又不简单地否定民间流传和文学作品中的三国人物形象，他讲得的确好。后来在书摊上发现易中天不仅品三国，还品女人、品城市，品《红楼梦》，什么都品。易先生怎么一下子“品”出这么多东西来？于是我对他的兴趣和崇敬的心情也淡了。我的意思是说，我们追的是什么呢？不一定是哪个明星人物，吸引我们更多的还是思想的东西、文化的魅力。

最近又看到北京师范大学于丹老师讲《论语》的心得，很新鲜很精彩。这位年轻学者把《论语》研究的心得用通俗的语言介绍到大众中，拉近了孔子和百姓的距离，生动地解读了传统文化的思想内容，她的书大受欢迎。不过我又有些担心，因为看到她又在讲《庄子》，那么接下来是不是很快就要讲孟子、墨子、荀子了，可能就不会如她讲孔子那么深刻了，如果真是这样，也许人们就不去追了。

不过，于丹对《论语》“吾十有五而志于学，三十而立，四十而不惑，五十而知天命，六十而耳顺，七十而从心所欲，不逾矩”一段语录的解读，对我很有启发。她讲孔子总结了很多人生理论，这一段语录对人一生几个阶段应该做的事情做了非常经典的概括。“吾十有五而志于学”，讲的是十五岁的时候，懂得了学习的重要性，会选择学习，对学习定下志向。经过学习、实践，到“三十而立”了。“立”不是“成家立业”的“立”，而是内心一种观念的坚定，一种定力的形成，对自己的人生和世界有了一个较为成熟的看法。“四十而不惑”，是指有了选择的主动权，在选择时能保持清醒，做到“不惑”。用现在的话说，是选择金钱、名誉、地位，还是选择知识、素质和能力？如果这时“惑”了，就会作出错误的选择，误入歧途。“五十而知天命”，对人生的道路看得非常清楚，视野非常广阔，是应当有所贡献的时候。“六十而耳顺”，世间的一切都看得非常明白，各种意见都能听得进去，知道它的来龙去脉。到了七十岁的时候，“从心所欲，不逾矩”，对规律认识得很清楚，不会做违背规律的事，从人格到知识都很完善。这一段话讲的是人生的每个阶段应该做什么，是一种认识和规律的概括，也是一种人生的经验。我以为这种理解既通俗又深刻，对人有启发，有帮助。

今天在座的很多是硕士研究生。硕，大也，士，古代把读书人叫作士。硕士就是大知识分子。大知识分子的标准是什么？是具有研究和创新能力的人。研究是什么？研究是解决未知、知之甚少、知之有误的问题，研究的本意就是创新。这是我们追求的目标，要培养自己的研究能力和创新能力。当然首先是要读书，我以为，读书不在于多，而在于读了以后怎么办，第一是要用心，第二是要用功。所谓“用心”，就是思考，要问为什么，要会联想，苦苦地思考，

在清真寺做调查（2006年）

把所有的疑问都加以思考，考虑出的自己的见解，找出答案，能自圆其说，这就叫用心读书。“用功”，就是读到的东西能够跟实际的考察、实践活动结合起来，用实践验证自己的思考。我举个例子，我这两年正在搞一个课题，调查研究中国回族历史文物。在全国各地联络了很多单位和专家，把宋元以来保留下来的回族古迹和文物的图片及文字资料收集起来。与此同时，我自己跑了很多地方做实地考察。在各地古清真寺里，我看到很多东西，然后和文献上看到的资料结合起来。有了这样一个过程，我的认识有了提高，增加了判断的底气。我看到许多古清真寺，是中国传统的宫殿式建筑，雕梁画栋、亭台楼榭，非常宏伟精致。到了近代以后，引入了一些阿拉伯式的建筑风格。为什么在伊斯兰教的传入到回族的形成过程中，各地的清真寺都是中国的传统式建筑？这说明外来文化必然要经过一番本土化、民族化演变的过程，才能扎根，成为具有我们自己特色的民族文化。这就使我们更能理解，回族在形成发展中经历了中华民族“多元一体”的聚合过程，成为中华民族的成员。这是读书用心思考，再加上用功实地考察，融汇起来形成的一种见解。我讲这一点体会，和大家分享。

（在宁夏大学研究生会《金波论坛》开坛会上的演讲节录，2007年4月4日）

教师节有感

今天是自 1985 年设立教师节以来的第 21 个教师节。前 16 个节日，我只是一个祝贺者。近 5 个节日以来，我跻身于教师的行列里，不仅受到了祝贺，而且有了新的感受。

就说一个小小的观察和体验吧：人们在相互见面的称谓上，喜欢称头衔、职务，而且讲究不少。如果你担任副职，通常是喜欢把“副”字省略掉；如果你担任几个职务，一定是要称呼被认为是最高的那个职务，当然还要看在什么场合、时间、地点，是要恰如其分，让人觉得舒服。当离开了岗位，没有职务，人们虽然仍在称呼你原来的职务，而且还要说“叫惯了，亲切”，但明显觉得分量大大减轻了，随着见面来往日见稀疏，就渐渐地把你淡忘了。这大概是一个大家都熟悉的社会现象，在这个环境中走过了这么多年，也习以为常了。

自到学校工作后，经常被年轻的学生亲切地称呼一声“老师”。在校园的路上，在教室里，在走廊电梯里，同学们见了我，总要道一声“老师您好！”这个亲切的称呼，让我在比较中越来越品味到一种不一样的感觉。虽然在几十年工作经历中，担任过好几个职务，也就有过好几个称呼。听得多了，习惯了，也就没什么感觉了。对我来讲，“老师”这个称呼虽然是几十年来最后一个，然而我知道这也是最有生命力且不易被忘却的一个称呼。因为我听到同学们叫我老师的时候，看到他们眼光里有期待、有尊重、有感激，这是年轻人才有的那种单纯真挚的感情，他们会记一辈子，这让我十分感

与大学生在一起
（2004 年）

动。后来，我遇到不少毕业工作的同学，不管是否曾经认得或教过，一见面叫一声“老师”，就紧紧地拉住手，少了客套和矜持，多了亲切和真诚。只有置身于教师这个行列，才能切身感受到这种分量。

其实，30 多年前我大学毕业后的第一份工作就是当老师。那是 1970 年初，在结束了部队农场艰苦的劳动之后，带着看不到希望的沮丧心情，被分配到内蒙古偏僻的荒漠草原，在一所极其简陋的不通电、不通水的新建中学里当了一名教师。那时当上老师，算有了一份安身立命的工作，说不上受到多少尊重，有时反而被看不起，是不如“方向盘、听诊器、营业员”吃香的。那时的确很苦，国家遭难，大家都受苦，毕竟都过去了。但我永远不能忘记的是，我短短的一年教师生涯，却收获了一辈子浓浓的师生情谊。我当教师的那所学校，是在荒漠上新开辟的农业区，提水工程还远未建成，而从更为贫困地区移民来的农户生活极端困难，温饱难保，孩子失学。有了这所学校，那些读了几年小学就失学的穷人孩子终于有了回到学校的机会。他们刻苦努力，格外珍惜，尤其是特别敬重大学毕业来和他们共甘苦的外来老师。以后的几十年里，他们把磨难当成财富，艰苦创业，有的参军，有的成了企业家，有的当了老师、干部，但不管有多大成就，也无论走到何地，一直不忘当年帮助他

2007 年 10 月，30 多年前教过的学生，从各地相约来到宁夏大学看望当年的老师，请老师再给他们上一课

们改变命运的老师，至今还和我保持着联系，年年探望，相互关心，结下了一辈子的情谊，我得到了当老师最为珍贵的回报。

如今，我到宁夏大学工作 5 年了，和许多老师相处，在我的眼中，宁夏大学的老师有两点给我的印象很深：第一是他们的上进心。我们西部高等教育底子薄，缺教师，尤其缺骨干教师。但我们的老师不甘居人后，敢于负重拼搏，勇于吃苦爬坡。特别是中青年教师积极要求进修、学习，努力提高自己的专业水平。学校也给他们创造条件，抓紧培养。这几年师资结构有了明显改变，整体水平有了提升，不少教师获得了国家级、自治区级的各种奖励、荣誉，争取上进的风气越来越浓。第二是非常理性。理解学校面临的困难，支持学校的发展，默默地做好自己分内的事。因为他们明白，只有发展才是我们的出路。教师的工作比较稳定，学校好了，教师也会好的。从生源到就业，全国是个大市场。我们只有提高师资水平，才能在这个大市场里有立足之地。这一点，我们的教师看得很清楚。有人讲，知识分子不好领导，那是因为他们不了解。其实知识分子是最通情达理的，他们是理性的，当他们明白了为什么这样做和怎样做，就会从内心、从感情、从自己的行动上来支持，而不是做表面文章，更不是做给领导看。这一点我感受到了，而且因此增添了信心。

我还观察到，大学生们也在随时随地地评价、衡量着每一位老师。他们的评价标准，一个是做人，一个是做学问。他们希望自己的老师在人品上是高尚的人，在学问上是高水平的人，也就是“学高为师，身正为范”。老师的人品、学问如何，第一个检验我们的就是自己的学生，时间越久，他们看得越清楚。这对老师来讲是一个非常好的环境，因为有人始终在观察着我们，在监督着我们，促使我们不断地提高和进步，这也是“教学相长”。我们要珍惜自己的这个职业，努力当一名受到学生尊重的教师。

由此看来，当老师的确责任重大。我想，当个好老师，要做好两个结合：一是教书要和育人相结合。如果只会教书，而忽略了以自己的品格去影响人，帮助学生在人格上成长起来，那充其量是个“匠人”而已，有手艺，会技术，却远远达不到“身正为范”的要求。不仅是从事教学的教师，凡是在学校工作的同志，每天都会通过一言一行把自己的形象展示给学生，都在影响着学生，都是在潜移默化地育人。二是把道德和文章相结合。自古以来我们中国就有个传统，叫作“道德文章”，即首先要有道德，有修养，然后还要有“文章”，就是有学问。有的人专业知识水平很高，但是思想人品低下，争名逐利，不负责任，没有团队精神，难以为人师表，这就不是一个合格的老师。道德文章是一个整体，要不断修炼我们的思想人品，也要不断提高我们的专业水平，这才是一个完整的合格的人民教师。

（在宁夏大学成人教育学院集会上的演讲节录，2005年9月10日）

老校友的体验

我从2001年至今在宁夏大学工作，已17年。2008年从领导岗位下来后一直担任西夏学研究院的返聘教师，从事研究生教学和科研。北京大学是我的母校，宁夏大学也是我的母校。感谢学校评我为“杰出老校友”，并参加今天回母校的活动。其实我一直未曾离校。

看到今天的宁夏大学，很感慨。好时机、好条件，新发展、新局面。由衷地高兴，由衷地祝福。

给我这样一个老校友谈经历、谈体验的机会，我要向各位老师、同学和校友们表达的有三个关键词：意志、精神、方法。

何建国校长授予陈育宁等三人“宁夏大学杰出校友荣誉称号”

一、意志

我到宁夏大学工作后，正是合校扩招的一个特殊时期，政策的调整使相当一部分贫困地区的农民子弟和少数民族的孩子进入大学课堂，原来只有6000多名学生的宁夏大学，短短几年，扩大三倍。但我也看到，在我们的校园里，出现了这样一个特殊的学生群体，他们承受着家庭经济困难和负担学费等支出带来的沉重压力，以坚强的毅力默默地努力完成着自己的学业，这就是来自经济困难家庭的一批学生。作为大学校长，面对这些青年朋友，他们生活的艰辛和家庭的困难，在我内心深处添加了一份沉重；而他们用坚定的意志和奋斗的勇气战胜困难和压力的许多事迹，又给了我一种力量和非常有冲击力的感动。帮助这一群体顺利完成学业，这是新形势下社会赋予高校的重要任务，也是大学校长的一个重要职责。

在和这些经济困难学生的接触中我了解到，他们中的大多数能够自信、自强，能够采取积极的态度，千方百计克服困难，学业和思想都取得了很好的成绩和进步。但也有一些学生因贫困而消沉，

春节前看望经济困难学生的家庭（2005年）

不敢面对困难，对自己的现实困境遮遮掩掩，精神负担重，情绪波动大。有的学生长时间吃饭过于节省，营养不良，性格变得孤僻，不敢和同学在一起，家里的困难更不敢对别人讲，没有勇气争取别人的帮助。这种情况，不仅影响了他们的学习，而且还造成一些同学的自卑心理和沉重的心理压力。由此看来，做好这一群体的工作，不仅是帮助解决他们生活补贴资金的问题，更重要的还在于帮助他们树立自信，能够坚强起来，使他们克服自卑，正确面对贫困。在校领导与大学生座谈会上，我们与经济困难大学生代表进行真诚的沟通与交流，鼓励他们树立自强、自立的信心。逢年过节一些学生回不了家的时候，自治区的领导、学校领导都会来和他们一起包饺子，度过愉快而终身难忘的除夕之夜。那几年的除夕夜，我都带上老伴汤晓芳一起到学生中去，和他们在一起联欢，表演节目，给他们发压岁钱，让他们有回家的感觉。2005 年春节前，我和校党委副书记撒承贤等几个同志带着米、面、油等生活用品，到基层县区经济特别贫困的学生家中看望他们及其家人，当地的一些党政领导也一道去了，我请求他们在关心农村的贫困户、五保户、残疾人的同时，也要多关心和帮助那些经济困难但又克服困难、培养大学生的家庭。

在一次和经济困难学生一起辞旧迎新的晚会上，几位学生向我汇报了他们在校期间一边努力学习并获得了奖学金、助学金，一边参加勤工俭学、做家教、参加社会公益活动的经历。学生们不仅克服了生活上的困难，学业相当优秀，而且情绪饱满，精神振奋，这令我十分感动。我感到从他们身上汲取了力量，不禁站起来感慨地讲：

> 我和我们大学生有三重关系。第一是校长和学生的关系。作为校长，要平等对待每一个学生，不管是家庭经济困难的学生，还是家庭经济条件比较好的学生，都要为他们创造良好的学习条件和生活环境，都要对他们实施严格的管理，使他们顺利完成学业，成为合格的大学生。第二是朋友关系。虽然我们

的年龄和经历有很大差别，但是今天的大学生有思想，有朝气，有很强的创新意识，接受新知识、新事物快，具有奋发向上的良好精神风貌，是值得我们学习的，从而保持一颗年轻的心。我们之间应该像朋友，是平等的，相互学习，相互促进。第三是两代人的关系。这里说的是亲情般的感情。我们要像疼爱自己的子女一样去关心他们、爱护他们，帮助他们成才。同学们也应该像对待自己的长辈一样，真心地向我们倾诉，有难处敞开心扉来告诉我们，共同去面对，共同去克服。

我时常想，在这几千名家庭经济困难学生中，有那么多优秀学生，那么多感人的事迹，能不能把他们艰苦求学的经历挖掘出来整理成文？他们这种克服了困难、经受了磨难，并最终获得自信，实现自强，成为优秀大学生的历程，可能就是这一代大学生所具有的一种精神风貌。这笔珍贵的资源，这种榜样的力量，能不能让所有大学生来共享，让更多的大学生从他们的经历中汲取营养，汲取力量，得到促进？于是就产生了让这些学生把自己的经历、感受真实地用文字表达出来并编成一本书的想法。当我把这个想法和大学生们谈了之后，他们非常高兴，表示全力支持，并踊跃投稿。这项工作交由学校党委宣传部具体落实。宣传部长鲁晋同志积极部署，在学生的来稿中认真调查选择，一篇篇审定稿件，进行编辑，最后由我审定，并写了序言。这就是由我任主编，于 2005 年出版的一本书《磨难也是财

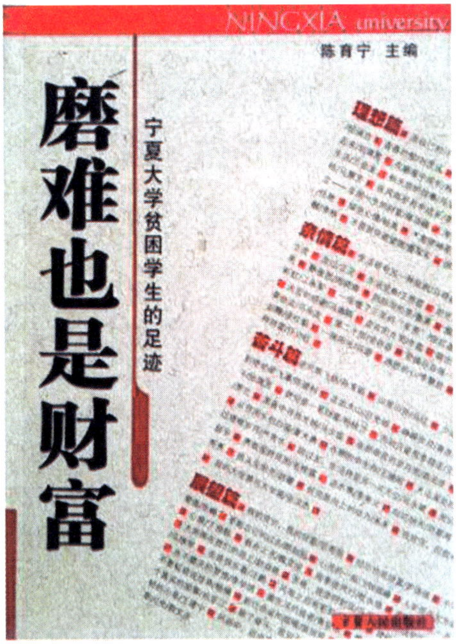

《磨难也是财富》，宁夏人民出版社 2005 年出版

富》，这是宁夏大学家庭贫困的大学生写自己体验的一本书，是一本有特殊意义和特殊内容的书。

我曾经出版过一些著作，发表过不少文章，但是主编这样一本特殊的书，书中 100 多位青年学生记下了他们在走向成才的道路上，克服身心磨难的一段经历，积累精神财富的一段过程，这对于我来说还是第一次。不仅因为是第一次而珍贵，而是因为每一篇都表达了一个大学生切身的人生体验和感悟。这是当代大学生个人生活的写照，也是他们群体精神面貌的缩影。这本书出版后所产生的影响是我未曾料到的。大学生们喜欢这本书，不仅因为他们是校长主编的书中的作者，也不仅因为他们在自己的文章中展示了自己的亲身经历和真实的体验，更因为它使人们看到了当代大学生的精神面貌。这本书实际上是“大学生自己编写出来的人生教科书”。2007 年 1 月 18 日《人民日报》以“磨难也是财富”为题节选登载了我写的序言。2007 年 8 月，在共青团中央举办的第九届共青团精神文明建设“五个一工程”奖评选活动中，《磨难也是财富——宁夏大学贫困学生的足迹》一书荣获图书类优秀文化作品奖，成为宁夏回族自治区在本届评奖活动中唯一获奖的作品。2008 年 3 月，《磨难也是财富》一书由宁夏人民出版社再版。

这本书所体现的当代大学生的意志，使我难忘，因为它值得我学习。

二、精神

2003 年上半年，我们经历了一场严峻的考验，那就是防“非典”。“非典”是第一次听到的一个医学名词，全称是传染性非典型肺炎，又叫萨斯（SARS），是一种严重的急性呼吸道传染病。2002 年 11 月到 2003 年 3 月，“非典”疫情主要发生在粤港地区，2003 年 3 月以后，疫情向全国扩散，到了 4 月，宁夏也发现了疫情。面对这突如其来的灾难，从中央到地方，紧急动员，加强防范。学校是人群密集之地，更是防范和控制的重点。从 2003 年 4 月中旬开始，一直到 6 月初，大约一个多月时间，我和宁夏大学领导班子的同志全力以赴，组织全校两万多名师生员工，进行了一场防“非典”的特殊战斗。我们坚守在一线，丝毫不敢麻痹、不敢松懈，经历了紧张的几十个日日夜夜，度过了这个难忘的难关。

2003 年 4 月 16 日，在得到上级通知的第一时间，召开校长紧急办公会议，立即做出部署，强调要高度重视，坚决克服麻痹松懈和侥幸思想，要统一指挥，各院系一把手负总责。建立领导小组，落实监控、报告及值班制度，实行防疫措施，宣布五一不放假。全校进入紧张状态。从此，防“非典”成了全校工作的重中之重，几乎每天都在检查、研究、开会、决定。全校各院系、各部门、各级领导都紧急动员起来，主要领导一律不许外出，坚守岗位，切实负责。不放假，也没有人请假。学校的每一项决定能立即落实，没有延误，少评论、少扯皮。对学生采取半管制，一律不许外出。特殊情况严控请假。严格控制出入学校的车辆、人群，加强门卫。凡从疫情地区回来的人，必须先隔离消毒。完全是一种临战状态。4 月 20 日起，强调“战时纪律”，对各单位第一责任人有延误、推诿、学生中出现情况不亲自过问处置并有结果者，要立即严肃处理。

4 月 28 日，面对扩散危险期，明确提出“筑起火墙，切断病源，把好大门，保住安全”。重点是保护学生。要求各级领导要经受考验，负起责任，带着对学生的感情去坚持，今天多流汗少睡觉，为了明天长治久安。校党委会议决定分校区实行全封闭式管理，抽调 20 名处级干部组成 5 个组分别到各校区工作。

5 月 3 日下午，实行封闭管理与学生座谈会。在老师和学生发言后，我做了讲话。我首先说：“今天来参加会议之前，学生处撒承贤处长给我打了一个电话，说校长你平时上班西装革履，给人一种庄重、严肃的感觉，今天来开会要把你最休闲的衣服穿上。我还不知道这话里的意思，不过我还是穿了花衬衫、牛仔裤。刚才听了曾祥岚老师的发言，才知道事出有因，是让我和大家一起做心理调节，保持一个平和放松的心态，来面对这场特殊的战斗。”防“非典”的那段时间，我每天都整整齐齐地穿着西装、打着领带，精神饱满地出现在学校的各个场合。我就是想让老师和学生从我身上看到自信。

在这次座谈会上，我宣布："在这里，我可以负责任地告诉大家，也通过同学们告知你们的家长，宁夏大学至今没有一例'非典'病人或疑似病例。"我还说："在这个关键时刻，我们只有一种选择，面对'非典'，冲锋陷阵，保护我们的学生和老师。我们有些措施甚至有点不近人情，家人来送东西，只能在校门口几米外说几句话，不许接近，有点'探监'的味道。我想借用前两年流行的一句话，叫'理解万岁'。我们所做的一切，都是围绕着师生安全这个中心。"威胁并未解除，不能大意，继续严防死守，坚持全面封闭管理。

2003 年 5 月 21 日，举行 2003 届毕业典礼。因为正在抗击"非典"，不能举行更多人的集会，会场很小，只容纳了当年毕业生 3600 多人的十分之一。讲到防"非典"时，我说，这件事情，对我们每个人来说，都是很难得的一次考验，考验我们的理智，考验我们的信心，同时我们也学到了许多新的知识。这是同学们的一次特殊的经历，特殊的经历就会增长特殊的才干，这就是你们的财富。

参加研究生毕业典礼后（2005 年）

当我们回首这一段经历的时候，你们一定会有许多感慨，一定会做出自己有益的总结。

2003 年 9 月 19 日，新学年开学后，我向陈建国书记汇报工作，陈书记说，我来宁夏一年多，看到宁夏大学合校后在各方面取得了可喜的成绩，发生了很大变化。班子团结进取，特别是防“非典”抓得紧，处理问题得力，实行封闭管理，没有一个学生感染。党委对宁夏大学的工作和发展是满意的。

在面临严重危机和危难之时，我们能够挺过来，最终取得了胜利，靠的是一种精神的支撑，这就是团结、理解、坚持、信心。

三、方法

几十年来，我无论担任什么职务，做什么工作，一直没有放弃自己民族史学的专业，一直从事着科研工作和学术活动，也担负着研究生的教学工作。现虽退休多年，但仍然带博士生，承担科研项目，参加学术活动。

谈不上治学经验，但有一些体会，主要是方法，与同学们分享。

1. 要给自己的学术和研究有个明确定位

我认为，在人文社科领域里讲研究，主要是解决三个问题：第一，解决未知的问题；第二，解决知之甚少的问题；第三，解决知之有误的问题。只有创新才能解决这三个问题，所以创新是研究的题中应有之义。知识的核心是实践和创造，不是重复和记忆。模仿和重复，那不叫研究。对于大学本科、研究生来讲，培养的重点不再是简单的知识积累（主要靠自己），更重要的是学会思维、观察、发现、选择、提炼、归纳、表达，也就是要有创新的意识，有自己要解决的问题，有自己的视角，还要用自己的语言表达清楚，让人明白。

2. 培养兴趣

对自己的专业和研究方向有没有兴趣，这是进入角色的基础。没有不好的专业，怕的是对这个专业缺乏兴趣和爱好。对待自己的专业，首先要有兴趣，有了兴趣就懂得欣赏，有了欣赏就有感情，有了感情就有投入，就会钻进去，就可能成为“家”。许多专家的成长都证明了这个道理。从培养兴趣开始，越来越深入，直到全身心地投入，就会把自己的内在力量全调动出来。

3. 坚持和积累

掌握科学知识的体系是一个长期的、逐渐的领悟过程，循序渐进的学习过程。它不是一个简单的动作，简单的技能，学一学就会了。关键是要坚持，要积累，长时间坚持，点点滴滴积累，越坚持就会积累越多，越积累领悟就会越多，知道的越多，理解越深。什么叫权威？从来没有绝对的权威，所谓的权威就是你在某个领域知道的比别人知道的多一点，你就是这个领域的权威。

4. 敢于质疑

就是敢于提出问题，敢于发表自己的见解。书上留下了的东西和老师讲授的不一定都是对的，自己要有质疑的意识，善于问“为什么”。当你按正常的思维没有新的发现、没有新的见解时，不要着急，换一个角度，改变一下方向，提出一个“为什么”的问题，可能就会有新的发现，从而提出自己新的见解。

5. 应用实践

要重视基础知识、理论知识，更要重视对知识的理解和应用，善于吸收、条理、上升、归纳，唯如此，才能变成自己的财富。注意吸收实践中的知识。“拾到篮里都是菜”。知识就在脚下，就在身边。只要做一个有心人，就一定有收获。文章是想出来的，是讲出来的，是写出来的，是改出来的。

6. 悟出多思

学习是一个链条：读书是重要的基础，更重要的环节是在读后的观察、思考、联想、扩展，从而形成一个完整的链条。鲁迅说，读书是要自己思索、自己观察。倘只看书，便变成书橱。多思是深化读书理解、巩固读书成果、消化读书思想的有效途径；多思又是训练观察、分析、判断、表达能力的重要过程；多思是形成理论概括和理论观点的必然程序。多思的结果是用自己的语言、表达自己的思想观点、形成自己的研究成果。善于表达不仅仅是口才好，首先是思路清晰，逻辑合理，心中有数，否则会越说越糊涂。

7.时不我待

信息太多，想法太多，必须选择；做起来就是一种必要的选择。选择做什么往往是被动的，选择如何去做却是可以主动的。可贵的是要有定力。要善于支配自己，支配自己的秘诀：勤。勤能补拙，勤能形成习惯，勤能利用时间。鲁迅说，哪里有天才，我是把别人喝咖啡的工夫都用在工作上了。

中国传统文化常讲“道德文章”，所谓道德就是指人格、人品，文章就是指业务、学问，这两样都要，但“道德”在先。所以，传统文化非常强调修身，即自身修养。曾子讲的“正心、修身、齐家、治国、平天下”一直是知识分子的理想与追求。达到这样的境界并不容易，但我们可以有一个积极而达观的态度：穷则独善其身，达则兼济天下（孟子）。核心问题是要注重自身修养，不管身处多高的职位，承担多大的责任，或者是一介平民，都要善于自我修炼、自我完善。

（在宁夏大学老校友返校活动上的演讲，2017年9月15日）

旅途采撷

额济纳访古

在祖国辽阔的北部边疆，祁连山的雪水由北麓而下，汇成一条从南到北的河流，这就是古老的弱水，蒙古语名叫额济纳河。蜿蜒的额济纳河穿过茫茫的巴丹吉林沙漠和荒凉的戈壁滩，在它所经过的 300 多公里的沿河两岸，滋养出一条绿色的长廊。最后，它注入位于内蒙古额济纳旗北境的居延海。在居延海的周围，额济纳河的支流密布，形成一片绿洲，叫作居延三角洲，这里也是额济纳旗政府所在地。

居延三角洲地区，分布着极丰富的历史遗迹和文物，它一直吸引着国内外的考古学家和历史学家们，自然也是旅游爱好者向往的地方。秋末冬初，我们有机会在额济纳旗作了一次短暂的旅行。对于我这个历史爱好者来说，这里的历史遗迹，更是给我留下了深刻的印象。

踏上一条古老的路

我们乘车从阿拉善盟盟公署所在地巴音浩特镇出发，朝着西北方向，奔驰了两天，行程约 750 公里。这是一条漫长的荒凉的道路，沿途除经过一两个牧业公社所在地外，几乎全是荒漠、戈壁。在这条道路上，我们领略了戈壁风光，也见到了海市蜃楼的景象。但更引起我们兴趣的是在荒漠戈壁中开拓的这条道路。

这是一条石子铺设的普通公路，它虽然没有现代化沥青马路那样笔直平整，但经过那些不畏艰辛、冒着酷热和风沙长年驻守在路旁的修路工人们的开拓维修、清理淤沙，也可称平坦无阻，汽车以每小时 60 公里的速度飞驰着。

司机同志在这条道路上是常来常往的。他介绍说，这条公路的其中一段是 20 世纪 30 年代修起的绥新公路，即从内蒙古河套地区通往新疆的一条公路，也算是一条老路了。我笑着对他说，这条路的年龄远不止几十年、几百年，起码已有两千年了。

出于对历史遗迹的兴趣，在出发以前，我翻阅了一些资料。早在两千年前的秦汉之际，匈奴兴起于大漠南北。匈奴贵族以今蒙古人民共和国境内鄂尔浑河上游的哈拉和林（匈奴“龙庭”）为中心，向南扩张，夺占了现在的河西走廊，控制了包括居延在内的广大地区。居延可能就是匈奴语地名的汉译。汉武帝即位后，凭依全国的人力、物力，开始了对西域的经略和对匈奴的战争。公元前 121 年（汉元狩二年），汉朝派将军霍去病自陇西郡（今甘肃临洮）出发，一路向西北，连续对匈奴发起进攻。当年夏季，霍去病再次攻击匈奴时，选择了一条十分有利的军事路线。在《汉书 · 卫青霍去病传》中对此曾有较完整的记载。霍去病率汉军由北地郡的西北境，也就是今天的银川平原地区出发，沿黄河北进，进入朔方郡内，河水向东转弯的地方是朔方郡窳浑县（大致相当今内蒙古磴口县境），窳浑县有一著名山口叫鸡鹿塞，蒙古名为哈隆格乃山口。从此山口向西，有路通往居延绿洲，这是当时各地牧民经过长期探查、实践而开辟的，它一直被当地人所利用。汉军可能就是经过调查访问，或得到当地向导指引，才由鸡鹿塞出发，向西北越过乌兰布和、巴丹吉林两片大沙漠，跋涉千里终达居延的。这是有关古代居延道路东段，即鄂尔多斯高原与居延绿洲之间的最早记载。

从汉代开始，古代中原与西域的交通，常用的干线是著名的丝绸之路，即从关中平原经今兰州，进入河西走廊，又经敦煌出古玉门关。除此外，还有一条并不出名的北线，就是居延道路，即从阴山南北两麓向西，穿过沙漠和戈壁，趋向天山南北麓，中经沙漠里的居延绿洲。匈奴南下时，也往往是由“龙庭”出发，经居延，沿弱水入酒泉。由此可见，居延是位于大漠之中东西、南北交通的十字路口。居延道路的确是一条古老的道路。

与丝绸之路平行的北线居延道路，虽然穿越沙漠、戈壁，艰辛难行，但在历史的风云变化中，它也曾起过特殊的作用，并非一条冷落寂寞的道路。盛唐时期，河西走廊上的丝绸之路比往时更加兴旺。但安史之乱后，吐蕃贵族乘机夺占了河西各州，切断了西域与长安间的联系。此时，北线的居延道路就成了避开河西吐蕃势力，代替河西走廊联系西域与长安的捷径。宋朝曾于太平兴国六年（981年）派遣以王延德为首的使团赴西域与高昌国签聘通好，而当时的河西走廊又为党项占据，王延德便踏上了出鸡鹿塞、经居延而至高昌的居延道路，往返行程三万里，历时两年。这位千年之前居延道路上的旅行家，还为后人留下了一部珍贵的全程旅行记——《西州纪程》。

我们正是行驶在这条古代居延道路的东段。古代的驼队当然不可能给我们留下宽敞的大路。但我们可以想见，那些长长的驼队，依靠着日月星辰辨认方向，冒着风沙酷热和缺水的威胁，历时数十天，是经受了怎样的艰难。这条道路，从《汉书》记载它开始，经历了多少世纪的沧桑变化，而今已变成坦途。我们乘坐的现代交通

额济纳旗胡杨林

工具，仅用了两天时间，就行完了古代驼队数十天的行程。

穿越了两天的沙漠戈壁之后，翻过一座小山梁，突然在眼前展现出一片郁郁葱葱的胡杨林。这番景象和荒凉的戈壁滩截然是两个天地，我们不由得精神为之一振。当地又称胡杨为梧桐或胡桐，这是适宜于沙漠和碱滩生长的一个古老的树种。那些苍劲高大粗壮的树干，已经说明它们经历了无数个春秋，但仍然保持着原生的状态。胡杨林中，有毗邻的湖泊和纵横的渠道，这是额济纳河的若干分支在居延三角洲密布的结果。我们经过了八道桥，来到了胡杨环抱着的整齐而幽静的小镇——额济纳旗政府所在地达赉湖波镇。

汉简的出土地

居延地区最著名的出土文物是汉简，也就是汉代记载文书档案的“书”。那时候还没有纸张，文书档案是用毛笔写在木条和竹片上，然后用皮绳串起来，卷成一卷。汉武帝时，得居延地区，于公元前102年设置居延县，作为保障河西走廊安全的北方基地和门户，同时在这里大量驻军屯垦，居延地区由此成为汉代最早的垦区。两千多年来，居延地区的气候一直是干旱缺雨，在干旱的沙漠废墟中就遗留并保存下了大量记载汉代屯垦情况的文书档案——汉简。

来到了居延地区，自然想看看汉简出土的地方。在额济纳旗工作的当地蒙古族干部巴拉吉尔同志为我们做向导，驱车来到达赉湖波镇南略偏西约20公里处的一座古城堡遗址前。这座古城堡当地叫作破城子，也就是史书上记载的汉代屯戍的一个据点，叫甲渠侯官。这里是汉简出土最多的地方。

早在1930年，前西北科学考察团曾沿额济纳河两岸对汉代居延屯戍区进行了考古调查和发掘，在破城子等处仅汉简就发现有1万余枚，这就是著名的“居延汉简”，是研究汉代屯戍的极为珍贵的历史资料。但是这批汉简运到北京后，却遇上了日本帝国主义的侵华战争，后又转运至香港。及至香港失陷后，原简又为美国所得，存于美国国会图书馆。这批珍贵文物的命运全然和旧中国的命运一样悲惨，一样任人宰割。

这是一座高三四米，四周有二三十米的土城堡废墟。城堡中的长年积沙已被清出，露出了残存的断墙和土炕的遗迹。紧连着土城堡的南边，还看得出是一个四周五六米的院落遗址。我们推测，作为一个军屯的据点，这个院落应该是军屯士兵的营房，而城堡则还承担着守卫、传递警报等军事任务。据巴拉吉尔同志介绍，沿额济纳河两岸，还有不少这样的土堡、墩台，但像破城子这样轮廓尚清晰存留的却不多了。在破城子的四周，是一望无际的戈壁滩，而当年却是额济纳河水浇灌的阡陌农田。古代由内地迁来的屯垦士卒们，为开发北疆付出了多么艰苦的劳动，那些埋在城堡废墟下的汉简，默默地为他们的贡献作出了证明。

中华人民共和国成立后，新中国的考古工作者一直不断地对古代居延垦区及破城子遗址进行发掘考察，城堡中的积沙，还是前不久考古工作者们又一次进行了清理。其中最重要的是在 20 世纪 70 年代，考古工作者从破城子等三处进行试掘时，共出土近两万枚汉简，其数量大大超过 30 年代所得的汉简。据了解，考古工作者们正在对这批出土的汉简进行整理研究。这批汉简有的还保持着簿册的原状，其内容十分丰富，不仅记录了居延地区的屯戍活动，而且几乎保存了西汉社会的政治、军事、经济、文化、法律、民族、宗教等多方面的重要资料，其中的纪年也表明，比 30 年代发现的汉简提前了近 30 年。真可谓是重要的考古发现。更可幸的是，这批珍贵的历史文物，再不会像 30 年代发现的汉简那样，流散于国外。那样的悲剧，在我们的时代是再也不会发生了。

黑城子的传说

由破城子出发，驱车向南，再折向东，穿过一片古老的胡杨林，车停在了额济纳河岸边。我们原打算由此处涉水过河，去考察另一个著名古城遗址黑城子。但没想到，河水陡然增大了许多，即使是大卡车也很难从这里涉水到达彼岸。我们只能望河兴叹。

巴拉吉尔同志却告诉我们，还可以从另一条路去试试。他对这一带的地形非常熟悉，他指着河水向西北转弯处北岸的一座隆起的高高的土岗，用不太熟练的汉语，向我们讲述了在当地流传很广的黑将军守黑城子的传说。大约是明朝初年，元朝的蒙古将领哈拉巴特（蒙古语意为黑将军）是驻守哈拉浩特（蒙古语意为黑城）的主帅。当黑城被明军包围时，他奋勇率众抵抗，明军久攻不克。额济纳河向北有一条支流傍黑城而过，城内居民和守军靠这条支流的水为饮水。明军便在我们所看到的北岸高土岗处用沙袋堵截了支流，断绝了城中的水源。黑将军乃率部在城内西北角掘井求水，深掘至80尺却涓滴未见。黑将军决心破釜沉舟，先把府库中80车金银财宝全部填入井内，又手刃其妻子儿女，然后率众在北边城墙的西端，挖开一条通路，冲出城外，突围死拼，最后与将士们同归于尽。那个高高的土岗，就是明军堵绝河水所堆起的河坝。从此以后，黑城子及周围的大片土地因为缺水而干旱荒芜，黑城子也就废弃了。

巴拉吉尔还介绍说，黑城子一带的土地相当肥沃，中华人民共和国成立后，当地政府曾设想，推倒河坝，重新让额济纳河水浇灌黑城子古老的土地。但由于上游用水量增大，河水到了下游，已不是当年波浪滔滔的水势，而真成了一条“弱水”。干旱的黑城子从

黑城遗址

此再也没有痛饮过额济纳河的水。

悲壮的传说更加吸引着我们要去看看黑城子的风貌。第二天，巴拉吉尔同志领我们从达赉湖波镇出发东行，从另一条路上又一次向黑城子进发。

黑城子距达镇的实际距离大约 25 公里，出镇约 10 公里后涉过额济纳河，过河后就没有路了。幸好有巴拉吉尔同志的指引，东行西绕，行程几乎增加了一倍。更困难的是，大片的土地由于长年干旱，全部是风吹的虚沙积累起的厚厚的一层，软乎乎的，车行在上面犹如行于棉花上一样，一不小心就会越陷越深，沿途不知推了多少次车。

我们终于站在了这座著名的古城遗址前。这是一座雄伟的古城。四周的城墙稍有残缺，还较完整地保留着。城高八九米，东西长有 440 多米，南北宽有 370 多米。古城内有官府、兵营、寺庙及民房的遗迹。据历史记载，西夏时在这里建立军事重镇——黑山威福军司。元朝时又利用屯兵置戍，改名为亦集乃路。13 世纪时意大利旅行家马可 · 波罗在他的游记中曾提到过这座名城。在这座古城的废墟里，遗留下了大量西夏和元代的文物。我们在古城内随处可见有元代的瓷片等。

城内西北角的一个大坑吸引了我们，这大约就是黑将军掘井埋宝、也是后来帝国主义探险家们盗宝的地方。在城北墙的西端距大坑处不远，城墙上留下了一条 1 米多宽、3 米多高的狭长的过道通向城外，这就是传说中黑将军突围的地方。

黑将军掘井埋宝毕竟是民间传说，但为后来野心勃勃的外国探险家们所垂涎不已。1908 年、1909 年沙俄探险家科兹洛夫两次来黑城盗掘，1914 年英国探险家斯坦因来黑城所谓的探险，都是妄想找到当年黑将军埋下的宝物。虽然他们枉费心机，没有得到什么金银财宝，但在城西北角如今还留存的一座塔楼内，盗掘去大批无价之宝，这就是一大批保存完好的西夏文书籍、手稿、经卷、佛像画及塑像等。那时正是腐败的清王朝崩溃和北洋军阀混战之时，致使我国珍贵的西夏文物遭到了如此大规模的劫掠！

当我们返回达赉湖波镇的时候，已是傍晚时分。额济纳旗地方志办公室的张忠健同志热情邀请我们去他家做客，好叙叙额济纳旗访古的感想。我们已知道，这位师范大学毕业的青年，为了搞好额济纳旗地方志的编写工作，已经搜集了不少历史资料，这正好是我们领教的机会，便欣然前往。张忠健非常热爱他的工作，他告诉我们，他依据历史资料的线索，曾骑着骆驼游历了额济纳旗各地，在沙漠深处和戈壁滩上看到了分布甚多的汉代墓葬、屯田、渠道的遗迹和有待发掘的古城遗址。他兴奋地说，古老的居延地区，是一块历史宝地，它正期待着人们去进一步揭示它的奥秘。张忠健同志还将他写的两首诗题赠给我们，现录于此，作为本文的结束：

行居延古道

初夏登车邑东行，丝绸古道旧有情。
碧湖白鹅两三点，戈壁紫驼五六峰。
东晨健树秋枫似，西晚残阳古今同。
小梦依稀到汉地，去病直奔居延城。

访居延古郡遗址

太初城邑始流沙，献帝置居更发达。
“戍边”晁错千年计，“代田”赵过试新法。
南北井牧接旷野，阡陌交通入繁华。
夏元遵循汉时制，明清一变成丘冢。

1984 年 2 月

（原载《草原》1984 年第 4 期）

延边散记

7月初，我赶往长白山下的延吉市，参加了延边朝鲜族自治州社会科学院的成立大会之后，又应主人的盛情之邀，在延边地区进行了朝鲜族民俗民情和长白山自然景观的考察。这一次考察，所见所闻，令人新奇而兴奋，可谓风光好，情意浓，感慨多。

四个“第一”

延边朝鲜族自治州是我国朝鲜族聚居的主要地区，其中延吉县是州内朝鲜族最集中的一个县，朝鲜族占这个县总人口的65%以上。在县城龙井镇附近新建的朝鲜族民俗博物馆是第一个吸引我们的地方。这是一座典型的朝鲜族古老住宅建筑，以木搭架，屋顶有四个斜面，稻草覆盖。三间房子内部相通，每个房间又有一扇门通向屋外。作为客房和卧室的两间全部铺成炕，中间以木拉门相隔。在中间客房的一侧是挖入地下的火灶，从炕下过火，全屋即可取暖。烟囱是竖在屋外一侧的一棵掏尽了芯的大树干。屋内的炊具、器皿、家具等大部分是从全县各地征集而来，其中有不少是珍贵的文物。

讲解员带我们进屋脱鞋上炕，逐个介绍了每个房间的使用情况，介绍了各种家具、器皿的用途。在这里，我们看到了一个典型的朝鲜族家庭的生活概貌，形象生动，留下了很深的印象。建立这样一个以民房建筑、家庭陈设为形式的小小的民俗博物馆，可以在很短的时间里使参观的人们对朝鲜族的风俗习惯有一个直观的了解，的确是独到而又有情趣的。由此想到，随着文化事业的发展和对外交流的需要，在民族地区确应建立一些体现民族特色的民俗博物馆。博物馆不一定非要建高楼大厦，完全可以按照各民族的建筑特点，一个民族搞一个形式，这个建筑本身就是一个展品；蒙古族的可以搭一个蒙古包，鄂伦春族的可以搞一个“仙人柱”，多民族地区还可以将多种民族形式的建筑集中一处，使其各展风姿，各具风格，再配以身着各族服饰的讲解员的介绍，使参观者身临其境，对比了解，这岂不是比在课堂上讲多少次民俗学要形象得多吗？

中午，我们在东盛乡一位朝鲜族专业户家中做客。这是一个开始走上富裕道路的幸福家庭。房屋的格局、形式和我们参观过的民俗博物馆大致一样，但房屋的结构、内部的陈设却大不相同，令人有隔代之感。这座新屋，用红砖水泥砌成，青瓦铺顶，玻璃门窗，宽敞明亮。屋内的家具电器，包括带扬声器的收录机、电视机、洗衣机占据了主要位置，镜框里的彩色照片、塑料壁纸、艺术挂历也向人们展示着朝鲜族农民家庭的新变化。我们在主人家里，接受了一次完全是朝鲜族风味的热情招待。盘腿坐在铺炕上，小饭桌上摆满了各种朝鲜族喜爱的菜肴以及当地的特产，而最有特色的则是打糕、冷面、狗肉和整把的明太鱼干。令人陶醉的不是朝阳川（该县的一个大镇，出上好的白酒）的美酒，而是主妇的优美歌声。她用朝语唱的民歌是那么悠扬动听，节奏有致，我甚至怀疑她是经过专业训练的歌手，其实她不过是众多的朝鲜族民间歌手中的一名佼佼者。

延边朝鲜族自治州是文化教育比较发达的地区。早在 1949 年 4 月 1 日，在延吉市就创办了全国第一所少数民族综合大学——延边大学。现在这个州内有四所高等院校。我们所到的延吉县东盛乡，已经普及了高中教育。在东盛乡，我们参观了 1958 年创办并坚持至今的全国第一所农民职业大学。在东盛乡山明水秀的田野中，矗立着一座具有朝鲜族建筑风格的白色大楼，建筑面积有 4500 平方米，屋顶飞檐，颇有气势。这就是由吉林省人民政府正式命名的黎明农民大学，有300多名和正规大学一样的大学生们在这里攻读农学和畜牧专业，其中70%是朝鲜族。

朝鲜族是一个有着尊老爱幼优良传统的民族。延吉县宣传部一位朝鲜族同志对我们讲，只要是为了老人和孩子，我们是舍得花钱的。我们在东盛乡龙山村的确看到了他所说的情景。龙山村的幼儿园和小学坐落在绿色山麓下的一片平场地上，四周绿树环绕，景色优美。在它背后的山坡上，石筑的台阶通向两座古色古香的凉亭，犹如一个小景山公园。置身于这如画的景色中，我们明白了，龙山村这块建设得最美最好的地方，是留给了下一代的。我们在幼儿园整洁明亮的小教室里，看到在每个小课桌上摆着一台在大城市的商店里见到过的作为高档玩具的小钢琴和小电子琴。孩子们刚刚上完音乐课，正在山坡的凉亭里等待欢迎我们呢！我们在登上山坡石级的第一个凉亭处受到了幼儿园孩子们的拍手欢迎，他们一个个搽着红脸蛋，穿着民族装，用朝语喊着“欢迎，欢迎”，接着又唱歌又跳舞，十分活泼可爱。这是一群山村的幼儿园孩子，却如此大方又懂礼貌，岂不是这个民族道德礼仪传统的体现吗？我们继续向山坡上的第二个凉亭登去，一抬头，不禁一惊：啊！几十位朝鲜族老大娘身着洁白的上衣和黑丝绒长裙，有的持手鼓，有的背长鼓，整整齐齐排在凉亭前的平台上，准备欢迎从远道来的客人。她们一个个虽头顶银丝，却是红光满面，精神焕发。原来这是龙山村老人协会的大娘们，正逢他们的活动日，便集中在这里和远道来的客人们联欢联欢。延边州是全国第一个成立了老人协会的地区，从州到县，从乡到村，各级都有老人协会，活动开展得非常活跃。老人们在自己的组织里得到了欢乐和幸福。延边的同志还告诉我们，每年的八月十五日是延边的老人节，这是一个提倡尊敬老人的节日。老人协会的大娘们在鼓声的伴随下，载歌载舞，并按照他们的习惯，邀请我们这些来客也一道加入舞蹈的行列。和这些鹤发童颜、热情奔放的“阿妈妮”在一起，那场面，那情绪，即使是我这个从来不会跳舞的人，也情不自禁地手舞足蹈起来。我们被朝鲜族人民纯朴真挚、能歌善舞的气质完全征服了。

第一个少数民族的民俗博物馆，第一所少数民族的综合大学，第一所农民大学，第一个成立老人协会的地区，这四个“第一”，正是朝鲜族人民精神文明的一个写照，它使我们对这个兄弟民族产生了更加崇敬的感情。

长白奇观

到延边不登长白山，终是一件憾事。一年之中可登长白山的季节只有两三个月，而我们来的正是登山的好季节，岂能放过！我们乘车由延吉市出发南行，直奔中朝接壤的长白山主峰——白头山。沿途由北而南穿越安图县境内，一路之上，所见山坡田原，树木丰茂，郁郁葱葱，收入满眼全是绿，森林资源甚为丰富。延边同志讲，这几年随着改革的落实，森林植被才得到了恢复。但要看真正的森林，还是到长白山自然保护区去。

果然，我们驰向白头山下时，汽车钻进了莽莽苍苍的原始森林地带中，这就是著名的建立在长白山区的“国家长白山生物圈保护区”。汽车在这个自然保护区内行驶了好几十公里，其面积大约有21万公顷。在这个生物圈保护区内，保存着整个欧亚大陆北半部最丰富的野生动植物资源，共有1800多种。这个保护区建立20年来，没有发生过森林大火，一直保持着原始的野生自然面貌。我看着从车窗外飞驰而过的遮天蔽日的林带，那高耸矗立的长白红松，姿态纤巧的云杉、冷杉，茂密的白桦，珍贵的“美人松”……无边无际，深不可测。我这个从草原牧区来的人第一次体会到了什么叫林海！莽莽苍苍，真是一个绿色的大海，深沉的大海，富饶的大海！原始森林是那么辽阔，那么茂盛，又那么久远，只有在这里，才可以领略到，大自然是怎样慷慨地向人类做出了奉献！忽然，迎面出现了竖立着的一块巨大又醒目的标语牌：“保护自然是造福人类的千秋大业！”此时此地出现这幅标语，真乃惊人之语，使人望而深思，我想到，在我们内蒙古许多原来水草丰美的牧场，在世界许多地方，曾经对自然无休止地掠夺而造成生态失调，出现了植被退化以至于沙漠化的严重后果。原来向人们做慷慨奉献的自然，却无情地惩罚了人们，把干旱、饥荒洒向人间，这是多么深刻的教训！看看长白山自然保护区里大自然的原来面貌吧！绿色的植被牢牢覆盖着大地，空气湿润，生机盎然，它无私于人类，只希望人类给予它必要的保护。这一切，不是可以给人们以可贵的启迪吗？

穿越了自然保护区后，汽车向白头山顶爬行。途中，我们又看到了植被随着地势的增高、气候的差异而不同层次分布的情景，其界限分明，犹如画线一般。在行至海拔 1800 米处，分布着岳桦林带。这种岳桦不像白桦那样挺拔，其树干不高，且弯弯曲曲，又向一边倾倒着，似是费了很大气力在挣扎着生长。它生长在高原贫瘠的土层上，在酷寒和烈风的压力下，长成了这种特殊的体形。行至海拔 2000 米以上时，看到的是高山苔原景观带，严寒的气候，时常雨雪交加，使这一地段除了矮小的灌木外，遍地是苔藓等植物。再往上行至 2600 米的山顶处，看到的是陡坡、险峰，岩石裸露，完全是另一番景象。那茫茫林海，只是我们脚下遥远的绿色波浪了。这就是不可多见的垂直自然景观带。

长白山的另一主要奇观是位于白头山顶的天池及其瀑布。在白头山顶，据说是在 17 世纪最后一次火山喷发后留下的火口，积水而成天然的湖泊，叫作天池。待雨过雾去天晴之时，从山顶俯视下去，那环抱在十六座奇异山峰之间的天池，宛如镶嵌在群山峰峦中的一面平镜，深邃碧绿，令人叹为观止。更使人惊叹的是白头山顶变化莫测的气候，一会儿风云突变，雾大风急，寒气袭人，天昏地暗，咫尺不得见；一会儿又雾去天晴，云高气爽，奇峰显影，波光透明，令人神往。我们在白头山顶逗留之际，瞬息之间，这两种风光均得领略。从山顶下来，绕至天池北边的山沟外，又观赏了天池瀑布直泻而下的壮景。在这里，观瀑布，听林涛，好似置身于一曲雄壮的交响乐之中，不禁情思升华，意境难言。从瀑布处返回时，又在长白温泉沐浴，疲劳顿除，精神焕发，实在是不可多得的享受。

宝贵资源

如果说延边朝鲜族的风俗习惯及民族特征是我们了解研究朝鲜族民俗的人文资源的话，那么长白山的风光景色又是一种宝贵的自然资源。这两种资源构成了延边地区独特的旅游资源，而且是有着丰富文化内涵的资源。让那些来到延边的游客们，住朝鲜族的民房，用朝鲜族的茶饭，不仅能真实地体验到朝鲜族的风俗民情、生活习惯，增进和交流民族感情，又可进行实地的民俗学考察；同时，他们又能亲身领略长白山大自然的奇异风光，进行对大自然各种景观的科学考察，接受保护自然资源的现场教育，激发热爱祖国山河的豪情，这将会产生多么大的精神力量。这种有自己地区特色的旅游业，只要做好宣传，搞好必要的设施，定会吸引大批的国内外游客。这又使我了解到，旅游业的发展，大有其研究的学问，绝不仅在于增加经济的收入，不仅在于游山玩水之间，而是有着深远的意义，更广阔的前途。

朋友，到延边去，到长白山去！

1986 年 8 月

（原载《草原》1986 年第 9 期）

走近香格里拉

4月底，我访问了云南大学。访问之后，云南大学党委书记、我的老校友高发元教授建议我说，你是搞北方民族历史的，何不趁“五一”长假，实地考察一下云南的少数民族。他为我选择了滇西北的迪庆藏族自治州。他说，那里是一个多民族地区，又是著名的香格里拉，你一定会不虚此行。他特意委派云南大学党委办公室主任钟云跃同志陪我前往，这是一位十分热情、干练又熟悉地方情况的同志。于是，我们踏上了短暂而又难忘的香格里拉之旅。

揭开了一个秘密

若干年前，听说北京有个饭店名叫香格里拉，这是第一次接触这个名字，听起来顺耳，叫起来上口，猜想此名可能是借用的一个外来词，这乃是时下的一种时髦，并未深究其意。后来知道，一位美籍英国作家詹姆斯·希尔顿在1933年出版了一本曾轰动欧洲的畅销书《消失的地平线》，它描写了在中国藏族聚居区一个名叫香格里拉的地方，那里有雪山，有森林，有草地，有河流湖泊，美丽而静谧，以香格里拉喇嘛寺为中心形成了一个以藏族群众为主的社会，他们与世隔绝，这里的人们和睦相处，宁静淡泊，健康长寿，各宗教、各民族，人与人、人与自然之间保持着“适度”的和谐关系。这部书被好莱坞改编成电影，主题歌《这美丽的香格里拉》随之传遍全球。“香格里拉”于是成了英语词汇中的“世外桃源”一词。希尔顿虚构的这个故事，不仅使“香格里拉”名扬天下，而且引来了许多探险家到中国藏族聚居区，甚至尼泊尔、印度等地去寻觅那个理想王国，时间达半个世纪之久。

最近几年，又听说云南有一个地方叫香格里拉，但终究是不甚了了，留下的只是一串疑问。

我是带着一串疑问来到迪庆藏族自治州所在地中甸的。在钟云跃同志的联络下，接待我的是州政协的两位副主席，一位是当地的藏族勒安旺堆同志（汉名叫刘群），另一位是当地的傈僳族丰文龙同志。勒安旺堆同志颇有儒雅风度，汉语极好，对迪庆的历史文化娓娓道来，有依有据，层层说透，原来是一位长期从事迪庆藏族历史文化研究的藏学家；而丰文龙同志则是老兵出身，热情干脆，对迪庆地区的现实情况了如指掌。我真幸运，这两位少数民族同志似乎一见面就知道我的来意，他们陪我所到之处，尽量详细介绍，一一回答我的提问，终于解释了我心中的疑问。

据勒安旺堆的考证，从语音学的角度证实，“香格里拉”一词源于中甸藏语，而中甸藏语由于受这一地域“雪山为城，金沙为池”封闭环境的局限，保留了许多古藏语词汇。依据中甸藏语的音、意特征可知，“香格里拉”一词中的“香”为“心”，“格”为助词“的”，“里拉”为“日月”。本地人们早已习惯地确认“香格里拉”即“心中的日月”，这是一个来自迪庆藏族群众远古时期的词汇，不是一个外来词。

但从来没有到过中国藏族聚居区的英国作家希尔顿为什么使用了“香格里拉”一词作为地名呢？勒安旺堆解释说，这离不开那一段令人悲痛的历史。从 20 世纪初开始，首先是英帝国主义入侵中国藏族聚居区，一些记者随之大量报道了在远东有个神秘的藏族聚居区；而早在此前，从 17 世纪初开始，就有传教士、探险家不断进入中国藏族聚居区，留下了不少探险笔记和著作。迪庆地处滇、藏、川结合部，又是连接滇藏茶马古道的唯一通道，其独特的雪山江河、民族文化习俗及特殊的区位，自然成了不少探险家涉足的地区，他们留下了关于当地情况包括一些称谓、词汇等的记载。而以探险家们提供的亲历资料为小说创作的素材，也是当时一些作家的时尚。出生于20世纪初的希尔顿采用了“香格里拉”一词也就不奇怪了。丰文龙副主席接着向我介绍，1996年12月云南省政府成立了香格里拉课题研究组，组织了多学科专家学者从文学、民族学、宗教学、语言学、地理学、生态学、藏学等多方面进行研究，充分证明詹姆斯·希尔顿创作“香格里拉”的生活蓝本源于迪庆藏族聚居区。1997年9月，云南省政府郑重宣布，香格里拉在中国云南迪庆藏族自治州，终于揭开了这一世人久久不能释然的“世界之谜”“世纪之谜”。

和谐是主旋律

弄清了香格里拉的来历，就像是聆听了一首美妙的乐曲；而了解这首乐曲的主旋律，是在实地考察之后。考察的时间非常短暂。迪庆地区许多有代表性的自然景观和人文景观都未来得及去。但即便是短暂的考察和了解，所形成的集中而深刻的印象可以用两个字来概括，那就是和谐。“心中的日月”不仅是人们对自己生存环境的一种写照，实际上也是人们人生的一种追求，信仰的一种反映，那就是像日月交相辉映一样，人与自然、人与社会也应和谐共处，从而实现理想而完美的生活环境。这大约就是香格里拉的主旋律。

我们驱车在中甸境内纵横驰骋，所到之处，激动的心情一直平静不下来。因为我从来未见过这样湛蓝的天空，朵朵白云在头顶上轻轻地浮动，是那么透亮，那么清净，那么安谧；向远处望去，雪山顶上镶嵌的银冠在阳光下熠熠生辉；而在被称为“坝子”的平坦草甸上，虽然还不到当地著名的野杜鹃花盛开的时节，但已是青草茸茸。距中甸县城13公里的硕都湖海拔3700米，是迪庆高原上最大的湖泊之一，积水面积15平方公里，四周群山环抱，郁郁葱葱的原始森林里有粗壮高大的云杉、冷杉，还有成片的白桦林。湖边有广阔的草场，绒绒的绿草已经覆盖四野。牦牛、马在悠闲地吃着

香格里拉梅里雪山

草；高原湖泊以其独有的清澈碧绿和平静，把草甸与远处的山峦连接起来。这真是一派令人心醉的景象。硕都湖中盛产一种野生的硕都裂腹鱼，因鱼腹有一条裂纹而得名。其肉细嫩鲜美，生烤而食更是可口，是高原难得的美肴。

来到这里，真有一种“回归”的感受，人真正融入了自然之中。如今，整个迪庆保留有极丰裕的森林资源，全州森林覆盖率为43.6%。在2.3万平方公里的面积上共蓄积活立木1.65亿立方米，人均占有林木7000立方米，是云南省人均占有林木量的20倍，是全国人均占有林木量的76倍。这里的环境固然有交通不便、比较封闭而较多地保留了古老原始形态的一面，但这里的人们在自己千百年来所形成的世界观中，将山敬为神山，水视为圣水，湖为仙湖，树为神树，不轻易地触动一草一水，这是一种对自然界多么神圣的感情。

不过，历史从来不会一路顺风，即使是曾被誉为“世外桃源”的香格里拉也概莫能外。就在从中甸县城驶往硕都湖的路途中，我看到在路两旁的山坡上，留下了成片成片被砍伐后残存的树桩，树桩上的茬口已经很陈旧了。在山坡上还横躺着许多被伐倒的大树，显然是没有运出去，而今已腐朽了。这一片片刺眼的创伤，那么令人心情沉重。勒安旺堆和丰文龙两位副主席叹惜说，过去，在计划经济年代，这里曾设有专事砍伐林木的林业局，成年累月地砍伐，对大自然实施了掠夺式的攫取。当时人们把这一行为视为正常，对人与自然应有的和谐关系竟茫然无知，却在那里干劲十足地“征服”自然。后来，人们觉悟了，撤销了专事砍伐的林业局，对原始森林实施了保护措施。但创伤已深深地印在那起伏的山峦上。据说恢复原来的面貌，大约需要二三百年时间。我建议说，应在被砍伐的树桩旁竖起一块牌子，警示后人再不要犯我们曾经犯过的错误。两位副主席说，现在不仅各级领导已强烈地意识到这个问题，就连当地老百姓的生态观念也大大增强。如今群众必需的生活用柴，已经不及原来的十分之一，完全控制在合理的范围之内。

这一天中午，我们显然来不及回到中甸县城宾馆用餐，于是在两位副主席的安排下，临时来到县郊达郎村一个叫定柱的藏族群众家中。定柱是一位年近50的农民，大约是村主任，他和他的女儿在家，又临时叫来一位亲戚，忙着为我们准备午饭。他们没有多少言语，但真诚的面孔表明了他们对远道而来的客人的欢迎。他们把我们请到这幢典型的藏式民居二楼接待客人的大厅里。乍一进去，黑乎乎的，只见屋角的火塘内木柴烧得正旺，映着红光，火塘上的铜锅里正冒着水汽，淡淡的青烟在屋内缭绕，那味道令人感到温馨。主人请我们按照当地的习惯围坐在火塘旁，端上了滚热的酥油茶、

左图　藏族群众定柱的家
右图　定柱家的火塘

青稞炒面，还有用酸奶发面蒸出的又白又暄的热馒头。我们边吃边聊。定柱可以讲汉语，他说，全家种 24 亩地，养 20 多头牛，打下的青稞自食和做饲料，另外靠采菌蘑、做木活为主要收入，年毛收入约在 4 万元左右，在村里算个中上等。我们参观了他家里的经堂、卧房，果然是个殷实人家。他对新生活的热爱和对客人的真诚，深深地感动了我。

我曾长期在少数民族地区工作，深切体会到，人与人之间真诚相待，似乎越是在少数民族聚居或越是偏远的民族地区，越是保留了这种纯朴实在的民风。和他们在一起，似乎有一种敞开心扉的强烈欲望，感情得到了净化，真诚支配了情绪，没有了烦恼，想说心里话，想喝酒，想唱歌，甚至想跳舞。我还了解到，在迪庆州内，有藏、傈僳、纳西、白、汉、苗、普米、彝、回等多个民族，他们和睦相处，甚至居住地域也相互交错，有的还一直保留着相互间以物易物互通有无的传统。听说中甸古城内还有一条被称为“回回街”的穆斯林集贸点。我在参观位于中甸县城郊的藏传佛教寺院松赞林寺时得知，这座喇嘛教寺院庞大的建筑群内，有八个“康参”（区域性单位），其中一个叫“卓康参”的喇嘛全部是来自金沙江沿线的纳西族，这说明迪庆地区的藏传佛教也有一种各族和谐相处、相

香格里拉松赞林寺

聚共奉的特征。

这就是香格里拉！

历史的新起点

我们在中甸县城的几天里，到处看到在张灯结彩、悬挂标语，人们喜气洋洋地准备着一次隆重的庆典——经国务院批准，2002年5月5日，中甸县将正式更名为香格里拉县。有的机关和商店早已等不及，已经提前挂出了香格里拉县的牌子。我在县城见到了一位年轻英俊的藏族小伙子，他就是香格里拉县县长马文龙。用他的话说，香格里拉，这个漂泊了近70年的孩子回到了故乡，回到了母亲的怀抱。此时，关于“香格里拉”的争论虽然还会继续，但已经不重要了，更重要的是，一直是人们梦幻家园的香格里拉，将实实在在地刻入中国、云南、迪庆的版图。

说得多么好啊！真是掷地有声！这是一个永远载入史册的历史新起点！

用什么来迎接这一历史性时刻？我在参观中甸县哈么谷村的郁金香种球种植基地时找到了答案。哈么谷村距县城十几公里，位于雪山脚下。这里有一片水源充沛、土地丰润的郁金香种球种植基地，这是香格里拉格桑花卉有限责任公司与哈么谷村民携手共建的一个基地。我们去的那天中午，阳光明媚，正是郁金香盛开的季节。在300多亩连片土地上，红的、黄的、橘红的郁金香竞相开放，这灿烂鲜艳的色彩与雪山顶上的银光相映成辉、融为一体，组成了一幅壮丽的高原画卷。格桑花卉有限责任公司的董事长、总经理熊灿坤，同时又是中甸县政协副主席，这位看上去精明能干的藏族同志兴致勃勃地介绍说，他的公司在中甸县郁金香种植基地的规模，在云南、在全国也是首家。这家公司在技术指导和服务上采用荷兰技术，逐步形成了“公司+基地+农户”的产、供、销一条龙服务体系，在海拔3000多米的高原藏族聚居区，探索出了一条在农业产业结构调整中既让当地老百姓受惠、又保护生态的双赢之路。我们看到，

中甸县郁金香种植基地（2002 年）

地头堆放着许多航空运输的包装箱，里面已经装好了摘下的花朵，即将空运到昆明、到全国乃至国外。那么鲜艳，美丽、高雅的郁金香，随着香格里拉的著名品牌走向全国，走向世界！“香格里拉”已不再是“世外桃源”，一条鲜花之路已经把它和全国、和世界相连。

香格里拉，正在一个历史的新起点上，她将真正地走向世界！

昔日的探险家们用了半个世纪时间，在苦苦寻觅着香格里拉，未找到答案；如今，我们见到一批批的外国游客，背着背包，步行在雪山下、峡谷里、草甸上、河湖旁，尽情地享受着大自然，品尝着古老的文明。他们步履轻松，兴致勃勃，他们有着比自己前辈无比幸运的心情，因为他们找到了香格里拉！旅游业正成为迪庆香格里拉的支柱产业。

啊，香格里拉，我心中的日月！

2002 年 5 月

（原载《朔方》2002 年第 9 期）

读武威名片

名片，姓名和身份的标志，是现代社会人际交往的一种工具。通过交换名片，就可对对方身份有个印象。

我第一次听到“城市名片”这个概念是1998年。那一年我有机会考察大连的城市建设。当时大连的同志介绍他们的城市建设理念时说到，他们把出自大连屡创战绩的体育代表队的优异成绩，作为大连创城市品牌的资源，真有创意！

前不久，我有机会再一次来到甘肃武威市，想不到在这里第二次听到了城市名片的说法。武威的朋友在我到达的当天，先将装在精美函盒里的一套四册的丛书送给我，这套丛书的标题是《武威走向世界的四张名片》，四张名片即四册书的名称：《中国旅游标志之都》《西藏归属祖国版图的见证地》《中国葡萄酒的故乡》《世界白牦牛唯一产地》。据说这是市委书记张绪胜同志提出的，他担任了这套丛书的编委会主任。我翻阅着这几本小册子，简练的文字，实在的资料，明明白白地告诉我，这四张名片是武威的独有，是武威的标志，是不可替代的武威形象。四张名片的提炼和概括，大大加深了人们对武威的印象，成了提高武威知名度的有效捷径。我不由得佩服武威人的聪明，对武威的认识也大为加深。

我这是第三次到武威。第一次是1986年夏季，我随同全国历史地理学术讨论会的专家们考察河西走廊。第一天从兰州乘车西行，当登上乌鞘岭时，突然间天暗了下来，刮起大风，气温骤然下降，远处山顶的积雪隐约可见。同行者有人告知，这就是乌鞘岭的真面目，过了这个关口，就进入河西走廊了。中午抵达繁华的武威市区时，气温又急剧回升，方知又回到了炎热的夏季。变化之大，难以料想。对于此行的这一印象，我在途中吟成一首小诗以记之："乌鞘岭上知风寒，凉州城内单汗衫。直下张掖金盆地，一路烽火到山丹。"

第二次到武威是 1997 年春天，因为工作关系，我此行的任务是考察武威国有中小企业改制的经验。时过多年，考察的内容已经有些淡忘了，但印象极深的却是途中遇到了严重的沙尘暴。记得那是 4 月下旬的一天，我们一行从银川乘车前往武威。出发时天色就阴沉沉的，一路风越来越大，过了中卫，突然间狂风大作，迷沙漫天，车外卷起的黄土沙尘把汽车紧紧裹住，呼呼作响，一点也看不清前面的道路，汽车不得不一次又一次停下来等待。同车的一位同志打开车门下去探路，黄沙立即灌进车厢覆盖了一层，等这位同志跨进车内时已面目全非，变成了一个"土人"。时近黄昏，才勉强到达武威市区。同行的这位同志打开车窗伸出脑袋向行人问路，竟然把街上的行人结结实实吓了一跳，以为看到了一个会讲话的出土文物。那时候，树少路差，沿途靠近沙漠，沙尘暴也就格外猖狂。

这一次来到武威，就是想看一看武威的历史文化遗迹。武威不仅是最早开辟丝绸之路时的河西重镇，又是 11—13 世纪西夏国的重要地区，许多有价值的西夏文物出自武威。武威历史遗存丰富，文化积淀深厚，是研究中国西北民族史、交通史不能不勘察的地方。从兰州出发前，兰州大学西北少数民族研究中心主任杨建新教授特意告诉我，这几年武威的文物遗址得到了很好的保护维修，很值得一看。循着"四张名片"的指引，我抓紧有限的时间，参观了新修复的雷台汉墓和白塔寺。

位于武威市凉州区城北的雷台观，据说建于明代，20 世纪 60 年代末在雷台观下发现了汉墓；1971 年 9 月郭沫若先生见到了汉墓中出土的铜奔马，这位史学泰斗连声称赞，给予了极高的评价，称其为"马踏飞燕"；1983 年铜奔马被国家旅游局确定为国家旅游标志，从此这一象征中国悠久历史和灿烂文化的天马形象驰名中

左图 武威雷台汉墓
右图 铜奔马碑

外。我前两次到武威，也曾参观过雷台汉墓，但那时雷台观很破旧，汉墓加固设施也很简陋，周围被杂乱的民宅包围，只能从侧面的巷子进入。而这一次参观，是从雷台汉墓正南新建的南大门进入的，这座大门有着鲜明的汉代建筑风格，为宫阙型台门，由墩台和门楼构成，厚重的墩台和高耸的门楼呈庄重宏大的气势。进入大门与雷台观之间是一个公园式广场，石碑、铜马雕塑与草坪青松点缀其间，与雷台观浑然一体。这一次整修，既保留了雷台汉墓的原样，又恰到好处地改善了环境，衬托和突出了主题。作为中国旅游标志之都、天马之乡，今天的雷台汉墓的确是一张无可替代、名副其实的“名片”。

当我来到凉州区东南 20 公里的武南镇百塔村刘家台庄白塔寺遗址，看到萨班灵骨塔遗迹及新修复的白塔时，我心中充满了虔诚和崇敬。白塔寺的知名，是因为它是两位历史名人和一个重大历史事件的实物见证。公元 1247 年，代表蒙古汗廷的蒙古皇子、西凉王阔端与代表西藏地方的佛教萨迦派领袖萨班在凉州会谈，共商西藏归顺蒙古大计。由于萨班的远见卓识，坚持努力，与阔端积极合作，以和平方式解决了西藏的归属问题，迈出了西藏统一于中央政权的第一步。史载阔端与萨班曾在白塔寺会晤。凉州会谈是中华民族团结统一的一座丰碑。1251 年萨班圆寂后，在原白塔寺院内修建灵骨塔，萨班舍利遗骨大部分藏于塔内供奉。白塔寺又称百塔寺，

武威白塔寺

因其有108塔而得名。白塔寺虽屡遭火灾地震兵燹，逐渐破落，但它作为西藏归属中国、成为中国不可分割的一部分的历史见证地，永远留存史册、留存于各族人民心中。现在的白塔寺遗址，萨班灵骨塔遗迹已经进行了加固维修，占地200多亩的新的塔群和陈列馆已建成。新建的大塔与周围99座塔错落有致，纯洁的白色笼罩着肃穆的气氛。这里聚焦着中国历史上一个极为重要的瞬间。我在这里感慨吟诗："凉州一晤结大缘，百塔为证敢对天。文成闻讯喜泪洒，亲上加亲永世安。"

雷台汉墓，白塔寺，这是武威历史内涵最深刻、最具代表性的所在，是武威的历史身份，是武威的又一个名称。当我走出武威这两处历史遗址时，我在想，这两张名片的存在和提出绝不是偶然的，除了地理和环境的因素外，这是长久文化积淀的一种必然。我在武威的历史和现实中找到了答案。

自西汉至隋唐，武威地处要冲，经济繁荣，文化发达。晚唐之后，战事频繁，文化凋零。明朝建国，文治恢复，在凉州城内建起了文庙，兴办儒学。如今，在依然巍峨壮观的文庙内，悬挂着从清康熙到民国200多年间名人达官题写的几十块巨型匾额，书艺高超，雕刻生动，色彩艳丽，堪称艺术珍品，足见当地"文风甲于秦陇"之盛。在文庙的大殿前，立着一块大牌子引起了我的注意。这是今人立起来的一块"武威进士榜"，上面赫然写录着从唐至清武威考取文武进士的名单及他们所任职官，大约有50多人。据《明清进士题名碑录索引》，清凉州府共有进士57人，其中武威县42人。在这一

左图 武威文庙大殿
右图 武威文庙匾额

名单中，清康熙五十一年（1712 年）进士孙诏，官至湖北布政使。嘉庆四年（1799 年）进士张澍，在贵州、江西当过知县，修过多部县志，是乾嘉学派的大学者，在经、文、史、金石等领域多有建树。张澍的一大贡献是近代揭秘西夏文字的第一人。嘉庆九年（1804 年），张澍在家乡武威养伤时与友人游大云寺，发现了被砖砌封闭在碑亭墙内的西夏时期的《凉州重修护国寺感通塔碑》，看到碑阴一面是汉文碑铭，碑阳一面是形如汉字却笔画繁复不可识读。依据汉文铭文记叙重修凉州感应塔的缘起和经过，以及“西夏民安五年”落款，张澍确定碑阳文字为已失传的“绝字”西夏文，从此开启了对西夏文的识读和研究。在进士的名单中，还有嘉庆十九年（1814 年）进士牛鉴，官至河南巡抚、两江总督。光绪二十一年（1895 年）进士李于锴，官至山东沂州府知府，曾参加过“公车上书”运动，

左图 凉州重修护国寺感通塔碑
右图 张澍像

颇有影响……看着这张进士榜，已使我联想不已，而在旁为我们解说的一位讲解员，其熟练、生动而又充满激情的解说，又让我暗自惊讶。我询问后方知，这位叫小程的女青年自称是当地“土著”，毕业于兰州大学历史系，她显然为自己家乡人才辈出的光彩历史而充满自豪。

如果说历史上的科举制度给了武威文化人一个展示风采的机会的话，那么今日武威文化人又如何表现呢？

我没有更多的机会去做调查，但从一位普通的武威人身上看到了他们对文化执着追求的精神。我一到武威，就提出慕名想见武威博物馆的研究人员孙寿岭。60多岁的孙寿岭先生一边陪我们参观，一边回答我们的问题，和我们交谈。孙先生看上去是一位极普通的武威人，普通得像一位老实的农民，但他却干了一件极不普通的事。1987年在武威亥母洞出土了大批西夏文、藏文文书、佛经等文物，其中有一册西夏文佛经《维摩诘所说经》。孙先生从小干过泥刻、木刻、漆画等手工工艺活，这一手技艺使他具有某种专业眼光。他从《维摩诘所说经》的印本上，似乎看到了从小就熟悉的泥活字刻

与孙寿岭先生（中）合影（2004年）

印的痕迹，于是怀疑西夏文经书是泥活字印本。但这一假设既无发现的实物证实，又无可靠文字记载，怎么办？“尝梨子”的办法便成了孙先生的唯一选择。于是他用了三年时间，在当地收集各种胶泥，用不同的方法反复和泥、刻字、烧制、排版、印刷。先是试印一张、两张，后来干脆把《维摩诘所说经》共54页9000多字全部进行了实验复制，终于达到了和出土经卷相似的效果，从而证实西夏文《维摩诘所说经》为泥活字印本。目前，专家正在对这一研究成果进行鉴定。如果孙先生的实验与发现成立的话，那将把中国活字印刷的历史大为提前。武威的同志告诉我，像孙先生这样土生土长的武威人，又同时是武威传统文化的精通者和传人，在武威地区还有很多，他们从内心把传承、研究、维护地区的传统文化当作己任，且矢志不移！

晚上，我在凉州宾馆的房间里翻阅着一套《武威历史文化丛书》，我发现，这套丛书共9册，9位作者中有7位是生于武威又在武威工作的文化人。他们都是研究武威历史文化的专家，而且有的研究领域非常专门。如关于西凉乐舞、西凉文化、历史名人、酒文化等等，这好像是一支分工细致的乐队，用不同的乐器在合奏着同一支曲子。这是一个难得的组合。令我没有想到的是，丛书中的一位作者当天也在陪我参观文庙，而我却没有注意到他。他就是武威博物馆的工作人员黎大祥。正如为他的《武威文物研究文集》一书作序的冯天民先生所写的那样，黎大祥“给人的印象是老实、纯朴、拘谨、腼腆，农家子弟的习气十分浓厚。加之衣着简朴，语言不多，毫不起眼，仅仅只是一名普普通通的工作人员而已”。但他在20多年的考古实践中却取得了了不起的成绩。他曾调查、清理、发掘、征集大批珍贵文物，参与维修雷台汉墓，首次发现明、清两代重修白塔寺碑记，并提出元代统一西藏与白塔寺有关，发表了数十篇研究文章。当别人向我作了介绍后，我不由得对黎大祥肃然起敬。武威的历史文化正是因为有这样一批勤奋的奉献者才得以传播和继承，他们应当受到尊重。当黎大祥要求我为他题字时，我提笔便写下了“与奔马齐名”几个字。孙寿岭也好，黎大祥也好，他们对自己故乡历史文化的深厚感情和刻苦研究的成果，只有在一个重视文化事业的环境条件下才能更好地发挥作用，体现价值。正因为如此，我对提出“四张名片”创意的武威领导产生了由衷的敬意，这真是一个有远见的创意！

陪同我参观的有两位同志，一位是毕业于兰州大学的民族社会学博士李学春同志，他是杨建新教授的学生，受杨先生之托来接待我；另一位是毕业于兰州大学的经济学博士、一位敦厚的藏族青年毛生武同志。他俩再三声明，他们是以学生的身份来接待一位学者。但他俩的真正身份是李学春是武威市委常委、组织部长，毛生武是凉州区区长，可谓是当地政要。我们在短时间的接触和交谈中，确也少了许多客套，开门见山，颇为投机。我明显觉得，这些进入领导层的高学历知识分子看问题、谈发展，有了一个新高度。加之这两位青年朋友都已在基层担任领导工作多年，如何将经济、文化资源整合起来协调发展，已成为他们思维活动的重要内容。当孙寿岭先生的研究工作出现困难时，是李学春同志将他调入博物馆，为他创造了研究条件。毛生武同志担负着凉州区经济建设的领导重任，他却对当地的历史人文资源清清楚楚，他告诉我，甘肃省博物馆的馆藏文物有相当一部分出自凉州。我想，正是这样的领导层和领导意识，构成了“四张名片”的可靠基础。

李学春同志也要我写几个字留念，没有书法水平的我，竟然在武威书兴大发，又为李学春同志写下两个字：观远。

2004年4月

（原载陈育宁著《永远的牵挂》，远方出版社，2004年出版）

河州踏春

今年的春天来得早。春节一过，似乎还未来得及过够“三九”的瘾，就已经春意浓浓了。为了完成一项回族历史文化课题的调查，我们沐浴着春风，来到了回族聚居的临夏回族自治州临夏市。

临夏，地处黄土高原和青藏高原的连接处，是古河州所在地。一提河州，熟悉北方民族历史的人都知道，这是一个久负盛名的地方。自秦汉以来就在这里设县置州建郡，丝绸之路、唐蕃古道、甘川通衢在此交汇，中原农耕文化和西部游牧文化在此融合。如今，回、东乡、保安、撒拉、土、藏、汉等 20 多个民族的同胞聚居在这块土地上，他们守护着自己民族悠久的文化传统并创造着自己的新生活。如果不是亲自来到这个地方切身地感受，很难体会到这里的历史积淀有多深厚，文化资源有多丰富，也很难体会到昔日贫困的少数民族地区，如今又出现了怎样欣欣向荣的景象。和我几年前在临夏看到的情景相比，变化之大，真让人有一种春风扑面、春潮滚滚的感觉。这是一次令人难忘的河州踏春。

一座历史宝库

在到临夏之前，我的老朋友西北民族大学从事民族学人类学研究的回族知名学者郝苏民教授告诉我，你去临夏，正是春节假后刚上班，领导们很忙，可不必打扰他们。我的一位学生叫陈元龙，是临夏州委统战部部长，一位非常优秀的“东乡娃娃”，本来可以出国深造，但家乡需要他。如今他是临夏很出名的学者型领导，你去临夏考察民族历史文化，从导游安排到学术交流他全包了。果然，我们在陈元龙同志的热情帮助下，完成了一次极有收获的愉快的文化之旅。

在河州短短几天中，由于主人的精心安排，我们领略了河州一些历史遗存的精华，好像一下子掉进了一座历史的宝库之中，目不暇接，惊叹不已。一个极真实而又立体的古河州展现在我们面前。

我们来到位于和政县的古动物化石博物馆，这是全国唯一一座哺乳动物化石博物馆，数千件新生代晚期古动物化石标本在这里“亮相”，数量之大，世界罕见。它向人们生动地展现了那个久远的史前时代临夏盆地的亚热带风光。在这些展出的古动物化石标本中，竟有被誉为“最大”“最早”“最丰富”或“首次发现”等六项“世界之最”。我默默地走在展馆的通道上，静静地听着讲解员的解说，胸中却似波涛汹涌，经历着心灵上的一次震撼。我想，古动物化石的遗存在这里如此丰富、完整已属难得，而更难得的是临夏人对它的珍惜、保护和利用。我看到，在和政县城，最宏伟壮观的两座新型建筑，就是古动物化石博物馆。在参观留言里，我写下“资源富有，令人震撼。人和政通，前景无限”四句话，表达我的感受。

大约在公元前3000年的新石器时代晚期，在甘肃、青海及宁夏一些地方分布着马家窑文化，以临夏地区的遗存最为丰富。其中精美的彩陶最具代表性。那件被史学大师郭沫若先生称为“彩陶王”的陶瓮，就是1954年在临夏积石山发现的。此后，临夏地区又出土了大批丰富多彩的多种文化形态的彩陶器皿，临夏也因此被称为“中国彩陶之乡”。由此，临夏博物馆内的彩陶馆自然是我们必去之处。令我们叹为观止的是，除了“彩陶王”为复制品，原件在国家博物馆外，彩陶馆里陈列的大量彩陶器皿全部是原件中的精品。形态各异，精美无比，几千年前我们的祖先就有了如此高超的审美意识、绘画技巧和制作工艺，真令人难以置信。只是彩陶馆所在的隍庙大殿是晚清所建，小而简陋，用来陈列举世闻名的彩陶已有些不适应了。不过，博物馆的同志指着门前的广场说，这里正在筹建新馆。

在我国回族形成的历史上，河州有着举足轻重的地位。唐朝时期，最早传入的伊斯兰教就在这里扎下了根，历经宋元明清，发展为中国西北伊斯兰教的中心，为回族的形成壮大起了巨大的作用。我们这次考察的重点是回族的传统建筑艺术，特别是蜚声中外的砖雕艺术。真是百闻不如一见，这种实地考察的感受远远超过了我们在书本上、在文献资料中所读过的内容。我们参观的老拱北、大拱北、国拱北、老王寺、北寺等回族的伊斯兰宗教建筑，大都是明清以来所建，后被损坏，改革开放后陆续照原样恢复重建。这些建筑虽然融进了伊斯兰宗教文化的内容，但总体上仍然是中国传统古典建筑的格局和风格。亭台楼阁，布局有致；飞檐翘角，多姿多彩；雕梁画栋，庄重典雅。我们在这里看到，伊斯兰宗教文化在传入河州地区的历程中，是经历了一段深刻的本土化、民族化的修炼，才真正扎下根。聪明的河州回族工匠们，把当地流传千年的砖雕艺术继承下来，不断丰富和创新，广泛运用于民居及清真寺等建筑上，留下了许多精品。在东公馆，回族砖雕艺人绽成元留下的“江山图”“百子图”“松月图”等砖雕作品，是罕见的技艺高超的珍品。我们在清真寺和拱北建筑中见到了大量的砖雕作品，其内容多样，构图完美，刀法娴熟，雕工精细，成为这类宗教建筑的一大特色。河州砖雕，据说已经成为砖雕艺术门类中一个专用的名词，也已经成为河州地区民族传统文化的一个品牌，一张历史的、现实的文化名片。

作为匆匆来去的过客，我们只能在有限的时间里窥见河州丰富历史文化的一角，但就在这短短的时间里，我们所见所闻，受到的冲击是强烈的。我在河州看到的是西部的一个缩影。我们西部，在中华民族五千年的文明史上，曾经有过四千年的辉煌。只是到了近一千年，随着生态环境的恶化，以及政治中心的东移，逐渐衰落了下来。但不可否认的是，我们西部是一座历史的“富矿”，是众多民族诞生的地方，有着极其丰富的历史积淀。中国的西部不仅辽阔，不仅物博，也不仅是眼下的贫困，更应当看到它有丰厚的历史文化资源，有众多民族的创造和贡献，这是我们西部最具本质意义的特色和优势，我们在临夏看到了这个优势。对我们每一个西部人来讲，凡是看到这一点的不是应该更加鼓起自强的信心吗？

文化的守护者

说到西部近千年以来的遭遇，的确是很令人悲痛的事情。生态恶化，自然灾害，经济凋敝，战争破坏，都让西部经历过无数的苦难。不可避免的是，曾经哺育了中华民族的传统文化同样遭到危害和流失。但可幸的是，在西部艰苦卓绝的历史上，总有一批又一批前赴后继的文化守护人，百折不挠地坚守着阵地，守护着自己的文化传统。正是因为这样，西部的文化传统才得以保存和延续下来。

这次临夏的调查，又一次让我感受到了这一点。比如前面提到的临夏州委常委、统战部长陈元龙同志，一个东乡族年轻人，大学毕业后回到临夏从事宣传工作。他的学识，更重要的是他强烈的民族意识和文化追求，使他挑起了收集、整理、保护地域文化和民族文化的重担，主持策划了“临夏回族自治州民族民间文化系列丛书”的编纂工作。更令人敬佩的是，他耗时十余年，编著了中国第一部《东乡语汉语词典》。我在与陈元龙同志交谈中了解到，东乡族有自己的民族语言，但没有文字，多少年来就是靠一代一代口传自己的民族语言。我想，过去在相对封闭的条件下保留自己的语言还比较容易，在现在开放的环境下肯定会受到冲击，如何保留口传的民族语言，会面临新的压力。正是在这种情况下，有了本民族新一代的知识分子用他们所学到的专业知识，保护和保存了自己民族的传统语言，并按照语言的规律把它规范化。陈元龙同志完成了这件立功立德的事情。如果没有人做这件事，不知还要延误多少时间，又不知会使东乡族的语言文化失去多少。我感慨地对他说，你对自己的民族和这个地区所做的贡献，不亚于出国留学当一名专家。越是我们这样的地区，越需要这样一批人来保护我们的文化，来延续我们的传统。

在临夏考察中我结识的另一位朋友是州委统战部副部长马耀灵同志。马耀灵同志是当地回族，曾在临夏市做了九年副市长，对临夏地区的历史沿革、风土人情、风俗习惯、街乡邻里、家族演变等了如指掌，好似一张活地图、一本活字典！他告诉我，他对我们这样认真地学习考察当地的民族历史文化，有一种发自内心的敬重。他了解自己的家乡，更热爱自己的民族。他的心愿是把自己家乡和民族的优秀文化宣扬出去，让更多的人们知道。他不辞辛苦，尽其所有，满足我们的哪怕是一点小小的要求，为的是倾诉他的文化。他可以推开临夏市区“八坊十二寺”老宅区任何一家老百姓或清真寺的门，都会受到熟识又热情的接待。走在街上，不断地有人和他亲切地打着招呼。从他身上，我看到一种对自己家乡和民旅文化的自信心、自豪感，以及要把这种文化宣传出去的开放心态和迫切愿望。他的热情豪爽和丰富的阅历，真使我们难忘。

我们还认识了另外两位同志，一位是原州人大财经委主任毛兴文同志，他是已经退休的一位老同志，却是一位热爱河州砖雕、收藏砖雕、宣传砖雕，并且千方百计要为河州砖雕艺术贡献余热的热心人。他退休后住在临夏市郊农村的一处院落里，我们来到他家访问，没想到在这个农家院的门厅、过道的装饰墙面上，在客厅的陈列品里看到了砖雕的精品，眼睛为之一亮，似乎才真正知道什么是砖雕艺术。我不由得信口说出，小小农家院，砖雕大观园。在客厅的墙上，挂着一幅温家宝总理专注地看着一幅砖雕作品“博古架”的大照片。毛兴文介绍说，这是去年 10 月在广州第 100 届广交会（中国出口商品交易会）上温总理观看并询问临夏砖雕时的一幅照片。为了抓住这个宣传临夏砖雕的契机，他购买了新华社发的这幅新闻图片的使用权。他说，总理正在观看的

左图 砖雕博古架
右图 农民雕刻家沈占伟

这幅砖雕作品的作者是一位农民，他已经联系好可以去拜访。于是，我们兴致勃勃地来到了临夏南郊的一座农家小院。我们见到一位中年农民砖雕艺术家，他叫沈占伟，是甘肃省文化厅和人事厅批准的临夏地区唯一一位具有副高职称的农民砖雕艺术师。总理看过的那幅砖雕精品“博古架”就陈列在他简陋的住房里。沈占伟说，他的手艺既不是祖传的，也不是专门在学校里学的，完全是自学而成。在临夏饭店贵宾楼的大厅里，有一幅巨大的精英砖雕“河州牡丹”，是他的代表作。这位农民砖雕艺术师为了生计，在许多工地打工做砖雕，他的家就是他的手工作坊。在临夏，有一批像毛兴文、沈占伟这样的人，心存赤诚，身怀绝技，克服困难，执着追求，传承着古老的砖雕艺术，不断探索着发展和创新。他们那种自信，给人以鼓舞；他们的辛苦，必然会推进临夏砖雕艺术的新发展。由此我又想到，在我们看到的那些重建、扩建的

左图 临夏的建筑木雕
右图 临夏庭院的砖雕

清真寺、拱北的古建筑中，藏族的彩绘、汉族的木雕、回族的砖雕艺术融汇其中，体现出非常高超的设计、施工技巧和精湛的艺术水平，其规模、数量也相当可观。这必然带动了一支民族古建筑技术队伍和施工队伍的成长，这支队伍不也是在守护和传承着民族传统文化吗？

一个遐想

在陈元龙等同志编著的《寻古·探幽·览胜》一书中，王玺玉、马正录写的“总序”中有这样一段话：

> 临夏因大禹导河开启积石雄关，被誉为“大禹治水的源头”；临夏自古就是“茶马互市”的重镇，被誉为“中西部的旱码头”；临夏有冠绝欧亚的恐龙足印化石群和古动物化石群遗址，被誉为“古生物的伊甸园”；临夏有融回族砖雕、汉族木刻、藏族彩绘为一体的特色建筑艺术，被誉为“民族建筑艺术的博览园”；临夏有以现珍藏于中国国家博物馆的“彩陶王”为典型代表的马家窑文化等众多新石器文化类型，被誉为“中国彩陶之乡”；临夏是中国花儿的两大体系——河州花儿和莲花山花儿的发源、传承、兴盛之地，被命名为“中国花儿之乡”。

这段文字，展现了一幅何等多彩壮观而又极富特色的文化画卷！这么丰富的历史文化内涵和悠久的民族传统，有许多是临夏所独有的，其民族特点和地区特点具有唯一性。而它们的组合又包含着彼此的联系和相通，既有各自的多元特质，又是一个整合的有机体。这不就是一个完整而又别具特色的文化平台吗？对这种特有的文化现象进行深入的收集、整理、研究、开发、宣传，不就构成了一门专门的地方学吗？安徽的徽学，浙江的温州学，内蒙古的鄂尔多斯学，等等，大约也是这样提炼出来，从而成为地方的文化品牌，成为推进当地发展的又一种资源。于是，我冒昧地提出了“河州学”

的遐想，上面引用“总序”中排列的那些临夏文化的亮点，不是构成了这门学问的主干和“专业”了吗？

当然，这只是一个粗浅的“遐想”，却表达着我内心对临夏历史文化的崇敬和希望。

（原载《草原》2007年第7期）

万泉河的传说

这几年我也加入赴海南养生养老的“候鸟”行列，在万泉河边的琼海过冬。海南有条万泉河，北京西郊也有一条万泉河，何故两地的河有同一个名字？沿万泉河游走，当地的传说、遗迹及文史资料，把我的目光渐渐聚焦在一个历史人物身上，原来这个人物与“两河一名”有关，它引起了我的极大兴趣。

这个人就是元文宗图帖睦尔。

图帖睦尔（1304—1332年）作为元朝的皇族，从小受到良好的教育，接受了中原汉文化的深刻影响，诗书棋画均有很好的造诣。图帖睦尔虽有继承皇位的资格，但因皇室皇权的激烈斗争，至治元年（1321年），他却被迫离京“出居海南”，实则是发配流放到隔海之遥的荒蛮之地。图帖睦尔在琼州生活了三年多时间。至治三年（1323年），在又一次宫廷斗争中，结束了在海南三年的流放生活，被封为怀王，又出居建康（今南京）。致和元年（1328年），图帖睦尔称帝继位，为元文宗。四个月后，又给其兄让出帝位。不久其兄“暴崩”，图帖

元文宗图帖睦尔

睦尔再登帝位，继帝位三年后，于至顺三年（1332 年）因病死，享年 28 岁。

对图帖睦尔两度继位，以及这一段的宫廷之争有不少论述，但对其作为北方蒙古皇族“出居海南”及其在海南的经历活动，则由于史籍记载不多，又是远在封闭荒蛮的隔海孤岛，难以引起重视，所以为人所知较少。

于是我便利用在琼海冬季度假之时，有机会在定安、琼海做了些实地考察，拍了些照片，查了些资料，我把所见所闻串联起来，一个美好的传说故事渐渐清晰起来。

情定定安

至治元年（1321 年），朝廷诏令图帖睦尔迁居海南。海南是一座遥远的海上孤岛，荒蛮多瘴，只有少量土著黎苗居住，历来是各朝流放安置官员之地。海南与内地交通十分艰难，陆路有琼州海峡阻隔，海路遥远，航行风险很大。贬官流人视海南为畏途，发配至海南也难以逃离。17 岁的图帖睦尔经过千辛万苦，终于抵达琼州。

海北海南道宣慰司琼州府都元帅陈谦亨是海南文昌人，有雄才大略，文武兼备，抚黎有策，为人善良，热情接待了来自京城的落难皇族，图帖睦尔乐得其所，正可以释郁闷之情。

图帖睦尔在琼州时，结交了当地的一位朋友，是琼州定安县南雷峒峒主王官。南雷是黎人集中的一个大峒，汉人王官处事公道，被推举为峒主。图帖睦尔在王官陪同下游览秀丽的多河，又见在王官治理下的黎峒并非“黎乱”之地，对王官甚是敬佩，王官也非常仰慕这位皇室青年的出众才华，二人遂有了更深的交往。

图帖睦尔在琼州遇到的另一个重要人物是当地姑娘青梅。定安是否真有其女，已很难考，有的说定安确有一位姓李的姑娘，父母双亡，被琼州元帅陈谦亨收养，并教其诗书绘画，终于出落为美丽善良、多才多艺的才女，成为定安女子的象征，被人们称为“定安

左图 琼海多河文化谷内的青梅雕像
右图 定安县岭口镇黄坡村青梅诗石刻

娘子”。在定安广泛流传着图帖睦尔爱慕“定安娘子”青梅并与之相爱的故事。

有一个说法是，琼州元帅陈谦亨邀图帖睦尔赴宴，席间府中侍女青梅前来侍酒，图帖睦尔见其美貌出众，又知书达理，十分爱慕。处在落难之际的皇室贵族，前景无望，便生出向民女求婚的想法。图帖睦尔派人赴元帅府求亲，却未料遭到青梅姑娘的拒绝，这使图帖睦尔十分沮丧。

明朝成书的《琼台志》记下了这个故事：陈谦亨元帅家有侍女名青梅，通词翰，善歌舞，声色美丽。图帖睦尔见后曾向青梅表示爱慕之意，被青梅拒之。图帖睦尔赋诗云：“自笑当年志气豪，手攀银杏弄金桃。溟南地僻无佳果，问着青梅价也高。”这首求婚未果的情诗，被当地百姓称为“青梅诗”，后人将其镌刻于巨石之上，如今矗立于定安县岭口镇黄坡村，这是南雷黎寨峒主王官的故土。

还有一传说是，图帖睦尔在多河边赏花，奇花异木令其眼花缭乱，突然从水中跃出一巨大蟒蛇，受到惊吓的图帖睦尔边跑边喊“救我！救我！”此时听到有人说，不用慌，我来制服它！图帖睦尔抬头看到一眉清目秀女子，告知他蟒蛇已去。图帖睦尔问及蟒蛇何以逃去，女子说，多河边的女子上山采药，身带药味，可以驱虫。图帖睦尔知道，多河源于五指山，水清质佳，养人保颜，此女子果然丽质如玉，不由得心生爱慕。此女便是青梅。

定安县岭口镇黄坡村的“元帝树”“爱情树”

图帖睦尔向青梅求婚被婉拒后，向他的好友王官倾吐心声，王官力促此姻缘，还“为之出三百金以聘青梅”，以遂图帖睦尔心愿。

如今在定安县岭口镇黄坡村，有一棵几百年的大榕树，村民叫作“元帝树”，传说为图帖睦尔和王官合种。另有一棵大叶榕与小叶榕相互缠绕而融为一体的大榕树，10人才可环抱，树干交织，但依然可分辨出大叶榕和小叶榕。传说图帖睦尔与青梅在黄坡村鱼塘边各种一棵榕树，以表二人永结连理。两树长大后相互纠缠成为鸳鸯体，后人便称为“爱情树”。现时男女青年结婚时，也要到此山盟海誓。

美好的传说总是寄托着人们的期望，但一个古代帝王之子怎么可能与边陲民女相恋而成亲呢？于是对图帖睦尔与青梅相恋结婚的结局有了不同的传说。一说图帖睦尔被从海南召回封为怀王后，决定迎青梅回京。孰料青梅在途中生重病而不治身亡。又一说图帖睦尔登基继位后，仍思念青梅，即召青梅进宫为后，但青梅不为所动，再次婉言拒之。陈谦亨无奈，将自己长女许于文宗，让侍女青梅为随从，一同赴京。不料在赴京途中陈女因病去世，青梅乘机潜逃民间，隐姓埋名，不知去向。

“太子万全”

泰定元年（1324年）正月，在海南“出居”三年之久的图帖睦尔奉召回京。

从传说看，图帖睦尔是从多河乘船入海选择水路北上回京的。多河即今万泉河，发源于海南岛中部的五指山，向北折东流经定安，在今琼海博鳌入海，全长 163 公里。多河两岸树茂花盛，风光秀美，是养育众生的母亲河，图帖睦尔与青梅凄美的爱情故事也与多河紧紧相连。

当图帖睦尔在码头登船时，陈谦亨元帅及峒主王官率众多村民为之送行，相送的人们在码头齐呼“太子万全”“一路万全”，令图帖睦尔大为感动。当时图帖睦尔尚未登基，众人不好称“万岁”，以“万全”表达他们的期望。

图帖睦尔回京后，常念及海南百姓对他的情谊及“万全”的祝福，就提出将多河改名为万泉河以纪之。图帖睦尔登基后，当地人们还将他登舟码头称为“文宗渡”。文宗渡位于今琼海市万泉镇万泉河畔，

左图 万泉河文宗渡
右图 文宗渡石碑

渡口立石碑以记，码头护栏上还写着“太子万全”“一路万全”，已修建成一个旅游景点。

当地百姓为纪念王官的忠义功德，自愿捐募在文宗渡北修建了中水庙，供奉王官，以倡做好人、做好事，殿内供元文宗及后成为南建州知事王官像。每年三月择

文宗渡中水庙

吉日在此举行庙会，包括海外华侨也来祭奠。庭院中还建有纪念图帖睦尔的“怀宗亭”。

无尽思念

图帖睦尔被召回后，再没有机会重回海南，但万泉河、青梅、王官和他结识的黎人村民，却给他留下了无尽的思念。他不仅将多河改名为万泉河，又将大都西北郊清河的一支也命名为万泉河。虽然有专家考证，流经圆明园的万泉河是清以后才有的名字，但元文宗命名京西万泉河的传说，似乎给了南北两河叫同一名字一个合乎情理的解释。

图帖睦尔称帝后，于天历二年（1329 年），诏令将原属琼州管辖的定安县升为南建州，直接隶属于海北海南道宣慰司都元帅府，与琼州同级，并任王官为南建州首任知州，给予王官“佩金符，领军民”的极高待遇，王官子孙可世袭知州。文宗除了感恩于王官外，也是希望在黎人中享有威望的王官，能将南建州地区的黎人管理好。王氏三代世袭南建州知州，为南建州殚心竭虑。

图帖睦尔初到琼州时，住在城南一小观音阁内（约今海口南渡

琼海潭门港

河一带），这就是图帖睦尔的“潜邸”。待坐稳帝位后，念旧之情不断，尤思念当初的“潜邸”，于是在天历二年（1329年），笃信佛教的文宗决定在观音阁原址上兴建普明寺，赐名“大兴龙普明禅寺”。建成后普明寺“规模雅丽，冠于岭海”，香火一直很旺，清咸丰年间被废弃，至今遗迹已荡然无存。

元文宗图帖睦尔在海南的经历，也给海南民众留下了深刻的印象和怀念，正如许多历史故事中都会加上当地人们的想象和附会一样，图帖睦尔在海南的传说也有许多如是色彩。有一传说，图帖睦尔奉召回京时，王官将其送至潭门港登船出海北上。潭门港在今琼海市，为通向南海的天然千年古港，名声很大。潭门盛产南海砗磲，被称为“海南白玉”，乃佛教七宝之一。王官以砗磲相赠，令图帖睦尔十分感动。

在琼海万泉镇万泉河畔一家小有名气的“原乡人树上咖啡屋”，墙上挂出的图文中有“文宗精神”“王官为人”“太子与王官的情谊”，多有褒奖颂扬。此店推出“太子汤”，其广告说，王官山上采集多种南药，用老荔枝木文火煲煮老鸭汤，以服伺太子，太子得以恢复精力。这家咖啡店还挂出图片介绍元朝的几位皇帝。温泉镇有一家地方风味饭馆叫“农厨好味”，大堂一侧张贴着一幅广告画，以当年王官用万泉河边的农家菜款待图帖睦尔为典故，宣传自己的农厨味道。

在海南，图帖睦尔与青梅的故事久久流传，也是文学艺术表现的主题。1962年琼山县创作琼剧《青梅记》。1987年海南琼剧院重新创作演出《青梅记》，1989年参加第二届中国艺术节汇演，1991年晋京汇报演出。2015年，海南文化艺术学校实验琼剧团创作演出了大型历史琼剧《青梅与王子》，将图帖睦尔与青梅的爱情故事演绎得凄美动人。琼剧是海南地方戏，用海南方言，难以在内地推广。如这个故事能编成电视连续剧上映，将会在更大范围里传播。

传说毕竟不是真实可靠的历史，但围绕着图帖睦尔与青梅的爱情故事，又是在一个真实历史背景下展开的，在文献记载中也有一定依据。一位北方蒙古贵族青年，落难来到海南，得到了当地百姓的热情接纳，他们之间结下了情谊甚至爱情，这个传说故事，反映了在元代疆域内，即使是在严格的民族等级下，在偏远的海南民间，仍然存在着民族间的友好交往交流，也是当时社会生活的一种普遍状态。这是中国历史上民族关系的真实表现。正因为如此，这个故事得以流传，成为民间口述历史的一部分，显示了其生生不息的生命力。在今天，我们重温这个传说，对于大众理解中国历史上的民族关系也是有积极意义的。

2018 年 2 月于万泉河

（原载《海南特区报》2021 年 2 月 4 日）

文化友人

透过镜头的哲思
——读《走读印度》

印度是我们这个星球上最早的人类文明发祥地之一。五千年前，在印度河流域就曾经出现过相当成熟的文化，史称“哈拉巴文化”。从考古发现的哈拉巴和摩亨佐·达罗两处城市遗址来看，远古时期的印度人就已经拥有了非常出色的生产和生活技能。印度又是一个宗教气息弥漫的国度，生活在那里的人们不仅关心“此岸”人生中的生、老、病、苦，许多时候，他们似乎更关注人类的“彼岸”和“来世”。他们几乎出自本能地喜欢思索一些始终困扰着人类灵魂的玄奥问题，比如人生病苦到底因何而来？比如摆脱欲念、超越红尘是否一定能够抵达宗教教义上所宣称的美轮美奂的极乐世界？约在公元前6世纪左右，古印度迦毗罗卫国的王子悉达多·乔答摩（释迦牟尼）在彻悟了人生的悲喜之后创立了佛教，一时间，信奉者云集。直到今天，佛教依然名列世界三大宗教之一。除了佛教，在古印度这片神奇的玄思萦绕的土地上，还诞生过印度教、锡克教、耆那教等对人类精神生活产生过深远影响的宗教。宗教信仰成为印度人最核心的精神寻求，成为他们生活当中不可或缺的“盐”。

这样一个古老而传奇的国度与我们中国只隔着一道山脉——雄伟的喜马拉雅山，可谓是近邻，而且很早很早就有了来往。西汉时期，源于印度的佛教传入中国；东晋时期，我国高僧法显前往印度求法访佛；到了唐王朝国力最盛之时，一代文化使者玄奘又历尽艰险，从释迦牟尼的故乡取回了西天的真经。每当言及印度这个近邻，我们都会如数家珍一般说出这些历史掌故。然而，法显的传说和玄奘的故事毕竟太遥远了。岁月不居，春秋代序。千年的往事经岁月风雨的轮番吹打，在不少人眼里似乎已经漫漶不清。很长时间以来，古老的印度被罩上了一层神秘的面纱。

现代文明猛烈地撞击一切古老的文化，印度自然毫不例外。我们常常遥望南亚次大陆，急切地想知道：那个曾经创造过辉煌文明史的印度，那个常常令我们心驰神往的印度，它今天的面目到底如何？她是一个历经风霜的暮年美人，还是一个依然魅力四射的妙龄女子？他是一个衰朽孱弱的老者，还是一个血脉偾张的青春男儿？或者，这是一个将传统文化与现代精神结合得相当完美，正等待时机准备跃上当今世界竞争舞台的东方巨人？我相信，生活在全球化的今天，我们不能不对身边的这个邻居发生浓厚的兴趣。但那里却包容了当今世界太多的元素，具有了令人瞠目结舌的多面性，使我们辨认不清，感到“神秘”，充满疑问。我们当中的许多人又没有机会前往这位神奇的邻居家里去“串串门”，我们对老邻居的了解总是猜测想象多于真凭实据。我们渴望借助一双真实而有穿透力的眼睛去一睹芳容、一探虚实，给我们传递客观可信的信息。

现在，建国同志摄影并撰写文字说明的图集《走读印度》摆在了我的眼前。赏读之下，眼睛为之一亮。我想，这本图集的内在冲击力使我们可以真切地而不再是虚幻地感受和认识印度了。建国同志的摄影作品集，提供的不仅仅是一个正在蜕变中的古老国家的影像，更打动人心的是，在所有的真实的影像背后，我们

《走读印度》封面

读到了作者那不同寻常的感悟、思索和忧患。应该说，赏读《走读印度》这样一本图文并茂的作品集，不仅是一次美的艺术享受，更是一次思想和认识上的不平凡的旅程。

品味《走读印度》，首先给我留下深刻印象的是作品内容的丰富以及内涵的饱满与厚重。

建国同志是一个业余摄影爱好者。印度之行，不足十天。然而，在马不停蹄的访问和考察中，建国同志拍摄了大量纪实性照片，仅就选入《走读印度》的图片看，内容的目的性很强，拍摄的用光和角度也似乎是有选择的准备，不是匆匆走马观花的“急就章”。

我读建国同志的这本摄影作品集，总是被一个问题紧紧地吸引住：在大量内容丰富的缤纷影像背后，作者总是在试图言说着什么，启发着读者什么。无论是文明古国的夕阳古道、残垣废垒，还是当今印度的市井风情、社会景观；无论是神秘大陆的寺庙陵寝、石雕彩塑，还是乞讨者与豪华轿车并行、摩天大楼与贫民窟同在的现实景象，这一张张画面，连结在一起，变成了作者感悟历史与文化的载体，变成了寄寓作者忧患情思的“视觉语言”。我们看到，镜头里的印度是古老的，它的数不胜数的文化遗存和风格各异的古代建筑讲述着这个民族曾经的辉煌和逝去的荣光，同时它们也共同诉说着这个多民族国家动荡不安的历史和长久纷争的意识形态。也许，一般的拍摄者对于印度这个古老国家和民族的思索也就到此为止了，可是，建国同志却继续发问：在这一个个灿烂辉煌的古老文化遗迹背后，在文化缔造与文化破坏之间，是不是存在着可以认识和总结的某种规律性的东西？他发现了这一点，并且做出了回答。他在《建筑·寺庙》这一组照片的文字说明中说：“如果不是几千年外来民族不断侵入和多教派纷争破坏，古印度建筑也许会更加灿烂辉煌；但是，如果没有外来民族的融入使多元文化渗透，古印度建筑文明也许不会如此丰富多彩、灿烂辉煌。世界——就是这样奇妙！”如果我们稍微做一点联想，就会发现，古老中国的历史和文化进程何尝不是如此！民族和文化的融合可能会是温情脉脉的，比如异民族之间的和平交流甚至结“秦晋之好”；然而，又有多少民族和文化的融合是通过战争和征服的方式和手段进行的啊！许多民族和他们所守持的文化常常是在刀剑和烈火中成长，在流血和死亡中再生。战争与和平，分裂与统一，隔绝与融合，构成了历史的辩证法，这不正是一种规律性的现象吗？

对一个初涉他国的拍摄者来说，异域独特的自然山川、文化景观、社会风情当然是首先应当被关注、被收入镜头的。但是，对像建国同志这样带着明确的文化探究意识前往异国的拍摄者而言，山川风物和异乡景色只构成了他艺术“叙事”的表面。他更感兴趣的问题是：在那些历史遗迹和现实景观的背后，到底隐藏着怎样的文化奥秘和民族心理？那些巨大的历史遗存和文化珍品，是印度民族精神的象征和表现吗？细细品味《走读印度》，我们发现，建国同志原来正是为了解答上述问题而把镜头瞄准了一个个具体的对象。印度是一个举世公认的最具有宗教感的国度，印度人对宗教的信仰和对玄思的热爱几乎与生俱来（《宗教 · 种族》一章中的作品就是生动展示印度人宗教生活场景的）。可是，当看到那么多信徒狂热地拜倒在寺院当中、偶像之前，读者自然会问：这样炽热的宗教情感究竟因何而起？建国同志是这样解释的：“印度独有的自然风光与地貌特征，孕育了独特的文化与哲学之国度：崇山峻岭环绕四周，蜿蜒崎岖的山间小路既危险又难以通行，构成了即使今天也依然难以逾越的天然屏障；九曲十弯的大河流向遥远的大海；广袤无垠的森林像巨大的思想的圣殿，人们可以心平气和地在里面冥思苦想宇宙之奥秘……所以，土地树木、山川湖泊、大海沙漠、雪域平原及一切自然风光，是构成印度绝对玄思的根源”。（《自然 · 地理》）任何民族精神生活的产生，都与这个民族所生存的地理环境密切相关。一个民族对世界的最初感受，总是与他们首先接触到的物质环境血肉相连。印度人喜宗教、爱玄思，显然与他们的祖先所面对的山川湖泊、雪域大漠、无垠森林有着必然的联系。建国同志以一个异域探究者的目光，透过了山川河流，解释着一个历史学中非常重要的题目，即地理环境与社会发展的关系，其结论不可谓不深刻。

实际上，对于印度人的民族文化精神的发现和探究，始终是建国同志《走读印度》的“聚焦点”。他游览了印度的美丽山河、文化古迹，直接感受了这个国度绚丽的风土人情，在惊叹于这个民族伟大创造力和色彩斑斓的文化的同时，他也在细致梳理并逐渐深化着对印度民族精神的认识。他认为：“从一个国家的民族风情习性，可以透析出这个民族的文化精神的各个部分，造成一种特有的民族精神，它构成了一个民族的灵魂，这是一个民族赖以生存的精神支柱，是它的创造性的基本来源，也是它解决现实社会问题、战胜社会历史环境的新挑战、推动历史前进的主要精神动力之一”。（《民族 · 民俗》）那么，经过相当漫长的历史时期而形成的印度民族精神又是如何规约和影响着当今印度的发展？在《富裕 · 贫困》一章中，建国同志道人所未道，指出：由于宗教意识和观念的过度发达，印度人普遍具有重精神而轻物质的倾向，“在面对贫穷、不平等、腐败等社会问题时，有很强的宽容和忍耐力，把希望寄托给来世。这些‘善良的’品性在一定程度上弱化了当代印度人改革、创新、奋发图强的精神”。我以为，只有深刻观察思索过印度民族精神的人，才可能得出如此新鲜而有说服力的结论。我感觉到，建国同志在思考和探究印度民族精神的时候，一直是将中国的民族精神作为一个隐隐的参照。他是在两个东方巨人之间寻找着民族性格的共同性和差异性，并力图寻找两个具有不同的精神性格的民族未来的发展途径。古人云:“他山之石，可以攻玉。”作为人口众多的东方大国，印度社会的发展脉搏如何跳动，它的发展过程中的得失应该如何借鉴和规避，不可避免地会对我国的崛起和振兴带来影响。因此，我们不难看出，建国同志花大力气感受印度、研究印度，其用心是在验证自己国家的发展道路，从而更加坚定自己的理想和信念。品味《走读印度》所渐渐透出来的一种历史责任感和使命感，不能不使人心生感佩之意。

我还发现，《走读印度》不仅向读者展示了作者所具有的忧患

与陈建国（左一）同志在一起（2005年）

情怀和文化品位，同时，也展现了存在于作者身上的艺术素养和气质。我们在《绘画·彩饰》和《雕塑·铸造》这两个章节中，不仅看到作者用精致的镜头语言向我们生动再现了古印度的艺术瑰宝，更难能可贵的是，在这两个章节的文字说明中，作者对古印度艺术作品的鉴赏和分析是非常有艺术深度的。作者对古印度阿旃陀石窟的精细描绘，对莫卧尔帝国统治时期细密画风行原因的探讨，就足以见出作者的艺术鉴赏力。这种艺术鉴赏力，还表现在开放的艺术见解上。建于印度首都新德里东南约600公里的克久拉霍雕塑神庙群，是古代印度最具有代表性的雕塑作品，因为这些雕塑件品中“妇女和性爱是最普遍的主题”，因而被联合国教科文组织登录为世界文化遗产。人们对克久拉霍雕塑一直有争议，也是因为这个雕塑群对人类性爱生活的表现大胆而“出格”。我们知道，传统的中国文化从来对人间性爱话题持讳莫如深的态度。儒家经典告诫沉迷于情爱中的人们说：“发乎情，止乎礼！”而在古代印度，表现女性身体之美和大胆性爱的克久拉霍雕塑神庙群，却成了印度教建筑和雕塑巅峰时期最典型、最具影响力的代表作。哲人们总是说，对性的态度如何可以看出一个民族精神心理最幽深的部分。

我知道建国同志好读书，喜摄影。平时的爱好与修养，在需要的时候，都派上了用场。此次建国同志访印度，以辛勤的艺术劳作为我们奉献了《走读印度》一书，图片精美，文字隽永；寓意丰富，联想多多。我不揣简陋，聊作评论，算是“以文会友”，也算是为读者诸君欣赏此书做一个小小的导游吧！

2006 年 6 月于塞上古城银川

（原载陈建国著《走读印度》，宁夏人民出版社，2006 年出版）

难忘“三人谈”
——忆贤亮先生

2008年我从宁夏大学领导岗位上退下来后，还继续担任着宁夏大学新华学院院长。为了活跃新华学院的校园文化，学院积极筹划邀请文化名人进校园的“新华大讲堂”活动。2009年4月17日，经过充分准备，“新华大讲堂”的开讲在新华学院礼堂举行，开讲的题目是“励志人生三人谈”，主讲人是著名作家张贤亮、银川市文联主席郭文斌和我。此前我去镇北堡影视城登门邀请张贤亮先生，先生虽抱病，但一口承应下来。开讲的海报在校园一贴出，就有了轰动效应。那天，贤亮先生一进入校门就被同学们簇拥着，和大学生相聚，贤亮先生显得格外高兴。一个原来是厂房大车间改造的不小的礼堂挤满了人，前来参加听讲的老师和同学们情绪热烈。主持开讲的是新华学院学生处处长张少华。我们三个人坐在舞台上，主持人先是一段很有鼓动性的开场，介绍了三位主讲人，把大家的胃口调了起来。主持人说，很多同学难得有这样一次机会与三位老师见面，也有很多问题要提。三位老师都有非常丰富的人生经历，先请三位老师讲，然后大家互动提问。“励志人生三人谈”就在非常热烈的气氛中开讲了。

显然，这场讲座的核心人物是张贤亮。首先开讲的张贤亮对自己戴着一副有色眼镜表示道歉，他说，他刚做了白内障手术，手术后又马上投入《一亿六》的写作，用了40天时间，完成了23万字的书稿，眼睛受到伤害，所以“逃避谈话”，北京、上海、西安等

新华学院举办的“励志三人谈”（2009年4月17日）

多地的学校请他去讲，他都谢绝了。“可是这个讲堂我是非来不可，因为第一，陈育宁院长是我的老朋友，我们俩的关系20多年了，他请我来，我必须遵从；第二，我很欣赏新华学院办这个大讲堂，我听陈育宁院长讲，今后要不定期办下去，谈人生、谈文化、谈政治、谈艺术，我们镇北堡西部影视城的员工也可以来听，给我们添几把椅子而已，这也是我们的第二家园，要把它办成一个大学校。”张贤亮的这个开场，使全场一下子活跃起来，掌声不断。在演讲中，他结合自己的人生经历，充满感情地向大学生倾吐心声。他告诉大学生：“你们这一代青年人，至少是中国五百年来最幸福的一代，因为你们生活在一个政治清明的时代，一种没有恐惧的环境之中。你们祖父、父亲的那个时代信息闭塞，只知道听上级的。而现在你们一上网，奥巴马昨天讲什么话你们都知道了。但你们又是不幸的，你们的幸福指数很低，幸福感并不强烈，因为你们不知道你们的前辈过的是什么日子。没有这种对比，就缺乏历史感，就不知道中国走到今天来之不易，值得珍惜。如果连今天都不热爱，精神上就会产生困惑，产生不满，产生不安，这样怎么会有奋发有为的动力呢？”

在演讲中，张贤亮先生还谈到教育问题。他说，我们不注意青年人的素质教育，不注意青年人的技能教育，这也是青年人的不幸。

社会严重低俗化的倾向令人忧虑。看一个人成功不成功，不能只看他在财富榜上的排名。不能完全用钱来衡量，要那样看，曹雪芹是最不成功的。我们缺少有独立批判精神和追求精神境界的知识分子，知识分子被纳入官本位体系，这是特别值得警惕的倾向。我们要继承中华传统文化，这是我们的根，是我们民族的精神基因。励志要从认识到自己没有什么了不起开始。如果翻了船，碰了壁，可能就是你幸运的到来，是幸福的起点。要记住孟子“天将降大任于斯人也”那段话。

那一次演讲，张贤亮先生讲得很多，很动情，很深刻，今天回想起来，也是掷地有声。我在当时的演讲中感慨地说，张贤亮先生有着非常丰富的经历，许多人知道他创作了非常优秀的具有深远影响的文学作品。通过这些文学作品，很多人认识了张贤亮。我在和张贤亮先生的交往中，更多的是感受到他文学作品以外的东西。首先是张贤亮先生充满了对自己国家和民族真诚的深厚的爱。他有过不平常的经历，受过挫折和打击，但是，他走遍世界各地，无论到哪里，总是用自己的方式维护我们国家的声誉，维护我们民族的声誉，从来没有因为个人的恩怨而有所埋怨。他思考的是我们这个国家我们这个民族怎样更健康更兴旺更发达。他从自己的人生经历中，讲出来对今天青年一代的一种担忧，对民族未来的一种忧患，这就是他说的“幸福的一代”还有“不幸”。这里的内涵就是一种人格，就是一种生活的态度，就是一种追求。其次，张贤亮先生在宁夏几十年，他的痛苦遭遇就发生在宁夏，但是他没有离弃宁夏，始终守望着这片土地。今天，他斗志昂扬地为宁夏的建设和发展做出了很大的贡献。我在十几年前写过一篇文章《宁夏到底在哪里》，当时讨论一个问题，很多人不知道宁夏在哪里，给我们写信的信封上写的是“甘肃银川市”。这一方面是因为写信人在地理概念上孤陋寡闻，另一方面则是因为我们自己没有发展起来，没有吸引人的地方，知名度不高所致。后来很多人是因为张贤亮、张贤亮的著作和他的影视城知道了宁夏，宁夏应当为出了一个张贤亮而骄傲。

我与张贤亮先生相识相交 20 多年，他在给我的一本书《友声同鸣集》所作的序中提道：

> 我与陈育宁先生已经相识相知二十余年了。二十多年来我们各自忙自己的事情。他曾是激情满怀的政务官，又是学问家，总是在筹划和践行着一桩又一桩的有关国计民生的大事情，在研究着一个又一个学术专题，完成了一项又一项成果。我自己呢，做着一份实业，思索着一些问题，也还写着一些作品。然而，我与陈育宁先生又确乎是能够谈得来而且是能够谈得深入的朋友，借用一句古话，我们之间是有些“惺惺相惜”之意的。我曾经为他题写过两首诗，表达的是对育宁先生的激赏之情。我与之交往，更看重的是育宁先生身上掩饰不住的书生本色。

他所说的写给我的两首诗，一首是 1998 年我任银川市委书记时写给我的诗：

> 笔端有剑气，胸中藏灵犀。
> 投身为公仆，凤城见政绩。

另一首是 2003 年我任宁夏大学党委书记、校长时写给我的诗：

> 塞北江南枉有名，龙难起舞凤难腾。
> 改革且幸施春雨，地阔天宽任君行。

在这次“三人谈”演讲结束时，张贤亮先生将他曾经写给我的两首诗重新书写后赠送给我，令我十分感动。

20 多年来，无论外界有过什么说法，或是对张贤亮有过差异很大的评价，但在我心中是对张贤亮先生深怀敬意的，他在中国现代文学史上留下了里程碑式的经典作品。在与他的接触中，我感受到他堂堂正正讲实话的风格，实实在在办实事的作风，明明白白亮思想的个性，显示了一个正直知识分子的胸襟和风范。

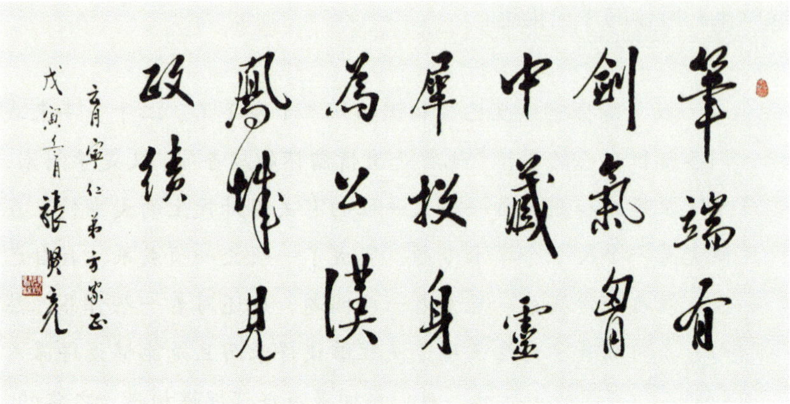

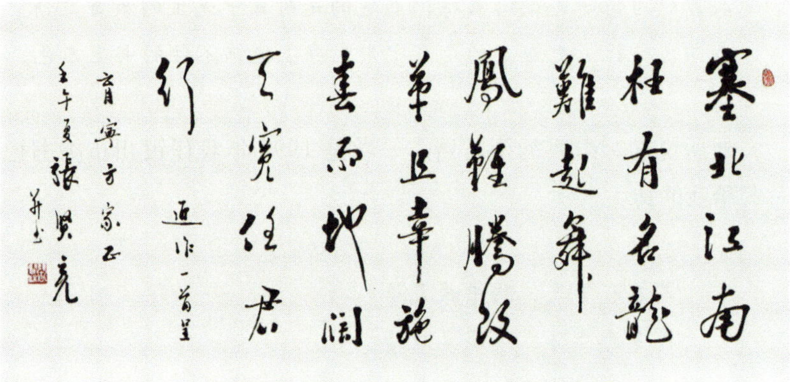

张贤亮先生为我题写的两首诗

与张贤亮先生在一起（2005年）

不幸的是，2014年9月27日，张贤亮先生因病去世。如今诗文犹在，斯人已去。我在《银川日报》上发表的悼念文章中沉痛地说："半年前，得知张贤亮先生住院治疗，心中一直默默祈祷：这棵大树不能倒。万没想到，他突然走了。"

张贤亮在我们心中，这棵大树依然挺立!

2016年夏

学术人生 奋斗不息

我与史金波先生相识相交近30年，有过学术上的长期交往，有过工作上的积极配合，有过思想上的真诚交流，我个人在学术和工作上都得到了史先生真挚的帮助和支持。在今天这个以“薪火相传”为命题的学术讨论会同时也是史先生70寿辰的祝贺会上，大家对史先生的“道德”与“文章”给予了高度评价，史先生是当之无愧的。我仅就与史先生的个人接触谈一点感受。

史先生是“文化大革命”前培养的我国第一位专攻西夏学的研究生，他从进入这个“绝学”领域的那天起，就一直无怨无悔地坚守在这个阵地上，即使在“文化大革命”期间极其艰难的条件下，他克服困难，守望不弃，因此也打下了坚实的专业基础。当改革开放给学术研究带来春天时，他如鱼得水，废寝忘食地投入各种学术活动中。他在民族史、民族古籍、民族古文字等多个领域的研究都取得了突出的成果，特别是在西夏学研究领域，一直居于西夏学复苏、兴起与发展的前沿，起着重要的骨干、带动和引领的作用，是西夏学界名副其实的领军人物。30多年来，史先生在西夏语言文字、西夏典籍文献、西夏文化与佛教、西夏社会等诸多方面所取得的开拓性成果，成为新时期西夏学建设的重要基础。史先生多次赴苏俄，第一次全面调查和整理研究流失在俄罗斯的大批西夏文献，主持编辑出版了《俄藏黑水城文献》，为推进西夏学建设及国际合作，做出了历史性贡献。

左起李华瑞、汤晓芳、史金波、陈育宁、杜建录在内蒙古阿拉善盟，宁夏大学西夏学研究院教学科研基地揭牌仪式上合影（2015年）

宁夏是西夏故都所在地，西夏学是宁夏人文学科建设的重点。多年来，史金波先生一直把宁夏作为西夏学研究的基地，给予积极支持、帮助和合作。我曾先后在宁夏社会科学院和宁夏大学做领导工作，在西夏学的学科建设、人才培养、课题研究等方面，都得到了史先生的指导和帮助。宁夏大学西夏学研究院作为教育部人文社科重点研究基地，史先生更是给予了大力支持，重要的学术活动，他都尽量安排参加；重要的项目，他也尽力给予指导。由宁夏大学、国家图书馆、甘肃省古籍整理编译中心牵头，史先生和我担任主编，我们联合国内多个地区、多个单位成功地进行了一次西夏学界的学术大合作，于2007年编辑出版了20巨册《中国藏西夏文献》。这项填补空白的巨大学术成果，是西夏学未来发展的重要奠基工程，史先生参与指挥和主持这项工程，为此付出了大量心血和努力。这个项目的圆满成功，得到了教育部、中国社科院、全国社科规划办及学术界的高度评价。此后，史先生又指导宁夏大学与内蒙古博物院、甘肃省古籍整理编译中心联合编辑出版《中国藏黑水城汉文文献》，与宁夏大学西夏学研究院院长杜建录合作完成了《西夏社会文书研究》。宁夏大学西夏学研究有今天的发展，也凝聚着史先生多年的心血。其中最为可贵的是致力学术发展、真诚合作支持、抛弃门户之见的精神，尤其值得我们学习。

在与史金波先生的交往中，我敬佩他严谨治学、真诚待人的作风。我和老伴汤晓芳于 2003 年完成的《西夏艺术》一书，其中关于敦煌莫高窟、安西榆林窟的西夏壁画资料，就是由史先生提供的。汤晓芳经常给我讲到的体会是，她在常年做民族历史编辑工作的过程，也是自己学习钻研专业的过程。她曾作为史先生《类林研究》一书的责编和台湾版《西夏佛教史略》的审读，由此而更多地深入西夏学的领域。2008 年，我们俩在完成了《西夏艺术史》一书的初稿后，心里仍不踏实，于是请史先生审阅把关。使我们没有想到的是，史先生将 30 多万字的书稿逐字逐句地审读、400 多幅图片逐张图片地查看，提出了百余条修改、订正的意见，对不少引文、年代、人名、地名等加以核对。我们按史先生的详细审读意见一一加以修改。史先生又为该书写了有深度评价和分析的序言。上海三联书店将该书作为重点图书，精心编辑与设计，于 2010 年出版。我在这本书的“后记”中写道：史先生“以极其认真负责的态度帮助我们把关、修订，充分体现了一位学术大家高尚无私的风范，令我们十分感动”。

在与史金波先生的交往中，我留下较深印象的还有他身上所具有的中国知识分子的一些传统品质。他出身贫苦，上学不易，刻苦钻研，耕耘不停；勤勤恳恳，成果累累，感恩图报，帮助后学；看淡名利，低调做人，不摆架子，真诚待人。在如今“官本位”在包括学术界在内的许多领域盛行不衰的情势下，曾经官至司局级的史先生并不以当官为目标，始终守望着被一些人看作是枯燥和寂寞的西夏学术园地，执着地追求着、探索着，实属不易。

如今年逾 70 的史金波先生，又成为中国社科院批准立项的 15 门绝学中“西夏文”学科的负责人。他曾与当时尚健在的八思巴字研究泰斗照那斯图先生等相继数次给中国社科院的领导写信，呼吁加强绝学学科的保护，扶持绝学学科的发展。宝刀不老的史金波先生责无旁贷地承担起西夏学薪火相传的重任。我们祝福史先生身体健康，也祝贺他永葆学术青春。

（原载《薪火相传——史金波先生70寿辰西夏学国际学术研讨会论文集（代序）》，中国社会科学出版社，2012年出版）

老友邱树森

育宁、晓芳伉俪多年来潜心研究我国北方诸民族的历史、文化、地理与现实，他们的研究成果，我们虽常见诸报刊，但仍难以窥其全貌，现在宁夏人民出版社将他们的论文汇集成《北方民族史论丛》予以出版，这对民族史学界是一件好事，也是陈、汤二氏奉献给90年代的一份厚礼。

他们在辽阔的鄂尔多斯整整待了10年。岁月艰难，却未蹉跎。勤劳、勇敢的蒙古族牧民，鄂尔多斯的山山水水，引起了他们对蒙古族历史的浓厚兴趣。工作之余，他们调查风情，考察地理，研究文献，积累了大量第一手资料，《论丛》中的一组有关鄂尔多斯的论文，那么自如地说古道今，如果没有对鄂尔多斯的深厚感情和生活体验是无论如何写不出来的。

——引自邱树森为《北方民族史论丛》所作的序，
该书宁夏人民出版社，1991年出版

1991年，我和爱人汤晓芳共著的史学论文集《北方民族史论丛》由宁夏人民出版社出版。这本论文集收集了我二人在20世纪80年代发表的有关蒙古史、鄂尔多斯地区史及民族史学理论的一部分论文共32篇。这组论文反映了我们在改革开放之初的十年中，涉足民族史领域一些主要探讨题目和心得。其中关于鄂尔多斯地区史及民族史学理论的论文，在当时颇有些创新的意义，在此前这方面发表的成果并不多。学术界的前辈和朋友给予了这本论文集以关注和支持，启功先生为这本论文集题写书名，著名民族史学家邱树森先生为这本书写了序。

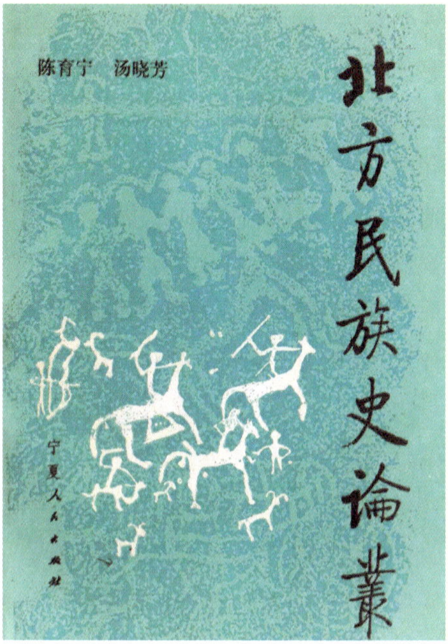

《北方民族史论丛》封面

邱树森先生原是南京大学历史系教授，是著名的蒙元史专家韩儒林先生的弟子。20世纪80年代初，各种学会组织及学术活动逐渐复苏，较早成立并在国内外积极开展活动的颇有影响的学会组织中，有中国蒙古史学会和元史研究会。这两个成立于1980年的全国性学术团体组织，在中国社科院的指导和支持下，中国蒙古史学会挂靠在内蒙古社科院，元史研究会挂靠在南京大学。我当时任内蒙古社科院副院长，同时担任了中国蒙古史学会副理事长兼秘书长；邱树森先生当时任南京大学历史系主任，同时担任了元史研究会副会长兼秘书长。由于这两个学会专业的相近及会员的交叉，我和邱先生为学会活动经常联系，相互合作，共同组织活动，建立了非常密切的关系。邱先生学业功底深厚，才思敏捷，著作颇丰，是蒙元史学的著名专家。他作风干练，为人豪爽，组织能力极强，把学会活动搞得生机勃勃，在蒙元史学界有很高的威信。在相互合作中，我们成了很好的朋友。

1987年我调至宁夏社科院工作，第二年在有关领导的提议和要求下，为了支援民族地区新建院校的工作，邱先生也调至在银川的西北第二民族学院（后改名为北方民族大学），担任了历史系主任，他是当时宁夏的第一个博士生导师。当时西北第二民族学院建立不久，我去看望他，他和夫人住在简陋的教师宿舍，两位苏州人来到贺兰山下，人生地不熟，还要适应北方的生活习惯，实在是不容易。但邱先生全然不顾这些，像个北方汉子一样热情满怀，全力挑起组建历史系的任务，一如既往埋头于民族史研究，而且把目光和精力更多地投向了西北民族历史。我们二人又开始了新的合作，他指导宁夏社科院的民族历史研究，我则去西北第二民族学院历史系搞专题讲座。在这几年里，他集中研究了中国回族历史，为他以后主编完成我国第一部完整系统的《中国回族史》打下了基础。1996 年由宁夏人民出版社出版的邱树森先生主编的《中国回族史》，是由汤晓芳担任责任编辑，并由时任宁夏回族自治区主席、现任全国政协副主席的白立忱同志作序。邱先生主编的《中国回族史》于 1997 年获得第三届国家图书奖。邱先生还专门写信给宁夏人民出版社，特别称赞责任编辑汤晓芳认真参与全书结构的讨论，提出回族形成“国内说”，收集补充图片等，对该书做出了重要贡献，“像汤晓芳这样优秀的出版工作者，在全国也是不多见的。”

后来由于种种原因，1993 年邱先生离开了西北第二民族学院，受聘于广东暨南大学。他离开的那一天，我和我爱人汤晓芳，还有不少老师和学生，怀着十分惋惜的心情在银川火车站为他送行。他再三表示，他不会放弃对西北民族史的研究，不会忘记宁夏。他到暨南大学后，我们还经常联系。他果然又出了新的北方民族史的研究著作，1997 年由江苏古籍出版社出版的邱先生的论文集，起名为《贺兰集》。他在自序中说：“这本集子里所收的文章多为蒙元史和西北民族史，其中将近半数文章是在贺兰山下完成的。我之所以把这本集子定名为《贺兰集》，是因为‘贺兰’这两个字既能概括文章的内容，又能表示部分文章的写作地点。”这期间，他又完成出版了《回族文化志》。他还为宁夏带研究生。他退休后，应聘到澳门科技大学讲授中国传统文化课程，常常来往于澳门与广州之间。

2007 年 7 月，在邱先生七十华诞之际，他再次返回宁夏，参加了在固原举行的“成吉思汗与六盘山”国际学术研讨会。我二人在会上相见，格外高兴，并都做了重点发言。会议组织方还将参加

2007年7月与邱树森（右一）先生在固原举行的"成吉思汗与六盘山"国际学术研讨会上

这次会议的专家签名镌刻于碑，矗立于泾源凉殿峡。之后，我又邀请邱先生访问了宁夏大学。

2007年底，我收到了邱先生寄来的两套书：《邱树森七十自选集》《庆贺邱树森教授七十华诞史学论文集》。《自选集》上、下两册收录了邱先生研究蒙元史、回族史、伊斯兰教史以及历史地理、岭南文化等多领域的数十篇极有分量的学术论文。正如他的弟子在《贺兰集》前言中所说，在近五十年的学术生涯中，邱先生"于学术研究孜孜追求，锲而不舍，精益求精，建树良多。尤其于蒙元史、民族史研究用力最勤，成就斐然，素为学界所推重。""先生渊博的学识、敏锐的学术视野、不知疲倦的工作精神、无私助人的品格、豁达开朗的胸怀，以及擅长学术组织的能力、对学生慈父般的关爱都为我们做学生的树立了榜样，值得我们学习和颂扬。"

邱先生离开宁夏后，宁夏史学界的朋友们常常谈起他，大家说，我们宁夏特别需要这样的领军人才，如果他能留下来，会办成许多事。我为有这样一位学术诤友而感到十分荣幸。

（附记：以上是2008年写下的一段文字。2019年11月20日邱先生在广州不幸病逝，享年83岁。今以此文纪念先生。）

三遇志成

第一次与鲍志成先生相见相识，是在2016年9月，那个秋高气爽的季节，我们在美丽的鄂尔多斯草原新兴的草原城市康巴什，共同参加在那里举行的"'一带一路'与鄂尔多斯发展学术研讨会"。就是在这次会议上，我见到了来自浙江杭州的鲍志成先生，他透着江南文人儒雅的气质，文质彬彬。我虽然经常参与鄂尔多斯学研究会的活动，却是第一次与鲍先生相见，会议期间我们没有做更多的交流。但鲍先生提交会议的学术论文《"一带一路"背景下鄂尔多斯的地缘经济战略》一下子吸引了我，使我对鲍先生刮目相看。

我的印象是鲍先生的这篇文章非一般应景之作，而是有充分资料依据、有深入论证分析的一篇文章，说明作者对鄂尔多斯的历史、现状有较多的了解，对未来的发展也有自己独到的见解。远在浙江的一位专家如此深入地了解和研究鄂尔多斯，我们过去并不知晓，他是有备而来进行学术交流的。鲍先生在分析鄂尔多斯地缘特征时指出，鄂尔多斯是黄土高原与蒙古高原地理交接形成的独特过渡地带，是"几"字形黄河弯圈围成的"沿边内陆"，又是游牧文明与农耕文明的交错带，是草原文化、游牧文化的集聚区。他认为，在"一带一路"倡议的背景下，鄂尔多斯在向北开放的同时要向西开放；要主动向东向南开拓，承接产能转移，共享市场空间；在实现资源绿色高效开发的同时，主打特色生态文化旅游产业。几年前鲍志成先生的这些分析和建议，今天看来仍然是很有价值的。我在阅读这篇文章时，特别注意到，在他文后所列出的引用文献资料的注释，很多很广，也就是说，他在做这篇文章之前，做了充分的准备，认真查阅了许多资料。我有些奇怪，他怎么会对鄂尔多斯的历史文化有如此深入的了解？后来，和鲍先生熟悉了，才知道他曾经是黄时鉴先生的研究生，专门进修过北方民族史、蒙元史。黄时鉴先生又是我所熟悉的北京大学学长，蒙元史专家，曾在内蒙古大学、杭州大学任教，由此而拉近了我们的距离。

两年以后，2018 年 10 月，也是一个秋高气爽的日子，鲍志成先生邀请我赴杭州参加“第五届东方文化论坛：对外开放视野下的丝瓷茶与‘一带一路’研讨会”。这是我们第二次相遇。一回生，二回熟。这次赴杭州参加会议，使我有了更多的机会了解鲍志成先生。

这是一次精心策划和筹备的会议，有 120 多位海内外专家学者和丝瓷茶产业界的精英会聚一堂，就丝绸之路的丝瓷茶文化传播交流与文明互鉴，以及如何更好地走出去接轨“一带一路”等话题，进行广泛深入的探讨。会议开幕式上还穿插了非常有特色的瓯乐演奏、丝服走秀、茶艺表演。研讨结束后，还安排与会者参观了茶叶种植地、丝绸市场、南宋的官窑博物馆。会议开得有声有色，与会者收获满满。开好这样一次会议，可想其筹备工作一定是大量的、繁杂的。鲍先生嘱我做会议小结，于是我了解到，这个称为“东方文化论坛”的学术交流平台，是 2013 年习主席发出“一带一路”倡议以后开始举办，一年一次，到 2018 年举办第五次。这五次论坛的举办，鲍志成先生是实际的策划筹备者。这实在是一件很不容易的事情。我在小结中说，东方文化论坛应势而生，五年来紧紧围绕一个核心主题，即“一带一路”中的文化交流，每次又有一个侧重点，不断地深入延伸。论坛坚持立足传统，关注当下，拓展视野，聚集智力，给学术研究提供了一个既富有地方特色又具有公共话题、既从传统出发又落脚于现实服务的交流传播平台，它自然受到大家的赞赏和欢迎，可谓功莫大焉。

又是一年秋色美。2019 年 9 月，美丽的西子湖畔，举行了第六次东方文化论坛，这次论坛的主题是“无问西东：丝绸之路与文明互鉴学术研讨会”。我又一次被邀请参加会议。我们共同认为，在世界历史上东西方文化的交流是大潮流、大格局，是人类文明进步的必然趋势。无论在什么历史阶段和什么历史条件下，在广阔范围内的东西方文化交流一直在进行着，有高潮，有低潮，但从未中断。我在这次会议上做了题为《宁夏与丝绸之路》的大会发言，介绍了历史上丝绸之路东段北道途经宁夏所产生的文化交流、文物遗存及历史影响。

与鲍志成（左一）先生合影（2019年9月）

在第六次东方文化论坛上发言

我们三次见面以后，因为近一两年来的疫情，没有机会在一起参加学术活动。但是我们之间一直有着联系，通过微信相互推荐分享好的文章，交流学术上的见解。杭州新茶下来，我会收到鲍先生寄来带着茶香的包裹。我有新书出版，自然也会想到寄给鲍先生请予指正。

现在我又收到了鲍先生发来他新编的自选文集《正文堂二编》文稿，这是继他曾经出版的自选文集《正文堂初编》八卷本之后，选编了从2006年至今十五年来所撰写和发表的学术文章凡137篇、180万言的四卷本大作。这四卷本文集已足以使我仰止，而鲍先生又嘱我为这样一部大作作序，我深感压力，推却未果，应允下来，谈谈感受，也是学者间的一次交流吧。

我翻阅这本文集，有许多是自己不熟悉的领域和专业，难以作出评价，但作为读者，还是深有感触的。

一是有感于鲍先生涉猎的学术范围非常广泛。实际上许多历史文化现象、现实社会的种种问题，都具有综合性。文与史、人文与自然、传统与现实都是相互融合交叉的。人类把各类知识划分为不同学科专业，这是一种认识方法。我们需要的是要具有一种学术的综合眼光和知识储备，融会贯通，才能更全面、真实、深入地解剖社会历史，分析文化现象，得出实事求是的结论。鲍先生能在多个领域的综合观察中、在传统和现实的交叉之中，发现问题，深入解读，与他广博的知识积累、综合研究方法的应用是分不开的。这样的学术眼光和学术驾驭能力是值得提倡的。

二是有感于鲍先生的坚持和深入。这四卷本涉及多个学术领域，每个领域中的许多选题都是有一定的专业基础和深度，非一蹴而就之作，这是他多年坚持不懈的积累、十五年不间断的笔耕结果，没有相当的毅力和恒心难以办到。

三是有感于鲍先生的学术研究紧密结合社会实际、地方实际，结合发展的需要，就是所谓的“接地气”。有什么问题，就研究什么问题。既要把握大形势、大背景，又能够结合实际面临的具体问题，作出回应。这正是包括高等院校、社科研究单位专业人员需要加强修炼的基本功。

我还有感于鲍先生有很深的传统文化根底。在江南丰厚传统文化环境的熏陶和自己的不懈努力下，鲍先生在人文历史诸多方面知识丰富，又善于综合应用，这应该是学者具备的高素质。

鲍先生正当学术盛年，我们期待他有更多的成果奉献给社会。

2021 年 8 月于塞上古城银川

一位优秀的记者

我和庄电一同志相识相交二十多年，对他的为人、他的工作和作为一个优秀记者的杰出水平，是由衷敬佩的。在今天这个座谈会上，我首先想说的是电一同志对事业的执着。在电一同志担任光明日报驻宁夏记者的三十多年时间里，不少各行业从青年到中年的骨干调动了，升迁了，但电一同志始终守望着自己的阵地，年复一年一以贯之地忠实履行着一个一线记者的职责，任劳任怨地一个问题一个问题地实地调查，一篇一篇地发出有分量的报道。正如他自己所说，“当记者是我无悔的选择”。作为驻宁夏记者，他的足迹踏

与庄电一（左一）合影（2020年）

遍了宁夏的每一个市县区，就是在西北和内蒙古的不少地方也留下了他勤奋的身影，从而也在媒体上留下了他的发现、他的思考和对社会的记录及对人们的启迪。这真是一种很不容易的选择。

我以为，电一同志长期以来形成的报道风格一是亲自调查，他的稿件是自己深入基层跑出来的，是第一手材料。越深入，信息越灵通，他的发现就越多，报道的内容也越丰富。多年前我们常见他骑一辆自行车到处跑，似乎少了一些大报大记者的风度，却紧紧接了地气，有了更多的发言权；二是讲实话，不夸大，不缩小，更不炒作，而且几十年坚持这样做，他的报道读者信，经得起历史考验；三是善于抓重点，每一篇报道都有自己独特的视角，主题鲜明，一看就明白，包括学术性专业性很强的报道，他都能既内行又深入浅出地道出读者最想知道的内容。除了他重点关注的科教文化领域外，他的眼光一直盯住老百姓关心的问题，报道涉及的领域很广，但无论是哪个方面，他都善于从具体问题入手，总是力图用准确、精练、形象、生动的语言“把读者拉进现场”，同时又能抓住关键，把握基调，从大局上回答问题。他的报道来自民众，又回到民众，把根扎在民众之中，这是他作为“社会良心”的境界追求。他对宁夏多方面的报道，产生了非常大的影响，常听外地的朋友讲，一看到庄电一的名字，就知道又有宁夏的消息了，他们从庄电一的大量报道中更多地了解了宁夏，我们为他对宁夏的宣传和取得的社会效果而感到自豪。正是这种责任和追求，他才能敏锐地发现问题，抓住线索，扩展了自己的报道视野。三十多年来他发表了四千余篇报道。有人评价庄电一是不知疲倦的行者、不懈求知的学者、不断思索的智者，是三者于一身的优秀记者，这个评价是很到位的。习近平同志今年 2 月 19 日在新闻舆论工作座谈会上讲话中提到，新闻工作者“要转作风改文风，俯下身、沉下心，察实情、说实话、动真情，努力推出有思想、有温度、有品质的作品”，电一同志就是这样要求自己的。

20 世纪 90 年代，我和电一同志同在一栋老式的家属楼居住，当时他和年迈的父母在一起，父母住在一楼两小间，他住在五楼两小间。常见他骑自行车采访回来，顺便给父母买回菜。从农村来的老父亲对邻居夸奖儿子孝顺。过了多年我曾问过他搬家了没有，他说为了照料父母方便，一直没有搬过家。

也是在20世纪90年代，我爱人汤晓芳作为出版社的责任编辑，协助庄电一整理出版他的两本新闻稿集。汤晓芳认为这两本集子选编很好，又有新闻学的价值，值得出版。但庄电一并未要求公费出版，而是他个人自费出版。这两本集子出版后曾作为基层办通讯员培训班和宁夏大学新闻专业的教学辅导材料受到欢迎。

好新闻会给人以鼓舞和力量，会起到正确的引领作用，是一种宝贵的社会正能量。由于光明日报侧重于科教文化领域，知识分子是主要对象，庄电一同志长年跟踪了解宁夏科教文化和学术事业发展情况，我和教育界学术界的不少朋友一样，和电一同志有了越来越多的交往，都愿意接受他的采访，向他讲实话，都愿意看他的报道，从他的报道中汲取力量。2001年至2008年，我担任宁夏大学党委书记、校长。这几年是在合校后确定以进入“211”重点建设行列为目标的关键发展阶段，自治区高度重视，大力支持，但底子薄，困难多，压力大，重要的还在于要凝聚人心，鼓舞士气，发动内力，取得社会广泛的理解和支持。就是在这样的背景下，庄电一同志一直把宁夏大学的发展作为自己主要关注的领域和跟踪报道的题目。这几年中，每到一个重要的阶段，或每前进一步，取得成绩，他都不失时机地发出报道，不仅提高了宁大在全国的知名度，更给予了我们肯定、支持和鼓励。例如，我到校工作的第一年，面临着如何开局的问题，庄电一即发表了一篇报道：《关键是要树立自信心——访宁夏大学党委书记、校长陈育宁》（《光明日报》2001年12月7日）。当宁夏大学获得博士学位授权资格，标志着教学水平有了新的提升，庄电一立即发出消息：“从没有博士点的省区中除名，宁夏大学获博士学位授权资格”（《宁夏日报》2003年11月19日）。当我们在学校管理体制改革上迈出步伐，庄电一抓住这个题目发出报道：“创新管理体制构建新型模式宁夏大学对学院进行实体化改革”（《光明日报》2004年5月22日）。我们在西夏学学科建设中，下力气联合国内力量，首先做好基础资料的收集、整理和出版的工作，取得了突破性成果，庄电一充分意识到其中的学术意义，立即在《光明日报》上发出报道：“填补西夏学研究空白，大型文献丛书《中国藏西夏文献》面世”（《光明日报》2005 年 8 月 18 日）；“《中国藏黑水城汉文文献》再现尘封历史”（《光明日报》2008 年 12 月 17 日）。当宁夏大学的建设与发展有了一些成就，发生了一些变化，有的大学排名将宁夏大学名次提前，庄电一注意到这个信息，基于他对宁夏大学长期所做的调查和积累，他报道：“以教学质量为中心以人才培养为根本宁夏大学社会声誉不断攀升”（《光明日报》2006 年 1 月 8 日）。在这篇报道中，最让宁夏大学师生们振奋的是开头的一句话：“长期不显山、不露水的宁夏大学，近年来成为西部高等院校中杀出的一匹黑马。”

我的学术研究活动也得到了庄电一的多次报道，我从中受到很大鼓励，对此有着深深的体验。他对我进行的每一项课题研究，取得的每一点成果，都给予关注，作认真了解。2008 年，我和爱人汤晓芳经过几年实地考察和深入研究，完成了《中国回族文物》一书，庄电一在《光明日报》报道：“回族研究标志性巨著《中国回族文物》出版”，称这部著作是陈、汤夫妇“多年来怀着对少数民族深厚感情”的“扛鼎之作”，是“向宁夏回族自治区成立50周年献上的一份厚礼”（《光明日报》2008 年 9 月 14 日）。当我和汤晓芳完成了国家社科基金项目，由上海三联书店出版的《西夏艺术史》后，庄电一在关于西夏学的一篇报道中提到，《西夏艺术史》等一批西夏学专著的相继出版，“极大地提高了我国西夏学的学术地位”，标志着“西夏学回到了它的诞生地”（《光明日报》2010 年 12 月 2 日）。今年 3 月，由我主持并带领宁夏大学自己培养的六名中国民族史专业博士共同完成的国家社科基金项目成果《中国民族史学理论新探索》出版，庄电一在光明网和《光明日报》上予以报道（2016 年 4 月 6 日、4 月 12 日），除了对该成果给予高度评价外，还引用座谈会上的发言：“这部专著的问世证明，小省区的学者也可以做出影响全国学术界的贡献。”我和课题团队的同志深受鼓舞。

庄电一同志在今年5月5日《光明日报》上发表了题为《陈育宁：政坛杏坛书案》对我的报道，我借这个机会想要表达的是，在这篇报道之前，庄电一同志并没有专门为此采访过我，我也不知道他写了这篇稿件，直到见报后我才看到。正如了解我的同志所评价的，庄电一的这篇报道写得好，好就好在实实在在，如实地反映了我的情况。我读过这篇报道，也感到写出了我的所思所想所为，既突出了重点又很准确，因此我除了感谢庄电一同志外，更感慨的是他多年来对一个党培养的知识分子在专业道路上前行的关注、认识和用心积累，这是一种敬业精神，更是一种责任心，这正是特别值得我学习的品格。

我衷心祝愿庄电一同志永远充满事业的激情，创造更多成绩，结出更丰硕的成果！

（2016年6月23日在庄电一同志作品研讨会上的发言）

凌山的西部情

20世纪80年代初，我在开始蒙古史及内蒙古地区历史研究时，就对阿拉善的历史产生了浓厚的兴趣，曾收集资料，较早地编辑过《阿拉善历史资料汇编》，撰写过关于古居延、黑城遗址的文章，多次到巴音浩特、黑城遗址考察。此后一直关注着这个地区的历史文化信息。我心目中的阿拉善盟，是一个辽阔富饶的地方，不仅有丰富的自然资源，而且有丰富的、独具特色的人文资源。我在2008年10月阿拉善盟举行的“定远营与阿拉善历史文化”研讨会上说，阿拉善有四大人文资源：历史文化资源，有著名的曼德拉山岩画、居延遗址、汉简、黑城遗址及出土文物等；民族文化资源：历来是各民族聚集交往之地，特别是蒙古和硕特部的进入及定远营的设置，留下了丰富的民族文化遗产；宗教文化资源：有藏传佛教的重要寺院及六世达赖在阿拉善的弘法，在藏传佛教的传播史上具有重要地位；旅游文化资源：有沙漠、戈壁、绿洲、奇石，贺兰山、胡杨林，还有世界闻名的中国

《风起额济纳》封面，著名历史学家蔡美彪先生题写书名

航天城，哪里去找这样丰富多样风光各异的资源组合之地！

这样一个充满了人文灵气的地方，自然是应该出文人才俊的地方。

我认识的阿拉善盟的一位朋友李凌山（笔名一樵）先生，就是一位非常有灵气的文人。当我看到他的厚厚一本古风类旧体诗稿《风起额济纳》时，首先想到的是，古有唐诗300首，李凌山竟也吟出西部诗歌300多首！这么丰富的诗歌创作，需要时日的积累，需要深入的观察，需要仔细的构思，还需要苦苦的推敲，真是不容易。不过，我又想，诗歌创作已经成为李凌山精神生活的重要一部分，他从中一定体验到激情带来的愉悦，生命荡漾着诗意。

凌山的这部诗稿从范围上涉及内蒙古西部地区、宁夏、陕西、甘肃、青海、新疆、西藏等我国西部辽阔的地区，从内容上有缅怀历史，凭吊古迹，采集风俗，歌咏风貌，抒发感触，更多地是表达了对西部悠久历史和灿烂文化的思恋之情、自豪之情。对于有诸多讲究的古体诗，我确为外行，难以评价。但我读凌山的这些诗，却感觉气势大，很流畅，能悟其意境。我的印象是，视野开阔，包容万千，上下几千年，纵横天与地，登高望远，挥洒激情，真是“天地浩茫神思飞，面对草原觉身微。劝君抛却芥蒂事，豪歌开胸忘是非”（《阿拉善那达慕记游》）。这是诗人的大气。

诗言志。从一两首诗中似乎还难以看出作者一贯的感情追求和审美取向，但如果能从作者多年的创作积累中去品味，就可以看出作者内在的一条情感线索，一条思想脉络。我翻阅着凌山这部多年来陆续创作的诗篇，时时都会感到作者流露出的对祖国、对西部和对家乡山川历史那种不可抑制的热烈情感和豪迈的气概。“大河一路猛向东，谁与争气势，竟自掖雄风。”（《观安塞威风锣鼓有感》）这是诗人的豪气。

诗歌的创作和我们写学术论文从思维方式到表达技巧完全不一样。我非常佩服诗人有那么丰富的想象力，一个事物，一个现象，到了他们的思维系统中，就会产生那么多联想，而且会把这种联想描绘成人们能想见的形象，再去接着联想。我看到凌山《游甘肃拉卜楞寺及途中有感六十三韵》，对游拉卜楞寺时所见所闻的种种细节，均进入了作者观察联想的范围，而且写成洋洋洒洒六十三韵一百二十六行长诗，读其诗，似随作者这位导游边走边看边听，有景有情，有滋有味。这是诗人的灵气。

还有一点印象是，作者常常面对昨天的遗迹而发出今日的感慨，表达了作者的愿望，也给读者以启发和鼓舞。“快把世故全抛下，富贵须臾作黄泥”（《再过玉门关》）；“中华五千载，文明发祥久。海阔纳百川，山高接星斗。文物当自珍，文化不可否”（《再游塔尔塔有感》）；“惟盼人事循规律，但愿天公重顾眷。黄河水清会有日，待时再作黄河赞”（《黄河叹》）。这是诗人对人们的鼓气。

我虽不谙古体诗，但凭阅读的感觉，我是喜欢凌山的诗的。其中可能有个“缘”：一是我和凌山都是学历史的，大约一个共同的习惯是，每到一地，都喜欢凭吊古迹，发思古之幽情。从诗中看出，凌山的感受则更敏感、更强烈，他看得细，想得多，留下的作品也多；二是凌山是1982年宁夏大学历史系的毕业生，我做过宁夏大学的校长，至今还是宁夏大学的老师，我们是校友，情加一分，自然会有偏爱。这也是我应允作序的缘故。

阿拉善盟为宁夏近邻，又曾为宁夏辖区，历来两地经济文化交流甚密，人流、物流往复不断。多交流，搞联合，是两地的传统，也是未来共同发展的需要。凌山作诗我为序，也算是一次小小的文化交流，是我们两地合作中的一朵浪花。

2009年6月8日

（原载一樵著《风起额济纳》，宁夏人民出版社，2009年出版）

老贺与岩画

如今，我们远古的先民在贺兰山崚峭山崖上遗留下的数以万计的人类原始艺术的瑰宝——岩画，为越来越多的人们所认识，禁不住地为之惊叹，由此也使贺兰山名声大震，贺兰山原来是有如此强大生命力的一座山！20 世纪 90 年代初，国际岩画委员会正是看中了贺兰山贺兰口极为丰富的岩画遗存，于是在银川举行了一次国际岩画学术讨论会。十年后，国际岩画委员会又决定于 2000 年秋季在银川再次举行国际岩画学术讨论会。

当时，我在银川市担负领导工作，作为这次有重要影响的国际学术会议的东道主，2000 年初筹备工作一起步就遇到了一些麻烦。贺兰山贺兰口辖区行政所属是归贺兰县，而岩画作为文物遗址，是由自治区文物部门管理，山中植被林木又是属自治区林业部门管理的自然保护区，从贺兰口距公路口大约四五公里，道路尚未修通，而这又是属于自治区交通部门的事情。在这种情况下，要在国际学术会议召开前将贺兰山口岩画及周围环境的保护、管理统一起来，将通往贺兰口的道路修建起来，一道道需要协调的关口，政出多门，困难重重，令人着急。

为了给国际学术会议做好准备，也为了岩画这一珍贵遗存的切实保护和长远管理，当年 4 月，自治区人民政府决定将贺兰口岩画交由银川市政府统一管理，并负责协调相关事宜。这一决定，真是当机立断，必要又及时，各有关部门都给予了大力协助和支持。

那时，对贺兰口约一平方公里山崖上的岩画，做过粗略普查统计，大约仅有125组、627幅单体。沿山崖还没有一条参观的道路，山崖上的岩画没有标识和说明，也没有建立起完整的档案资料，对岩画遗存也没有任何保护措施。要在很短时间里完成这些工作，向出席国际岩画学术会议的各国专家有一个像样的展示，的确是时间紧、任务重。

我记得，当时市领导交换意见，大家一致同意选派时任市政府副秘书长的贺吉德同志上山，主持新建立的银川市贺兰山岩画管理处的工作。

我和老贺很早就相识了，是缘于对地方历史的共同兴趣，时常以文会友，交流切磋。他在从事银川市史志工作时，下了一番功夫，掌握了丰富的资料，系统地研究了银川市的历史。直到今日，要说银川市的历史，可能还要数老贺是权威了。加上他长期在政府部门工作，熟悉情况，善于协调，看来，岩画管理处的工作，非他莫属了。

果然，老贺不负众望，一头扎在山上，仅用了几个月时间，就使贺兰口岩画遗址变了模样。沿山崖的参观道路修通了，标识牌竖起来了，保护措施以及讲解等工作也逐步到位。在此期间，我曾到山上检查这些工作，看到各项工作正在紧张有序地开展，心里踏实多了。我还依老贺的请求，以“云月山人”署名题了一幅字曰“石破天惊”，刻在一块石头上，作为岩画参观线上的一个点缀小品。

老贺讲解岩画

到了9月份，顺利圆满地接待了国际岩画学术会议专家的考察，各国专家都表示满意，我们也为办成了一件大事而格外高兴。

此后不久，我调离了银川市，与老贺的接触少了，但只要陪朋友们去看岩画，还是要与老贺切磋一番的。一晃几年过去了，老贺已是五十大几的年龄，依然是市政府副秘书长兼岩画管理处主任。我知道，这期间，许多比老贺资历浅的干部升迁了，有的调整了岗位，但老贺还是每天山上山下、沟里沟外地忙着岩画的事情。每见到他，别的事不提，总是满口“岩画”，而且越谈越深、越谈越多了。

近日，我和几位大学的历史学教授到贺兰口岩画考察。老贺亲自为我们做导游，他既把自己的新发现、新研究融进去讲给我们听，又不时地夹杂一些如某幅岩画为天外来客所作的调侃，调剂一下气氛，引得同行者们甚是开心。我大约有两年未去看岩画了，这次考察又听了老贺的详细介绍，令我颇为惊讶的是，经过几年的调查和研究，老贺又有了许多新的发现，也为贺兰山岩画的研究拓展了新的更大空间。

一是经过仔细勘查和登记，仅贺兰口沟口两边的山崖上，以及清理山根和从附近农户家收集到的零星石块上的岩画，已达2138组共5679幅单体。贺兰口岩画之所以引起国际岩画界的高度关注，就是因为在一个很小的范围内，有如此密集的岩画分布，数量之多，内容之丰富，是许多有岩画的地区所无法比拟的。在20世纪90年代初普查的基础上，短短几年，又有如此大批量的新发现，确是令人惊叹！据老贺讲，不仅岩画数量增加了很多，而且还有许多新的发现。如贺兰山岩画中有一幅最为著名的被称为“太阳神”的类人首图案，其头顶的两圈分格为24格、12格，经过长期观察，阳光照到这幅岩画上，近处山崖遮住的阴影在不同时辰投在“太阳神”头顶的不同格段上，似乎起到了日晷的作用。当然，作为一种观察发现，还有待于进一步研究和验证。还发现，贺兰口岩画的许多图案与大约同时期印第安文化的一些图案也有许多可比之处。作为一种世界性的文化现象，贺兰口岩画为我们提供了许多新的研究依据。

二是在贺兰口外的山前区域进行调查，也有了许多新的发现。

有被考古学家初步认定的一处新石器时代的民居遗址，卵石叠砌的房屋墙基清晰可见，屋内曾使用的石板和供磨制器具的石块，痕迹还十分清楚。还有一处是直径大约六七米，高约一米的卵石堆砌的圆形围墙，中间是石块堆起来的柱状。当地农户相传，这一遗址不知什么年代就已经有了，一直不敢动它，即使是旁边农户的院墙，也是绕开的。看来，这是当地的一处神圣之地。老贺讲，这很可能是保留下来的一处祭祀之地，或是古代性崇拜的一个标志，目前尚无人对此作更深入的研究。附近还有一大片石块垒起来的羊圈，一个接一个，当地农户也说不清是何时就有的，反正祖祖辈辈传下来，祖祖辈辈在使用。如今，这里的农户都迁下山了，但这些祖辈留下来的遗存还保留着，人们说不清它，也不敢动它。贺兰口山前的这些遗存，过去并没有引起人们注意。老贺在几年的调查发现之后，一直有一个问题在脑际盘旋：这些山前遗存究竟与凿刻岩画的那些先民们是什么关系？难道是他们的驻地？有人曾建议将贺兰口山前辟为广场，供参观者停车休息，但自从有了这些发现之后，老贺坚决反对，主张一定要把这些遗存保护下来，因为它的价值我们今天还不能完全认识。显然，这给贺兰山岩画的研究者们又提出了新的课题。老贺的这种执着，令人钦佩！这也成了我写下如上文字的动机。

2005 年 10 月 29 日

（原载贺吉德著《岩画百题序》，宁夏人民出版社，2009 年出版）

书外有感

丁峻同志是我的同事。我眼见他的清苦，他的辛勤，他的执着和追求，如今，又一次面对他厚厚的一摞书稿，禁不住涌上来一些感触，写下了这些有感而发的话。

起初，丁峻提出要我为他的这部书稿作序时，我是很有些顾虑的。我以为，一部学术著作的自序或他序，旨在评介该书的主要观点、内容以及它在学术上的意义，因此，作序者必须对该书的研究内容有较深入的了解，对书中的阐述和论证有独到的见解。丁峻同志所研究的问题，属于美学和心理学的范畴，而且是这一范畴中目前更为深层的领域。在社会科学的诸多研究对象中，对人的研究是最为复杂的工作，而要探索人的心灵意象与审美创造之奥秘，其深奥和艰难就更可想而知了。作为这一领域的门外汉，我是不敢去妄加评论的。但对于丁峻同志来说我却有些书外的感想要说。

从丁峻同志的研究专业看，谁也不可能想到他是一位医科大学的毕业生，而且是具有好几年临床经验的牙科医生。可是，他的精神生活却一直是寄托在阅读有关美学、思维心理学和艺术理论的著作等领域中，思考和钻研诸如人类的审美意识、审美心理及审美创造活动这些抽象而又复杂的问题，而且多少年来锲而不舍。他终于有机会进入了社科研究机构，有人惋惜他舍弃了来之不易的医术，而他却为真正找到了自己热爱和自由驰骋的天地兴奋不已。一位老学者说过：“学案最高唯寂寞。”丁峻的研究专业要求他潜心伏案，刻苦钻研，他也的确是这样做的。整座大楼里，灯光一直亮到深夜的那一间，就是他的办公室兼宿舍。我不知他还有什么嗜好，倒是劝过几次，让他戒掉陪伴他寂寞的劣质香烟。他推迟过自己的婚期。他在执着追求的领域里不懈地跋涉，终于有了今天的收获。他的这股劲头，不正是许多年轻的科研人员所缺少的吗？

有一次，丁峻淡淡地告诉我，他搞了多年的一部文化美学书稿，在被出版社寄稿的过程中丢失了。我知道，这是他多年来倾注心血的第一部书稿，一家出版社已答应要出版此书，宁夏社科院从十分紧缺的经费中给予了他出版这部书的补贴。经过查询，该书稿的确是丢失了。丁峻寄出的是他的全部手稿，他没有留底稿，也没有舍得花钱去复印一份留存。这件事令我惊讶！而更吃惊的竟是丁峻那平平淡淡的态度：“丢就丢了吧，再重来就是了。”于是，他又开始了这个题目的重新研究和写作，他竟然经受住了这一次打击，毫不气馁地继续钻研。现在看到的这部书稿就是他在这种情况下完成的。所以我在开始时说，是“又一次”看到他的书稿。

丁峻的实例说明，做学问是不易的，取得成果更是不易的，它需要毅力、勤奋和热情，还要经得起挫折。许多有成就有造诣的学者，都有他们各自的一本“刻苦经”。有些青年科研人员往往只看到这些学者的累累成果和在学术界受人尊敬的地位，而看不到他们曾经走过的长期艰苦的探索过程，看不到那种不逐名利而实干的精神，实在是一种很大的误解。

从事任何科学研究的人都不要忘记，马克思 1859 年在《政治经济学批判》序言中，引用但丁《神曲》里的两句诗，他指出：“在科学的入口处，正像在地狱的入口处一样，必须提出这样的要求：‘这里必须杜绝一切犹豫，这里一切怯懦都无济于事’。”

我们还要记住马克思在《资本论》法文版序言最后所说的话：“在科学上面是没有平坦的大路可走的，只有那在崎岖小路的攀登上不畏劳苦的人，有希望到达光辉的顶点。”我愿以马克思的这两段名言，与丁峻以及许多从事学术研究的朋友们共勉。

1992 年 3 月

附 又忆丁峻

20世纪80年代末90年代初，我担任宁夏社会科学院院长时，曾为青年科研人员丁峻的著作《审美创造心理学》写了序。虽然我对他研究的内容不熟悉，但他的刻苦勤奋却令我感动，我写的序对此有感而发，名之曰“书外有感”。后来，我调离了宁夏社科院，但一直关注着丁峻。他依然刻苦勤奋，为人很低调，踏实搞科研。记得在这期间他获得了全国五一劳动奖章，成为宁夏青年科技人员学习的榜样。后来就听到他调至杭州师范学院工作。那几年时常会听到这类人才外流的消息，也只能是无奈罢了。有一年我去杭州出差，还专门看望了丁峻，给我的感觉，他还是那样刻苦勤奋，更多了些沉稳和成熟。可能是基于这些原因，我为丁峻书稿写的序言一直保留着，也保留着和丁峻的一段学术之交。我一直以为丁峻的《审美创造心理学》早已出版，但一直未见到这本书。多少年后与远在杭州的丁峻电话联系，方知道当年因为出版社的原因，导致书稿搁置而未能出版，这是我未曾想到的。丁峻却表示，对20年前我为他的书稿作序，一直想要表达对我的感谢之意，只是没有合适的机会。当天晚上（2009年4月10日），他就给我发来了一篇题为《书香深处的温馨之宫——有感于陈育宁教授的达德慧心》的文章，情义洋溢，令我感动。其中写道：

> 二十年前，我还是一个血气方刚的初生牛犊，不识惆怅味。矢志攀险峰，为伊消得人憔悴、独秉青灯游古今。那时，我历经多年孤诣和饱蘸心血精华的处女作《审美创造心理学》刚刚杀青，于是捧着散发烟草味浓郁的手写稿去请陈先生作序。当时心中没有把握，担心他由于繁重的工作和自己人微言轻的境况而遭到婉言谢绝。然而，陈先生不但爽快地答应了我的请求，而且在写出书序的初稿之后交我过目，看看内容是否贴切、中肯，文字表达是否尽释双方之间的默契与真情。我接过他那潇

洒的两张楷体手写稿之时，不禁热泪盈眶，心潮起伏！

由于那部书命运多舛，最终丢失了那份弥足珍贵的书序和部分正文内容。但是，我依稀记得书序的大体内容，我印象很深的是，陈先生是一位人情味极为浓郁、思想极为精细的良师，一位与我等年轻人结为“忘年交”的益友！尚记得，他曾经向我借香烟，在烟雾缭绕境界里彼此开诚布公，坦露心扉，从人生、社会、治学到爱情、婚姻、事业，无所不谈，使当时极为孤独和清苦的我领略到了心灵深处的熨帖感、欣适感、动力感和自洽感！

我读着他的信，禁不住激动，倒不是因为他对我的称赞，只感于丁峻几十年不变的真诚和实在。

2010 年

域外见闻

传统与现代结合的魅力
——访比随记

比利时是西欧一个面积仅有三万多平方公里的小国，它的首都布鲁塞尔却被称为“欧洲的首都”，欧共体和北大西洋公约组织总部及国际上700多个组织的机构都设立在这里。比利时地处西欧中心，是西欧两大文化——拉丁文化和日耳曼文化的交汇点。这是一个经济和文化都很发达的国家。

今年八九月间，我应邀到比利时鲁汶大学参加一个关于中国少数民族历史文化的国际学术研讨会。这是我第一次出国，启程前，我想象着那里现代化城市的风貌，高楼林立，车水马龙，繁华的街

参加田清波与鄂尔多斯国际学术研讨会发言

市，拥挤的人群，快速的节奏和喧嚣的声浪……然而，一到实地，却是另一番景象，生出不少新的感受。

鲁汶大学坐落于距离布鲁塞尔25公里的鲁汶市，鲁汶市实际上是一座大学城。鲁汶大学的各种设施，包括各学院的教学楼、图书馆、教师和学生公寓、食堂等均散处于这个城市的各个角落，没有大门和围墙。这是建立于1425年的一所欧洲最有名的大学。我到达的第一天，突出的印象是这座城市几乎很完整地保留着中世纪的街道格局和许多古建筑。整个城市清洁而安静，城市生态也维护得相当好，树木、绿地和鲜花把街道点缀得充满生气。主人驱车带我穿行于校园时，我即发现，在隐蔽于树林之中的教学楼之间，是很宽阔的一片片草坪。我问主人，学校可以利用这些空地搞新的建筑吗？主人立即回答我，那可不行，虽然鲁汶大学是一所教会学校，但也必须遵守国家严格的规定，政府是不允许任意扩用基建占地的，尤其是树林和绿地，更是绝对不可侵犯之地。后来，我在这座城市的郊区也看到，各种建筑包括一座座民房，都被整齐地规划在马路两旁一定的位置，草坪和树林环绕四周，有的还用精致的铁栏杆围起来。这座城市显然不是我所想象的“现代化”，不仅古老优雅，而且有一种田园色彩。这使我感受颇深，联想到我们有的城市，在连片的开发改造中，急功近利，连城市的“绿肺”也被毫不留情地做了切除手术，一座座光秃秃的楼房鳞次栉比，似乎是被剥去外衣、失去装饰的裸体，真有说不出的叹惜！

主人安排我下榻的地方是鲁汶大学社会学学院的学生公寓，这是一处有欧洲教堂风格的四合院式的三层楼房。我进入高大沉重的院门，一块牌上标明，这座建筑建于1569年，1986年经过装修。我很惊讶，当即想到的是，我住进了有400多年历史的房屋中。这是一座砖木结构的楼房，外表看去，红砖依旧，砖缝的灰浆有些残缺，透着古老建筑久经风霜的气息，起脊的楼顶上铺盖的瓦片已经变为黑色，楼的一侧耸立着哥特式细高的塔尖，似有飞鸟在上面栖息。当我进入楼门时，却发现是镶着大块玻璃的铝合金门，严丝合缝，把手和门锁都很精致。虽只有三层，也装有电梯，上下非常方便。我住在三楼的一个房间，因为是顶层，如同上海的小阁楼一样，起脊处的屋顶是一个大斜面，木质的屋架裸露于外，看得出虽经防腐防虫处理，但陈旧的本色并未改变，保留着原来古色古香的模样。我随之又发现，房间内的门、窗、锁、灯、塑料地板、家具、自来水装置以及卫生间的洁具设施等都是极先进的，在国内大约只有在高级的宾馆里才能见到。这些设施使用起来既方便又清洁。住在这样的房间里，我不由得冒出了这样一句话：“传统”其外，“现代”其内，刻意追求，合为一体。

于是，我开始带着这个问题来观察这座城市，最初的感受竟然越来越强烈。鲁汶市里中世纪的古建筑绝大部分保留下来，由于长期精心维护，现在依然在使用。教堂是保护得最好而且经常维护的重点建筑。经过维修的教堂，有的要在某个角落专门保留一处原有的地基或其他什么标志，以使后人能够看到最初建筑的原样。其他的建筑同样也得到了很好的保护。时至今日，鲁汶大学的校长办公室，仍然在一座建于 15 世纪的楼房中，大理石镶嵌的楼梯和精美的雕刻，向人们展示着那个时代的艺术光辉。游览这座城市，的确有一种置身于中世纪的感觉。

在我住的社会学学院公寓对面，正在拆修一座三层楼的楼房。我看到，除了临街的一面墙壁依然矗立保留外，里面已全部拆掉。主人向我介绍说，这座三层小楼是几个世纪前的建筑了，由于它外壳的墙壁上保留了中世纪的建筑和浮雕风格，尽管内部已经不能继续使用，但也有保留价值。这座楼房的主人是一位犹太人，前几年出售这座楼房的标价是 500 万比利时法郎，现在按照原样的维修却要花 5000 万法郎，比重建一座同样大楼房的花费也大。但由于政府有明确的规定，执行是没有余地的，为此而加大费用也在所不惜。久而久之，人们自然也就适应了。

我参加会议的地方是鲁汶大学欧中文化交流中心，这也是一座古老的院落式楼房，临街的大门较窄，每次汽车出入都要小心翼翼。我便随便地问主人，为什么不可以将大门拓宽一些呢？主人指着大门口两边两块突出的基石说，这两块基石是当年建楼时立下的大门础石，为了保留原样，是不能移动的。进入大门之后有一块空地，生长着一棵高耸茂密的大槐树，树枝已经探出墙外，伸向街道。主人也向我们解释说，这是300年前从日本移来的一棵树，是市里明确的保护对象，这块空地就是专为它而留下的。

我在街道上漫游，没有发现那种如今十分时髦而且装潢耀眼的大宾馆。我心里想饭店宾馆越多，星级越高是一个城市繁荣发达的标志之一，这里的饭店宾馆何在呢？后来，会议安排我们参观了位于这座城市中心的一个古城堡，我得到了答案。这座城中城，有高大的教堂和中世纪的修女院，四周有护城河环绕。由于没有汽车可通，也没有街市的噪声，异常安静。现在城堡楼房里的居民，看来很习惯于这里窄窄的石板路、厚厚的石墙、狭长的窗户，也习惯于这里的寂静，好像没有人想到去改变这里的一切。城堡内有的楼房被改作为宾馆饭店，外表看去除了有宾馆饭店的标志外，似乎再没有什么特别。导游小姐说，宾馆内的一切设施都是很现代化的，但情调和气氛却是传统的古老的。这既符合现代人们的生活需要，又满足了人们心理上的文化追求。因此，这里的宾馆饭店很受游客欢迎，生意不错。后来，我终于在鲁汶市的环形路上发现了一座十几层的高层公寓建筑，当时的感觉是鹤立鸡群，与整个城市的格调不大吻合。主人也告诉我，围绕着这座高层建筑，曾经有过一场颇有影响的建与不建的争论。其结果虽然是建起来了，却有些受人们的冷落，此后也就再没有大的兴趣兴建这样的高层建筑了。

会议期间我们参观了比利时西北的旅游城市布鲁日。这座被称为“北方的威尼斯”和“欧洲的博物馆”的古老城市，更多和更完整地保留了中世纪城市的风貌，古建筑和历史文化遗迹得到了更好的保护。当地有一个说法是：不到布鲁日，就等于没到比利时。布鲁日在中世纪的欧洲是北方的一个重要港口，靠近北海仅十公里，是连接亚、非的重要枢纽。当时欧洲的四个重要城市是布鲁日、根特、科伦和伦敦。后来由于比利时另一个港口城市安特卫普的兴建和发展，布鲁日作为港口的作用日渐小了，但也因此使它原来的古老面貌更多地保留下来。在布鲁日人的意识中，历史遗迹和传统文化既是这座城市的特征，也是布鲁日人的骄傲；没有了这些特征，这个城市也就会像没有了灵魂似的。我从导游女士那种自信的神态、热烈的情绪和滔滔不绝、如数家珍的介绍中，明白了这一点。但我也同时了解到，他们并没有因此而把现代科技、现代设施和现代管理拒之门外，而是使这些东西积极地又小心翼翼地渗入进去，使之与传统结合得水乳交融。

我们从布鲁日火车站下车后，即随着迎接我们的导游女士步行进入市区游览。布鲁日的新交通法规规定，为了减少老城中的车辆，首先限制大轿车和3–5吨以上的卡车，即使是私人小汽车也要受到严格的限制，所有的大轿车都必须在城门口掉头，进入城市的道路从7条减为5条，大部分石板路已改为单行线，市政广场已封闭不允许穿行。布鲁日中世纪的城墙原来是为了防御敌人进攻的，而现在，它的一个新任务是保护布鲁日不受汽车发动机的侵害。对于游览的人们，具有中世纪风格的马车成了很别致的交通工具。戴着圆礼帽的车夫会讲几种语言，热情的服务和导游讲解，会给来自世界各地的观光者带来很大的方便和极有情趣的享受。

我们从火车站一直步行到市政广场，沿途是一条早已设计好的游览路线。我们看到了中世纪城墙的遗址，河流和河口的城堡，狭窄而繁华的步行街，以及琳琅满目的带有历史文化标志的旅游纪念品。在市中心最大的教堂里，一尊雕刻精美的大理石圣母像最引人注目，原来它的作者是中世纪意大利最著名的雕刻家米开兰基罗。这尊雕像是1505年由意大利运到布鲁日，也是米开兰基罗作品中唯一在国外的一件。教堂里不仅有这样精美的艺术品和色彩缤纷的壁画令人陶醉，凡是进入教堂参观的人们，都放轻了脚步，没有高声的喧哗，也没有人擅自跨越指定的参观线路，很自觉地遵守着这里的规矩。这种尊重传统的修养和习惯也同样令人敬慕。

值得提到的是，在布鲁日还参观了一所建于1303年的住宅建筑。这是一座二层楼的院落，虽然显得矮小，楼房内的阳光也不够充足，但维护得相当好，十分清洁，楼后的院子里鲜花盛开，每个窗台都陈列着鲜艳的盆花。想必那个时候这所住宅一定是贵族的公馆，现在已改作为养老院，为老人们提供了一个幽静的颐养天年的住所。在另一条街上，导游把我们领到了一座楼房院落里，看上去，和布鲁日的大多数古老的楼房一样，红砖黑瓦，维护得很好。导游告诉我们，这是一座建于1100年前的医院，据留下的资料说，当时已可以做手术了。紧挨着医院的是一座教堂，是为了给住院的人提供祈祷的方便。现在这里仍然是一所医院，不过它的设备自然是今非昔比了。

当然，世界上许多城市的发展，由于条件的不同，不可能像比利时的鲁汶、布鲁日那样保留很多古老的建筑，以致形成有中世纪风格的旅游城市。许多城市的建设，特别是新兴城市，它的建筑、布局和风格，完全体现了一种现代意识，同样具有独特的魅力。这是不能强求一致的。不过，重要的在于，在那些历史遗迹和传统文化较多的地方，尊重和保护传统，绝不仅仅是城市建筑方面的问题，而是一种文化意识和文明的表现。人们只有通过对传统的切身感受才能更深地理解传统，继承和发扬传统。我们在这个问题上的盲目性，已经造成了许多难以弥补的损失。历史遗迹的珍贵还在于它是不能重建的。对历史文化传统的尊重，其深刻的内涵还包括民族的自尊和对祖国的热爱，这也是不可替代的精神力量。从这个意义上讲，我们不是应该从鲁汶和布鲁日那里吸取点什么吗？

1993年10月

（原载《朔方》1994年第5期）

访日见闻

3月，虽然还不到樱花开放的季节，但已是春意浓浓，日本的气候似乎比我国北方更温暖湿润暖和。在这怡人的季节，我应日本岛根大学的邀请，参加在岛根县首府松江市举行的环日本海地区农村发展国际学术研讨会，同时访问了崎玉县川口市。十多天的时间里，接触了日本社会生活的一些断面，零零星星留下了一些印象。

精细负责的日本风格

我乘中国国际航空公司的班机从大连出关，飞经韩国上空，到达大阪关西国际机场只用了1小时50分钟。江泽民主席曾为日本题词“以邻为德”，日本的确是我国一衣带水的邻居。我五年前飞往日本时，是绕过韩国上空，而这次直飞，没有想到这么近。

大阪关西国际机场是1994年9月落成开通的现代化大型国际机场。5年前，我就是在刚落成的关西机场降落的。当时看到这座填海建造的新机场规模宏大，设施先进，风格新颖，颇为感叹。五年后我又一次在这里降落，我仔细观察，机场似乎和5年前新落成时一样，一切设施都维护得那么好。当然，一方面是他们对设备材料的要求高，质量标准相当严格，另一方面则是他们精心的维护。我想，这大约是日本民族非常精细、负责和敬业精神的体现吧。这种感受，在日本访问期间的随意观察中，得到了充实和验证。

还未走出关西机场，和我同行的一位人民大学的副教授告诉我，可以先把行李托运到松江。她曾在日本留学，对日本的情况很熟悉。于是她带我到关西机场一个托运行李的地方。当走近这个行李托运处的时候，那里的工作人员就热情地迎了上来，帮助把行李从小推车上拿下来。行李托运处标明“翌日配达”，所有交付他们托运的行李，除特别偏远或者隔海的地方以外，一律第二天可以到达全国各地所托运的地点；而且可以根据顾客的要求，在上午几点至几点或者是下午几点至几点送达目的地；每一件行李收费一律是1890日元。工作人员受理行李后，立即用塑料袋进行包装，以免磨损或雨淋。然后，根据路线进行安排，连夜通过高速公路用封闭的大货车送向全国各地，在指定的时间，专人送往指定的地点。据人民大学这位朋友讲，她多次托运过，从未发生过丢失、损坏或误送的情况。我们托运的行李，果然在第二天指定的时间，完好无损地送达300多公里外松江市指定的地点。

井口隆史教授是岛根大学组织这次国际研讨会的主要负责人，他同时负责把我和人民大学的副教授接到松江。我们到达大阪的这一天，他正好前往京都开会，于是提前取得联系，由人民大学的副教授带我乘坐火车从大阪到京都和他接头，然后由他开车把我们接往松江市。我们到达京都和他接头后，已是下午5点多钟。这位已经56岁的农学教授，早上自己驾车从松江到京都开会，会后又接上我们连夜赶往松江。这一整天的路程，几乎是从日本的西部到东海岸打一个来回，行程700多公里。我想，一个专职的司机一个工作日也不过如此，我为此而很感慨。我坐在车上对井口先生说，你是一位堂堂的老教授，却这样辛苦，真不容易。他淡淡一笑说，习惯了，这也是我们应该做的事。

我们的车在途中兵库县一个叫加西的地方停车加油。我以为司机必须要下车，去开票付款，然后打开油箱盖，请加油站的工作人员把油加好。但井口先生把车开到加油机旁却没有下车，他依然稳坐驾驶位，打开车窗，加油站的两名职工立即走上来，在车外向井口先生问清加油的数量后，一名职工立即打开油箱盖加油，另一名职工打开引擎盖进行检查，然后冲洗前面的挡风玻璃。油加好了，车况检查了，挡风玻璃也擦干净了，井口先生在座位上付了油款，两位加油站的职工恭恭敬敬地站在车旁鞠躬，礼貌地说再见。井口先生告诉我，车况检查和擦洗挡风玻璃都是免费的，他们还提醒司机，夜间行车要注意安全。我坐在司机旁边的位子上观察了这一过程。我想到，他们习以为常的做法，体现了一种负责、敬业、礼貌和服务的精神，这是长期形成的一种素养。

我在山区农村考察时发现，为了保持山坡的水土不流失，哪怕是很小的一块山坡，那里的农民都要用铁丝网做成的护栏保护山坡上的植被。虽然付出的成本很高，但在日本这个人多地少的地方，他们在环境保护方面想得周到，做得精细。还有一件事也值得一提。一天中午，我们在仁多町小镇一家荞面馆里用餐。进入这家小面馆，首先看到的是在墙壁的柜橱里陈列着一排广口瓶，每一个瓶子里装着荞麦在加工的不同阶段的样品，并且标着名称和号码。同行的日本学者告诉我，陈列的目的是让顾客在吃饭的同时了解荞麦的加工过程以及不同阶段的样品。这个地区是出产荞麦很有名的地区，凡到这里的人都想对荞麦有所了解，这个愿望在这家小小的荞面馆中不知不觉地得到了实现。我的同行看出我对此很有兴趣，索性把这个面馆的老师傅请了出来，专门给我讲解每种陈列品的内容。没有想到一顿极平常的午餐，却增加了关于日本出云地区荞麦的知识，真是一个意外的收获。

日本朋友的情结

我在结束了松江的国际研讨会之后，又访问了崎玉县川口市。川口市在东京附近，传统的铸造工业很发达。川口市有两位老朋友，一个叫须崎耕二，一个叫大熊利一。他们两位是多年从事铸造工业的企业家。须崎先生与宁夏长城铸造厂合资建立了宁夏长城须崎机器铸造有限公司，进行了友好的合作。两位企业家多次访问过银川，在我们认识的过程中，我的印象是，这是两位一辈子和铸铁打交道的企业家，正直但也似乎有些刻板，没有看出他俩有什么更多的兴趣和爱好。

在川口市的几天里，我和须崎、大熊两位先生有了更多的接触。除了参观他们的企业，商谈双方来往的事情外，又应邀到他们家里去做客，谈家庭、谈生活、谈爱好，他们的思想、情趣的窗口向我打开，我于是看到了他们生活的另一面，最初的印象大大改变。须崎先生多年来有一个特殊的爱好，即对中国古代文化有很浓厚的兴趣。他知道我从事中国民族历史文化的研究工作，每次和我交谈，就会提出许多有关中国历史文化的问题，希望从我这里得到解答。他说，“我虽然有自己的企业和资本，算是一个富有的人，但你的这些知识也是财富，你也是一个富有的人。”他请我到他的家里，在他的和式住宅的榻榻米上，如数家珍般地摆出了他在中国收集到的各种历史文化纪念品，一件件向我讲述它们的来历。他再三表示，他特别喜欢中国悠久的历史文化和中国人的朴实。他在中国投资、合作，并不单为赚钱，而是为了更多地了解中国，结识更多的中国朋友。现在他的企业主要交给他儿子经营，他将用更多的精力去开拓和中国合作的途径。他每年都要多次到中国，从 1998 年开始，他从中国买回一只铁铸的兔子。他希望能把十二生肖的铸造工艺品收集全。虽然他已经是 60 多岁的老人，但是对这个十年以上的计划乐此不疲。他的另一个兴趣是制作陶器。他拿出自己制作的仿古陶器向我介绍，滔滔不绝，神采飞扬。他对中国陶器制作的历史也知道许多。须崎先生作为一个企业家，一个一辈子从事铸造的人，却有着一种对中国古代文化的追求，有着一种和他的职业并非必然联系的爱好，这使我感到很意外。但我看得出来，这位年过六旬的老人精力充沛，开朗乐观，一定与他充实的精神生活有关。

大熊利一先生出身川口市的一个铸造世家，一辈子搞铸造，现在也 60 多岁。年龄比须崎先生大，可是看上去显得比须崎年轻，精神很好。一天下午，我应邀来到大熊家做客。这是一座三层小楼房，设计很精巧，外观是洋式，但楼内又有和式的设施。他先请我到二楼和式小客厅，在榻榻米上就座。按日本和式住宅传统的设置，榻榻米中间有一个吊起来的锅，锅下用小电炉代替了烧柴。他的夫人穿着标准的和服，为我们表演了正宗的日本茶道。大熊介绍，夫人做的茶道完全是江户时代的传统做法。她按照一定的操作程序，神情虔诚地为我们冲茶敬茶。茶碗是大熊家留传下来的江户时代的碗，只有接待尊贵的客人时才拿出来使用。当晚，大熊先生请我在一家日本料理餐馆用餐，大熊夫人在席间出去了一会，回到餐厅后，她已是另一身装束，完全是一个古代日本仕女的形象。在录音机播放音乐的伴奏下，大熊夫人表演了江户时代的一种民间舞，热烈而欢快，一招一式都十分熟练，似乎功夫很到家。大熊的夫人也已60多岁，却有这样的精力和兴趣，加上她由于经常参加这类活动而保持着很好的体形，我怎么也难以把眼前的这位夫人和60多岁的老人联系在一起。大熊讲，他的夫人就是喜欢这些传统的东西，经常去参加学习和训练，但像今天这样的表演却很少，因为她面对的是一位来自中国懂得古代文化的朋友，这使我大为感动。

在大熊家做客，最后参观的是大熊先生的办公室。他的书架上陈列的几个铁铸的釜，外形古朴，有着浓郁的古代和农村气息；制作精细，似融进了制作者的追求和心愿。这是大熊先生亲自制作的几件珍品。据大熊介绍，完成这样一件作品约用半年时间，许多人不惜高价购买、收藏或使用。我看到，当大熊先生双手捧着他的作品时，眼神里流露的是欣慰，是满足，是自豪，这眼神触动了我，我似乎拉开了一层幕布，窥见到这位铸造家的心灵深处。显然，他倾注心血制作仿古铸件，并不是为了赚钱；他的夫人锲而不舍地学习古典舞蹈和茶道，也不仅仅是为了锻炼和消遣，其中蕴含着他们共同的文化追求，这就是他们的精神生活。这种精神生活体现了他们对自己民族和民族文化的真诚热爱和深厚情感，也体现了这对老夫妇和谐而相映成趣的晚年生活，这大约也是种情结吧！

“格拉斯”种种

“格拉斯”是英语，玻璃的意思。1994年11月，我应邀到岛

宁夏固原李贤墓出土的玻璃碗

根县参加环日本海国际学术研讨会，那一次研讨的主题是“格拉斯”是如何传入日本的。历史学家告诉我们，玻璃制品大约是在公元4—8世纪首先出现在中亚地区，通过丝绸之路进入中国，传入朝鲜半岛，又跨海到达日本。这条线路上许多遗址出土的玻璃制品及其残片都证实了玻璃由西方传入东方的轨迹，所以日本学者又将丝绸之路称为“格拉斯传入之路”。我参加这次研讨会，主要是介绍丝绸之路经过的宁夏固原地区，在1983年发掘的北周官员李贤的墓中，曾发现了完整的中亚传入的玻璃碗。这只玻璃碗来自中亚萨珊王朝，传入中国大约是在公元五六世纪。这个时期，丝绸之路上东西贸易活跃，商队来往频繁，玻璃制品进入中国，又传到朝鲜半岛和日本。在日本和朝鲜的考古发掘中，发现的玻璃碗和玻璃器皿、残片等，其形制、加工的方式都与李贤墓出土的玻璃碗相同。透过格拉斯传入日本这个历史现象，我们看到了中日文化交流很早就已深入社会生活的方方面面。我这次访问日本期间，在大熊先生的安排下去北海道做了一次短暂的观光旅游。在札幌市以西大约30公里处有一个叫小樽的城市，这是北海道靠日本海西海岸的一个港口城市。在这个港口城市参观时发现，这里从江户时代起，就是一个很重要的对外开放港口，来自欧洲等地的船只都在这里停泊。他们从欧洲带来的大量交换商品中，“格拉斯”占有重要份额，同时也带来了“格拉斯”的制作技术。在小樽，现在保留着许多海运商品的库房，以及当年制作玻璃器皿的作坊。我们参观的几家利用过去玻璃作坊改装而成的大型商店里，几乎都经销玻璃制品。这里既有当地土法制作的朴实风格的玻璃制品，也有来自意大利、法国等国家先进工艺制作的玻璃器皿、玻璃工艺品和玻璃装饰品等。这样的商店一个接一个，让人目不暇接，真是琳琅满目，色彩缤纷，简直是一个玻璃制品的五彩世界。真没想到，五年前到日本与“格拉斯”有关，这一次到日本，又闯进了一个“格拉斯”天地，不免又多了一份惊喜。

不过，引起我联想的，仍然是“格拉斯”传人的问题。古代最早进入日本的“格拉斯”是通过丝绸之路传入的；但到了中世纪以后，欧洲资本主义的对外贸易迅速发展，欧洲的玻璃制造业也发达起来，更多的玻璃制品、玻璃制造工艺便由欧洲跨越日本海直接传入了日本。北海道的小樽，就是一个重要的玻璃传入的港口。看来，“格拉斯”传入日本，既有古代丝绸古道的跨海传入，也有中世纪以后欧洲的直接越洋传入。日本的玻璃制品中，有着古朴的东方风格，又融进了先进的欧洲制作工艺和精美的欧洲式样，这也是日本善于吸收外来文化的一个例证。五年前后两次访日，对“格拉斯”传入日本又增加了新的认识，这也是一大收获。

1999 年 6 月

（原载《银川晚报》1999 年 6 月 6 日）

玛格纳的家族博物馆

2003年8月，我应邀访问了位于挪威西海岸桑德菲约尔德的挪威红十字世界联合学院。这个学院是20世纪60年代在挪威红十字会及北欧8国政府的捐助下建立起来的一所国际性院校。学院以人道主义、环境保护和责任心为宗旨，力求使来自各国的学生通过国际化的教育成为有慈爱心、有环保意识和有高度责任感的公民。到现在为止，已经在世界各国建立了9个分院，有80多个国家的学生在这所学院学习过。从1998年起，这个学院开始接受中国学生。第一个中国学生是来自宁夏的王嘉鹏。他在1993年7月的一次空难中幸存了下来，虽严重残疾却自强不息，他珍爱生命、顽强学习的精神引起了挪威王后的关注，挪威松娅王后亲切接见了王嘉鹏，并邀请他参加在奥斯陆举行的诺贝尔和平奖颁奖仪式。从此以后，这个学院积极开展对中国特别是对宁夏的友好交流活动。我就是在这样一个背景下来到这所学院访问的。

挪威最著名的景观是在长长的海岸线上的那些锯齿形的峡湾，尤其是西海岸，清澈湛蓝的海水充溢着曲折交错的峡湾，沿岸是翠绿起伏的山峦，静谧而优雅，仿佛仙境一般，它会给每一个游人留下深刻的记忆。挪威的这一景观，是美国权威杂志《国家地理》推荐的国际顶级旅行家一生力求要去的50个地方之一。世界联合学院就坐落在最具挪威海岸峡湾特色的菲尤尔海湾的尽头。一座座具有鲜明哥特式风格的楼房错落有致地分布在岸边的山坡上，几乎看不出这是一所学校，更像是一处幽静的疗养胜地。

我要说的主人公是世界联合学院的创办人之一、现在退居“二线”但仍然负责学院国际事务的玛格纳先生。这是一位和蔼可亲常常微笑着的老人。我曾三次在国内接待过他的来访，感受到他为推进两国友好交流的执着和热情。我和我的同事在访问世界联合学院期间，玛格纳先生自始至终陪伴着我们，而且又特意为我们安排了一次对他家庭的访问，这使我们感到意外又高兴。

一天傍晚，我们从学院乘车出发，绕过几个山丘，大约行进了六七公里，便来到了玛格纳的家。这里的城镇规模很小，好像只是机关、学校、商店和教堂的所在地，大部分居民散居于乡间山坡，形成与自然亲密接触的居住环境。玛格纳的家就坐落在一片翠绿的山坡上。除了车库和库房外，玛格纳的家是一处相连的两套平房，房前是极开阔的被浓浓的绿色覆盖着的一片山坡谷地，其间有小片的树林，而特别醒目的是星星点点坐落在山坡上的民房，这些房屋木制的外墙被涂上红、白、黄各种鲜艳的颜色。据说当地居民几乎每年都要给自己住房的外墙涂上不同的颜色，这是当地的一种时尚。虽然已到傍晚，但空气清新，绿色的山坡和那些五颜六色错落其间的房屋清晰可见，让人觉得心旷神怡，安静又迷人。

玛格纳带我们来到东侧的一套平房。这栋木制平房的屋顶上长满了青草，外表看去和别的民居似乎没有太大的区别，只是显得更为古老。从北边低矮的门进屋后我们看到，这是一个有五六十平方米的大房间，一侧是石砌的壁炉，南面是整面的大窗户，窗户外展现的就是那片开阔的山坡谷地，犹如挂在墙壁上一幅明亮的欧洲中世纪的田园风光油画。环顾屋内后，我们立即发现，没有一件像电视机这样的电器及时尚家具等现代陈设，几件桌椅柜子都是那么古朴原始，未加雕琢油漆。而更引起我极大好奇的是屋内到处摆设着一些看上去十分古旧的生活用品、各式用具、书籍及发黄的老照片等。一连串的疑问不禁油然而生。坐在壁炉前，品尝着玛格纳夫人用山上采来的野果酿制的果汁，我向玛格纳提出了我的问题：这座房子是什么时候建造的，为什么有这么多古旧的东西？于是

玛格纳在他的家族博物馆

玛格纳微笑着向我们娓娓道来，讲述了这座家族博物馆的来历。

玛格纳说，他家族的历史见诸家谱记载的是从1660年开始，三四百年来他的家族就一直居住在这里。这座房子就是按照老祖宗留下的样子以后修复的，许多老辈留下的用品、物件也收藏于此。这座房子平时不用，有故旧友人来访，这里就成了最有情调的接待客人的地方。玛格纳一家住在旁边的一套白色平房里，那座白色平房也是老辈人留下来的，建于1883年。由于家世的演变，嫡亲中有的移居他地，到了玛格纳时，他成了留居故地的唯一继承者，于是房产和前辈的种种遗物也就收留在玛格纳手中。

看得出，玛格纳先生非常看重自己家乡和家族的历史，说起这些故事来，他如数家珍，清清楚楚，还带着很自豪的感情。他又是一个极为细心的人，加之几百年来，这个偏远山村的人们一直过着和平宁静与世无争的日子，使玛格纳有条件把许多古旧的用品保留下来而没有流散丢失。为了回答我的提问，玛格纳像博物馆的讲解员一样，随手拿起一件件物品，兴致勃勃地给我作讲解：这是一个做蜡烛用的模子，说不清是哪一代祖辈留传下来的；墙上吊着的一只木箱大约有几百年历史；这是祖父用过的木制笔盒、蘸水笔，还有切糖块用的小刀，一枚铁制的名章，是祖父在收取邮件时使用的；祖父用过的木躺椅，现在仍然可用：祖母织毯用的纺车至今完好无损，墙壁上挂着一块毛毯上的图案，曾在百年前流行过，那是祖母亲手织的；祖父母和父母在各自年轻时的照片，虽然已经发黄，但仍透露出当时的时尚信息；父母时代用过的吊灯，仍吊在屋顶，但已经不再使用，因为那是油灯；我们坐着的一对沙发，不像现在的沙发那么宽大舒适，这是老婶婶留下来的；地下放着的一匹小木马，是玛格纳三岁时用过的玩具。

玛格纳又举起一张照片告诉我们，这是1956年这座老房子周围的情景，那时这里似乎只有玛格纳一家，而现在山坡上已有许多住户了。玛格纳的夫人说，周围的居民都是以后陆续迁移此地的新住户，没有像他们家这样保留了许多家族的遗物，有的只是古董店买来的摆设。

因为时间很晚了，环顾房屋四周，似乎还有许多物品未来得及向我们一一介绍，但那些看上去已经褪色却保留着古朴形状的一件件器物，令人十分感慨。那一件件带着时间印痕的器物，都在记叙着一个家族的历史，记叙着这个地区社会生活的演变。这个极为少见的家族博物馆，就是这个地区一部物化的史书。

我在想，对于玛格纳先生来讲，固然有他的家族传承的客观条件，也是他本人的兴趣和爱好使然。但从深层次上讲，他所表现的是一种可贵的文明传统，这个传统表现为对自己国家、民族包括自己家族历史的尊重。保留自己民族的文明传统，也就是对世界文明的贡献。保留和尊重这种传统，和积极推进现代化并不矛盾，它们之间是继承并发展的，因而是紧密相连的。玛格纳先生一面热心于保留自己家族的历史面貌，一面又在积极创办世界联合学院，推进世界各国各民族的文化交往，使之共同融于现代化的潮流，这就是一个很好的例证。

已经晚上10点多钟了，天刚蒙蒙黑。北欧的这个季节，昼长夜短。我们离开了玛格纳家，天空飘洒着丝丝细雨，山村格外宁静。

历史从这里悄悄走过，陪伴着一代又一代匆匆过客。

2003年1月

（原载《朔方》2004年第4期）

在美国西部

落基山，世界上最长的一条山脉，长达五千多公里，纵贯北美大陆，由北向南穿越美国。以落基山东麓为界，大体上划分了美国的西部与东部。西部以山地高原为主，有大片的半荒漠土地，植被稀疏，大陆性气候特征明显；落基山以东，则进入被称为美国“面包的摇篮”的大平原，水量充沛，植被繁茂，农业发达，与西部形成了鲜明的对照。

美国西部经过一二百年的开发，特别是在西海岸中心城市洛杉矶、旧金山等城市的带动下，经济发展迅速，这两个城市所在的加利福尼亚州的经济实力已居于全美前列，著名的“硅谷”就是从这里崛起。美国西部特殊的人文历史环境，又造就了有特色的西部文化。这些都构成了西部特有的魅力，它引起了许多来访者的兴趣。2005年7月，我访问了位于落基山东麓普艾布罗市的科罗拉多州立大学，有机会对美国西部有了一些接触，于是记下了如下一些见闻感受。

在美国西部的中国人

到达普艾布罗市，一进入宾馆的房间，就看到桌上放着一本印制精美、图文并茂的杂志，杂志的名称叫*IMAGES*，即《形象》，是当地政府介绍该市经济、文化、历史、人物、旅游景点等内容的刊物，标明是2005年期，似是一年一期，宾馆的每个房间都有。

我信手翻阅这本杂志，突然见到了一张熟悉的人物照片，仔细一看，原来正是迎接我们到来的科罗拉多州立大学音乐系华人教授齐光先生。照片上的齐光先生身着深灰色西服，目光炯炯有神，显得端庄儒雅。杂志的这一页还有大段的文字介绍。正好齐光先生送我到房间还未离去，我立即询问他，齐光先生说，普艾布罗市在每年出版的《形象》杂志上，要推出一位本市有贡献的人，作为本年度对外宣传的“形象人物”，他就是2005年该市推出的“形象人物”。这引起了我的兴趣，我打算寻找机会问个明白。

齐光先生走后，我望着杂志上那张动人的照片，不由得想起和齐光先生的第一次接触。

与齐光（左一）在一起交谈（2005年7月）

那是2003年10月，依据中美高校交流协议，其中的一项内容是宁夏大学和科罗拉多州立大学相互派出负责人到对方学校跟班工作考察。科罗拉多州立大学首先派出了齐光先生来到宁夏大学，因为他是该校与中国交流事务的负责人。这位在美国多年从事音乐艺术教育的著名指挥家，原来是一位山东青岛人。一见面就感受到他那热情豪爽的性格，少了许多教授的矜持，和我们西部人一见如故。虽是第一次到宁夏，又是执行公务，他却像回到自己家一样，总想多干点活，把一周的时间安排得满满当当，又是考察了解情况，又是讲学辅导。还被文艺团体请去为乐队做指导，连晚上时间也排了进去。他的热情敬业和出色的专业水平得到了宁夏大学师生的欢迎。

这期间，突然发生了一件不幸的事情。有一天晚上，齐光先生与音乐系的老师座谈到很晚的时间，音乐系的老师自己驾车送齐光先生回宾馆，途中不幸撞车，齐光先生头部受伤，被送到医院救治。我听到这一消息后十分担心，不仅担心他的伤势，也担心这个事故可能造成的不良影响。因为齐光先生是美国来访的教授，他的受伤是属“涉外”的问题，责任重大。我一大早赶往医院，去病房探望齐光先生。已经做过头部缝合手术的齐光先生看上去很清醒，也很乐观，没有一点怨言，反而劝我不要担心。他告诉我，他已给在美国的太太打了电话报平安，明天要走的机票也退掉了，打算好好休息几天再说。一周之后，伤情稳定，齐光先生带着头上的纱布登机回国。以后知道，齐光先生回国后，很快痊愈，没有留下后遗症，一颗悬着的心才踏实下来。真是不打不相识，这次意外的事故使实在的西部人和豪爽的山东人关系更为密切。齐光先生在 2004 年携夫人张琳博士陪同科罗拉多州立大学校长艾姆邦普又一次访问了宁夏大学，他积极承担起推进两校友好交流的任务，成了名副其实的友好大使。我这次访问科罗拉多州立大学，由齐光先生和夫人张琳博士负责接待和安排各项活动。

张琳博士作为齐光先生的太太，是一位非常贤惠的妻子。我们曾到她家中做客，她把家务安排得井井有条；作为校长办公室的一位负责人，她对全校各类数据周密的统计和分析，成了校长决策的主要依据。而她流畅精到的英中文同步翻译，使我十分吃惊，在各种场合的会谈、讲话交流中，经她的翻译，我有了一番似乎无障碍的痛快淋漓的感觉。我看得出，这一对夫妇在尽全力做好这次接待工作，也在尽全力推进两校的交流合作。这其中自然寄托着他们的心愿。

在几天的紧张活动中，终于有了一点时间，我拿出那本《形象》杂志，向齐光先生作了了解。

52 岁的齐光先生，在家乡青岛中学毕业后赶上上山下乡。他因从小受到训练，会拉小提琴，于是被安排到京剧团乐队，拉了十年小提琴。改革开放后，他有机会来到美国，上大学、读博士，在音乐艺术的道路上不断探求，特别是在交响乐指挥方面取得的造诣，使他常有机会成为一些大型乐团的指挥。艺术上的成功，伴随着家庭幸福的到来，他和心理学博士张琳女士结为伉俪，共同选择了位于美国西部这所普通而宁静的大学，认真工作，探求着艺术，体味着人生。他们共同的情感是崇尚中华民族的传统文化，共同的向往是为中华民族的强盛作出自己的贡献。

《形象》杂志对齐光先生的这篇报道题目是《为观众服务》。作为大学教授的齐光，还兼任着该市交响乐团的艺术总监。这个艺术总监实际上是这个乐团的总管，而不仅仅是总监艺术，不仅仅是在演出时为乐队挥舞指挥棒，他要操心乐团的生存和发展，要为乐团筹集每年大约30万美元的经费。这个差事不好当，而齐光先生已经干了十年。这篇报道说，齐光先生为什么能在非常困难的情况下接手这个乐团，把一个濒临停业的60多人的乐团救活了呢？原来齐光先生的能耐在于提出了“面对观众，为观众服务”这一办团主张。他认为，不能墨守交响乐团的成规，不能只会演奏几首古典名曲，而要从这座小城市不同社区各类观众的需求出发。比如对儿童观众，要以轻松活泼的儿童曲目吸引他们，应对不同节日、城市各类活动的需求，随时调整曲目，灵活安排，目标定位是“为观众服务”。这一招真灵，乐团活了，社会需求满足了，华人在当地人们心目中的地位也提升了。在普艾布罗这座城市，大家认可了齐光，接受了齐光，齐光成了这个城市人数不多的华人中一位有影响的人物，也就很自然地成了这个城市2005年的“形象人物”。我对齐光先生开玩笑说，他是把为人民服务的思想活学活用到了美国。

在印第安人的故乡

落基山脉一线，曾经是印第安人的故乡。据说，从远古时期开始，北起阿拉斯加，南到南美，在辽阔的地域内，生活着印第安人远祖的不同部落，人口最多时大约上百万。到了近200年左右，科罗拉多州的普艾布罗地区，成了印第安人几个部落的主要活动区域，因此这一带留下了更多的印第安人的文化印记。

落基山的最高峰帕克司峰就在科罗拉多州境内，海拔4300多米。在这座山峰下，留有一处印第安人岩居的遗址——玛尼托岩居

科罗拉多州印第安人的祭祀地和岩居遗址

（MANTOU），现已开放供参观。齐光先生知道我是从事中国少数民族历史研究的，所以特意为我安排了这个参观点。

我们盘绕一段山路后，来到了位于半山腰的岩居遗址前。在类似丹霞地貌的褚红色岩壁上，有一排人工开凿的岩洞式居室，外墙用石块垒砌，有门洞，有窗洞，但都很小，门窗上方有若干瞭望孔。进入矮小的室内，可分辨出卧室、厨房和供祭祀用的地方。介绍材料说，这是公元 12 世纪至 14 世纪土著民印第安人居住的地方。在岩居的一侧，是用石块垒砌起来的依山而建的一座二层楼房，外呈褚红色，有窗和孔，屋内木质梁柱，布局颇复杂，似是不同功能所致。这种形制的房屋大约是 14 世纪以后印第安人离开岩居后的新居所，或者是他们中的贵族才有条件建起来的住宅。这座土著楼房是以后仿造的，现在用作印第安岩居遗址的博物馆。

岩居遗址前有一个平台，印第安人定时在这里作祭祀表演。不一会儿，我们看到几个印第安人身着色彩艳丽的服装登场表演，第一个节目是印第安人祭祀时跳的鹰舞。鹰又叫雷乌，是印第安人崇拜的图腾，只有有身份的人才能在祭祀时跳鹰舞，鹰舞的舞者两臂的衣带上插有鹰的羽毛，他挥舞着两臂，做出大鹰飞翔的种种雄健的动作，欢腾跳跃，颇为动人。这位舞者据说是附近印第安人部落酋长的曾孙，他不仅是有身份的贵族后裔，在形象上也特别具有印第安人的特征。在几位印第安人表演的祭祀舞蹈结束后，他们又和观众中的小朋友拉起手来，一起转圈舞蹈，白人小朋友非常兴奋，场面很是热烈。

表演鹰舞的印第安人

参观岩居遗址引起了我极大的兴趣，想更多了解印第安人的想法也就更为强烈。于是齐光先生又带我们来到了普艾布罗市印第安历史博物馆。博物馆一位皮肤黝黑的中年女士为我们作讲解，她一开始就说，她是印第安人和墨西哥人的后裔。当知道我们是来自中国时，她又说，我们和亚洲有着更多的联系。通过她对各种实物和图片熟练而详细的介绍，我对当地印第安人的历史有了一个大概的了解。作为当地土著的印第安人，从16世纪西班牙人、法国人进入北美大陆以来，就被迫不断南迁。我们所在的普艾布罗市曾经是印第安人与西班牙人进行贸易的中心。普艾布罗即村落的意思，是印第安人比较集中的地方，19世纪美国人陆续进入这一地区。1813年的美西战争，美国人击败了西班牙人，1847年美国人又击败了墨西哥人，终于占有了这块印第安人的故土。这位有着印第安人血统的讲解员神情忧郁地说，美国人到来后，因为对印第安人不同部落的待遇不同而使印第安人走向分裂。美国法律的推行，使印第安人的地位逐渐下降。这些拓荒者对土著的西部文化并不感兴趣，当1858年在这里发现金矿后，成了对拓荒者最具刺激的兴奋点。大批的淘金者向西部涌来，西印第安人再度被迫南迁。以后随着铁矿的发现，1925年又在普艾布罗建起了大型钢铁厂。我向讲解员提出了一个问题，印第安人现在的状况如何？她说，虽然政府实行了对印第安人特殊保留区的政策，给予了一些扶持，但印第安人的贫困问题以及教育、健康等问题依然很突出。印第安人的数量在大量减少。我接着问，现在在美国，在科罗拉多州有多少印第安人？她说不清楚，我表示奇怪。她解释说，印第安人与墨西哥人通婚很多，与白种人的通婚也越来越多，纯粹印第安人血统的人已经不大好统计了。

在科罗拉多州访问的几天里，关于印第安人的问题始终盘旋在脑际。我注意到一个现象，即当地非常重视有鲜明特征的印第安文化，采取多种方式加以保护和宣传。玛尼托岩居遗址即是一例。另外，在落基山有一处丹霞地貌特征的地方，凸现出一片赭红色的山体，在绿色的丛山中格外突出。这个被称为“Garden of the Gode”的地方，是印第安人进行大型祭祀活动的遗址。我们途经这里，看到遗址被保护得很好，供参观游览的各项设施也很完善。在商场里，在旅游景点，都有琳琅满目的表现印第安文化的纪念品，印第安人手工制作的工艺品等。在一些公共游览休闲的地方，还有印第安人的图腾——大型木雕雷鸟高高矗立着，格外引人注目。这个现象说明，印第安人创造的独具特色的文化引起了社会的广泛关注和喜爱，他们的聪明才智得到了人们的尊重。

说到这里，不能不提到普艾布罗的一位著名画家。在科罗拉多州立大学校长艾姆邦普为我们举行的欢迎家宴上，我们认识了这位画家，他叫波萨，是专程来参加欢迎东方客人的宴会，还向我们赠送了他的作品，并且表示，他虽然没有到过中国，但仰慕东方文化，他热情地邀请我们务必要到他的家中做客。在西方艺术家中，似乎很难遇到像他这样热情豪爽、粗犷朴实性格的人。我们自然难以拒绝他的真诚邀请。第二天下午，我们抽了一点时间，来到了这位艺术家的宅第。这是坐落在水库旁高崖边上的一处独立的房子，从外表看去，就是一座印第安人土著的普通民居，赭红的岩石包裹着一座似乎有些土气的房子，和周围现代豪华的别墅建筑形成了很大反差。当我们进入这座宅第时，却大吃一惊。屋里有宽敞明亮的客厅、画室、工作间、餐厅、客房、库房等，更让人眼睛一亮的是内部的建筑装饰完全是印第安风格，保留着一种原始、一种古朴，又是那么协调。在客厅、过道、画室里，挂满了波萨自己的绘画作品。我们立即注意到，波萨是一个具有自己特殊风格的画家，他的大部分绘画作品是一个题材，即印第安人骑马的背影。有在大雪中，有在草原上，有在丛林中，印第安人三五成群，身披彩色斗篷，手持长矛，骑在高大的马背上，正背对着读者向前驰去。我们看到的是印第安人在马背上的背影和硕大健壮的马的屁股。虽然这些作品是同一题材，但仔细看去，又各不相同，各有意境和情趣。由于特色鲜明，令人过目难忘。我们沉醉在这个特殊的艺术氛围中，就如同进入一个印第安的美术展览馆。

波萨告诉我们，他并不是美术科班出身，他原来是中学教师，画画完全是自学的。他喜爱印第安文化，多年来不懈地探索和实践，使这位意大利人对印第安文化有了自己的理解，逐渐形成了自己的艺术表现风格。他的体验是，真正形成自己的风格并为社会所认可，要不断地摸索四五十年。现已 70 多岁的波萨大约就是走过了这样的历程。如今，波萨的画，成了当地表现印第安文化的一种代表，正在走向世界。

参加一次特殊的聚会

在美国有一个普遍存在的民间社区组织叫扶轮社，一般由当地有名望有地位的人组成，其中有不少是退休的老人。扶轮杜的社标是一个有扶手的轮子，寓意大约是相互扶助而转动前进，他们开展很多社会捐助活动。每周一的中午是普艾布罗市扶轮社集中活动的时间，会员们在一起相聚，通报活动情况，请有关人士作专题报告，也搞一些自演的小节目。当地如有重要客人来访，也会受到邀请参加聚会。我们访问科罗拉多州立大学期间，正赶上周一扶轮社聚会，艾姆邦普校长又是该社的重要成员，所以我们也受到邀请，参加了一次特殊的聚会。

这次聚会是在一家由教堂改成的宽敞的餐馆里举行的，大约有百十位会员前来参加，他们身着正装，佩戴着写有自己名字的精致胸牌。会议开始，先由会长报告工作，其中一个内容是征求对吸收新会员的意见。这次吸收的新会员是一位资深的老教师，当介绍他的情况时，在场的曾经是他学生的都站立起来，表示对这位老教师的敬意。在向这位老教师颁发会员证书后，老教师发表简短的讲话表达了自己入会的心情。接着会长又报告了捐资助学的情况，表彰了有贡献的会员。此后，还进行了一项庄重的仪式，是由一些老年会员登台演唱《国旗之歌》，宣读誓词，他们都极其认真地进行着这些活动。

这次聚会最后一个重要议程是由艾姆邦普校长作专题报告。每一次集会都会有一个大家所关心的问题的主题演讲。这一次艾姆邦普校长的演讲题目是《美国大学的学术自由》，这自然是一个很吸引人的题目，校长非常认真地做了准备，还配以多媒体演示。艾姆邦普校长从美国大学学术研究的历史回顾中指出，大学的任务是寻找和发现知识，为了鼓励这种探索，教师的学术研究和学术自由应当受到保护。教师争取这种自由表达对某个问题看法的权利，这是美国大学的传统。在欧洲，文艺复兴时期大学里有了较多的学术自由，以后保护和争取这种自由曾经经历过多次反复。20 世纪以后，美国的教师协会以及一些大学也曾提出过保护学术自由的要求。问题常出在对政府提出批评后，这种自由就会受到限制。当然，自由是有限度的，对这个问题也在继续讨论中。艾姆邦普校长在演讲中告诉人们最主要的观点是，大学的学术自由应当受到保护，争论的学术问题不应由政府和法院来决定；教师要尊重学术自由的权力，要对社会负责，不能随便发表没有依据、任意夸张的意见。

我和聚会的人们一样注意地听着艾姆邦普校长的演讲。他的演讲虽然只用了 20 分钟左右时间，但清楚地表达了他的基本观点。作为同行，我赞同他的看法，同时认为他反映了美国的实际，对于一般的听众，也达到了了解情况、弄清道理的目的。

午餐后，相聚的人们还可以借此机会交谈，大家都很珍惜这次内容充实的社区活动。扶轮社的负责人又在策划下一个周一的聚会内容。

（原载《朔方》2005 年第 10 期）

我看到了她的古朴

4月，樱花盛开的季节，应日本岛根大学的邀请，我再一次来到岛根县松江市，参加学术交流及演讲活动。

松江，是岛根县的县厅所在地，一个只有10多万人口的幽静而美丽的城市，她的北部与岛根半岛群山相连并临日本海，南部是连绵的中国山地（日本中部地区），松江就在这两山的中间地带，依傍着日本的第七大湖宍道湖，近百分之八十的区域被绿色覆盖着，山水相衬，风光明媚，是一个诱人的地方。

松江的诱人更在于它是日本有名的历史文化名城，蕴含着众多的历史文化遗产。去年，是松江府建城400周年。1607年，松江府的创始者崛尾吉晴设计建造松江城，到1611年建成了宏伟的松江城楼——天守阁，至今仍然高高屹立在松江城中，成了松江历史文化名城的象征。崛尾吉晴不仅是创建松江府的政治家，还是一位才华出众的建筑师。他在建造松江城楼的同时，还逐步实施了松江的城市建设，开挖了护城河，护城河内侧筑石墙，外侧修建武士和商家宅邸，外围又修建了神社寺院及民宅兵营。为了防止外侵，还将街道设置成直转弯式，以限制来敌的视野。这样的城市格局和诸多建筑设施，一直很好地保存下来。从去年开始，松江市以纪念开府400周年为契机，开展了以实现年观光客1000万人次、创建日本最适宜居住的城市、营造安全安心的居住环境、实现日本第一的节能型城市等为主题的一系列活动。

松江城楼天守阁

松江城老城区

我是第六次来到松江。前几次都是来去匆匆，总是没有机会更多地深入这座城市中去看古访古，每次都留下了遗憾而去。这次造访之前，我即向岛根大学的朋友表达了这个愿望，于是在短短的访问期间，专门安排了半天时间，由我的老朋友、岛根大学原校长北川泉教授为我做向导，逛了一次松江老城区，到了那些外来游人不大去的小巷旧宅。

老字号店铺

北川先生先领我走进一家老式的低矮的木质门面的商铺，这是一家名叫“风流堂”的日式点心店。店铺内有供客人品茶和用点心的榻榻米。店铺的老板内藤守先生告诉我，这家点心店已经开了几十年，在东南亚等地有连锁店，他正准备去美国谈点心的出口。老板说，他们采用松江当地的各种原料，完全是按传统的技艺制作，质量要求非常严格，所以才确保了“风流堂”的声誉。我们看到，柜台里的各色点心小巧、精致，色彩鲜艳，饰以各种花纹，或依据民间故事制成各类动植物形象，包装更是考究。老板说，顾客非常喜欢这种传统风格的点心。他们因此也更珍惜老辈传下来的制作技艺，悉心呵护着地方名牌的地位。我们盘腿坐在榻榻米上，饮一口抹茶，品尝着精美的小点心，的确感受到了纯正的日本味。

松江的传统饮食中，上乘的清酒也很出名。这里甜美的水、优质的米，加上弥久提炼的酿酒技术，成了酿制清醇美酒的天然条件。北川先生又领我们来到一家临街的清酒作坊。依然是低矮的老式木质门面，却是当地颇有名气的老作坊。这家前店后厂式的清酒作坊字号为“国晖”，门楣的匾额上标明“创业明治七年”，即 1874 年；店门前立一块牌子写着，这座老屋是江户时代的文化二年（1805 年）所建。年轻的老板告诉我们，店内的陈设还是老样子。我们看到，

保存完好的民宅

保存完好的寺庙

后面的厂房低矮而拥挤，已经很陈旧了，但用钢筋加固后仍在使用。那些蒸、煮的设施并不现代化，似乎还很原始。就是这样一个生产条件，却生产出了质量声誉很高的“国晖”牌老字号清酒，狭窄过道墙壁上挂满的各种奖状，向我们说明了这一点。老板请我们品尝，果然清醇可口。这位年轻老板看上去很精干，又有科技头脑，但却对传统的制作设施和制作技术一往情深，并没有对这样一个生意颇火的酒作坊做大手笔的现代重建和改造，这也许正是他的聪明之处，是他紧紧抓住的卖点。

走在安静狭窄的街道上，我们看到道旁有一座座老式建筑的民宅，这些老民宅都是以木质结构为主，窗户大多以竖排木条为主。尽管庭院很小，但也精心绿化。上了釉的青瓦光泽耀眼。接着，北川先生带我们进入一座寺院，他说，附近像这样保护很好的寺院和神社有几十座，有的已经有数百年历史了。我信步走进几处寺院和神社，那些木质的古建筑虽然深深地留下了沧桑岁月的痕迹，但却保存完好，处处体现着维护的精心。庭院干干净净，树枝和草坪修剪得整整齐齐，没有人来人往的熙熙攘攘，似乎也没有看到寺院的看护人，安静得不由让人肃然起敬。

让我联想更多的是从这些寺院和神社的建筑布局和风格上看到了历史久远的中日文化交流。约在 6 世纪中叶，佛教由中国经朝鲜半岛传入日本，得到了很快的传播。古代日本人认为，日、山、河、海等万物都是有神的，后来这种信仰逐渐居于次要地位，佛教为越来越多的人们所接受。唐朝初年，鉴真和尚东渡日本，对传播佛教的建筑和雕刻艺术产生了很大影响。中国流行的佛教各宗都传入日本，其中真言宗、天台宗更为流行。适合于日本农民和下级武士的需求，新的教派如净土宗、日莲宗、真宗等逐渐兴起。八九世纪，日本在文化上追随唐风成为时尚。带有浓厚中国特色的佛教建筑、雕刻、绘画艺术不仅体现在佛教寺院建筑上，不少神社的建筑也广为吸收采用。松江开府之后，进入一个城市建设的新时期，日益兴盛的佛教及其成熟的建筑艺术，自然成了松江城建设的主要内容，也因此给后人留下了中日文化密切交流的历史见证。

一上午的时间很快就过去了，北川先生看我兴致很高，于是又驱车带我走上了松江老城区里一座叫尊照山的小山顶上，原来这里有一座规模不小的寺院，名叫千手院，是信奉真言宗的佛寺。从千手院的山坡上看下去是松江的老城区，一座座老屋屋顶的青瓦在阳光下熠熠闪光。千手院的正殿是传统的佛寺建筑，门前矗立着两根日式的石灯柱。大殿廊檐挂匾额，殿内陈设供桌，横额上绘有

千手院里的中国重庆女孩

图案。正殿旁有一处观音阁。这是我们在国内常见到的佛寺样式。

千手院的老住持大北先生说，该寺是400年前松江开府时为护佑府城而建。明治天皇曾到此巡游，还立碑保护寺院内松江开府时种植的一棵名贵的垂樱，如今这棵垂樱生长得格外茂盛。更让我感兴趣的是，大北先生因年龄大已将寺院的管理事务交给了他的儿子大北胜圆。大北胜圆在岛根大学读书时认识了一位来自中国重庆的女留学生，他们相爱结婚，现在，中国重庆女孩作为千手院新住持大北胜圆的妻子，协助主持管理寺院。我和重庆女孩交谈，对她这样的选择似乎颇为感慨，但重庆女孩平和的心态，对寺院历史娓娓道来的兴致，好像又给了我一些安慰。我想，也许是相同的文化内涵给予了重庆女孩生活的信心和定力。

短暂的访问结束了，而我似乎并未尽兴，返回的路上吟成一首小诗《再访松江》：“建府设治四百载，古城犹在居高台。老式民居比比是，风采依旧传统在。”这次松江访古，好像是掀开了面纱的一角，我看到了松江的原生态，看到了她的古朴，更看到了松江人对待传统文化尊重的意识和他们的实际行动。一个城市的特色，很多方面是体现在它的历史风貌和文化传统中。保护历史文化传统，就是保护和发扬了特色，这大约就是松江的魅力所在。

（原载《黄河文学》2008年第8期）

从蒙古国的古迹上走过

过去我在内蒙古工作，从事民族历史研究，有机会接触蒙古史，写过文章，也做过一些实地考察。但对于历史上相连的蒙古国则缺少了解，更缺乏真实的感受，特别希望能有机会去实地看一看。退休之后，终于如愿以偿。2010 年 6 月 25 日至 7 月 2 日，应蒙古国乌兰巴托大学的邀请，我随内蒙古专家考察团对蒙古国进行了历史文化考察。在出访的六天时间里，我们与乌兰巴托大学历史学、考古学专家进行交流，参观了蒙古国家历史博物馆，实地考察了著名

乌兰巴托苏赫巴特广场（2010 年 6 月）

的历史遗迹哈拉和林，以及额尔德尼召、匈奴墓遗迹、肯特山自然保护区等。这次出访蒙古，从历史古迹上走过，真是机会难得，感受良多。对我来说，补上了一课，也留下了这篇上课的记录。

蒙古国地处中国北方，史称漠北。汉以前为匈奴人驻地。西汉以后由柔然、突厥、回纥等民族先后控制。唐朝将其纳入版图，后为辽朝版图。宋朝时期蒙古人迁入该地。1206年，成吉思汗统一大漠各部，建立蒙古汗国，建都哈拉和林。忽必烈继汗位后于1271年建立元朝，建都大都（今北京），蒙古地区全部纳入中国版图。1368年以后，元朝残余势力被新建的明朝逼退至漠北，形成南北对峙局面。清初，蒙古归附清朝，清政府在外蒙古喀尔喀设将军府管辖。1911年中国发生武昌起义，同年12月，蒙古王公贵族在沙俄支持下宣布"自治"。中华民国建立后，1919年蒙古放弃"自治"。1921年蒙古人民革命成功，1924年成立蒙古人民共和国。1946年中国政府正式承认了蒙古人民共和国。

从这个简单年表式的介绍可以看出，蒙古国的历史与中国历史有着割不断的关联，在蒙古国的土地上，也留下了不少佐证中国历史变迁的古迹遗址。

我在蒙古访问考察期间，非常关注的一个问题是关于寻找成吉思汗葬地的探秘活动。我在20世纪80年代初期专门收集资料研究过成吉思汗的葬地问题。几十年来，这个问题一直为学界和社会各界所关注，也是各国考古学家感兴趣的问题。乌兰巴托大学副校长朝洛蒙教授向我们介绍，20世纪90年代日本专家用先进的科技手段在肯特山不尔罕山进行了寻找成吉思汗葬地的探秘活动，虽然发现了很多墓群，但多为匈奴墓葬，均未找到成吉思汗葬地，而此举引起了有密葬传统的蒙古民众的反对。据说，当时有一位守护成吉思汗"大禁地"的兀良哈部13世孙，曾称知道葬地所在，当他在不尔罕山下一处洼地寻找时，突下大雪而未能找到，似是天意不允。蒙古专家认为，成吉思汗葬地就在肯特山不尔罕山的"大禁地"，对此他们毫不怀疑。在不尔罕山的高处，还设立了祭祀的大敖包。一位专家还向我们介绍了在不尔罕山建立"八白室"纪念馆的设计构想。我国从事蒙古史研究的大部分学者认为，成吉思汗死于征西夏途中的六盘山地区，而安葬则是按照蒙古传统习俗，将“金身”运回本部肯特山的“大禁地”密葬。现在的“陵园”是后世的祭祀之地。

2017年8月，有一则消息引起人们的关注，在蒙古国戈壁省杭爱山的山崖上，中蒙两国专家共同考察确认一处摩崖石刻是东汉班固所撰《燕然山铭》。这一石刻铭文记载了东汉永元元年（89年）大将窦宪与北匈奴在燕然山进行的最后一场大战，燕然山即今蒙古国杭爱山，战后北匈奴从此西去。窦宪邀当时随军的史学家班固撰文勒石以记，留下了这一块200多字的摩崖石刻铭文。《后汉书》对此事有记载，但近2000年来却不知此石刻在偌大燕然山的何处。1990年两位蒙古国牧民偶然发现山崖上有一块石刻，却无人识读。直到2017年，中蒙两国专家实地考察辨认，才确认为班固所撰《燕然山铭》。中方的首席专家是内蒙古大学的齐木德道尔吉教授，也是我相识多年的一位学术朋友，在发现《燕然山铭》的第二年，我们正好在一次学术研讨会上相遇，我提议请他就这次考察作了专题演讲。他们的考察和发现，确认了汉朝势力所及之地，对北匈奴西迁提供了确切的地理路径信息，追溯了边塞纪功碑的源头，的确很有意义。

在汉代，辽阔的蒙古高原是强大的匈奴活动的地方，我们在蒙古国看到了不少散处的匈奴墓葬，这些墓葬在地表都有石头垒起的圆形或方形的标志。匈奴有发达的青铜文化，在宁夏固原、在内蒙古鄂尔多斯市，我都见到过匈奴墓葬出土的精美青铜器。在乌兰巴托大学，致力于匈奴考古的额尔登巴特尔教授向我们展示了他们收藏的匈奴青铜器，更让我开眼的是，额尔登巴特尔教授在杭爱山一座大型匈奴墓葬中出土一只基本完整的蓝白花纹玻璃碗，他认为这是1500–2000年前来自中亚的珍贵文物。令我惊讶的是，像这样完整的来自中亚宫廷的珍贵器物，在丝绸之路上，目前只有在我们宁夏固原北周时期的官员李贤墓中发现，未想到，中亚的玻璃器皿也在那个时期前后，传到了蒙古草原。

乌兰巴托大学额尔登巴特尔（右一）教授介绍出土的玻璃碗（2010年6月）

我们的一个重要活动是考察哈拉和林遗址。哈拉和林是位于距乌兰巴托西 365 公里的前杭爱省西北角的一个苏木（乡）。我们从乌兰巴托出发乘车前往，行进在蒙古国连接东西的一条主要公路上。这是一条老式的柏油公路，蒙古国当时还没有高速公路。我们几乎走了一天，中午在一个草原小镇路边小餐馆用餐，下午到达哈拉和林的一个旅游点蒙古包里住下来。从地理位置上看，哈拉和林位于蒙古中心，东临鄂尔浑河，周围是大片开阔平坦的秀美草原。这里有蒙古国最著名的历史遗址——13 世纪蒙古汗国首都遗址。

成吉思汗 1206 年建立蒙古汗国后，于 1220 年决定把汗国都城设在哈拉和林。以后的几年，成吉思汗一直在中亚南俄等地征战，哈拉和林成了提供后勤支援的大本营。1227 年成吉思汗死于征西夏途中。1229 年窝阔台继位后在哈拉和林大兴修建。忽必烈继汗位后于 1264 年从哈拉和林迁都大都（今北京）。哈拉和林作为汗国首都历时 44 年，不仅在很短时间里建成为蒙古汗国走向巅峰时期的大都市，还集中了征战世界各地得来的奇珍异宝、金银财物。元代时，哈拉和林仍是漠北的重要城市。1368 年元大都被明军攻克后，元朝皇帝迁往哈拉和林，其成为北元政权的首都。1370 年明军攻克哈拉和林，焚之毁之，逐渐没落。

我们在哈拉和林遗址已看不到这座昔日壮观的都城模样，只看到残留的石像、石础，还有似是宫殿基础的遗址，排列着若干排一米见方的大块础石，在旁边不远处有一座巨大的龟趺座静静卧在那里，像是在回忆往日的繁荣。站在这处遗址旁，仍可以想见当年汗国的首都宏伟的规模和气魄。这就是13世纪初那个征服欧亚大陆的帝国首都所在地，金戈铁马就是在这里掀起了波澜壮阔的历史风云！

在蒙古国哈拉和林遗址，背景是在遗址废墟上建的额尔德尼召（2010年6月）

在这座都城的遗址上，现在是一座大型的藏传佛教庙宇——额尔德尼召。1586年，蒙古喀尔喀部首领阿巴岱汗在哈拉和林废墟上，用遗址的石头等材料建成了蒙古第一个大规模的佛教中心额尔德尼召。额尔德尼召坐落在好似城池般的一个巨大院落中，院落的围墙每边长约400米，四周围墙上修建了100座白塔。院内原有100多座庙宇，现在仅剩18座。元代推崇藏传佛教，大建寺庙，额尔德尼召喇嘛最多时曾达1000多人。据说到20世纪初期，额尔德尼召及四周有大小庙宇500多座。我们站在额尔德尼召附近的一个山岗上，俯视在辽阔平坦草原中的这座召庙，巨大的院落，院内庙宇熠熠闪光的屋顶，围墙上一座座高高的白塔，不由得为这座巨大庙宇的建筑感叹！其实，从修建都城哈拉和林到在废墟上兴建额尔德尼召，这些中国式的传统建筑，都是从中国中原等地掠来的大批工匠完成的，大批的建筑材料也来自中国内地，他们通过建筑技艺，把中国的传统文化传播到了草原深处。

使我难忘的是在蒙古国看到了一次真实完整的民间做萨满法事的过程。萨满教是古代北方游牧民族普遍信仰的原始宗教，随着新的宗教特别是藏传佛教的传入，萨满教被渐渐淡化或消失。但是在蒙古，萨满教仍然普遍存在于民间，其灵魂不灭的信仰还不同程度地溶于民众生活。我们得知消息，在6月26日（阴历五月十五）傍晚时分，乌兰巴托郊区一住户要在圆月升起时做萨满法事，并允许民众参与。我想，这大约类似中国农村曾有过的“神婆”“巫师”“招魂附体”的活动。我们赶往现场，实地观察这次萨满法事的全过程，看到整个仪式颇具规模，且有一定的程序，又很真实。使人难以置信的是，身着做萨满法事服饰的一群人，经过一番念诵、绕篝火游走、祭天等仪式后，都静静地围坐在一起，注视着一位据说是萨满神灵附身的年轻人，这位年轻人面孔遮盖着，似在昏昏沉沉的状态下，回答着对他的提问，他竟然用他从未见过面也不了解的一位老辈人的声音，向老人的晚辈道出了遥远的往事或嘱托。他的话语声被清晰地扩放出来。而当这位年轻人清醒后，他并不知道刚才发生的一切，不知道自己说了些什么。这大约就是萨满神灵或灵魂在显

做萨满法事的场面
(2010 年 6 月)

灵，从而被人信奉崇拜的原因。法事结束我们离去后，却留下了许多无法解释的疑问。

我们看到，在蒙古国，内陆干旱的气候和畜牧经济对生态环境依赖性强的特点，使他们对保护生态环境越来越重视，在全国建立了 40 多个自然保护区。我们来到乌兰巴托以东 80 公里的特日勒吉国家森林公园，这是肯特山脉的一处自然保护区，只见四围环山，树木茂盛，草原绿茵随山势舒缓伸展，点点蒙古包洒落其间，不时有一群群牛、羊、马从河岸边缓缓走过，这样清新宁静的草原风光，是大自然给予人类的赐予，也是人类善待大自然的结果。我想，历史上蒙古高原生态脆弱，经济单一，抵御自然灾害能力差。而如今，面对世界范围内经济竞争和现代文明的冲击，自身发展的压力增大，但无论如何发展，守住保护生态的底线尤为重要。我们从这些自然保护区，看到了他们的追求，也看到了未来的希望。

2010 年 8 月

蒙古特日勒吉国家森林公园风光
(2010 年 6 月)

后记

20年前，初秋季节，美丽的鄂尔多斯草原草长莺飞，令人陶醉，而更让人们欣喜的是，在奇·朝鲁先生的倡导下，鄂尔多斯学研究会隆重成立，一门新型的地方学——“鄂尔多斯学”从此诞生。鄂尔多斯学不断聚集着鄂尔多斯特有的精神财富，这一路坚持走来，一转眼就是20年！

20世纪70年代，我在鄂尔多斯基层工作整10年。那真是一段刻骨铭心的历练，让我切实感受了鄂尔多斯，也积累了对社会和人生的体验。80年代初我开始从事学术活动就是从研究鄂尔多斯历史文化起步的。后因工作变动，学术研究的重点转移。我庆幸的是，从2002年鄂尔多斯学创建之初，又应奇·朝鲁先生之邀，参与其中，探索、创新、推进，竟然一同走过了20年。如果说，年轻时在鄂尔多斯的10年生活与工作主要是感受和体验的话，那么，这20年参与鄂尔多斯学研究会的各类学术调研活动，则主要是研究和认识鄂尔多斯，这是我人生新的经历，也是新的收获。

鄂尔多斯学研究会新一届会长奇海林教授为筹划2022年研究会成立20周年纪念活动，希望参与研究会的老同志、老专家能作些回忆，留下自己的经历和体会。借这个机会，我整理出这本集子。

在这本集子中，可以看出我有两段重要的经历，一段是20世纪70年代在鄂托克草原上度过的那段时光，和近20年来参与鄂尔多斯学创建的活动；另一段是从1987年到宁夏工作后，在贺兰山下和黄河岸边留下的足迹。

我已快80岁了，到了这个年纪，常常回忆似乎成了一种习惯。庆幸的是，和共和国成立后同步前行。在五星红旗下，我从黄河之畔走上了求学的道路，又幸运地在首都高等学府深造。此后，在草原上历练，在研究单位探索思考，在不同的岗位上做着实际的工作，逐渐成熟，有了提高，也有了一些业绩，成为党培养的一名知识分子。几十年来，留下了学术上的一些成果，在笔耕的行程上，也零零星星地记录下了自己的一些经历、观察、感悟，这些文字，是当时的见闻和体验，随手记下，随意写来，没有什么体裁格式的讲究和约束，也谈不上是散文类的文学创作，这些比较"散"的文章，如实记录了我生活旅程中点点滴滴所见所闻所思所想，之所以写下来，潜意识中似乎是要留下那些担心不经意就会丢失的东西。现在回看这些文章，在某种程度上也反映了我们这一代所经历的心路历程。应该说，我们这一代党培养起来的知识分子，对新中国、对党、对人民是充满真挚感情的，对祖国对民族的未来是充满信心的。虽然我们不可避免地具有一些弱点，也经历过一些坎坷，但我们随着国家的强大逐渐地成熟起来、坚定起来。这是值得我们珍惜的人生财富。我将这些回忆、纪实和体悟性的文章集结起来，回望自己的履痕，其基本想法即在于此。既然是当时的记录，就照原样基本保留下来，包括当时的语言习惯、当时使用的地名，也包括当时我拍下的一些照片。

感谢鄂尔多斯学研究会会长奇海林教授和宁夏作家协会主席郭文斌先生分别为这本文集写序。他们的评价和鼓励对我来讲都是真实而珍贵的。

奇海林会长是鄂尔多斯本土的蒙古族学者，他在地方经济、民族文化、党史党建方面教学科研成就斐然，这不能不是他对家乡故土深爱的结果。正因为如此，他对我和老伴在这一生中与鄂尔多斯结下"不解之缘"说得那么入情又深刻，其中既有"青春年华与鄂尔多斯风暴交相辉映"的经历，又有从"沉睡书籍堆里找寻出草原演变的历史脉络"的成果，以及"他们果敢助推'鄂尔多斯学'因时代而立”所做出的奉献。这是因为他们“同鄂尔多斯各族人民群众守望相助，可谓‘休戚与共、荣辱与共’”。所以，在鄂尔多斯“留有先生、老师与热爱鄂尔多斯者的足迹，字里行间都印记着先生、老师与建设鄂尔多斯人的思想交融”。这些评论禁不住让我内心在草原上激荡，是感恩，也是为过往的无悔而欣慰。

郭文斌先生是在宁夏土地上培育起来的优秀作家，他的许多作品已在全国产生了广泛的影响。我在宁夏工作的几十年里，看到他的成长、他的成就和贡献，而更敬佩他的是坚持不懈的创作追求，对自己不断鞭策的前行步伐。他在看了这部文稿后，特别强调的是“要笔耕不辍，要与人性的疏懒作殊死搏斗。没有一番寒彻骨，哪来春秋好文章。”他说我“没有被劳形之案牍纠缠，没有被乱耳之丝竹迷惑，而是且行且思且文。……点点滴滴的积累，成就了丰富人生。我们难以想象，为了记录这些点点滴滴，陈育宁先生付出了多少艰辛，诸如沿途的思索、事后的考据、书斋里的为文构道和字斟句酌……反正，没有‘板凳一坐十年冷’的毅力是不行的。……掩卷沉思，我总觉得陈育宁先生是想通过这些密如针脚的文字告诫我们，人生最易白头，时时莫忘勤奋”。虽然我无论做什么工作未敢怠慢，不断努力，但我自知并非如文斌先生说的那么坚毅勤奋，我倒觉得，这是文斌先生的写照更为贴切。

感谢鄂尔多斯学研究会，在2022年研究会成立20周年这样一个隆重时刻，支持这本文集出版，也借此机会，表达我对鄂尔多斯学研究会由衷的祝贺，祝贺研究会开启了下一个20年的新格局。

人们常说，老年人要保持一个好的心态，有益于健康。如何保持一个好的心态？我以为一是对自己的过往不要留下太多的遗憾，如著名诗人郭小川所说，但愿每一次回忆，对生活都不感到负疚。二是要知足，要感恩，心态自然就平和下来。我希望自己在回望履痕的同时，能做到这一点，能和大家共享今天明媚的阳光。

陈育宁

2021年岁末